The Fever Code

The Fever Code

피버 코드

제임스 대시너 지음 | 공보경 옮김

문학수첩

끝까지 남아준 〈메이즈 러너〉 시리즈 팬들에게 이 책을 바칩니다.

말도 안 되게 열정 가득한 여러분을 사랑합니다.

프롤로그

뉴트

그들이 소년의 부모를 죽인 날, 눈이 내렸다.

나중에 그들은 실수였다고 했지만, 그 일이 일어난 그때 그 자리에 있었기에 소년은 사고가 아님을 잘 알았다.

그들이 오기 전부터 눈이 내렸다. 회색 하늘에서 떨어지는 눈은 서늘하게 내리는 희고 불길한 징조 같았다.

그날은 몹시 혼란스러웠다. 숨 막히는 더위가 수개월을 넘겨 수년째 이어지며 도시를 달궜고, 땀과 고통과 배고픔으로 점철된 나날이 끝도 없이 계속됐다. 소년과 소년의 가족은 살기 위해 몸부림쳤다. 기대에 찬 아침을 맞이했다가도 오후가 되면 요란한 싸움과 끔찍한 비명 속에서 먹을 것을 찾아다니느라 바빴다. 그렇게 길고 무더운 낮이 지나 저녁이 되면 멍해졌다. 소년은 가족과 함께 늘어져 앉아 하늘에서 빛이 사라지고 세상이 서서히 어둠에 묻히는 풍경을 바라보았다. 내일 동이 트면 세상이 다시 눈앞에 나타나기는 할까 생각하면서.

가끔 밤낮을 가리지 않고 미친 사람들이 나타났다. 가족들은 미친 사람들에 대한 얘기를 입에 올리지 않았다. 어머니도, 아버지도, 소년도. 미친 사람들의 존재를 입 밖에 냈다간, 마치 악마를 부르는 주문을 욈 것처럼 그들을 불러들일 것 같아서였다. 소년보다 두 살 어리지만 두 배는 더 용감한 여동생 리지만이 미친 사람들에 대해 배짱 좋게 얘기를 하곤 했다. 이 집에서 그런 미신을 믿지 않는 똑똑한 사람은 자기뿐이라는 듯이.

리지는 어린아이에 불과했다.

소년은 용감해져야 했다. 어린 여동생을 안심시키는 것도 그의 일이었다.

'걱정 마, 리지. 이 지하실은 안전하게 잠겨 있어. 불도 껐잖아. 나쁜 사람들은 우리가 여기 있는지 몰라.'

그러나 소년은 그런 말조차 입 밖에 내지 않았다. 그저 불안한 마음을 달래려 테디베어 인형을 끌어안듯 여동생을 꼭 끌어안을 뿐이었다. 그럴 때마다 리지는 오히려 오빠의 등을 토닥여주었다. 소년은 심장이 아플 만큼 리지를 아끼고 사랑했다. 미친 사람들이 리지를 다치게 하도록 놔두지 않겠다고 속으로 맹세하며 여동생을 더 꼭 끌어안았다. 그러고 있으면 리지가 답답하다며 손바닥으로 소년의 어깻죽지 사이를 탁탁 치곤 했다.

가끔은 둘이 그렇게 꼭 안고서, 아버지가 지하실에 끌어다 놓은 낡은 매트리스 위에서 웅크리고 잠들곤 했다. 두 아이의 어머니는 더워도 아이들에게 늘 담요를 덮어주었다. 세상을 망가뜨린 태양 플레어 현상에 대한 어머니 나름의 저항이었다.

그날 아침, 잠에서 깬 그들은 놀라운 광경을 보았다.

"애들아!"

어머니가 불렀다. 소년은 여전히 꿈을 꾸고 있었다. 축구 경기를 하는 꿈이었다. 텅 빈 경기장에서 빙글빙글 돌던 축구공이 푸른 잔디를 가로질러 아무런 방해도 받지 않으며 골대를 향해 날아갔다.

"애들아! 일어나! 와서 봐!"

어머니의 목소리에 소년은 눈을 떴다. 어머니는 하나뿐인 작은 지하실 창문을 통해 밖을 내다보고 있었다. 아버지는 매일 일몰 무렵이면 널빤지를 대고 못을 박아 창문을 막았는데, 지금 어머니는 그 널빤지를 떼어놓았다. 부드러운 회색 빛이 어머니의 얼굴을 비추었다. 어머니의 환한 두 눈은 경외감에 차 있었다. 오랫동안 소년은 어머니가 그리 환하게 미소 짓는 모습을 본 적이 없었다.

"무슨 일이에요?"

소년은 웅얼대며 일어섰다. 리지도 눈을 비비며 하품을 하고는 소년을 따라 어머니 곁으로 갔다. 어머니는 햇빛 아래 세상을 내다보고 있었다.

소년은 그 순간에 대한 몇 가지 기억을 아직도 간직했다. 소년이 밝은 빛에 적응하느라 눈을 가늘게 뜨고 밖을 내다보는 동안 소년의 아버지는 짐승처럼 코를 골며 자고 있었다. 거리에 미친 사람은 없었고 구름이 하늘을 뒤덮은 보기 드문 날이었다. 하늘에서 떨어지는 희고 얇은 조각들을 보고 소년은 놀라 얼어붙었다.

회색 하늘에서 내려온 하얀 조각들이 빙글빙글 돌며 춤을 추었다. 중력을 거스르고 위로 올라갔다가 다시 둥실둥실 내려왔다.

눈.

눈이었다.

"젠장, 이게 뭐지?"

소년은 아버지에게 배운 욕을 나지막하게 중얼거렸다.

"어떻게 눈이 내려요, 엄마?"

리지가 물었다. 잠기운이 달아난 리지의 눈이 기쁨으로 가득해서 소년은 가슴이 아팠다. 비참한 삶이지만 네 덕분에 살맛이 난다는 걸 동생이 알아주길 바라는 마음에, 소년은 리지의 땋은 머리를 장난스레 잡아당겼다.

"사람들이 하는 말 있잖니, 세계의 날씨 체계가 플레어 현상 때문에 엉망이 됐다고. 그러니까 그냥 즐기자. 이런 날씨에 눈이라니, 특별하지 않니?"

어머니의 설명에 리지는 행복한 한숨으로 대답을 대신했다.

소년은 이런 풍경을 언제 다시 볼까 싶었다. 허공을 떠다니는 하얀 눈들은 보도에 닿는 순간 녹아 사라졌다. 젖은 눈이 유리창에 주근깨처럼 점점이 붙었다.

그렇게 서서 바깥 세상에 내리는 눈을 구경하고 있는데, 창문 위쪽으로 그림자들이 지나갔다. 그림자들은 나타나자마자 곧바로 사라졌다. 누구인지, 혹은 무엇인지 보려고 소년은 목을 길게 뺐으나 이미 지나가버린 후였다. 몇 초 후 현관문을 두드리는 묵직한 소리가 들렸다. 아버지는 그 소리가 끝나기도 전에 눈을 휘둥그렇게 뜨고 경계 태세로 일어섰다.

"누군지 봤어?"

아버지가 쉰 목소리로 물었다.

어머니의 얼굴에는 조금 전에 깃든 기쁨이 사라지고, 익숙한 염려와 걱정의 주름이 다시 자리를 잡았다.

"그림자겠지. 대답해야 할까?"

어머니의 물음에 아버지가 대답했다.

"아니, 절대 안 돼. 누구든 그냥 가길 바라야지."

어머니가 속삭였다.

"집 안으로 침입할지도 몰라. 분명 그럴 거야. 버려진 집인 줄 알고 남은 통조림이라도 가져가려고 말이야."

아버지가 한참을 머릿속으로 궁리하며 어머니를 쳐다보는 동안, 정적이 흘렀다. 그러다 다시 쿵, 쿵, 쿵. 공성 망치라도 가져온 듯한 세찬 문소리에 집 전체가 흔들렸다.

"애들하고 여기 있어."

아버지가 조심스럽게 말했다.

어머니는 무어라 말하려다가 아들과 딸을 내려다보며 그만두었다. 두 아이를 지키는 게 우선이었다. 두 팔로 아이들을 보호할 수 있다는 듯이 어머니는 남매를 품에 끌어안았다. 소년은 어머니의 체온으로 불안한 마음을 가라앉혔다. 소년이 어머니를 꼭 안고 있는 동안 아버지는 조용히 지하실 계단을 올라갔다. 아버지가 현관문을 향해 걸어가자 머리 위 마룻장이 삐걱삐걱 소리를 냈다. 그리고 다시 정적이 흘렀다.

공기가 무겁게 짓누르는 듯했다. 리지는 오빠의 손을 잡았다. 소년은 안심시키는 말을 지어내 나지막하게 리지에게 속삭였다.

“걱정하지 마. 먹을 걸 찾는 사람들일 거야. 아빠가 음식을 나눠주면 그냥 갈 거야. 두고 봐.”

소년은 숨소리처럼 조용히 들릴 듯 말 듯 말했다. 그는 자신이 한 말을 믿지 않았다. 하지만 사랑을 담아 리지의 손가락을 꼭 잡아주었다.

시끌벅적한 소리가 들렸다.

문이 벌컥 열렸다.

성난 목소리들이 고함을 질렀다.

쾅, 쿵 소리와 함께 마룻장이 덜컥거렸다.

묵직하고 무시무시한 발소리가 들렸다.

낯선 자들이 지하실 계단을 쿵쾅쿵쾅 내려오기 시작했다. 남자 둘, 아니 남자 셋에 여자 하나. 모두 네 명이었다. 시절에 안 어울리게 깔끔한 옷차림이었다. 친절하지도 위협적이지도 않은 모습으로, 대단히 엄숙한 인상을 풍겼다.

한 남자가 지하실 안을 둘러보며 말했다.

“우리가 보낸 전갈을 번번이 무시하시더군요. 죄송하지만 우리에게는 따님인 엘리자베스가 필요합니다. 정말 죄송하지만 다른 선택의 여지가 없습니다.”

그렇게 소년의 세상은 끝이 났다. 아이가 감당하기에는 이미 슬픔이 너무 많은 세상이었다. 긴장감으로 팽팽한 공기를 가르며 낯선 자들이 다가왔다. 그들은 리지의 셔츠를 붙잡았고, 날뛰고 소리치며 어린 딸에게 손을 뻗는 어머니를 밀쳐냈다. 소년이 달려들어 남자의 등을 주먹으로 쳤다. 소용없었다. 코끼리에게 모기가 달려드는 격이었다.

갑작스러운 광기의 도가니 속에 놓인 리지의 표정을 본 순간, 소년의 가슴속에서 딱딱하고 단단한 무언가가 부서지면서 날카로운 파편들이 마음을 갈가리 찢어놓았다. 견딜 수 없었다. 소년은 힘껏 고함을 지르며 침입자들에게 달려들어 죽어라 주먹을 휘둘렀다.

"그만!"

여자가 소리쳤다. 손이 공기를 가르며 날아와 소년의 뺨을 후려쳤다. 뱀에 물린 듯 뺨이 화끈거렸다. 누군가 어머니의 머리를 주먹으로 치자 어머니는 바닥에 쓰러졌다. 다음 순간, 천둥이 치는 듯한 소리가 가까운 사방에서 터져 나왔다. 소년은 귀가 먹먹해져 벽에 기대어 선 채 놀란 숨을 들이켰다.

남자들 중 하나가 다리에 총을 맞았다.

문간에 선 아버지의 손에 권총이 들려 있었다.

여자가 권총을 빼 들자 어머니는 악을 쓰며 그 여자에게 달려들었다.

아버지는 총을 두 발 더 쏘았다. 총알이 금속에 맞아 땡 하는 소리, 콘크리트에 박혀 턱 하는 소리가 났다. 두 발 다 빗나갔다.

어머니가 여자의 어깨를 잡아당겼다.

여자는 팔꿈치를 빼내며 총을 쏘았고, 곧바로 돌아서며 세 발을 더 쏘았다. 소년은 혼란스럽고, 시야가 흐릿하고, 귓속이 아득해 시간 개념마저 낯설었다. 눈앞에 펼쳐진 광경에 가슴이 텅 비어버렸다. 부모님이 모두 바닥에 쓰러져 있었다. 한참 시간이 흐르도록 아무도, 누구보다 어머니와 아버지가 꼼짝하지 않았다. 두 사람은 두 번 다시 움직이지 않았다.

모든 시선이 졸지에 고아가 된 두 아이에게 쏠렸다.

마침내 한 남자가 말했다.

"둘 다 잡아, 빌어먹을. 그들이 한 아이를 제어 수단으로 쓸 수 있으니까."

남자는 마치 찬장에 놓인 수프 통조림을 가리키듯 아무렇지 않게 소년을 가리켰다. 소년은 그 광경을 절대 잊지 못할 것이다. 소년은 얼른 달려가 리지를 품에 안았다. 낯선 자들이 남매를 어딘가로 데려갔다.

1장

221.11.28 | 9:23 a.m.

'스티븐, 스티븐, 스티븐. 내 이름은 스티븐.'

스티븐은 지난 이틀 동안 이 말만 계속 되뇌었다. 어머니한테서 떨어져 그들 손에 이끌려 여기로 온 후 쭉 그랬다. 그는 어머니와 함께한 마지막 순간을 생생히 기억했다. 어머니의 뺨을 타고 흐른 눈물, 어머니의 입에서 나온 말, 어머니의 따뜻한 손길. 그는 어렸지만, 이별이 최선임을 알고 있었다. 그의 아버지는 어느 날 갑자기 미쳐서 몹시 화를 내고 악취를 풍기며 위험하게 굴었다. 그는 어머니에게도 똑같은 일이 일어난다면 견딜 자신이 없었다.

하지만 막상 헤어지고 나니 이별의 고통은 몹시도 컸다. 차갑고 깊이를 알 수 없는 거대한 바닷속으로 빨려 들어가는 기분이었다. 작은 방의 침대에 누워 두 다리를 접어 가슴까지 올려붙이고 눈을 감았다. 마치 그렇게 공처럼 웅크리고 누우면 잠이 오리란 듯이. 하지만 여기 온 후로는 계속 선잠을 잘 뿐, 좀처럼 깊이 잠들 수 없었다. 잠깐 잠이 들었다가도 먹구름과 비명을 지르는 짐승들이 잔뜩 나오는 꿈을 꾸곤 했다. 그는 정신을 모으고 다시 되뇌었다.

'스티븐, 스티븐, 스티븐. 내 이름은 스티븐.'

스티븐은 오직 두 가지에 매달렸다. 과거의 기억과 그의 이름. 그들이 그에게서 기억마저 빼앗을 수는 없을 것이다. 그들은 이름을 훔치려 들었다. 지난 이틀 동안 그들은 '토머스'라는 새 이름을 받아들이라고 강요했다. 그는 거부했다. 피와 살을 만들어준 부모님이 지어준 '스티븐'이라는 이름에 절박하게 매달렸다. 흰옷 입은 사람들이 토머스라고 부르면 대답하지 않았다. 아예 못 들은 것처럼, 그들이 다른 누군가에게 말을 하고 있는 것처럼 굴었다. 그러나 방 안에 두 사람만 있을 땐 그렇게 하기가 쉽지 않았는데, 대부분 방에서는 둘 뿐이었다.

스티븐은 다섯 살도 채 되지 않았지만 지금껏 그가 보아온 세상은 암흑과 고통으로 가득했다. 그리고 이 사람들이 그를 여기로 데려왔다. 그들은 세상이 더 지독하게 나빠질 수 있다는 가르침을 주려고 애쓰는 것 같았고, 스티븐은 매번 더 호된 고생을 하며 교훈을 얻었다.

삑 소리가 나더니 문이 벌컥 열렸다. 어른용 잠옷처럼 생긴, 위아래가 붙은 초록색 수술복을 입은 남자가 성큼성큼 방 안으로 들어왔다. 스티븐은 남자에게 꼴이 우스꽝스럽다고 말해주고 싶었지만, 이 사람들을 이미 몇 번 만나본 터라 굳이 의견을 말하지는 않기로 했다. 그들의 인내심이 점점 바닥을 향하고 있었다.
"토머스, 가자."
'스티븐, 스티븐, 스티븐. 내 이름은 스티븐.'
스티븐은 움직이지 않았다. 방 안으로 들어서는 남자를 실눈으로 살짝 봤지만 남자가 못 알아챘길 바라며 스티븐은 눈을 꼭 감았다. 매번 다른 사람이 찾아왔다. 적대적으로 구는 사람도, 특별히 친절하게 대해주는 사람도 없었다. 다들 침대에 홀로 누운 소년이 아닌 다른 무언가에 정신이 팔린 듯 무심한 표정들이었다.
남자는 굳이 조바심을 감추려 하지 않았다.
"일어나, 토머스. 이러고 놀 시간 없어, 알겠니? 일처리 제대로 못 한다고 위에서 우릴 갈구고 있단 말이야. 네가 마지막까지 새 이름에 저항하는 애들 중 하나라고 듣긴 했다만, 좀 봐다오. 이런 걸로 정말 싸우고 싶어? 널 구한 뒤로 밖에서 무슨 일이 일어난 줄 알아?"
스티븐은 움직이지 않으려 애썼고, 그러다 보니 자고 있다고 보기엔 지나치게 뻣뻣한 자세가 됐다. 숨을 참고 있던 스티븐은 결국 숨을 크게 들이마시고는, 자는 척을 포기하고 바로 누워 낯선 남자를 노려보았다.
"멍청해 보여요."
남자는 놀란 감정을 숨기려 했지만 실패했다. 남자의 얼굴에 재미있어하는 표정이 스쳤다.
"뭐라고?"
스티븐의 안에서 분노가 치밀었다.
"멍청해 보인다고요. 웃기는 초록색 점프 슈트 말이에요. 그리고 그만 좀 해요. 뭘 하라든 전 안 할 거니까요. 아저씨가 입은 어른용 잠옷처럼 생긴 그런 옷, 저는 절대 안 입을 거예요. 그리고 토머스라고 부르지 마세요. 제 이름은 스티븐이에요!"

단숨에 말을 쏟아낸 스티븐은 또다시 숨을 크게 들이마셨다. 그렇게 숨을 들이마신 바람에 정색한 분위기를 망치지 않았기를, 나약해 보이지 않았기를 바랐다.

남자가 웃었다. 비웃는다기보다는 단순히 재미있어하는 듯했다. 스티븐은 화가 나서 뭐라도 집어던지고 싶었다.

"사람들 얘기로는 네가……." 남자는 들고 온 전자수첩을 들여다보며 말을 이었다. " '사랑스럽고 순진한 면이 있다'던데, 내가 보기엔 아닌 것 같구나."

"이름을 바꾸라고 말하기 전엔 그랬죠. 엄마 아빠가 주신 이름인데 당신들이 빼앗아갔잖아요."

"미쳐버린 네 아빠? 심하게 병들어서 네 엄마를 때려죽이려고 한 그 아빠 말이냐? 그래서 네 엄마가 우리더러 너를 데려가달라고 부탁한 거야. 네 엄마도 매일 점점 더 미쳐가고 있었으니까. 그 엄마 아빠를 말하는 거니?"

스티븐은 울적해져선 대꾸하지 않았다.

초록색 수술복을 입은 남자가 침대로 다가와 쭈그리고 앉았다.

"넌 어린애일 뿐이야. 그리고 아주 똑똑하지. 진짜 똑똑해. 게다가 플레어 병에 면역력도 있어. 장점이 아주 많아."

스티븐은 남자의 목소리에 담긴 경고를 감지했다. 다음에 나올 말은 절대 좋은 말이 아닐 것이다.

"상실감이 있겠지만 받아들이고, 너 자신보다 큰 걸 생각해. 우리가 몇 년 안에 치료제를 발견하지 못하면 인류는 끝장이야. 그러니까 말 들어, 토머스. 어서 일어나. 나랑 같이 방에서 나가자. 두 번 말 안 한다."

남자는 흔들림 없는 눈빛으로 가만히 쳐다보고 있다가 일어나 방문을 향해 돌아섰다.

스티븐은 결국 일어나 남자를 따라 방문을 나섰다.

2장

221.11.28 | 9:56 a.m.

복도로 나간 스티븐은 여기 와서 처음 또래 아이를 보았다. 소녀였다. 갈색 머리카락의 소녀는 스티븐보다 나이가 많은 것 같기도 했다. 호송원 여자가 바로 옆방으로 소녀를 데리고 들어갈 때 잠깐 본 거라 정확하지는 않았다. 스티븐과 호송원 남자가 지나가는 동안 그 방의 문이 쿵 닫혔다. 소녀의 방문에 붙은 하얀 명판에는 '31K'라고 적혀 있었다.

어둑한 긴 복도를 걸어가면서 초록색 수술복을 입은 호송원이 말했다.

"테리사는 아무 문제 없이 새 이름을 받아들였어. 원래 이름을 잊고 싶어서 그런 것 같지만."

"원래 이름은 뭐였어요?"

스티븐은 정중하게 물었다. 진심으로 알고 싶었다. 저 소녀가 원래 이름을 그렇게 쉽게 포기했다면, 앞으로 친구가 될지도 모를 소녀를 위해 대신 기억해주고 싶었다.

"네 이름을 잊는 것도 그렇게 어려워하는데, 남의 이름까지 얹어주고 싶진 않아."

'안 잊어버려요. 절대로.'

스티븐은 속으로 다짐했다.

그런데 마음 한편으로 스티븐은 자신의 태도가 약간 바뀌었음을 감지했다. 무작정 스티븐이라 부르라고 고집을 부리는 대신, 스티븐이라는 이름을 잊지 않겠다고 다짐하기 시작한 것이다. 벌써 굴복한 건가?

'아니야!'

스티븐은 하마터면 속생각을 입 밖에 낼 뻔했다.

"아저씨 이름은 뭐예요?"

스티븐은 상대의 정신을 산란하게 하려고 물었다.

"랜들 스필커."

남자는 멈추지 않고 계속 걸었다. 그들은 모퉁이를 돌아 승강기가 쭉 서 있는 곳 앞에 멈춰 섰다.

"전에는 나도 이런 멍청이가 아니었어. 세상이, 내 상사들이……." 그는 주변을 쭉 손짓하며 덧붙였다. "내 심장을 작고 검은 숯 덩어리로 만들었지. 너도 참 안됐어."

스티븐은 어디로 가는 건지 궁리하기 바빠 대꾸하지 않았다. 핑 소리와 함께 문이 열리자 그들은 승강기에 탔다.

스티븐은 괴상한 의자에 앉아 다양한 고정 장치들을 다리와 등에 붙였다. 손톱만 한 무선 센서들이 그의 관자놀이와 목, 손목, 팔꿈치 안쪽, 가슴에 부착되었다. 옆에 놓인 제어 장치가 뚜우뚜우 삐익삐익 소리를 내면서 데이터를 수집했다. 어른용 잠옷 같은 초록색 수술복을 입은 랜들은 바로 앞에 놓인 또 다른 의자에 앉아 스티븐을 지켜보고 있었다. 랜들의 무릎은 스티븐의 무릎에서 불과 몇 센티미터 떨어져 있었다.

"미안하다, 토머스. 보통은 우리가 이 조치를 취하기 전에 좀 더 오래 기다리는 편이거든." 랜들은 복도와 스티븐의 방에서보다 상냥한 말투였다. "우리도 네가 테리사처럼 새 이름을 자발적으로 받아들일 시간을 좀 더 주고 싶지만 그럴 여유가 없어."

랜들은 반짝이는 은색으로 된 작은 장치를 들어 올렸다. 그 장치의 한쪽 끝은 동그랗고 다른 쪽 끝은 점점 가늘어지다가 뾰족해졌다.

"움직이지 마."

랜들이 스티븐의 귀에 대고 무어라 속삭일 것처럼 몸을 앞으로 기울였다. 스티븐은 뭐 하는 거냐고 물을 새도 없이 목에 날카로운 통증을 느꼈다. 턱 바로 아래였다. 무언가 목구멍 속으로 파고드는 불안감이 들었다. 비명을 질렀지만 통증은 곧바로 사라졌다. 가슴속에 차오르는 극심한 두려움 외에 아무것도 느낄 수 없었다.

"이…… 이게 뭐예요?"

스티븐은 몸에 온갖 장치가 붙어 있는데도 의자에서 일어서려고 했다.

랜들이 그를 눌러 앉혔다. 몸집이 스티븐의 두 배라 어려운 일도 아니었다.

"통증 자극기야. 걱정하지 마. 얼마 안 있으면 녹아서 몸 밖으로 배출될 거야. 그때쯤엔 통증 자극기가 필요 없을 테니까." 랜들은 어깨를 으쓱했다. '네가 뭘 어쩔 수 있겠냐?'는 눈빛이었다. "필요하면 언제든 이런 통증 자극기를 하나 더 주입할 수도 있어. 이제 진정해."

스티븐은 간신히 숨을 쉬며 물었다.

"저한테 뭘 하려는 거예요?"

"글쎄, 그건 너 하기에 달렸지……. 토머스. 너나 나나 갈 길이 머니까, 오늘 이 순간부터 지름길로 가자. 숲을 가로질러 가는 거야. 넌 네 이름만 말하면 돼."

"그건 쉽죠. 스티븐요."

랜들은 두 손으로 머리를 감싸 쥐고는 지친 목소리로 나지막하게 내뱉었다.

"그래."

그때까지 스티븐은 어린아이답게 놀다 긁히고 멍든 정도의 통증밖에 몰랐다. 다음 순간, 불처럼 뜨거운 폭풍이 몸속에 몰아치면서 혈관과 근육에 엄청난 고통이 느껴졌지만 스티븐은 그 고통을 무어라 표현해야 할지도 알지 못했다. 그가 받아들일 수 있는 수준을 넘어서는 고통이었다. 입에서 나온 비명이 귀에 가 닿기도 전에 의식이 정지해 그를 구했다.

정신이 돌아온 스티븐은 무겁게 숨을 몰아쉬었다. 온몸이 땀에 젖어 있었다. 여전히 낯선 의자에 앉아 있었으나, 어느샌가 부드러운 가죽 끈에 몸이 결박되어 있었다. 온몸의 신경이 랜들과 통증 자극기가 가한 고통의 여파로 곤두섰다.

"뭐……."

스티븐은 꺽꺽대는 목소리로 중얼거렸다. 정신을 놓은 동안 얼마나 비명을 질러댔는지 목구멍이 타는 듯했다.

"뭐예요?"

스티븐은 산산이 부서진 의식의 조각들을 주워 모으려 안간힘을 썼다.

"아까도 말했다시피, 토머스." 랜들의 목소리에는 일말의 연민이 깃든 것도 같았다. "우린 미적거릴 시간이 없어. 미안하게 됐다. 진심이야. 그래도 이걸 한 번 더 해야 돼. 내 말이 괜한 엄포가 아니라는 걸 이제 알겠지. 네가 새 이름을 받아들이는 일이 여기 있는 모두에게 그만큼 중요하다는 뜻이야."

랜들은 시선을 돌리고 바닥을 내려다보며 한참 말이 없었다.

"어떻게 이렇게 아프게 만들어요?" 스티븐은 아픈 목으로 목소리를 쥐어짰다. "저는 아직 어린데."

아무리 어려도 자신의 목소리가 얼마나 애처롭게 들리는지는 잘 알고 있었다.

스티븐은 어른들이 애처로움에 어떻게 반응하는지도 알았다. 마음이 누그러져 하던 짓을 그만두든지, 아니면 죄책감이 용광로처럼 끓어올라 단단히 뭉친 돌덩어리가 되어 오히려 죄책감의 불을 꺼버리든지 둘 중 하나였다. 랜들은 후자를 택했다. 얼굴이 벌겋게 달아오른 채 그가 악을 써댔다.

"이름을 받아들이면 된다니까! 이제 더는 안 봐줘. 네 이름이 뭐지?"

스티븐은 멍청이가 아니었다. 일단은 받아들인 척하기로 했다.

"토머스. 제 이름은 토머스예요."

"못 믿겠어." 랜들은 암울한 기운이 가득한 눈으로 그를 바라보며 지시했다. "다시."

스티븐은 대꾸하려고 했지만 랜들은 더 이상 말을 하지 않았다. 더 강력한 고통이 빠르게 밀려왔다. 스티븐은 고통을 인지할 겨를도 없이 기절하고 말았다.

"네 이름이 뭐지?"

스티븐은 겨우 목소리를 냈다.

"토머스요."

"안 믿어."

"그러지 마세요."

스티븐은 훌쩍였다.

이제 고통은 기습적으로 다가오는 게 아닌, 정해진 수순이었다. 고통에 뒤따르는 기절도 마찬가지였다.

"네 이름이 뭐지?"

"토머스요."

"잊지 마라."

"안 잊을게요."

토머스는 바들바들 떨며 흐느껴 울었다.

"네 이름은?"

"토머스요."

"다른 이름도 있니?"

"아뇨. 토머스뿐이에요."

"누가 널 다른 이름으로 부른 적 있어?"

"아뇨. 토머스뿐이에요."

"네 이름을 잊을 거니? 다른 이름을 사용할 거야?"

"아뇨."

"좋아. 마지막으로 한 번 더 명심하도록 고통을 주마."

그날 저녁 그는 다시 침대에 누워 웅크렸다. 바깥세상이 한없이 멀고 고요하게 느껴졌다. 더 이상 눈물도 나오지 않았다. 따끔따끔하고 얼얼한 느낌 외에 온몸에 감각이 없었다. 온몸이 잠들어버린 것 같았다. 맞은편에 있던 랜들의 모습이 떠올랐다. 죄책감과 분노가 뒤섞여 격렬하게 화를 내며 고통을 가하던 랜들의 얼굴은 기괴한 가면 같았다.

'절대 잊지 않을 거야. 절대, 절대 안 잊어.'

그는 속으로 되뇌었다.

머릿속으로 익숙한 구절을 몇 번이고 되풀이했다. 그런데 딱히 무어라 짚어낼 수는 없지만 뭔가 달라진 것 같았다.

'토머스, 토머스, 토머스. 내 이름은 토머스.'

3장

222.2.28 | 9:36 a.m.

"가만히 있어."

의사는 성질이 더럽지는 않았지만 그렇다고 상냥하지도 않았다. 냉정하고 전문가다운 사람이었다. 중년에 평균 키, 보통 체격, 짧은 갈색 머리의 평범한 인상. 토머스는 눈을 감았다. 순간의 따끔한 통증과 함께 바늘이 혈관으로 미끄러져 들어오는 것이 느껴졌다. 매주 맞는 주사인데 여전히 무섭다니 우스웠다. 통증은 1초도 채 지속되지 않았고 곧장 차가운 액체가 몸 안으로 흘러 들어왔다.

"어때? 하나도 안 아픈 거야."

토머스는 고개를 젓기만 할 뿐 대꾸하지 않았다. 랜들과 그 일이 있은 후로 말을 하기가 힘들었다. 잠을 자는 것도 음식을 먹는 것도 모든 게 힘들었다. 그래도 지난 며칠 동안 조금씩 회복되기 시작했다. 진짜 이름에 대한 기억이 떠오를 때면 끔찍한 고통을 당하고 싶지 않다는 생각에 그 기억을 얼른 밀어냈다. 토머스로 사는 것도 괜찮았다. 그래야만 했다.

색이 짙어 검어 보이는 피가 좁은 튜브를 타고 팔에서 유리병으로 흘러 들어갔다. 무슨 목적인지는 알 수 없지만, 그들은 수없이 그의 몸을 찌르며 어떤 검사는 매일, 어떤 검사는 매주 진행했다.

의사는 채혈을 멈추고 유리병을 봉했다.

"좋아. 혈액검사에 필요한 건 이 정도면 됐고." 그는 바늘을 뽑으며 덧붙였다. "이제 스캐닝 기계에 들어가라. 뇌 사진을 다시 찍어보자."

토머스는 불안감이 밀려들고 가슴이 죄어들어 그 자리에 얼어붙었다. 사람들이 그의 뇌에 대해 언급할 때마다 토머스는 불안해졌다.

토머스가 긴장한 걸 알아채고 의사가 채근했다.

"자, 자. 매주 하는 거잖아. 매번 똑같이 하는 건데 걱정할 거 없어. 우린 너의 뇌 활동을 주기적으로 촬영해야 돼. 알았지?"

토머스는 잠시 눈을 꼭 감고 고개를 끄덕였다. 울고 싶었다. 숨을 들이마시며 울음을 눌러 참았다.

의자에서 일어난 토머스는 의사를 따라 다른 방으로 갔다. 그 방에는 코끼리처럼 생긴 커다란 기계가 놓여 있었다. 기계 중앙에 튜브처럼 생긴 작은 방이 있고 평평한 침대가 밖으로 튀어나와 있었다. 사람이 침대에 누우면 그것을 기계 안으로 밀어 넣는 식이었다.

"올라가."

이미 네 번째인가 다섯 번째 촬영이라 굳이 저항할 이유도 없었다. 토머스는 침대에 훌쩍 올라 바로 누워서 천장의 환한 조명을 올려다보았다.

"기계에서 툭툭 소리가 나도 걱정할 필요 없어. 다 정상적인 소리니까. 게임의 일부일 뿐이야."

딸깍, 우웅 소리와 함께 토머스가 누운 침대가 입을 벌린 튜브 속으로 미끄러지듯 들어갔다.

토머스는 책상을 앞에 두고 혼자 앉아 있었다. 그를 가르치는 글랜빌 선생이 칠판 옆에 서 있었다. 글랜빌은 무뚝뚝한 인상에 창백한 얼굴을 한, 머리카락이 거의 없는 남자였다. 다만 온몸의 모낭에서 털을 죄다 징발해 모아놓은 듯 눈썹만은 무성했다. 점심을 먹고 나서 두 시간이 지난 후라 겨우 발가락 세 개가 바닥에 닿아 있을 뿐인데도 솔솔 잠이 왔다. 5분 정도 깜빡 잠든 것 같았다.

"어제 우리가 했던 얘기 기억하지?"

토머스는 고개를 끄덕이며 대답했다.

"'플정회노'요."

"그래, 맞아. 무슨 뜻이라고 했지?"

"플레어 정보 회복 노력의 약자요."

글랜빌은 만족스러운 미소를 지었다.

"아주 좋아. 그리고……."

그는 돌아서서 칠판에 '플후연'이라고 적었다.

"플…… 후…… 연. 플레어 후 연합정부의 약자야. 플정회노의

협의로 만들어진 기관이지. 플레어 병에 대한 정보를 접한 세계 각국의 대표가 모여 논의한 끝에, 태양 플레어 현상으로 발생한 대재앙을 함께 극복하기로 한 거야. 플정회노는 태양 플레어 현상의 영향을 분석해 누가 플레어 병에 감염되었는지를 파악하는 일을 수행했고, 플후연은 상황을 해결하는 일을 맡았어. 지루하니?"

토머스는 움찔하며 눈을 떴다. 저도 모르게 잠들어 고개를 숙인 모양이었다. 1분쯤 잠이 들었던 것도 같았다.

토머스는 눈을 비볐다.

"죄송해요. 플정회노, 플후연. 알았어요."

글랜빌은 몇 걸음 만에 바짝 앞으로 다가왔다.

"물론 다른 과목들이 더 흥미롭기는 하겠지. 과학, 수학, 체력 단련 같은 과목 말이야." 그는 허리를 굽혀 토머스의 눈을 똑바로 바라보았다. "하지만 역사를 알아야 해. 우리가 어떻게 여기까지 왔는지, 왜 이렇게 엉망진창인 세상에서 살게 됐는지 알아야 한다. 과거를 모르면 미래에 어느 방향으로 가야 할지 절대 알 수 없으니까."

"알았어요."

토머스는 고분고분하게 말했다.

글랜빌은 허리를 펴고 토머스를 코끝 너머로 내려다보았다. 토머스의 표정에서 빈정대는 기색이라도 찾으려는 듯이.

"그래, 좋아. 과거를 알아야 하니까, 다시 플후연으로 돌아가서 얘기를 해보자. 토론할 게 아주 많아."

글랜빌이 교실 앞쪽으로 돌아서자 토머스는 잠을 깨려고 힘껏

자기 살을 꼬집었다.

"다시 설명해줄까?"

토머스는 고개를 들어 덴턴 선생을 쳐다보았다. 그녀는 검은 머리카락에 검은 피부를 가진 미인이었다. 눈빛은 상냥하면서도 똑똑해 보였다. 비판적 사고 수업 때마다 토머스에게 풀어보라고 던져주는 퍼즐들을 보면, 아마도 토머스가 지금까지 만나본 중에 제일 똑똑한 사람 같았다.

"알아들었어요."

"그럼 다시 말해봐. 명심할 건……."

토머스는 말허리를 자르고 덴턴이 천 번쯤 했던 얘기를 그대로 따라 했다.

"해결책보다 문제 자체를 잘 이해해야 한다. 그러지 않으면 해결책이 문제가 되고 만다."

토머스에겐 아무 의미도 없는 말장난처럼 들렸다.

"잘했어!"

덴턴은 토머스가 그녀의 말을 암기해 되풀이하자 놀랍다는 듯이 과장해서 칭찬했다. 놀리는 것 같기도 했다.

"그럼 문제를 다시 말해봐. 머릿속으로 상황을 그리면서."

"기차역에 기차표를 잃어버린 남자가 있다. 그 남자와 함께 플랫폼에 서 있는 사람들은 126명이다. 선로는 9개인데 남쪽으로 뻗은 선로가 5개, 북쪽으로 뻗은 선로가 4개다. 앞으로 45분 동안 열차 24대가 기차역에 도착하고 또 출발할 예정이다. 그 시간 동안 85명이 추가로 기차역에 들어온다. 기차가 도착할 때마다 7명

이상 22명 이하가 승차한다. 기차가 도착할 때마다 하차하는 승객은 10명 이상 18명 이하이며……."

이런 식으로 토머스는 5분 동안 문제를 암송했다. 세세한 부분까지 전부. 변수들을 암기하는 것만으로도 난이도가 높았는데, 이 괴상한 문제를 정말 풀라는 것인지 이해가 되지 않았다.

"…… 플랫폼에 남은 사람은 총 몇 명인가?"

토머스가 암송을 마쳤다.

"잘했어. 세 번째니까 잘될 거야. 세밀한 부분까지 잘 잡았으니 이제 해결책을 찾아보자. 문제를 풀어볼래?"

토머스는 눈을 감고 숫자들을 이리저리 살폈다. 이 수업에서는 모든 게 그의 머릿속에서 이루어졌다. 어떤 장치를 쓰거나 필기를 하지 않았다. 정신적인 압박감이 있기는 했지만 그는 이 수업을 무척 좋아했다.

토머스가 눈을 뜨고 말했다.

"78명요."

"틀렸어."

토머스는 2분쯤 후에 다시 답을 말했다.

"81명."

"틀렸어."

토머스는 실망감에 움찔했다.

몇 번 더 시도하다가 문득 답은 숫자 자체에 있지 않다는 걸 깨달았다.

"기차표를 잃어버린 남자가 기차에 탔는지 아닌지 알 수 없어요. 플랫폼에 있던 사람들 중 일부가 남자와 함께 기차를 탔는지,

같이 탔다면 몇 명인지도 모르고요."

덴턴이 미소 지었다.

"이제 좀 하는구나."

4장

223.12.25 | 10:00 a.m.

이름을 도둑맞고 2년 동안 토머스는 무척 바쁜 나날을 보냈다. 수학 · 과학 · 화학 · 비판적 사고 수업과 시험이 계속되었고, 그 외에 존재하는 줄도 몰랐던 온갖 정신적, 신체적 도전 과제들이 그의 하루하루를 채웠다. 교사들이 그를 가르치고 온갖 종류의 과학자가 그를 검사하는 와중에 랜들은 한 번도 모습을 보이지 않았고, 언급하는 이도 없었다. 토머스는 그게 무슨 의미인지 알 수 없었다. 그 남자는 하던 일이 끝나서 여길 떠난 걸까? 병에 걸렸나? 플레어 병? 학교 갈 나이도 안 된 소년에게 잔인한 짓을 한 죄책감에 괴로워하다가 토머스를 관리하는 일을 그만둔 걸까?

토머스는 그저 랜들을 영원히 안 보게 되어 다행이라 생각했다. 초록색 수술복을 입은 사람이 복도 모퉁이를 돌아 나오는 모습만 봐도 일순간 랜들이 돌아왔나 싶은 생각이 들어 극심한 공포를 느끼곤 했다.

2년. 혈액 채취, 신체검사, 관찰, 수업, 퍼즐 풀기로 가득 채워진 2년이었다. 그러나 바깥세상에 대한 실질적인 정보는 없었다.

지금까지는 그랬다. 앞으로는 달라질까?

토머스는 밤에 잠을 잘 잔 덕분에 기분 좋게 깨어났다. 옷을 입고 식사를 끝내자마자 한 번도 본 적 없는 여자가 그의 일정에 끼어들었다. 여자는 토머스를 '굉장히 중요한 자리'로 데려갔다. 토머스는 자세히 묻지 않았다. 이제 일곱 살 정도 된 터라 어른들이 하라는 대로 순순히 따르지 않을 나이였지만, 2년 동안 이곳 사람들과 지내는 동안 물어봤자 대답을 듣지 못한다는 사실을 알았기 때문이다. 대신 참을성 있게 눈과 귀를 열어두면 다른 방법으로 정보를 얻을 수 있다는 사실도 알았다.

이 시설에서 2년째 살다 보니 바깥세상이 어떻게 생겼는지 거의 잊어버릴 지경이었다. 보이는 거라고는 하얀 벽, 지나다니는 복도에 걸린 그림들, 깜박이며 정보를 보여주는 실험실의 다양한 모니터 화면들, 형광등 불빛, 부드러운 회색을 띤 그의 침구, 침실과 욕실에 붙어 있는 하얀 타일이 전부였다. 그동안 토머스는 쭉 어른들하고만 교류를 했다. 한 번도, 아주 짧은 순간조차 비슷한 나이대의 아이와 얘기를 나눈 적이 없었다.

이 시설에 사는 또 다른 아이가 있다는 사실은 알고 있었다. 옆방을 쓰는 소녀를 가끔 본 적이 있었다. 겨우 1, 2초에 불과하지만 토머스의 방문이나 소녀의 방문이 닫히려는 순간 눈이 마주쳤다. 소녀의 방문 명판에 적힌 '31K'가 토머스에겐 소녀의 이름인 테리사처럼 보였다. 그는 테리사와 얘기 나누기를 간절히 바랐다.

토머스에게 이곳 생활은 무척이나 지루했다. 얼마 안 되는 여가 시간에는 오래된 비디오와 책을 끼고 살았다. 책은 무척 많았다. 그들이 마음껏 하도록 내버려둔 것 중 하나가 바로 책 읽기였다. 접근을 허락받은 어마어마한 양의 책 덕분에 토머스는 미치지 않고 버텨낼 수 있었다. 지난달에는 마리오 디 산자의 흥미로운 고전을 손에 들고 페이지 한 장 한 장을 음미하며 읽었다. 그가 잘 알지 못하는 세상을 배경으로 한 내용이지만 책을 읽으며 상상하는 게 무척 좋았다.

"여기야."

작은 로비로 들어서며 안내원 여자가 말했다. 무장한 남자 경비원 두 명이 문 양옆에 서 있었다. 안내원 여자는 컴퓨터 시뮬레이션 같은 목소리로 말했다.

"앤더슨 총장님이 곧 오실 거야."

그러고는 돌아서서 토머스와 눈도 마주치지 않고 그 자리를 떠났다.

토머스는 무장 경비원들을 살펴보았다. 둘 다 공무 집행을 하는 사람들이 입는 검은 제복을 입고 그 속에 불룩한 합금 장갑으로 된 방탄복을 착용했다. 손에 든 총은 상당히 컸다. 토머스가 익숙하게 보아온 다른 경비원들과는 좀 달랐는데, 일단 가슴에 굵은 글씨로 '사악(WICKED, 위키드)'이라고 적혀 있었다. 토머스는 처음 보는 이름이었다.

"저게 무슨 뜻이에요?"

토머스가 글씨를 손으로 가리키며 물었다. 그러나 경비원들은 재빠른 눈짓과 보일 듯 말 듯한 미소, 냉정한 눈빛으로 대답을 대신했다. 두 명 다 그랬다. 토머스는 오랫동안 어른들하고만 교류해온 덕분에 꽤나 용감해져서 가끔은 대담한 말을 내뱉기도 했다. 그러나 두 경비원에게는 대화할 용의가 전혀 없는 것 같았다. 토머스는 조용히 문 옆 의자에 가서 앉았다.

사악. 토머스는 이 단어를 곰곰이 생각해보았다. 무언가…… 의미가 있지 않을까? 경비원들이 왜 그런 단어를 공식 제복 가슴팍에 붙이고 있을까? 아무리 생각해도 답을 알 수 없었다.

뒤에서 문 열리는 소리가 들려 생각의 흐름이 끊겼다. 토머스는 뒤를 돌아보았다. 갈색 머리카락이 잿빛으로 세고, 피곤에 찌든 갈색 눈 밑에 먹구름처럼 어두운 다크서클이 있는 중년 남자였다. 어딘지 모르게 실제 나이보다 겉늙어 보이는 인상이었다.

"네가 토머스구나." 남자는 유쾌하게 말 걸려 했으나 성공하지는 못 했다. "나는 사악이라는 멋진 단체의 총장 케빈 앤더슨이란다."

남자는 미소 지었지만 우울한 눈빛이었다.

토머스는 의자에서 어색하게 일어섰다.

"아, 만나서 반갑습니다."

무어라 더 말을 해야 할지 알 수 없었다. 토머스는 지난 2년 동안 여기서 대체로 좋은 대접을 받았지만 랜들의 환영이 머릿속을 떠나지 않았고, 무엇보다 사무치게 외로웠다. 여기서 뭘 하고 있는지, 왜 이 남자를 만나야 하는지도 알 수 없었다.

앤더슨은 마치 소중한 물건을 내보이듯 한 팔을 문 쪽으로 뻗으며 옆으로 물러섰다.

"내 사무실로 들어오렴. 책상 앞에 있는 아무 의자에나 앉아. 할 얘기가 많단다."

토머스는 시선을 떨구고 총장 사무실로 들어갔다. 옆을 지날 때 이 남자가 공격하지 않을까 하는 의심이 아주 없지는 않았다. 토머스는 제일 가까이 있는 의자로 곧장 가서 앉고는 방 안을 둘러보았다. 앞에 놓인 커다란 책상은 소재가 나무처럼 보였지만, 나무는 아니었다. 책상 가장자리에 액자 몇 개가 놓여 있었는데 토머스가 앉은 자리에서는 뒷면만 보였다. 토머스는 앤더슨 총장의 인생이 저 사진 속에 어떤 모습으로 담겨 있을지 궁금했다. 기기 몇 대, 의자, 책상에 설치된 워크스테이션 외에 방 안은 휑했다.

안으로 들어와 책상 너머 의자에 앉은 앤더슨은 컴퓨터 화면을 손으로 몇 번 터치하더니 만족스러운 표정으로 의자 등받이에 기대 앉아 두 손을 턱 밑에 모아 세웠다. 그러고는 한참을 말없이 토머스를 쳐다보았다. 토머스는 점점 불편해졌다.

"오늘이 무슨 날인지 아니?"

마침내 앤더슨이 물었다.

토머스는 오전 내내 그 생각을 하지 않으려고 애썼다. 기억 속에 남아 있는 즐거웠던 크리스마스의 추억이 또렷이 떠오르기 때문이었다. 그러면 너무 우울해져서, 마치 가슴에 뾰족뾰족한 바위를 올려놓은 것처럼 숨을 쉴 때마다 아팠다.

"휴가 주간의 시작요."

토머스는 얼마나 슬픈지 들키지 않으려 애쓰며 대답했다. 짧은 순간이지만 소나무 향기가 코끝을 스치고 향긋한 사과 주스 맛이 혀 뒤쪽에 느껴지는 듯했다.

앤더슨은 그의 대답이 자랑스럽다는 듯 팔짱을 끼며 말했다.

"맞아. 오늘은 최고의 날이지. 종교인이든 아니든 다들 이런저런 방식으로 크리스마스를 축하하니까. 솔직히 말해 지난 10년간 누가 신앙심을 유지했겠니? 종말론자들 말고는."

앤더슨은 잠시 허공을 응시하며 말이 없었다. 토머스는 이 남자가 가여운 어린애의 기분을 더 우울하게 만드는 것 말고 무슨 의도로 이런 얘기를 꺼냈는지 이해가 되지 않았다.

앤더슨은 갑자기 정신을 차리더니 두 손을 내밀어 포개고 몸을 앞으로 기울였다.

"오늘은 크리스마스야, 토머스. 가족, 음식, 온기, 그리고 선물! 선물을 잊을 순 없지! 크리스마스 아침에 네가 받은 최고의 선물은 뭐였니?"

토머스는 눈물이 흘러내리지 않도록 적당한 방향으로 눈을 돌렸다. 이런 심술궂은 질문에는 대답하지 않기로 했다. 심술궂은 의도로 물었든 아니든 상관없었다.

"나는 너보다 어렸을 때 크리스마스 선물로 자전거를 받았어. 광택이 나는 초록색 자전거. 크리스마스트리 조명이 새 자전거의 페인트에 비쳐 반짝거리더라. 마법 같았어, 토머스. 순수한 마법. 그런 순간은 인생에서 다시 찾아오지 않지. 특히 나처럼 짜증 잘 내는 늙다리가 되고 나면 더더욱."

토머스는 정신을 추스르고 최대한 사나운 눈빛으로 앤더슨을 노려보았다.

"제 부모님은 아마 돌아가셨을 거예요. 그리고 예, 저도 크리스마스 선물로 자전거를 받았어요. 하지만 여기로 잡혀 오는 바람에 두고 와야 했죠. 플레어 병 덕분에 다시는 크리스마스를 즐기지 못할 거예요. 도대체 이런 얘긴 왜 꺼내신 거예요? 상처를 후벼 파고 싶어서요?"

한바탕 퍼부었더니 좀 후련해졌다.

앤더슨의 낯빛이 창백해졌다. 행복한 크리스마스에 대한 추억도 지워진 듯했다. 두 손바닥을 펼쳐 책상 위에 얹는 앤더슨의 눈빛이 다시 암울해졌다.

"맞아, 토머스. 바로 그거야. 이제 너도 우리가 '사악' 프로젝트를 어떻게든 성공시켜야 하는 이유를 이해하겠구나. 우리는 어떤 대가를 치르더라도 플레어 병 치료제를 찾아내야 해. 어떤 대가를 치르더라도……."

앤더슨은 의자 등받이에 등을 기대고 90도쯤 방향을 돌려 벽을 바라보았다.

"난 크리스마스를 돌려받고 싶어."

5장

223.12.25 | 10:52 a.m.

침묵이 길게 늘어졌다. 분위기가 너무 어색해서 토머스는 그만 일어나 이 사무실을 나가야 할지 몇 번이나 고민했다. 문득 앤더슨이 죽은 건 아닐까 하는 생각까지 들었다. 눈을 뜬 채로 죽어서 저렇게 가만히 앉아 있는 게 아닐까.

하지만 벽을 쳐다보고 있기는 해도 숨을 쉬느라 가슴이 오르내리는 걸 보면 죽지는 않은 듯했다.

문득 그가 불쌍하다는 생각이 들었다. 더 이상 정적을 참기도 어려웠다.

"저도 돌려받고 싶어요."

단순하지만 진실이었다. 하지만 실현 불가능하다는 사실 또한 잘 알고 있었다.

앤더슨은 토머스가 사무실 안에 앉아 있다는 사실을 잊고 있었는지 목소리가 들린 쪽으로 고개를 돌렸다.

"미…… 미안하다. 방금 뭐라고 했지?"

앤더슨은 더듬더듬 물으며 책상을 향해 바로 앉았다.

"저도 모든 게 정상으로 돌아가면 좋겠다고요. 제가 존재하기 전의 세상으로요. 하지만 그런 일은 불가능하겠죠."

"가능해, 토머스." 남자의 눈빛에 약간이나마 생기가 돌았다. "세상이 끔찍하게 변하긴 했지만 우리가 치료제만 찾아내면 가능해……. 기후도 언젠가는 정상화될 거야……. 이미 정상화가 시작됐어. 광인들도 하나하나 죽어갈 테고. 우리 시뮬레이션에 따르면 광인들은 결국 자기네끼리 죽여서 전멸하게 될 거야. 아직 건강한 사람들이 많이 남아 있으니까, 그 사람들이 끔찍한 플레어 병에만 걸리지 않으면 세상을 재건할 수 있어."

앤더슨은 마치 토머스가 다음에 이어질 말을 알아야 한다는 듯이 그를 쳐다보았다. 그러나 토머스는 알지 못했다.

"우리 단체 이름이…… 뭔지 아니, 토머스?"

토머스는 어깨를 으쓱했다.

"조금 전에 '사악'이라고 말씀하셨잖아요. 저 밖에 경비원들 제복에도 '사악'이라는 글씨가 써 있고요. 이곳 이름이 정말 사악이에요?"

앤더슨은 고개를 끄덕였다.

"이 이름을 마음에 들어 하지 않는 사람들도 있지만, 더 완벽하게 어울리는 이름도 없어. 우리가 여기서 하는 일을 정확히 말해주니까."

"어떤 대가를 치르더라도요."

토머스는 앤더슨이 조금 전 했던 말을 되풀이했다. 앤더슨 앞에서 그 뜻을 아는 것처럼 굴었지만 실은 전혀 이해하지 못했다.

앤더슨이 눈을 반짝이며 고개를 끄덕였다.

"그래, 어떤 대가를 치르더라도. 사악은 '세계의 참사: 위험지역 한정실험 관리과'의 각 단어 앞 글자에서 자음과 모음을 번갈아 취해 조합한 단어야. 우리는 사람들이 이 이름을 듣고 우리가 왜 존재하는지, 우리가 무엇을 성취하려 하는지, 어떻게 그 일을 해내려 하는지를 알았으면 해." 앤더슨은 잠시 생각하다가 덧붙였다. "솔직히 말하면, 세상은 언젠가 다시 온전히 회복될 거야. 우리 단체의 목적은 인류를 구원하는 거란다. 그게 아니면 뭐 하러 이런 단체를 운영하겠니?"

앤더슨은 토머스의 표정을 살피며 대답을 기다렸으나, 토머스는 머리가 너무 아파 앤더슨이 한 말의 절반도 알아듣지 못했다. 무엇보다 '위험지역'이라는 단어에 덜컥 겁이 났다. 무슨 의미일까? 앞에 나온 '참사'라는 단어보다 더 기분 나쁘게 들렸다.

기회가 오면 이 사람들에게 질문을 백만 개 하겠다고 늘 생각해 왔다. 그리고 막상 이 자리에 오니 묻고 싶은 게 더 많아졌다. 하지만 어느 시점부터 질문이 무의미하게 느껴졌다. 피곤하고 화가 났고 혼란스러웠다. 그냥 방으로 돌아가 혼자 있고 싶었다.

"앞으로 몇 년은 아주 바쁠 거야." 앤더슨 총장이 말을 이었다. "우린 너 같은 어린 생존자 몇 명을 여기로 데려왔고, 이제 본격적으로 일에 착수하기로 했단다. 우리 실험 대상자, 아니 우리 학생들 중 누가 최고 자리에 오를지를 확인하기 위한 테스트도 점차 끝나가고 있어. 너도 최선을 다하는 게 좋을 거야. 플레어 병에 면역이 있다는 것 자체가 힘을 가진 것이긴 하지만, 단순히 면역 체질이라는 것만으로는 여기서 최고가 될 수는 없어. 우린 장대한 구조물을 짓고, 생체역학 실험실을 만들고…… 놀라운 생명체들을 창조해낼 거야. 이 모든 일은 위험지역을 면밀히 파악하기 위한 작업이란다. 면역력을 갖게 하는 요인이 무엇인지 파악해서 치료제를 만들 거야. 난 우리가 할 수 있다고 믿는다."

앤더슨의 들뜬 얼굴이 환하게 빛났다. 토머스는 얌전히 앉아 있으려고 최선을 다했지만, 앤더슨이 조금은 무섭게 느껴졌다.

앤더슨은 혼자 흥분해서 떠든 걸 자각했는지 한숨을 쉬었다.

"오늘의 격려 연설은 이만하면 된 것 같구나. 너도 나이를 먹고 있어, 토머스. 검사 프로그램에서 누구보다 잘하고 있지. 우린 너를 높이 평가하고 있단다. 그래서 너와 직접 만나보고 싶었어. 앞으로 이런 기회가 많을 거야. 넌 사악에서 더 많은 자유를 누리고, 더 큰 역할을 맡게 될 거야. 멋지지 않니?"

토머스는 고개를 연신 끄덕였다. 정말 좋았다. 가끔 감옥에서 사는 것처럼 느껴져서 여길 나가고 싶었다. 단순한 이유였다. 앤더슨의 얘기를 듣고 나니, 밖으로 나갈 수 있는 길이 벌써부터 눈앞에 펼쳐진 것 같았다.

"하나만 더 물어봐도 돼요?"

토머스는 위험지역이라는 끔찍한 단어를 머리에서 끄집어내기가 어려워 망설였다.

"물론이지."

"그…… 위험지역이 무슨 뜻이에요?"

앤더슨은 미소를 지었다.

"아, 미안하구나. 네가 아는 줄 알았어. 플레어 병으로 인해 제일 큰 타격을 받는 뇌의 부위를 그렇게 부른단다. 플레어 병에 감염된 사람들의 삶이 끝장나는 이유는 그 부위가 망가지기 때문이거든. 그래서 우리는 그 부위를 열심히 연구하고 있어. 사악이 본격적으로 싸움을 벌이는 전장이 바로 그 위험지역이지."

토머스는 거의 이해를 못 했지만 그래도 듣고 나니 기분이 조금은 나아졌다.

"이제 알겠지? 우리가 여기서 하고 있는 중요한 일에 너도 한몫을 할 준비가 됐니?"

토머스는 고개를 끄덕였다.

앤더슨은 손가락으로 책상을 두 번 톡톡 두드렸다.

"좋아. 방으로 돌아가 쉬렴. 앞으로 할 일이 많을 테니."

토머스는 흥분했다가 이내 부끄러움을 느꼈다. 이유는 알 수 없었다.

방으로 돌아간 토머스는 궁금증을 참을 수가 없었다. 그래서 아까 그를 총장 사무실로 데려갔던 안내원 여자가 밖에서 문을 닫으려 하자 얼른 문틈에 손을 넣어 막았다.

"아, 죄송해요. 하나만 물어봐도 돼요?"

안내원은 의아해하는 표정이었다.

"별로 좋은 생각 같지 않은데. 여기는…… 모든 게…… 통제된 환경이라서. 미안."

안내원의 얼굴이 붉어졌다.

“하지만…….” 토머스는 적당한 단어와 질문을 찾으려고 고민하다가 말했다. “아까…… 앤더슨 총장이라는 분이 앞으로 할 일이 많을 거라고 하셨잖아요. 여기 저 같은 사람들이 많이 있나요? 전부 아이들이에요? 그 아이들 중 몇 명이라도 언젠가는 만나게 될까요?” 토머스는 희망을 품고 싶지 않았지만 그래도 덧붙였다. “옆방에 사는 여자애…… 테리사도…… 만날 수 있을까요?”

안내원은 진심으로 가여워하는 눈빛으로 한숨을 쉬다가 고개를 끄덕였다.

“여긴 다른 아이들도 많이 있어. 중요한 건 네가 테스트에서 좋은 성과를 내는 거야. 다른 아이들을 만날 날이 머지않았어. 지금 많이 외로운 거 알아. 정말 유감스럽게 생각해. 하지만 다들 한 배를 탔다는 걸 알면 조금은 위로가 될 거야. 상황은 앞으로 점점 나아질 거야. 약속해.”

안내원이 그만 문을 닫으려 했지만 토머스가 다시 막았다.

“얼마나요?” 절박한 목소리가 나와서 토머스는 당황했다. “얼마나 더 오래 혼자 있어야 돼요?”

“그게…….” 안내원은 한숨을 쉬고는 말을 이었다. “아까도 말했듯이 오래 걸리지 않을 거야. 한 1년쯤?”

토머스가 손을 치우자마자 안내원은 문을 닫았다. 토머스는 눈물을 참으며 침대로 달려가 쓰러져 누웠다.

1년이나 남았다.

6장

224.3.12 | 7:30 a.m.

이른 아침, 방문을 두드리는 소리가 들렸다. 시계처럼 매일 똑같이 반복되는 일상이었다. 늘 같은 시간에 방문을 두드렸지만 늘 같은 사람이 두드리지는 않았다. 토머스에게는 와주었으면 하고 바라는 사람이 있었다. 지금까지 만난 중 제일 친절한 의사였다. 그 의사는 단연 최고였다. 그 의사는 두 달 전에 토머스를 앤더슨 총장이 있는 곳에 데려다주었다. 토머스는 그 의사가 다시 오길 기다렸지만 번번이 다른 사람이 왔다.

그런데 오늘 방문을 열자 그 의사가 서 있었다.

"페이지 박사님. 안녕하세요."

토머스는 어째서인지 이 의사가 무척 좋았다. 같이 있으면 마음이 편안해졌다.

"안녕, 토머스. 맞혀볼래?"
"뭘요?"
그녀는 따뜻하게 미소 지었다.
"이제부터 나를 엄청 자주 보게 될 거야. 너한테 배정됐거든. 너를 전담하는 거지. 어떻게 생각해?"
토머스는 기뻐서 어쩔 줄 몰랐다. 실제로 만난 건 몇 번 되지 않지만, 페이지 박사와 함께 있으니 벌써부터 마음이 놓였다. 그렇지만 토머스의 입에서 나온 말은 기껏 "잘됐네요"가 전부였다.
"잘됐지, 정말." 페이지 박사의 환한 웃음은 덴턴 선생의 웃음처럼 진실해 보였다. "앞으로 네 앞날엔 좋은 일이 잔뜩 일어날 거야. 아니, 이제는 우리의 앞날이지."
토머스는 또 "잘됐네요"라고 말할 뻔했으나 참았다.
페이지가 옆에 놓인 바퀴 달린 쟁반을 가리키며 말했다.
"자, 아침 먹자."
어떻게 하는 건지 알 수 없었지만 페이지가 피를 뽑을 때 토머스는 피부에 바늘을 꽂는 따끔거림조차 느끼지 못했다. 보통 채혈은 조수들 중 하나가 맡았으나 가끔 페이지 박사가 직접 할 때도 있었다. 오늘도 그랬다.
토머스는 튜브를 따라 팔에서 빠져나가는 피를 바라보며 물었다.
"저에 대해 뭘 알아내셨어요?"
페이지가 고개를 들었다.
"응?"
"여러 가지 검사를 하시잖아요. 그래서 뭘 알아내셨어요? 저한테 아무 얘기도 안 해주셔서요. 저 아직 면역이에요? 제 정보가 박사님에게 도움이 됐어요? 건강한가요?"

페이지는 피를 담은 유리병의 뚜껑을 닫고 토머스의 팔에서 바늘을 빼냈다.

"그럼, 넌 우리에게 큰 도움이 되고 있어. 우리가 네 몸과 건강 상태에 대해 알수록 더욱 도움이 되지……. 너와 다른 아이들을 연구하면서 우린 무엇을 연구해야 할지 알아가고 있어. 치료제를 찾아내려면 어디에 노력을 집중해야 하는지도 파악하고 있고. 사람들 말처럼 넌 정말 소중하단다. 너희들 모두가 소중해."

토머스의 얼굴이 살짝 밝아졌다.

"저 기분 좋으라고 하시는 얘기예요?"

"아니. 우리가 이 바이러스를 막아낸다면 그건 순전히 너와 다른 아이들 덕분이야. 자부심을 가져도 좋아."

"알았어요."

"자, 이제 러닝머신에 올라가렴. 심박수가 얼마나 빨리 분당 150을 넘기는지 보자."

"유례없는 방식으로 사회를 연결해 사람들의 일상을 크게 변화시켰고……."

토머스가 손을 들어 올린 것은, 몸집이 작고 소심하며 완벽한 치아를 가진 여성인 랜던 선생이 휴대전화 기술의 문화적 영향을 설명하고 있을 때였다. 지루해서 죽을 것 같았다. 휴대전화 기술의 문화적 영향을 모르는 사람도 있을까.

"응, 그래?"

랜던이 문장을 중간에서 끊고 물었다.

"오늘은 평면 이동문 발명에 대해 얘기할 줄 알았는데요."

"내가 그렇게 말했니?"

"그럴걸요. 아무튼, 그게 이거보다는…… 재미있을 것 같아요."

토머스는 기분 나쁘게 들리지 않도록 말끝에 미소를 지었다.

랜던은 팔짱을 끼었다.

"여기서 가르치는 사람이 누구지?"

"선생님요."

"그럼 매일 무엇에 대해 얘기해야 하는지 누가 제일 잘 알까?"

토머스는 다시 미소 지었다. 왜인지는 알 수 없었다. 수업은 지루하기 짝이 없지만 그는 랜던 선생이 좋았다.

"선생님요."

"좋아. 자, 수업을 계속하자. 사람들이 전부 휴대전화로 연결되자 세상이 얼마나 크게 바뀌었는지……."

덴턴은 달팽이처럼 참을성이 대단했다. 토머스는 탁자에 놓인 괴상한 모양의 블록 40개를 바라보며 30분 넘게 분석 중이었다. 손으로는 하나도 건드리지 않았다. 대신 각각의 조각을 차례로 쳐다보면서 머릿속으로 청사진을 만들고 있었다. 덴턴 선생이 가르쳐준 방법대로 퍼즐을 풀어보는 중이었다.

"오늘은 이만 쉴까? 다음 수업에 가야 되잖아."

덴턴의 인내심도 바닥난 모양이었다.

"늦어도 괜찮아요. 글랜빌 선생님은 신경 안 써요."

덴턴은 고개를 저었다.

"별로 좋은 생각이 아니야. 시간이 모자라면 서두르게 돼. 넌 급하게 퍼즐을 풀 준비가 안 됐잖아. 아직은 충분히 시간을 가져도 돼. 며칠 걸려도 괜찮아. 뇌를 잘 단련시켜서 밤에 침대에 누워서도 머릿속으로 퍼즐을 쭉 펼쳐놓고 분석해보도록 해."

토머스는 마지못해 블록에서 시선을 떼고 의자 등받이에 몸을 기댔다.

"대체 왜 이렇게 많은 퍼즐을 푸는 거예요? 퍼즐은 그냥 게임일 뿐이잖아요."

"그렇게 생각하니?"

"아닌 것 같기도 해요. 다른 수업에 비해 뇌를 더 많이 쓰니까요."

덴턴은 학교에서 제일 똑똑한 선생이라는 말을 듣기라도 한 것처럼 뿌듯한 미소를 지었다.

"바로 그거야, 토머스. 자, 이제 글랜빌 선생님 수업에 가봐. 기다리시게 하지 말고."

토머스는 자리에서 일어섰다.

"알았어요. 다음에 뵐게요." 토머스는 문으로 걸어가다가 뒤돌아보며 말했다. "그런데 어디에도 맞지 않는 퍼즐 조각이 7개나 있던데요."

덴턴은 더욱 환하게 미소 지었다.

혈액을 채취하고 또 채취했다.

수업을 받고 또 받았다.

퍼즐을 풀고 또 풀었다.

하루하루가 흘렀다.

수개월이 지났다.

7장

224.9.2 | 7:30 a.m.

정확한 시간에 문 두드리는 소리가 들렸다. 몇 초 차이는 있을지 모르지만 매일 거의 같은 시각이었다. 토머스가 방문을 열자 낯선 남자가 그를 빤히 쳐다보았다. 그 자리에 와 있는 게 탐탁지 않다는 표정을 한 대머리 남자였다. 살아 있는 것 자체가 탐탁지 않은 사람일 수도 있었다. 퉁퉁 붓고 붉게 핏발 선 눈, 축 처지고 온통 주름진 얼굴로 인상까지 쓰고 있었다.

"페이지 박사님은요?"

토머스는 약간 풀이 죽어 물었다. 가끔은 판에 박힌 일상이 싫으면서도 그 일상이 흐트러지면 어딘가 불편했다.

"별일 없으시죠?"

"좀 들어가도 될까?"

남자가 음식 나르는 밀차를 고갯짓으로 가리키며 물었다. 페이지 박사 같은 따뜻함은 없는 목소리였다.

"아, 예."

토머스는 문을 더 활짝 열고 옆으로 비켜섰다. 대머리는 밀차를 토머스의 작은 책상까지 밀고 들어왔다.

"다 먹어. 오늘은 기운을 많이 써야 하니까."

토머스는 남자의 말투가 마음에 들지 않았다.

"왜요? 그리고 아까 제 질문에 대답 안 하셨잖아요. 페이지 박사님한테 무슨 일 있어요?"

대머리는 키가 더 커 보이려는 듯이 허리를 쭉 펴더니 팔짱을 꼈다.

"일은 무슨 일? 멀쩡히 잘 있지. 그리고 어른한테는 친절과 존경을 담아 말하도록 해라."

토머스는 말대꾸를 하려다가 말았다. 날카로운 단어들은 내뱉기 쉬운 법이지만 토머스는 남자가 나갈 때까지 침묵을 지켰다.

대머리는 울적하고 부자연스러운 시선으로 토머스를 줄곧 바라보며 말했다.

"30분 주마. 8시 정각에 다시 올게. 레빗 박사라고 불러줘. 심리학자 중 한 명이야."

대머리는 마침내 토머스에게서 시선을 떼고 방을 나가 조용히 문을 닫았다.

'심리학자 중 한 명.'

토머스는 심리학자라는 단어를 들어본 적은 있지만 정확히 어떤 일을 하는 사람인지는 알지 못했다. 식욕은 없었지만, 앉아서 꾸역꾸역 먹었다.

8시 정각, 레빗 박사가 필요 이상으로 세게 방문을 두드리는 것처럼 느껴졌다. 토머스는 느릿느릿 아침을 다 먹었다. 한 시간만 더, 한나절만 더 아침을 계속 먹고 싶었다. 한 달이라도 좋았다. 이 낯선 남자와는 아무 데도 같이 가고 싶지 않았다. 무슨 이유로든 페이지 박사가 없어진 거라면 엄청난 충격을 받을 것 같았다.

방문을 열었다. 30분 전과 마찬가지로 축 늘어진 대머리 레빗이 서 있었다.

"가자."

그가 퉁명스럽게 말했다.

그들은 말없이 복도를 걸었다. 토머스는 테리사의 방문 앞을 지나며 흘끗 명판을 쳐다보았다. 31K. 저 명판을 보면서 방문을 열고 들어가 소녀를 만나고 싶다는 생각을 몇 번이나 했을까? 이 사람들은 도대체 무슨 이유로 아이들이 서로 만나지 못하게 막는 걸까? 단지 잔인하게 굴기 위해서? 페이지 박사는 어떻게 이런 일에 동참했지?

"있잖아."

레빗의 목소리에 토머스는 형광등 조명이 내리비치는 복도의 하얀 벽으로 다시 시선을 돌렸다.

"오늘 아침에는 내가 좀 무뚝뚝하게 굴었지? 미안하다. 오늘 프로젝트에 일이 좀 많았어. 거기에 많은 게 달려 있거든." 레빗은 말끝에 목이 졸리는 듯한 소리로 웃었다. 감전사당하는 개구리가 낼 것 같은 소리였다. "그래서 스트레스를 많이 받았지."

토머스는 딱히 뭐라고 대꾸해야 할지 몰라 "알았어요"라고 말하고는 "누구나 안 좋은 날이 있으니까요"라고 초조하게 덧붙였다. 이 남자는 무엇 때문에 그렇게 스트레스를 받았을까? 본인이 직접 검사를 받지도 않으면서.

"그래."

레빗이 투덜거리는 투로 말했다.

승강기에 탄 레빗은 토머스가 한 번도 가본 적 없는 층의 버튼을 눌렀다. 9층. 어째서인지 불길한 느낌이 들었다. 9층이라니. 페이지 박사가 옆에 있어도 이렇게 섬뜩한 기분이 들었을까? 알 수 없었다.

경쾌한 알림음과 함께 승강기 문이 열리고 레빗은 승강기에서 내려 왼쪽으로 향했다. 뒤따라 내린 토머스는 유리 칸막이 앞에 놓인 책상을 보았다. 그 뒤에는 깜박깜박 빛을 내는 모니터들, 온갖 장치들이 놓여 있었다. 무슨 병원 같았다.

페이지 박사에게 정말 무슨 일이 생겨서 지금 그녀를 만나러 가는 길인지도 모른다.

토머스는 최대한 싹싹하고 편안한 목소리를 내려고 애쓰며 물었다.

"오늘 무슨 일을 하는지 말해주실 수 있어요?"

"아니." 레빗은 짧게 대답하고는 잠시 생각한 끝에 덧붙였다. "미안하다."

토머스는 레빗을 따라 안내 데스크와 유리 칸막이를 지나 복도로 들어섰다. 복도의 문들을 차례로 지나면서 살펴보았으나, 문

밖에 붙은 의료용 모니터 외에 각 방에 대한 단서는 없었다. 문마다 숫자가 붙었고, 전부 닫혀 있었으며, 불투명한 유리벽은 바닥부터 천장까지 커튼이 드리워져 내부를 볼 수 없었다. 그러다 토머스는 어느 방에서 새어 나온 목소리를 들었다. 비명이 분명한 날카로운 소리에 깜짝 놀라기도 했다. 그 소리가 뒤따라오듯 복도에 울려 퍼지자, 토머스는 걸음을 멈추고 뒤를 돌아보았다.

"계속 걸어. 걱정할 거 전혀 없다."

"무슨 일이에요? 저게 무슨 소리……."

레빗이 토머스의 팔을 잡았다. 아플 정도는 아니지만 다정하게 잡은 것도 아니었다.

"아무 일도 없을 테니까 내 말 믿고 계속 걷기나 해. 거의 다 왔어."

토머스는 시키는 대로 따랐다.

그들은 다른 문과 똑같이 생긴 문 앞에 섰다. 문 옆에 붙은 전자 차트에 무어라 적혀 있었지만 글씨가 너무 작아 토머스가 서 있는 자리에서는 보이지 않았다. 레빗은 그 차트를 잠시 들여다보더니 문손잡이로 손을 뻗었다. 그가 손잡이를 돌리려는데 복도 아래 쪽에서 소동이 일어나 정적을 뒤흔들었다.

고개를 돌리자 문이 벌컥 열리는 모습이 보였다. 환자복을 입고 머리에 붕대를 감은 소년이 간호사 두 명의 부축을 받아 비틀비틀 복도로 걸어 나왔다. 소년은 약에 잔뜩 취한 것처럼 휘청거리다 바닥에 쓰러졌다. 소년은 부축해주던 두 간호사를 밀치고 혼자 일어서려고 안간힘을 썼다. 토머스는 그 자리에 얼어붙은 채 소년을 바라보았다. 소년은 다시 넘어졌다가 술에 취한 듯 비틀비틀 일어나 좌우로 쓰러질 듯이 움직이면서 토머스 쪽으로 다가왔다.

"안에 들어가지 마."

소년이 혀 꼬부라진 소리로 말했다. 검은 머리카락의 아시아인으로 토머스보다 한 살쯤 많아 보였다. 소년의 얼굴은 붉게 상기되었고 땀투성이였다. 머리에 감긴 붕대를 보니 귀 바로 윗부분에 조그맣게 피가 묻어 있었다.

토머스는 멍해져서 믿기지 않는 눈으로 소년을 바라보았다. 갑자기 레빗이 토머스와 소년 사이를 가로막고 섰다. 소년을 뒤따라온 간호사 중 한 명이 소리쳤다.

"민호야! 거기 서! 넌 그럴 상태가 아니야……."

하지만 그 후에 이어진 다른 이들의 말은 토머스의 귀에 들어오지 않았다.

민호. 소년의 이름은 민호였다. 이제 토머스는 두 아이의 이름을 알게 되었다.

민호가 레빗에게 거칠게 부딪쳤다. 마치 그가 거기 서 있는 걸 못 본 것 같았다. 몽롱하면서도 두려움에 찬 민호의 시선은 오로지 토머스에게 꽂혀 있었다.

"사람들이 너한테 이 짓을 못하게 해!"

민호가 두 팔로 자신을 틀어잡은 레빗에게 저항하며 소리쳤다. 민호는 레빗에게서 벗어나기에는 몸집이 너무 작았지만 저항을 포기하지 않았다.

"무슨……." 토머스는 목소리가 너무 작게 나와 좀 더 크게 물었다. "무슨 일이야?"

"우리 머릿속에 뭔가를 집어넣고 있어!" 민호는 격렬한 눈빛으로 토머스를 쳐다보면서 소리쳤다. "안 아플 거라고 했는데 엄청 아파. 아프다고! 그들이 거짓말을 하고 있……."

민호의 마지막 말은 입안에서 웅얼거리다 끝났다. 간호사가 민호의 목에 무언가를 주사하자 민호는 축 늘어져 바닥에 쓰러졌다. 간호사들은 방금 전 민호가 나왔던 방으로 다시 그를 끌고 들어갔다. 민호의 발이 바닥에 질질 끌렸다.

토머스는 레빗을 돌아보았다.

"저 사람들이 재한테 무슨 짓을 한 거예요?"

레빗은 놀라울 정도로 침착한 태도로 아무렇지 않게 말했다.

"걱정 마. 마취약에 대한 반응일 뿐이야. 걱정할 거 전혀 없어."

레빗은 걱정할 거 전혀 없다는 말을 참 좋아하는 듯했다.

토머스는 도망쳐야겠다고 생각했다. 레빗이 문을 여는 모습을 보고 그 뒤를 따라 방으로 들어가서도, 등 뒤로 문 닫히는 소리를 들으면서도 내내 도망칠 궁리를 했다.

'난 겁쟁이야. 민호라는 아이 같은 배짱이 없어.'

방 안은 병실 같은 분위기였다. 개별 커튼이 설치된 침대 두 개가 놓여 있었다. 새로 정리된 왼쪽 침대는 비어 있었고, 오른쪽 침대에는 커튼이 드리워져 얇은 커튼 너머로 사람 그림자만 보일 뿐 누가 누워 있는지는 알 수 없었다. 온갖 의료 장비가 잔뜩 있었는데, 토머스가 이런저런 검사를 받던 실험실에서 본 것 같은 최첨단 장비들이었다. 레빗은 컴퓨터 앞에 서서 차트를 읽으며 정보를 입력하고 있었다.

토머스는 닫힌 커튼 너머의 침대로 관심을 돌렸다. 대여섯 걸음 떨어진 곳에 서 있는 레빗은 차트를 읽느라 여념이 없었다.

'커튼 뒤에 누가 있는지 봐야지.'

토머스는 이토록 강렬한 충동을 느껴본 게 얼마 만인지 기억도 나지 않았다.

왼쪽에 있는 레빗은 작은 글씨를 읽느라 화면에 바짝 다가서 있었다. 토머스는 곧바로 이동했다. 오른쪽 침대로 살금살금 다가가 닫힌 커튼을 젖히고 안으로 들어갔다. 짧은 금발 소년이 눈을 감고 이불을 턱까지 덮고 있었다. 레빗이 허둥지둥 달려와 커튼을 젖히고 토머스의 팔을 잡아 밖으로 끌어냈다. 그래도 토머스는 침대에 누운 소년을 봤으니 만족했다. 그 소년에 관해 두 가지를 제대로 봤다.

첫째, 그 소년도 민호처럼 머리에 붕대를 감았고 한쪽 귀에서 흘러나온 붉은 피가 붕대에 배어 있었다.

둘째, 모니터에 적힌 소년의 이름을 보았다.

뉴트.

이제 세 명이다.

토머스는 세 명의 이름을 알게 됐다.

8장

224.9.2 | 8:42 a.m.

레빗은 토머스를 빈 침대 쪽으로 끌고 갔다.

"도대체 무슨 생각이냐? 우린 의료 지침을 따르고 안전 구역을 존중하면서 세심한 주의를 기울여야 해. 그 정도는 알지 않니?"

토머스는 터져 나오려는 웃음을 참으며 비꼬는 말투로 들리지 않도록 조심스럽게 대꾸했다.

"아, 몰랐어요."

열 살도 되지 않은 아이인데, 그런 건 당연히 모를 수도 있지!

"저 아이는 수술을 받았어. 몸이 약해져 있지. 세균에 감염될 수 있어. 세균이 뭔지는 알지?" 레빗은 기분 나쁠 정도로 차분하게 말했다. "플레어 같은 바이러스 말이다."

"저는 면역인이잖아요. 우리 모두 면역인 아닌가요?"

"너희 대부분은……." 레빗은 말하다 말고 한숨을 쉬면서 손가락으로 콧날을 집었다. "됐다. 어쨌든…… 다시는 커튼을 들추지 마. 알아들었니?"

토머스는 고개를 끄덕였다.

"자, 이제 준비를 해야지." 레빗은 마치 스스로의 위치를 파악하려는 사람처럼 두 손을 뻗으며 방 안을 휘 둘러보았다. "30분 안에 집도의가 올 거다."

그동안 쌓여온 두려움이 토머스의 명치끝에 몽글몽글 솟아올랐다.

"아까 그…… 민호라는 애가 했던 말…… 사실인가요? 당신들이 제 머리에 괴상한 걸 집어넣을 거라고 했잖아요."

"괴상한 게 아니라……." 레빗은 가까스로 참는 목소리였다. 그는 서랍을 열고 리넨 소재 환자복을 꺼내며 말을 이었다. "꼭 필요한 걸 넣는 거다. 다시 한 번 말하지만 민호는 우리가 준 약에 반응을 보인 거야. 드물지만 그런 일이 가끔 있어. 네가 맞을 주사 용량은 우리가 알아서 잘 조절하마. 약속할게." 그는 잠시 후 토머스를 바라보며 덧붙였다. "위험성이 있다는 건 너도 알잖아. 넌 플레어 병에 면역돼 있어. 인류는 심각한 위험에 처해 있고. 알지? 다 알고 있지?"

토머스는 한 가지 대답밖에 할 수 없었다.

"예."

"그럼 네 협조가 왜 중요한지도 알겠구나." 레빗은 토머스에게 환자복을 던져주었다. "우리는 플레어 병 치료제를 만들기 위해 면역인들의 머릿속 위험지역을 연구하고 있어. 넌 바로 그 면역인이고. 오늘 우리는 네가 왜 남들과 다른지 알아내기 위해 네 머릿속에 작은 장치를 집어넣을 거야. 회복은 금방 될 거고. 그 장치 덕분에 우리가 네 생리적 반응을 보다 효율적으로 관리할 수 있으니 너한테도 좋은 일이지. 지금처럼 자주 팔에 바늘을 꽂지 않아도 돼!" 그는 마지막 말을 특히 명랑하게 덧붙였다. "그리 나쁘지만은 않지?"

토머스는 어깨를 으쓱하면서 고개를 끄덕였다. 이 남자는 어린아이의 머리를 열겠다는 얘기를 꽤나 합리적으로 들리게끔 말하고 있었다. 토머스는 고개를 숙이고 손에 든 환자복을 만지작거렸다.

"욕실은 저쪽에 있다." 레빗은 한쪽 구석에 있는 문을 가리켰다. "가서 옷 갈아입고 침대에 누워. 다 괜찮을 거야. 의식이 없으니 아무것도 못 느낄 거다. 이틀 정도 두통은 있겠지만. 두통약도 준비해뒀어. 알았지?"

"알았어요."

토머스는 욕실 쪽으로 한 걸음 가려다가 복도에서 나는 소녀의 비명 소리를 들었다. 고개를 돌린 토머스와 레빗의 눈이 마주쳤다. 그들은 그렇게 한동안 서로를 마주 보며 누가 먼저 행동에 나설지를 기다렸다. 먼저 움직인 이는 토머스였다.

토머스는 곧장 달려가 문을 열고 복도로 뛰쳐나갔다. 레빗이 뒤따라 나오는 게 느껴졌다. 몇십 걸음 앞에서 익숙한 장면이 펼쳐지고 있었다. 남자 간호사 한 명과 여자 간호사 한 명이 갈색 머리카락의 소녀를 끌고 복도를 걸어가고 있었다. 소녀는 가는 내내 발버둥을 치며 악을 썼다. 31K 방에 사는 소녀, 테리사였다.

그다음에 토머스가 벌인 짓은 영 터무니없는 것이었다. 그는 무작정 소녀에게 뛰어갔다. 소녀의 얼굴에 어린 고통과 눈빛에 담긴 두려움이 토머스의 내면에서 공포로 차오르다가 마침내 거품처럼 펑 터지고 말았다.

"그 애를 놔줘!"

토머스가 소리친 순간, 레빗이 뒤에서 돌아오라고 고함을 쳤다.

간호사들이 토머스를 돌아보며 멈춰 섰다. 그들의 얼굴에는 호기심과 약간의 흥미가 뒤섞여 있었다. 그들의 표정을 보자 토머스는 더 화가 치밀었다. 가망 없는 짓이라는 걸 알면서도 토머스는 더 빨리 달려갔다. 적어도 구해주려 노력했음을 테리사에게 보여주고 싶었다.

마침내 토머스는 두 팔을 뻗으며 훌쩍 뛰어올랐다. 두 악당을 쓰러뜨리려고 달려드는 슈퍼 히어로처럼.

간호사 한 명이 팔뚝을 휘둘러 방어했고 토머스는 그 팔뚝에 옆통수를 맞았다. 날카로운 통증이 뺨과 귀를 타고 타올랐다. 세상이 뒤집히면서 바닥에 철퍼덕 쓰러졌다. 벽에 코를 세게 부딪쳐 거의 기절할 정도였다. 토머스는 옆으로 몸을 굴리면서 고개를 들었다. 간호사 두 명이 '너 대체 왜 이러니?' 하는 눈빛으로 그를 내려다보고 있었다. 테리사도 발버둥을 멈추고 그를 쳐다보았다. 그런데 테리사의 표정이 완전히 달라졌다. 경외감과 놀라움이 담긴 표정이었다. 그리고 입가의 저 움직임은, 미소일까?

토머스는 세상을 다 얻은 기분이었다.

레빗이 주사기를 손에 들고 토머스를 내려다보며 말했다.

"우리가 서로를 잘 이해했다고 생각했는데 말이야. 나도 정말

이러고 싶지는 않았다."

그러고는 무릎을 굽히더니 토머스의 목에 주삿바늘을 꽂고 엄지로 누름대를 꾹 눌렀다.

의식을 잃기 전에 토머스는 다시 한 번 테리사를 쳐다보았다. 그들은 단 몇 초지만 서로 눈빛을 마주쳤다. 소중한 순간이었다. 이내 눈앞이 흐릿해지고, 간호사들이 테리사를 끌고 갔다. 그래도 그 순간 테리사가 외친 말이 토머스의 귀에 똑똑히 들어왔다.

"언젠가는 우리도 자랄 거야."

토머스는 괴상한 꿈을 꾸었다.

등에 어떤 기계를 메고 하늘을 날면서 세상을 내려다보는 꿈이었다. 세상은 바짝 타고 황폐했으며 생명이라곤 없었다. 사막을 달려가는 조그마한 자들이 보였다. 그들은 점점 가까이 다가왔다. 날개와 흉측한 얼굴, 쭉 뻗은 손이 차례로 시야에 들어왔다. 토머스를 붙잡으려고 날아온 괴물들이었다.

괴물들에게 붙잡혀 갈기갈기 찢기기 전에 다행히 그 꿈은 끝나고, 좀 더 즐거운 꿈으로 바뀌었다.

어머니, 아버지와 함께 강가로 소풍을 나간 꿈이었다. 그 꿈의 바탕이 기억인지 소망인지는 알 수 없었지만 즐거웠다. 한편으로는 가슴이 너무 아파서, 앞으로 오랫동안 그 아픔을 간직하게 될 것 같은 기분이 들었다.

어느 시점부터 테리사 꿈을 꾸었다. 가까이에, 말 그대로 옆방에 사는 신비로운 소녀. 하지만 그들 사이에 오간 말은 한 문장에 불과했다.

'언젠가는 우리도 자랄 거야.'

토머스는 그 말에 매달렸다. 꿈속에서 테리사는 몇 번이고 그 말을 되풀이했다. 어딘지 모르게 거칠고…… 반항적인 느낌이 들었다. 토머스는 테리사가 하는 그 말이 듣기 좋았다. 꿈속에서 토머스와 테리사는 같은 방에 앉아 있었다. 토머스의 방이었다. 토머스는 침대에, 테리사는 의자에 앉았다. 얘기를 나누지는 않고 그저…… 앉아만 있었다. 함께. 친구를 절실히 원했던 토머스는 꿈에서 깨고 싶지 않아 수술이 영원히 계속되길 바랐다.

그러다 테리사가 그의 이름을 계속해서 부르기 시작했다. 그런데 테리사의 목소리가 아니었다. 무슨 일이 일어나고 있는지 어느 정도 감지한 토머스의 심장이 슬픔으로 녹아내렸다. 허구의 순간에 절실히 매달릴수록 꿈은 빠르게 사라져갔다. 곧 어둠만이 남았다. 누군가 그의 이름을 계속 불렀다.

깨어날 시간이다.

눈을 뜬 토머스는 병실의 밝은 조명에 눈을 깜박였다. 어떤 여자가 그를 내려다보고 있었다. 페이지 박사였다.

"박사님……."

토머스가 말하려는데 그녀가 만류했다.

"말하지 마."

페이지가 미소 짓자 모든 게 괜찮을 것 같았다. 페이지는 그에게 나쁜 짓을 할 사람이 아니다. 절대로.

"약을 잔뜩 투여해서 정신이 몽롱할 거야. 가만히 누워서 긴장 풀고 약 기운을 즐기렴."

페이지는 소리 내어 웃었다. 무척 보기 드문 모습이었다.

토머스는 몸이 붕 뜬 것 같았고 평온함을 느꼈다. 복도에서 테리사와 있었던 일이 우습게 느껴졌다. 조그마한 꼬맹이가 복도를 달려와 슈퍼맨처럼 뛰어오르는 모습을 보고 간호사들은 무슨 생각을 했을까? 그래도 토머스는 테리사에게 자신이 마음을 쓰고 있다는 것, 용감하다는 것을 보여주었다. 토머스는 기분 좋게 한숨을 내쉬었다.

"그래." 페이지가 침대 옆 모니터를 들여다보며 말했다. "내 조언을 잘 받아들이고 있구나."

"저한테 뭘 하신 거예요?"

토머스가 웅얼웅얼 말했다. 발음이 분명하게 나오지가 않았다.

"아, 이젠 내 조언을 무시하네. 말하지 말라니까."

"뭘…… 하셨어요?"

토머스가 재차 물었다.

페이지는 고개를 돌려 토머스를 바라보다가 침대에 걸터앉았다. 매트리스가 움직이자 토머스는 몸에 통증을 느꼈다. 묵지근하고 아득한 통증이었다.

"심리학 팀이 우리가 하려는 일에 대해 설명해주지 않았니? 레빗 박사님?"

페이지는 레빗 박사가 방으로 다시 들어왔는지 확인하려는 듯 주변을 둘러보았다. 레빗 박사는 없었다.

토머스는 고개를 끄덕였다.

"설명해줬지만……."

"알아. 끔찍하게 들렸겠지. 몸 안에 뭔가를 집어넣는다니까."

페이지는 다시 미소 지었다. "그래도 나는 믿지, 그렇지?"

토머스는 재차 고개를 끄덕였다.

"너한테도 그렇고 모두에게 장기적으로 더 나은 일이야. 장치를 삽입한 덕분에 우린 더 빠르고 효율적으로 너의 뇌 내 위험지역 활동을 측정할 수 있어. 너도 전처럼 자주 실험실에 와서 데이터를 추출할 필요가 없고. 몸속 장치가 실시간으로 정보를 전달해 주니까. 내 말 믿으렴. 너도 나중에는 우리의 이런 조치를 좋아하게 될 거야."

토머스는 아무 말도 하지 않았다. 정상적으로 말을 할 수 있어도 아마 입을 다물었을 것이다. 페이지의 말에는 일리가 있었다. 대부분 그랬다. 다만 민호와 테리사가 왜 그렇게 심하게 날뛰었는지 궁금할 뿐이었다. 그들의 수술은 매끄럽게 진행되지 않았던 걸까?

페이지가 침대에서 일어나 토머스의 팔을 토닥였다.

"다 괜찮을 거야. 이제 약 기운에 취해 잠을 잘 시간이야. 앞으로 이틀 동안 계속 이럴 거니까, 이럴 때 휴식을 즐기렴."

페이지는 문 쪽으로 가다가 되돌아와 허리를 굽히고 토머스의 귀에 무어라 속삭였다. 하지만 토머스는 이미 눈을 감고 의식을 놓고 있었다. '놀라운 일'과 '특별'이라는 단어만 귀에 들어왔다.

잠시 후 발소리에 이어, 밖으로 나간 페이지가 부드럽게 문을 닫는 소리가 들렸다.

9장

224.10.7 | 12:43 p.m.

토머스의 머리는 생각보다 빨리 회복되었다. 얼마 안 있어 토머스는 방으로 돌아왔고 아무 일도 없었다는 듯이 수업에 참여했다. 수술을 받은 날 이후로 테리사나 민호, 뉴트라는 이름의 소년은 볼 수 없었다. 그 외에 다른 아이들도 마찬가지였다. 가끔 수업을 받으러 복도를 걷다 보면 목소리가 들렸다. 멀리서 들리는 소리라 방향을 정확히 가늠할 수는 없었지만 아이들의 목소리인 것만은 분명했다. 다른 아이들은 저렇게 활발히 교류하는 게 허락됐는데 자신은 무슨 문제가 있어 이렇게 홀로 지내야 하는지 궁금했다. 언젠가는 아이들과 어울릴 수 있을까?

매일 그 궁금증을 안고 살았다. 가끔은 실험의 일환일 거라고 혼자 답을 내보기도 했다. 어떤 아이들은 상호 교류를 하고, 어떤 아이들은 혼자 지내는 실험을 하는 중이라고. 그러다 언젠가 차례가 오면 자리를 바꾸지 않을까?

귀 위쪽에 길게 튀어나온 상처가 손에 만져졌다. 수술을 받은 자국이었다. 머리카락이 그 위로 자라면서 토머스는 점점 그 상처를 의식하지 않게 됐다. 얼마 안 있으면 손에 만져지지도 않을 것 같았다. 가끔 마법의 손이 그의 머릿속에 들어와 뇌를 쥐어짜는 것처럼, 머릿속 깊이 울려 퍼지는 통증이 느껴지곤 했다. 페이지 박사나 교사들에게 뇌 내 삽입 장치에 대해 물어볼 때마다 그들은 전에 했던 얘기를 되풀이할 뿐이었다. 그의 신체 체계를 분석하는 장치라고. 그리고 그 장치 덕분에 검사를 받는 횟수가 확연히 줄었다는 점도 재빨리 지적했다. 그 점만은 토머스도 고맙게 생각하고 있었다.

페이지는 다른 아이들과 동떨어져 고립된 생활을 하게 하는 것도 다 이유가 있어서라고 토머스를 안심시켰다. 토머스를 잘 돌봐주고 안전하게 지켜주고 싶어서라고, 바깥세상은 무섭고 끔찍한 곳이며 방사능과 광인 천지라고 했다. 다른 아이들과 교류하기 전에 그들이 플레어 병에 대해 더 잘 파악해야 할 필요가 있다고 하며, 토머스는 특별한 케이스라고 했다. 하지만 더 자세한 설명은 해주지 않았다. 토머스는 책이며 포켓용 게임기를 자주 가져다주는 페이지의 친절을 의심하지 않았기에, 그를 달래려 꾸며낸 얘기라고는 생각하고 싶지 않았다. 페이지는 토머스가 기묘한 생활을 좀 더 편안히 받아들일 수 있도록 늘 신경을 써줬다.

어느 날 토머스는 한 번도 느껴본 적 없는 지독한 두통 때문에 잠에서 깼다. 몸이 무겁게 늘어졌다. 의지를 쥐어짜내 겨우 일어나 오전 일정을 힘겹게 소화했다. 그러다 점심시간에 방에서 깜박 잠이 들었는데 눈을 감자마자 누가 방문을 두드렸다. 깜짝 놀란 토머스는 벌떡 일어나 대답하면서, 오후 수업을 전부 빼먹고 잠든 건 아닌지 걱정했다. 갑자기 몸을 일으켰더니 두통이 또 한 차례 밀려왔다.

방문을 연 토머스는 복도에 서 있는 레빗을 보고 가슴이 철렁했다. 레빗의 대머리가 조명을 받아 번쩍였다.

"아."

토머스의 입에서 저도 모르게 탄식이 나왔다.

"그래, 잘 있었냐." 레빗은 변함없이 쾌활한 목소리였다. "오늘 오후에 널 위해 깜짝 놀랄 만한 일을 준비했다. 네 마음에 들 거야."

토머스는 그를 바라보며 돌연 현기증을 느꼈다. 레빗의 말을 듣는 순간 강렬한 기시감이 밀려와, 지금 꿈을 꾸고 있는 게 아닌가 싶기도 했다.

"잘됐네요." 토머스는 불편한 기색을 감추며 대답했다. 매일 반복되는 일상이라 변화라면 뭐든 환영이었다. "뭔데요?"

레빗은 이상하게 초조한 미소를 지었다. 마치 찔린 데가 있는 사람처럼 슬쩍 웃으며 입을 열었다.

"우리는…… 우리 심리학 팀은 이제 네가 다른 아이들과 상호작용을 할 때가 됐다고 결정을 내렸어. 그래서 우선, 음, 테리사부터 시작할 생각이다. 어때? 테리사를 만나 같이 시간 보낼 생각 있어? 지난번 비공식적인 첫 만남보다는 분위기가 조금은 더 좋지 않을까 싶은데."

레빗은 입을 더 크게 벌리고 웃었지만 눈은 웃고 있지 않았다.

정말 오랜만에 토머스의 안에서 무언가가 뜨겁게 솟구쳤다. 세상 누구보다도 만나고 싶은 사람이 바로 테리사였다.

"예, 만나고 싶어요. 정말 잘됐네요."

걸어가는 동안 묘한 기시감이 또다시 밀려왔다. 전에도 같은 목적으로 똑같은 길을 걸은 듯한 기분이 들었다. 레빗은 같은 층에 있는 작은 사무실로 토머스를 데리고 들어갔다. 책상 하나, 그리고 책상의 앞과 뒤에 놓인 의자 하나씩이 전부인 사무실이었다. 테리사라는 이름의 소녀는 그중 한 의자에 앉아 토머스를 바라보며 수줍게 미소 지었다.

더욱 강한 기시감이 밀려와 토머스는 휘청할 뻔했다. 이 방과 테리사, 조명을 비롯한 모든 게 익숙해서 처음 겪는 일 같지 않았다. 토머스는 몹시 혼란스러웠다.

"앉아."

레빗이 재촉하듯 손짓하며 말했다.

토머스는 마음을 가라앉히려 애쓰며 의자에 앉았다. 레빗은 사무실을 나가 문을 닫으며 말했다.

"우리는 이제 너희 둘이 얘기를 나눠도 된다고 판단했다. 그럼 즐거운 시간 보내라."

레빗은 미소 지으며 문을 닫았다. 토머스는 이 또한 이미 겪어본 듯한 느낌이었다.

토머스는 조금 전 레빗이 서 있던 자리에서 시선을 뗄 수 없었다. 쑥스러워 테리사 쪽으로는 눈길을 돌리지 못했다. 1분 전까지만 해도 테리사를 만날 생각에 들떴는데, 지금은 몹시 어색했다. 일어나자마자 곧장 서둘러 여기로 온 데다, 괴상한 기시감이 밀려와 정신이 없었다. 의자에서 자세를 고쳐 앉은 토머스는 눈을 들어 테리사를 흘끗 쳐다보았다. 테리사가 토머스를 빤히 쳐다보고 있었다. 둘의 눈이 마주쳤다.

"안녕."

토머스는 겨우 인사를 건넸다.

"안녕."

테리사가 대답했다. 그러고는 또다시 수줍은 미소를 지었다. 토머스는 저 미소도 오늘 이전 어느 시점에, 바로 이 방에서 분명히 본 것 같았다.

하지만 지금 그런 건 굳이 생각하지 않아도 되지 않을까? 그런 괴상한 생각은 나중에 실컷 해도 될 것이다. 토머스는 주변을 손으로 가리키며 말했다.

"저들이 우리를 왜 여기 데려다 놨을까?"

"글쎄. 둘이 만나서 얘기 나누라는 거겠지."

테리사는 그의 말뜻을 알아듣지 못한 듯했다. 어쩌면 일부러 빈정대느라 그랬을 수도 있다. 토머스가 물었다.

"여기서 산 지 얼마나 됐어?"

"다섯 살 때부터 살았어."

토머스는 테리사를 쳐다보면서 나이를 짐작해보려다가 그만두었다.

"그럼……."

"4년 됐어."

"너 아홉 살밖에 안 됐어?"

"왜? 그러는 넌 몇 살인데?"

토머스는 자신이 그 질문에 대한 답을 아는지 확신이 서지 않았다. 비슷한 나이일 것 같아 대충 말했다.

"너랑 비슷해. 난 네가 나보다 나이가 많은 줄 알았어."

"난 곧 열 살이 돼. 넌 여기 그렇게 오래 안 있었나 봐?"

"응."

테리사는 의자 위에서 한쪽 다리를 당겨 엉덩이 밑에 깔고 앉았다. 토머스가 보기엔 그다지 편할 것 같지 않은 자세였는데 테리사는 아까보다 편해 보였다. 토머스도 편안해졌다. 그를 혼란스럽게 만들던 괴상한 기시감은 테리사와 얘기를 나눌수록 저만치 멀어져갔다.

테리사가 물었다.

"왜 우리만 따로 지내게 하는 걸까? 다른 아이들이 떠들고 웃는 소리가 항상 들려. 큰 식당도 본 적 있어. 거기서 수백 명은 먹겠더라."

"그들이 너한테도 방으로 음식을 가져다줘?"

테리사는 고개를 끄덕였다.

"하루 세 번. 대부분 화장실 맛이야."

"화장실 맛이 어떤지 알아?"

토머스는 농담을 하기에 너무 빠른 시점이 아니길 바라며 숨을 죽이고 질문에 대한 반응을 기다렸다.

테리사는 주저 없이 답했다.

"그들이 우리한테 가져다주는 음식이 딱 화장실 맛이야."

토머스는 진심으로 기분 좋게 웃었다.

"그러게. 맞아."

"우리 둘은 다른 아이들하고 뭔가 다른 거야." 테리사가 갑자기 진지하게 말해 토머스는 살짝 당황했다. "그렇게 생각하지 않니?"

토머스는 지적인 인상을 주려고 최선을 다했다. 속으로는 테리사의 생각에 동의했지만, 그런 생각을 해본 적 없다는 티를 내고 싶지 않았다.

"내가 추측하기엔 우리를 따로 둔 이유가 있을 거야. 하지만 우리는 여기 온 이유를 모르니까, 그들이 왜 우릴 격리시켰는지도 추측하기 어렵지."

토머스는 이 말을 하고는 속으로 아차 싶었지만 표정에 드러나지 않기를 바랐다. 두 번이나 '추측'이라는 단어를 쓴 바람에 전체적으로 멍청하게 들릴 것 같았다.

다행히 테리사는 그렇게 생각하지 않는 듯했다.

"맞아. 너도 아침에 깨서 밤에 불 끄고 잘 때까지 계속 수업만 받으면서 살고 있니?"

"거의 그래."

테리사는 고개를 끄덕이더니 멍한 얼굴로 말했다.

"그들은 나더러 계속 똑똑하대."

"나한테도. 진짜 이상해."

"플레어 병이랑 관계있는 것 같아. 사악이 널 여기로 데려오기 전에 너희 부모님도 그 병에 걸렸었니?"

테리사의 그 말에 토머스는 지금껏 즐거웠던 기분이 확 날아가는 것을 느꼈다. 분노에 취해 날뛰던 아버지, 다섯 살도 채 되지 않은 토머스에게 작별의 말을 하던 어머니가 떠올랐다. 토머스는 눈앞에 떠오른 그 장면을 치워버리고 싶었다.

"그 얘긴 하고 싶지 않아."

"왜?"

"그냥 싫어."

"알았어. 나도 하기 싫어."

테리사는 화난 얼굴은 아니었다.

토머스가 말했다.

"그럼 우린 왜 여기 있는 걸까?" 토머스는 또다시 그들이 앉아 있는 작은 방을 가리키며 말을 이었다. "우린 도대체 여기서 뭘 하고 있는 거야?"

테리사는 팔짱을 끼고는 엉덩이 밑에 깔고 앉았던 다리를 바닥으로 내렸다.

"얘기를 나누고 있잖아. 검사도 받고. 모르겠어. 나랑 있는 게 많이 지루한 모양이네. 미안해."

"어? 화났어?"

"아니, 화 안 났어. 그런데 넌 그다지 상냥하지 않은 것 같아. 난 겨우 친구가 생겨서 좋았는데."

토머스는 자기 뺨을 치고 싶은 심정이었다.

"미안. 친구라는 말 들으니까 나도 정말 좋아."

여기서 더 어색해질 수도 없을 것 같았다.

테리사가 다시 미소 짓자 토머스는 겨우 마음을 놓았다.

"어쩌면 우린 테스트를 통과했는지도 몰라. 우리가 혼자서도 잘 지내는지 확인해보고 싶었겠지."

테리사의 말에 토머스도 미소 지었다.

"어느 쪽이든 난 여기 일에 대해 추측하는 건 오래전에 그만뒀어."

한참 침묵이 흐른 뒤 테리사가 물었다.

"그럼 우리…… 친구인 거지?"

"그래, 친구."

테리사는 책상 위로 손을 뻗었다.

"악수해."

"좋아."

토머스도 손을 내밀었고 그들은 악수를 했다.

테리사는 도로 의자에 앉더니 다시 정색하며 물었다.

"있잖아, 너도 가끔 머리가 아프니? 평범한 두통 말고, 두개골 안쪽 깊숙한 곳에서 통증이 느껴지지 않아?"

토머스는 너무 놀라 표정 관리가 되지 않았다.

"뭐? 진짜? 나도 그런데!"

아침에 겪은 끔찍한 두통이 토머스를 다시 찾아오는 듯했다. 이 일을 전에도 겪은 것 같은 기시감이 밀려왔다. 테리사가 손가락을 자기 입술에 대고 말했다.

"조용히 해. 누가 오고 있어. 나중에 얘기하자."

누가 오는 줄 어떻게 알았는지 토머스는 짐작도 할 수 없었다. 토머스의 귀에는 아무 소리도 들리지 않았는데, 테리사가 그 말을 하고 1분쯤 후에 누군가 문을 두드렸다. 그리고 1초 후에 문이 열리고 레빗이 문틈으로 머리를 들이밀었다.

"얘들아." 레빗이 명랑하게 말하며 토머스와 테리사를 번갈아 쳐다보았다. "오늘은 시간이 다 됐다. 너희 방으로 데려다줄게. 이만하면 됐어. 서로를 알아갈 기회는 앞으로도 많단다."

토머스는 테리사와 눈빛을 주고받았다. 테리사의 눈빛이 무슨 의미인지는 확실히 알 수 없었지만, 친구가 생긴 것만은 분명했다. 그들은 의자에서 일어나 레빗에게 걸어갔다. 토머스는 짧은 시간이지만 테리사와 함께 했다는 데 감사했다. 얌전하게 굴어야 레빗이 약속대로 테리사와 또 만나게 해줄 것 같았다.

문 앞에 이르렀을 때 테리사가 걸음을 멈추더니 레빗에게 질문을 하나 던졌다. 아니, 두 개였다. 그 질문은 레빗의 태도를 완전히 바꿔놓았다.

"기억 삭제 방아쇠라는 게 뭐예요? 삽입 장치 수술을 받던 아이들 중에 일곱 명이 죽었다던데 사실이에요?"

그 질문에 토머스는 정신이 혼미해져 테리사를 돌아보았다. 레빗은 얼른 대답을 못하고 더듬거렸다.

"그게……."

레빗은 말을 하려다가 말았다. 토머스처럼 그 역시 테리사가 중요한 부분을 건드렸음을 깨닫고, 순간적으로 말을 멈춘 것이다. 진실에 근접한 어떤 부분을.

"어디서 그런 말도 안 되는 소리를 들었지?"

토머스도 궁금했다. 테리사는 어디서 그런 말을 들었을까? 토머스는 들어본 적도 없었다.

테리사는 어깨를 으쓱했다.

"가끔 당신들은 우리가 못 듣는 줄 알고 말하기도 하거든요."

레빗은 기분이 썩 좋지 않은 표정이었지만 차분하게 말했다.

"남의 얘기를 엿들을 때는 전체가 아닌 일부만 듣게 마련이란다. 네 일이 아닌 일에 너무 신경 쓰지 말도록 해라, 알았지?"

그러고는 돌아서서 복도를 걸어갔다. 그는 두 아이가 따라오든 말든 신경 쓰지 않는 듯이 굴었지만, 토머스와 테리사는 곧장 그의 뒤를 따라갔다.

테리사가 걸어가면서 토머스에게 속삭였다.

"새 친구랑 같이 걸으니까 재미있다."

토머스는 어이없고 믿기지 않는다는 눈빛으로 테리사를 쳐다보았다.

"뭐? 방금 아이들이 죽었다는 충격적인 얘길 해놓고는 금방 아무렇지 않은 듯이 굴다니, 너 좀 별나구나."

토머스는 테리사의 질문에 얼마나 섬뜩했는지를 드러내지 않으려고 일부러 농담하듯 말했다. 죽은 아이들에 관한 얘기는 정말 소문에 불과한 걸까?

갑자기 테리사가 그의 볼에 입 맞추더니 레빗 옆을 지나 저만치 달려갔다. 토머스는 기분이 좀 나아졌다.

친구가 생겨 확실히 좋았다. 하지만 뛰어가는 테리사를 바라보는 동안 다시 두려움이 엄습했다. 오늘 무슨 일이 일어난 걸까? 머리가 쪼개질 듯한 두통과 압도적인 기시감에 토머스의 몸이 휘청했다. 이렇게 서 있다가는 쓰러질 것 같아 겁이 났다. 지구의 자전에 박자를 못 맞춰 흔들리는 기분이었다.

최악의 가능성을 생각하지 않으려 안간힘을 썼다.

플레어 병은 생각도 하고 싶지 않았다.

10장

224.10.14 | 11:37 a.m.

일주일이 지났다. 특별히 난이도가 높았던 덴턴 선생님의 퍼즐 수업을 마친 토머스는 다시 한 번 작은 방에 들어가 책상을 가운데 두고 테리사와 마주 앉았다. 다행히 지난번 만났을 때 같은 괴상한 기시감은 들지 않았다.

살면서 일주일이 이렇게 길었던 적이 없었다. 새로 사귄 친구를 다시 만날 수 있을까, 매일 조바심을 쳤다. 페이지 박사와 다른 교사들에게 물어보면 만날 수 있다고, 곧 다시 만날 거라고만 했다. 그가 이제까지 들어본 중 가장 효과적인 고문 속에 일주일이 흘렀다. 토머스는 그가 느낀 강력한 기시감에 대해 수차례 고민했지만, 사람들에게 물어볼 용기를 내지 못했다. 뭔가 문제 있는 아이로 보일까 봐 두려웠다.

둘이 얼마나 오래 같이 있을 수 있는지 테리사가 물었지만 레빗은 대답 없이 방에서 나갔다. 테리사가 먼저 대화를 시작했다.

"안녕, 다시 만나서 반가워."

"어, 나도."

토머스는 용기를 쥐어짜내며 대답했다. 지난번에 느낀 기시감에 대해 물으면 바보처럼 보일 것 같아서 다른 얘기를 꺼냈다.

"있잖아. 전에 네가 말한 죽은 아이들에 대해…… 꼭 물어보고 싶었어. 그 얘기 정말이야? 페이지 박사님은 사람들이 우릴 여기서 따로 지내게 하는 게 우릴 위해서라고 하셨어. 사실 난 너랑 하고 싶은 얘기가 백만 가지는 돼."

"어휴. 한꺼번에 다 하진 마."

테리사는 활짝 웃었다. 그러더니 걱정스러운 시선으로 천장 네 귀퉁이를 차례로 올려다보며 말했다.

"말할 때 약간 주의하는 게 좋을 것 같아. 그들이 우리를 지켜보고 있을 거야. 적어도 소리는 듣고 있겠지."

"아마 둘 다일걸." 토머스는 일부러 놀리듯 크게 말했다. "여보세요오오오! 이봐요, 어른들!"

토머스는 퍼레이드에 참가한 사람처럼 이리저리 손을 흔들었다. 왜 갑자기 이렇게 들뜨는지 알 수 없었다.

테리사가 깔깔대며 웃자 토머스도 웃음보가 터졌다. 한 명이 웃음을 멈출라치면 다른 한 명이 웃기 시작해 족히 1, 2분은 실컷 웃었다. 토머스는 죽은 아이들에 대한 생각을 하지 않으려고 일부러 이렇게 웃고 있음을 알아챌 정도로 영리했다.

마침내 웃음이 잦아들자 테리사가 말했다.

"너무 걱정하지는 말자. 지금은 우리 시간이니까 우리가 하고 싶은 얘길 하면 돼. 그들이 엿듣거나 말거나 알 게 뭐야."

"아멘."

토머스는 이렇게 말하며 손바닥으로 책상을 탁 내리쳤다.

테리사는 화들짝 놀라더니 다시 웃음을 터뜨렸다.

"죽은 아이들에 대한 얘기는 글쎄, 그냥 소문일지도 몰라. 소문이길 바라야지. 내가 정확하게 들은 얘기도 아니었고. 어쩌면 우리가 오기 전에 있었던 일인지도 몰라. 레빗 박사가 어떤 반응을 보일지 궁금해서 한번 찔러본 거야."

토머스는 부디 그런 것이길 간절히 바랐다.

테리사가 물었다.

"요즘 새로운 일이나 재미있는 일 있니?"

"별로. 내가 하는 일이라곤 먹고, 학교 가고, 수업을 잔뜩 듣고, 의료 검사를 받는 게 다야. 아, 잠도 자. 그게 전부야."

"내 생활이랑 똑같네!"

"그래? 충격적이다."

그들은 미소를 지으며 입을 다물었다. 그러다 테리사가 팔꿈치를 책상에 대고 몸을 앞으로 기울였다.

"다른 애들에 대해서나 비밀 같은 건 나도 잘 몰라. 그건 그렇고 우리 머리가 완전히 치료된 건 맞겠지?"

뜬금없는 질문이었다.

"어, 뭐, 그렇겠지." 토머스는 왼쪽 귀 윗부분에 생긴, 이제는 머리카락에 뒤덮인 수술 자국을 손으로 만지며 말을 이었다. "그런 것 같아. 우리의 뛰어난 두뇌는 아주 잘 있어."

"사악이 위험지역이라고 부르는 부위?"

토머스는 고개를 끄덕였다. 위험지역이라는 그 단어를 여기저기서 듣긴 했지만 기본적인 의미 외에는 아는 게 없었다.

"응. 무슨 비디오게임에서 가져온 용어 같기도 해. 페이지 박사 얘기로는 플레어 병이 해를 입히는 부위랬어."

"우리가 그 병에 면역인 게 진짜 이상하지 않아? 미친 사람으로 변할까 봐 걱정하지 않아도 되니 세상에서 제일 멋진 일이긴 하지만 말이야."

"그렇지."

"그래봤자 이런 바보 같은 곳에 갇힌 신세긴 하지만. 이 단체의 이름은 '사악'이 아니라 '지긋지긋'이 더 어울려. 매일 이 방에서 저 방으로 옮겨 다닐 뿐이지 계속 건물 안에 갇혀 사니까 이러다 진짜 미쳐버릴 것 같아."

토머스는 문을 바라보며 잠시 생각하다가 물었다.

"바깥세상이 정말 그렇게 상황이 안 좋을까? 그래서 우릴 밖에 못 나가게 하나?"

"안 좋겠지. 너도 늘 듣고 있잖아. 방사능 수치가 낮아지고는 있는데 몇 군데에선 여전히 높대. 내가 기억하기로는 버그 비행선을 타고 여기로 오는 동안 창문 밖으로 내다본 세상은 눈부시게 하얀 빛으로 가득했어. 난 평면 이동문을 통과한 후에 버그를 타고 여기로 왔거든. 다섯 살도 되기 전에. 믿어져?"

토머스도 여기로 오면서 커다란 비행선을 탔던 기억이 났다. 그때 토머스는 무척 울적했지만 한편으로는 비행선이 엄청 멋지다고 생각했었다. 버그는 굉장한 부자들이나 타는 것인 줄 알았으니까. 그러나 버그는 평면 이동문에 비할 바가 못 되었다. 토머스는 평면 이동문을 통과해본 적이 없었다. 만약 사악이 평면 이동문 시설을 보유하고 있다면 돈이 엄청 많은 단체임이 분명했다.

"평면 이동문은 언제 통과했어?"

토머스가 물었다. 경외감에 차 있던 테리사의 얼굴이 어두워졌다.

"기억이 잘 안 나. 나는 동쪽 지역에서 태어났는데 부모님을 잃고 구조됐어……."

테리사는 고개를 숙이며 입을 다물었다. 다른 화제로 넘어가야 될 때인 것 같아 토머스는 말을 돌렸다.

"머리에 느껴진다는 통증 말인데. 나도 가끔 느껴."

테리사가 또다시 천장의 귀퉁이를 흘끗 올려다보았다. 눈에 보이는 무언가가 거기 매달려 있진 않았지만 토머스와 테리사는 어딘가에 카메라가 숨겨져 있으리라 짐작하고 있었다. 마이크도. 사악이라면 이만한 공간에 마이크 수백 개는 설치하고도 남았다. 두 아이의 뇌에 집어넣은 삽입 장치는 말할 필요도 없었다. 그 장치들이 무엇을 어디까지 감시하는지 누가 알까?

테리사는 의자를 끌고 책상 옆을 빙 돌아 토머스 바로 옆에 가져다놓았다. 그러고는 의자에 앉아 어깨가 닿을 정도로 토머스에게 바짝 몸을 기울였다.

그리고 토머스의 귀에 대고 속삭였다. 목소리가 하도 작아서 단어가 잘 들리지도 않았다. 피부에 닿는 테리사의 숨결이 간질간질했다.

"그들이 와서 못하게 할 때까지 이렇게 얘기하자."

토머스는 고개를 끄덕이고는 테리사의 귀에 대고 말했다.

"알았어."

테리사 옆에 가까이 앉으니 기분이 좋았다.

테리사가 속삭였다.

"나도 두통이 있는데, 사실 간지러운 느낌에 더 가까워. 뇌 속에 있는 무언가를 손으로 긁어줘야 될 것 같은 느낌이야. 그래서 가끔 미칠 것 같아. 간지러운 곳을 뭐로든 후벼 파고 싶은데 그럴 수가 없으니까. 어떤 기분인지 알지?"

토머스는 알 수가 없었다. 그가 느끼는 기시감보다 더 미친 소리로 들렸다.

"내 두통도 그거랑 비슷할 거야."

토머스가 확신 없는 목소리로 대꾸하자 테리사는 잠시 뒤로 물러나 앉으며 웃었다.

"완벽한 대답이야." 테리사는 큰 소리로 이렇게 말하고는 다시 그에게 몸을 기울여 속삭였다. "이상한 얘기일 수도 있지만, 그래도 한번 들어봐. 삽입 장치 안에 사용되지 않는 어떤 부분이 있나 봐. 마취에서 깨어나면서 '방아쇠 스위치'라는 단어를 들었는데, 딱 그 말대로라는 느낌을 받았어. 당겨져야 하는 방아쇠와 눌려야 하는 스위치라고 말이야. 이해가 돼?"

토머스는 천천히 고개를 끄덕였다. 그가 마취에서 깨어날 때 페이지 박사도 무슨 말을 하지 않았나? 페이지 박사는 '특별'하다고 말했다. 토머스는 그 단어를 어렴풋이 기억했지만 꿈이었을 수도 있었다. 그에게 삽입 장치는 도저히 알 수 없는 불가사의였다.

테리사는 진지하게 인상을 쓰며 말을 이었다.

"내 뇌에 뭔가가 연결되어 있다는 느낌이 들어. 뭔가가 더 있는 것 같아. 그래서 침대에 누워 머리가 아플 때까지 온 신경을 집중해봤어."

"뭐에 집중했는데?"

토머스는 호기심이 일었다.

"내 뇌를 도구로 사용하는 거야, 물질적인 것을 머릿속에 떠올린 다음 그걸 이용해 삽입 장치를 건드려보는 거지. 방아쇠를 당기는 고리처럼. 내가 하는 말이 조금이라도 이해되니?"

"전혀 모르겠어."

테리사는 물러나 앉아 팔짱을 끼더니 답답하다는 듯 후우 숨을 내쉬었다.

토머스가 테리사의 팔에 손을 얹었다.

"모르니까 더 관심이 가."

테리사가 양 눈썹을 올렸다.

"그래도 내가 보기에 넌 완전히 제정신이야." 토머스의 말에 테리사는 웃음을 터뜨렸다. "페이지 박사님도 나한테 비슷한 말을 하려고 했던 것 같아. 좀 더 생각을 해봐야겠다. 궁금해죽겠어."

테리사는 고개를 연신 끄덕이며 안심하는 눈빛이었다. 허리를 펴고 앉은 테리사가 다시 몸을 기울이며 속삭였다.

"계속 집중해볼 거야. 플레어 병에 걸렸다고 생각하지 않아줘서 고마워. 어쨌든 난 진심이야. 이 사람들, 굉장한 기술력을 갖고 있잖아. 평면 이동문이랑 버그도 갖고 있고……." 테리사는 고개를 살짝 흔들며 덧붙였다. "그들이 우리 머릿속에 집어넣은 장치가 어쩌면 우리의 의식과 통합적으로 작용할 수도 있어. 우리가 실제로 하는 생각과 연결될 수도 있고. 내 생각은 그래."

흥미로운 화젯거리가 한꺼번에 귓속으로 쏟아져 들어와 약간 멍해진 토머스가 테리사의 귀에 입술을 가까이 붙이며 속삭였다.

"나도 노력해볼게. 매일 하는 수업 말고 다른 일을 해보는 것도 재미있을 것 같아."

테리사는 진심으로 기뻐하며 환하게 미소 지었다. 그러고는 일어나 의자를 원래 있던 책상 너머로 끌어다놓고 앉으며 말했다.

"그들이 우릴 좀 더 자주 만나게 해주면 좋겠다."

"나도. 그들이 우리끼리 속닥거린 것에 대해 화내지 않으면 좋겠어."

"진짜 이상한 사람들이야." 테리사는 웃으며 큰 소리로 말했다. "들려요, 사악 사람들? 우리 지금 당신들에 대해 얘기하고 있다고요. 그만 졸고 와서 방해해봐요!"

토머스는 숨죽여 킥킥 웃었다. 그때 문 두드리는 소리가 나자 둘 다 깜짝 놀랐다.

"아, 이런."

토머스가 내뱉었다.

문이 열리고 레빗이 안으로 들어왔다. 토머스는 혼날까 봐 걱정했지만, 레빗의 표정을 보니 그런 걱정을 할 필요는 없겠다 싶었다. 레빗은 전혀 화난 얼굴이 아니었다.

"오늘 모임은 여기서 끝이다. 너희를 원래 일정으로 돌려보내기 전에 보여줄 게 있는데, 아마 깜짝 놀랄 거다."

토머스는 레빗의 이 말을 어떻게 해석해야 할지 알 수 없었다. 지난번 테리사와 만난 후 일주일이나 기다려야 했던 걸 생각하면 이번에도 그래야 하나 의심이 들기도 했지만 일단 일어섰다. 테리사도 걱정스러운 표정으로 일어섰다. 어쩌면 총장 사무실로 불려가 꾸지람을 들을 수도 있었다.

레빗 박사는 무척 들떠 보였다. 그가 문을 활짝 열며 말했다.

"어서 가자! 놀랄 준비들 단단히 하고!"

11장

224.10.14 | 1:48 p.m.

레빗은 토머스와 테리사를 데리고 승강기에 탔다. 그들 셋은 토머스가 한 번도 가본 적 없는 지하층으로 내려가, 긴 복도를 지나고 또다시 승강기 여러 대가 줄지어 있는 곳에서 멈춰 섰다. 그곳은 이 건물 내에서 완전히 다른 구역이었다. 토머스와 테리사는 가는 내내 한 마디도 하지 않고 의문 가득한 눈빛만 주고받았다. 레빗이 아래로 내려가는 승강기 호출 버튼을 누르자 토머스는 더 이상 궁금증을 참을 수가 없었다.

"저희한테 보여주신다는 깜짝 놀랄 만한 일이 뭐예요?"

"아, 그게, 너희가 보고 놀랄 기회를 내가 망치면 안 되잖아. 내 직급을 넘어서는 일이기도 하고." 레빗의 껄껄대는 웃음이 복도에 울려 퍼졌다. "중요 인사들께서 너희에게 그…… 프로젝트를 보여주실 거다. 난 의견을 말할 수는 있지만 실제로 그 프로젝트를…… 수행하지는 않아.”

레빗은 이 말을 하면서 심기가 편치 않은 표정이었다.

승강기에서 핑 소리가 나면서 레빗은 더 이상 설명할 필요가 없게 되었다. 승강기 문이 열렸다.

승강기 안에 네 사람이 타고 있었다. 토머스는 깜짝 놀랐다. 앤더슨 총장과 페이지 박사, 그리고 전문가 분위기가 물씬 풍기는 복장을 한 남자 한 명과 여자 한 명이 그 안에 타고 있었다.

“이제 여러분이 맡으시죠.”

레빗은 이렇게 말하고는 대답을 기다리지도 않고 왔던 길로 돌아갔다.

페이지 박사는 승강기 문이 닫히지 않도록 팔을 뻗으며 말했다.

“어서 타, 토머스. 테리사. 오늘 드디어 너희에게 공개하게 되어서 무척 기쁘단다.”

“정말 그렇단다.” 앤더슨이 맞장구를 쳤다. 그는 승강기에 올라타는 토머스, 테리사와 차례로 악수를 하며 말을 이었다. “그동안 심리학 팀이 너희 둘이 준비가 되었다고 결정을 내려주길 간절히 기다렸는데, 드디어 오늘이구나.”

“어디로 가는 거예요? 왜 이렇게 비밀스럽게 해요?”

테리사가 물었다.

승강기 문이 닫히자 페이지 박사가 버튼을 눌렀다. 부드럽게 위잉 하는 소리가 승강기 안을 채웠다. 토머스는 승강기가 올라가지 않고 내려가는 것이 의아했다. 저쪽 승강기를 타고 맨 아래 지하층에서 내렸는데, 이 승강기를 타고 더 내려가다니. 점점 두려워졌다.

앤더슨은 더할 나위 없이 따뜻한 미소를 지으며 말했다.

“걱정할 필요 전혀 없어. 우리의 계획을 제일 잘 설명하는 방법은 너희에게 직접 보여주는 것이라 생각했거든. 곧 무슨 뜻인지 알게 될 거다.”

테리사가 다시 물었다.

“왜 저희들만 가요? 다른 아이들도 있잖아요. 저희는 벽 너머에서 그 아이들 목소리를 들었어요. 왜 저희만 따로 가나요? 저희에게 보여주신 걸 그 아이들에게도 보여주실 건가요?”

토머스가 처음 보는 여자가 나섰다. 갈색 머리에 창백한 얼굴을 한 자그마한 여자였다.

“우선 내 소개부터 할게. 내 이름은 케이티 맥보이고, 너희가 곧 보게 될 제작물의 특별 감독을 맡고 있는 부사장보란다. 이쪽은…….” 그녀는 뒤에 선 남자를 가리켰다. 머리카락은 잿빛이고 두 뺨에 까칠하게 수염이 돋은 엄숙한 인상의 흑인이었다. “현 보안팀장 훌리오 라미레스 씨.”

그들은 악수를 하고 미소를 주고받았다. 토머스는 맥보이가 사용한 ‘현’이라는 단어를 의아하게 느꼈다. 남자의 직업을 왜 그런 식으로 말할까? 마치 그 직책을 오래 유지하지 못할 것처럼.

맥보이가 계속해서 말했다.

“질문에 답을 하자면, 너희 중 몇 명은 우리가 여기서 실시한 수업과 테스트에서 다른 아이들보다 훨씬 빠르게 두각을 나타냈다. 요즘 같은 세상에서 우린 누구보다 실용적으로 판단할 수밖에 없어. 우린 너희의 기술과 재치를 높게 평가했고, 오늘 그에 대한 보상을 하려고 해. 대상자 중 제일 먼저 너희에게 이걸 보여주는 것으로."

"그래, 바로 그거란다." 앤더슨은 환한 미소를 지으며 맞장구를 쳤다. "보상이 딱 맞는 말이지. 너희 둘을 비롯한 몇 명은 평균보다 높은 성과를 올렸어. 그리고 우리가 프로젝트를 마무리하려면 향후 2년간 꼭 진행해야 하는 일이 있는데, 너희는 그 일에 완벽하게 들어맞아. 그래서 우리는…… 아, 도착했구나."

승강기는 지구 핵까지 내려온 듯 깊고 깊은 지하에서 멈췄다. 이 깊은 곳까지 내려온 것과 조금 전 들은 얘기 때문에 토머스의 불안감은 승강기에 탈 때보다 훨씬 커졌다. 이들이 말하는 다른 아이들은 누구일까? 눈앞에 펼쳐질 새로운 풍경보다도 다른 아이들이 있다는 사실이 토머스의 마음을 더 들뜨게 했다. 계속된 외로움은 그의 심장을 잠식하기 시작했다. 그러나 사실이라고 믿기엔 너무 달콤한 소리이기도 했다. 정말 믿어도 될까?

토머스가 생각에 잠겨 있는 동안 승강기 문이 열렸다. 다른 이들이 먼저 내리고, 테리사는 승강기 문턱에 서서 토머스에게 어서 나오라고 손짓했다. 테리사는 토머스가 정신 차리고 얼른 따라오지 않으면 이 모든 일이 취소될지 모른다고 걱정하는 듯했다. 토머스도 같은 생각이었다. 승강기에서 내린 토머스는 체육관 크기의 커다란 방으로 들어갔다. 푸른색 조명이 내부의 노출된 배관을 비추고 있었다. 연결을 기다리는 수백 개의 줄과 튜브, 무수한 상자들, 건축 자재를 제외하면 방 안은 텅 비어 보였다. 한쪽 구석에 놓인 여러 개의 모니터와 워크스테이션이 전기 불빛을 뿜어내면서 사무실 분위기를 풍겼다.

앤더슨이 설명했다.

"우리는 여길 미로 실험을 위한 지휘 본부로 삼을 계획이란다. 어느 연구소도 가져본 적 없는 첨단 시설이지. 여기는 두 달 안에 완공될 예정이고 미로 두 개는 2, 3년, 길면 4년 내에 완공될 거다."

자랑스럽게 방 안을 둘러보던 앤더슨은 토머스와 테리사를 쳐다보더니 말문이 막힌 눈치였다. 토머스는 몹시 혼란스러워하는 자신의 표정 때문이라고 생각했다.

토머스도 궁금해하는 부분을 테리사가 묻고 나섰다.

"미로 실험이라고요?"

앤더슨이 설명을 하려다가 말이 제대로 나오지 않는 듯하자, 맥보이가 세련된 미소를 지으며 대신 나섰다.

"존경하는 총장님께서 의욕이 넘쳐 설명하시기가 힘든 것 같으니 내가 대신 할게. 저기 문 보이지? 저 문 뒤에 있는 계단을 밟고 올라가면 임시 관찰실이 있어. 보면서 용도를 설명해줄게. 준비됐지?"

토머스는 준비되어 있었다. 준비가 되었을 뿐 아니라 당장 보고 싶어 애가 탔다. 토머스는 고개를 끄덕였고, 테리사는 "그럼요"라고 대답했다.

그들은 맥보이가 가리킨 문을 향해 걸어갔다. 엄숙한 인상의 라미레스가 혹시 모를 말썽을 경계하듯 사방을 둘러보며 맨 뒤에서 따라왔다. 그들은 긴 벽을 끼고 걸었다. 그 벽에는 거대한 충전기들이 설치되어 있었는데 간격이 꽤 넓은 걸로 봐서는 자동차만큼 큰 기계를 충전하는 장치들인 것 같았다.

방을 절반쯤 가로질러 갔을 때 토머스가 물었다.

"저건 뭐 하는 장치예요?"

맥보이가 대답하려는데 앤더슨이 말을 잘랐다.

"한 번에 하나씩 보도록 하자." 앤더슨은 친절하게 말하면서 맥보이에게 눈짓했다. 토머스는 그 눈짓의 의미를 짐작할 수 없었다. "어떤 개발품들은 아직 공개할 준비가 안 돼 있어."

토머스는 몹시 설레어서 앤더슨의 말을 크게 개의치 않았다. 지금 머리로 쏟아져 들어오는 정보들은 나중에 침대에 누워 찬찬히 생각해봐도 될 테니까.

토머스는 앤더슨을 따라 문으로 들어갔다. 그들은 4단으로 된 계단을 올라가, 거대한 강화 금속 문을 앞에 두고 층계참에 바짝 붙어 섰다. 맥보이가 화면에 보안 코드를 입력하자 쉬익 소리에 이어 묵직하게 쿠쿵, 철컥 소리가 나더니 문이 열렸다. 앤더슨과 맥보이는 문을 밀어 연 다음 옆으로 물러나 토머스와 테리사를 먼저 안으로 들여보냈다.

토머스는 기대감에 차 있었으나 무엇을 보게 될지는 상상조차 할 수 없었다. 마침내 눈앞에 펼쳐진 광경을 본 순간 그는 충격에 심장이 멎을 뻔했다. 문이 열리자마자 넓고 탁 트인 공간으로 공기가 쑥 빠져나갔다. 멍하니 쳐다보고 서 있는 그의 뒤를 바람이 쓸고 지나갔다.

토머스가 서 있는 관찰실 플랫폼 앞에 규모를 가늠할 수 없는 동굴이 펼쳐져 있었다. 지구를 깍아내 만든 거대한 공간이라고 할 만했다. 거칠게 깎인 바위 면으로 된 드높은 천장에는 큼직한 조명들이 박혀 있어 동굴 전체에 눈부신 빛을 뿜어냈다. 그것만으로도 인상 깊었지만 더 대단한 것은 동굴 주변에 세워진 강철 대들보들이었다. 거대한 천장을 떠받치기 위해 세운 듯한 대들보들이 천장의 환한 조명을 받아 반짝거렸다.

여기는 지하였다.

믿기지 않지만 분명히 지하였다. 정사각형의 동굴은 폭이 수 킬로미터는 될 듯했고, 높이는 고층 건물 정도였다. 넓은 바닥 여기저기에 목재, 철재, 석재 따위의 건축 자재가 쌓여 있었다. 1.5에서 3킬로미터쯤 떨어진 곳에 거대한 벽이 세워지고 있었는데, 벽골조가 하도 높아 천장에 거의 닿을 듯했다.

토머스는 숨 쉬는 것도 잊고 바라보다가 반사적으로 숨을 훅 들이마셨다. 눈앞에 펼쳐진 게 무엇인지 전혀 알 수 없었다. 너무 커서 자연의 법칙을 거스르는 듯한 이 동굴은 지하에 생겨난 거대한 종기 같았다. 이렇게 넓은 동굴의 천장이 어떻게 무너지지 않고 버틸 수 있지?

토머스는 테리사를 돌아보았다. 테리사의 휘둥그렇게 뜬 눈이 경외감으로 빛나고 있었다.

맥보이가 말했다.

"질문할 게 무척 많겠지. 한 번에 하나씩 답을 해줄게. 앞으로 너희 둘의 생활은 많이 달라지겠지. 더 많은 걸 알게 되고 무척 바빠질 거야."

"뭐 하느라 바빠지는데요?"

테리사의 물음에 앤더슨이 대답했다.

"우리를 도와 이곳을 짓게 될 거야."

12장

224.10.14 | 2:34 p.m.

몇 분 후, 토머스와 테리사는 작은 회의실로 들어가 맥보이, 페이지, 라미레스와 함께 탁자를 가운데 두고 둘러앉았다. 라미레스는 지금까지 한 마디도 하지 않았다. 앤더슨은 토머스와 테리사를 다음 레벨로 데려오게 되어 기쁘다면서, 궁금한 게 있으면 맥보이에게 얼마든지 물으라 말하고는 먼저 회의실을 나섰다.

토머스는 질문할 게 너무 많아 무엇부터 물어야 할지 정리가 되지 않았다. 어마어마한 크기의 동굴을 보고 난 후라, 작은 회의실에 들어오니 밀실 공포증이 생길 것 같은 기분이었다. 이런 상황이다 보니 생각을 정리하는 것도 쉽지 않았다.

맥보이가 우아하게 탁자 위에 두 손을 포개 얹으며 입을 뗐다.

"자, 상상이 되겠지만 너희가 본 건 수년의 개발 작업을 통해 달성한 결과물이야. 지금 이 자리에서 한 번에 모든 것을 설명하긴 어려우니까 이렇게 하자. 너희가 질문하면 내가 대답하는 거야. 어때?"

토머스와 테리사는 고개를 끄덕였다.

"좋아, 테리사. 먼저 시작할래?"

"거기는 뭐 하는 곳이에요?"

테리사는 단도직입적으로 첫 번째 질문을 던졌다.

맥보이는 예상했다는 듯 고개를 끄덕였다.

"너희가 본 것은 우리가 이 지역에서 발견한 두 자연 동굴 중 하나인데, 그 내부에 우리가 계획한 시설을 짓기 위해 공간을 더 크게 확장했지."

이번엔 토머스가 물었다.

"무슨 시설요?"

"미로. 두 개의 미로지. 방금 말했듯이 동굴이 두 개 있어."

테리사가 물었다.

"왜요? 왜 미로를 두 개나 지어요?"

"실험장으로 쓰려고. 실험 대상자들에게 다양한 신체적, 감정적 자극을 주기 위해 제어된 환경이야. 지상에는 지을 수가 없었어. 바깥 환경이 초토화되기도 했고 광인들의 습격을 받을 수도 있으니까. 지금 바깥세상은 아주 위험해. 그래서 우리는 자극을 효과적으로 제어할 수 있는 폐쇄 실험 공간을 짓기로 했어."

토머스는 다 듣고도 믿기지가 않았다. 한 번에 소화해야 할 정보가 너무 많은 탓일까.

맥보이가 물었다.

"토머스? 또 궁금한 게 있니?"

"제 생각엔…… 좀 미친 소리 같아요. 미로라뇨? 그것도 두 개나? 미로 안에서 무슨 실험을 하는데요? 누구를 실험해요?"

"아까도 말했다시피 사정이 좀 복잡해. 기본적으로 우리에게는 외부의 영향 없이 제어 가능한 대규모 환경이 필요해. 우리 박사들과 심리학자들은 이 시설이 우리가 원하는 데이터를 얻을 수 있는 최적의 환경이라고 보고 있어." 맥보이는 뒤로 기대앉으며 한숨을 쉬었다. "장황하게 얘기했지만, 간단히 말하면 이래. 우린 이미 시작한 프로젝트를 계속 진행할 생각이야. 면역인들의 뇌 기능과 생명 활동을 연구하고, 그들이 어떻게 플레어 바이러스에 굴복하지 않고 그것을 뇌에 담은 채로 정상적으로 살아가는지 알아내기 위한 실험을 계속할 거야. 우리는 치료제를 찾기 위해 노력하고 있어, 토머스. 우리 주변의 불필요한 죽음을 막기 위해서."

"저희더러 이곳을 짓는 일을 도우라는 건 무슨 뜻이죠?"

테리사의 물음에 맥보이는 진심 어린 미소를 지으며 대답했다.

"우린 너와 토머스, 그리고 너희 또래인 다른 두 아이들의 도움을 받기로 했어. 그 외에 몇 명이 더 있을 수도 있지만 말이야. 어쨌든 너희 넷은…… 그 나이에 맞지 않게 우리의 예상 수준을 넘어섰거든. 우린 그 점을 활용할 생각이야. 아까도 말했다시피 자원은 한정되어 있고 우린 실용적인 사람들이라 너희의 재능을 낭비할 생각이 없어. 이 미로의 계획, 설계, 실행은…… 꽤나 까다로운 작업이 될 거야."

토머스는 말이 제대로 나오지 않아 멍하니 듣고만 있었다. 테리사도 조용히 있는 걸 보면 같은 기분인 듯했다. 맥보이가 물었다.

"우릴 도와줄 수 있겠니?"

오후 내내 말이 없던 페이지가 나섰다.

"너희에게는 명예롭고 좋은 기회가 될 거야. 우린 끔찍한 세상에서 살고 있지만 이 프로젝트를 하다 보면 꽤 재미도 있을걸. 일종의 도전 과제인 셈이지. 우린 너희가 잘해낼 거라고 믿어. 다른 아이들에 대해서도 마찬가지고. 그 아이들의 이름은 에어리스와 레이철이야."

한참 침묵이 흐르고 맥보이가 물었다.

"어때? 너희들 생각은?"

토머스는 선택의 여지가 없음을 알고 있었다. 무척 고된 작업이 될 것 같기도 했다. 하지만 흥미가 당겼다. 무료한 일상을 새로운 일로 채울 수 있을 터였다.

"할게요."

토머스는 기쁨을 감추지 못하고 들뜬 목소리로 대답했다.

"저도요."

테리사는 좀 더 진지한 목소리였다.

맥보이는 의자에서 일어나 토머스, 테리사와 차례로 악수를 하며 말했다.

"아주 재미난 프로젝트가 될 거야. 너희는 매일 조금씩 사악의 일원이 되는 거란다!"

마치 대단한 칭찬이라도 되는 듯한 말투였다.

회의실을 나간 그들은 복도와 계단을 지나 승강기들을 바꿔 타고, 각자의 방으로 돌아갔다. 그동안 토머스의 머릿속에는 맥보이의 마지막 말이 계속 맴돌았다. '사악의 일원'이라는 말.

어떻게 생각해야 할지 알 수 없었다.

페이지는 토머스에게 저녁까지 남은 시간 동안 푹 쉬면서 긴장을 풀고 찬찬히 생각해보라고 말했다. 토머스는 침대에 누워 천장을 올려다보았다. 오늘 들은 얘기에 관해 테리사와 차분히 대화하고 싶은 생각이 간절했다. 그날 보고 들은 충격적인 일들이 머릿속에 가득해서 테리사의 도움이 있어야 제대로 소화할 수 있을 것 같았다.

방문을 쳐다보았다. 언제나처럼 닫혀 있었다. 그가 기억하기로 저 문은 닫히면서 자동으로 잠기게 되어 있다. 마지막으로 저 문을 열어보려 한 게 언제였는지 기억도 나지 않았다. 수개월, 어쩌면 1, 2년쯤 되었나? 당연히 잠겨 있으리라 생각해서 굳이 열어보려고 하지 않았지만, 지금은 열어볼 이유가 생겼으니 시도해보기로 했다.

침대에서 일어나 문 쪽으로 걸어갔다. 건드리면 감전사라도 당할 것처럼 천천히 조심스럽게 손을 뻗어, 손잡이를 잡고 돌렸다.

문이 딸깍 열렸다.

토머스는 얼른 문을 밀어 닫고 침대로 달려왔다. 심장이 쿵쾅쿵쾅 뛰었다. 사악이 설치해놓았을지도 모를 수많은 감시 장치들을 떠올리며 주변을 두리번거렸다. 카메라, 마이크, 센서 등등. 어떤 방법을 쓰는지 누가 알까? 눈에 뻔히 보이는 장치도 있고, 전혀 보이지 않는 장치도 있을 것이다. 새삼 이렇게 겁을 내는 건 합리적이지 않다. 그가 한 일이라곤 문을 살짝 열어봤다가 닫은 게 전부다. 사악은 대체로 그를 잘 대우해주었다. 랜들도 오랫동안 눈에 띄지 않았다. 새삼 이렇게 뼛속까지 얼어붙을 이유가 있을까?

토머스는 그들이 일거수일투족을 지켜보고 있음을 알았다. 그래서 더 이상 방문을 잠그지 않는 것일 수도 있었다. 토머스가 이 방을 나가서 뭘 하는지 지켜보려는 심산일까? 테리사를 비롯한 다른 두 아이와 토머스가 최고 등급으로 분류된 것은 수년 동안 순종하며 살아온 덕분일지도 모른다. 정말 그럴까?

잠시 후 날뛰던 심장이 진정되고 얼굴과 두 팔을 촉촉이 적신 식은땀도 말라붙었다. 토머스는 어떻게 할지 결정하지 못한 척, 스스로를 속이며 문을 빤히 쳐다보았다. 그러나 실은 이미 마음의 결정을 내린 후였다. 지금 그를 여기서 못 나가게 하는 건 때려죽이지 않는 이상 불가능했다.

그래도 똑똑하게 처신해야 했다. 일단 밤까지 기다릴 것이다.

두려움은 기대감으로 바뀌었다.

시간이 지루하게 흘렀다.

어떻게든 잠을 자보려고 했다. 밤에 나가 돌아다니려면 쉬어야 하는데 도무지 잠이 오지 않았다. 그러다 저녁식사가 나오자 아예 일어나야 했다. 식사를 하고 쉬다 보니 마침내 잠이 왔다.

얼마 후 그는 움찔하며 캄캄한 방 안에서 눈을 떴다. 밤 시간을 잠으로 다 보낸 건 아닌지 걱정되어 얼른 시계를 보았다. 자정에서 겨우 몇 분 지난 시각이었다. 잠기운을 쫓으려 짧게 샤워를 하고 옷을 입은 뒤 다시 망설이며 문 앞에 섰다. 머릿속에 미심쩍은 생각이 가득했다. 멋대로 복도로 나갔다가 모든 걸 망칠지도 모른다. 지하에 거대한 미로를 짓겠다는, 사악의 말도 안 되는 정신 나간 프로젝트에 참여할 기회를 날려버릴 수도 있다. 테리사를 비롯한 다른 아이들과 함께 있을 수 있는 기회도 잃을지 모른다.

토머스는 열정이 꺾이는 기분에 화가 나 한숨을 쉬었다. 어쩌면 이 문은 일정한 시간에 따라 작동하는 것이라 지금은 잠겨 있을 수도 있다. 아, 모르겠다. 이 망할 문을 열었다고 해서, 허락 없이 복도로 나갔다고 해서 벌을 주지는 않겠지. 문을 열고 복도를 내다봤다가 아니다 싶으면 그만둬도 될 것이다.

그때 딸깍 소리와 함께 문이 토머스 쪽으로 몇 센티미터 열렸다.

처음에 토머스는 무슨 일인지 이해가 되지 않았다. 손이 멋대로 움직여 문손잡이를 돌렸나 싶어 두 손을 내려다보았다. 그런데 두 손은 옆구리에 붙어 있었고 손바닥은 땀에 젖어 있었다. 누군가 복도에서 그의 방문을 연 것이다.

토머스는 문틈으로 밖을 내다보았다. 낯선 사람이 그를 쳐다보고 있었다. 심장이 철렁했다. 또래 소년이었다. 잘 보니 아예 낯선 사람은 아니었다. 금발에 붕대를 감지 않아서 모르는 사람처럼 보인 것뿐이다. 나이는 토머스보다 약간 더 많아 보였다.

소년은 나지막하게 속삭였다.

"어이, 난 뉴트라고 해. 네가 누군지는 이미 알고 있어. 우리가 드디어 너를 데리고 가기로 결정했거든. 어서 나와. 보여줄 게 있어."

13장

224.10.15 | 12:58 a.m.

토머스는 살면서 그렇게 빨리 생각을 해본 적이 없었다. 2, 3초 안에 천 가지 생각이 뇌리를 스쳤다. 이 소년을 따라갈까 아니면 지금 바로 문을 닫아버릴까? 어떻게 이 소년은 방문이 잠기지 않은 걸 알고 혼자 나가보기로 계획한 밤에 찾아올 수 있었을까? 사악에 살면서 토머스는 우연을 믿지 않게 되었다. 무엇이든 테스트가 될 수 있었다. 뉴트는 뭘 보여주겠다는 걸까? 이건 함정일까? 이 녀석을 방 안으로 불러들여 추궁해야 하나? 만약에…….

"알았어."

마침내 결심이 선 토머스는 복도로 나갔다. 등 뒤로 문을 닫고 혹시 잠기지 않았는지 얼른 다시 확인했다. 문은 잠겨 있지 않았다. 토머스가 뉴트를 돌아보며 물었다.

"테리사도 데려가도 돼? 바로 내 옆방이야."

뉴트는 발끈했다.

"무슨 파자마 파티 하는 줄 아냐." 그러다 곧 짓궂게 씨익 웃었다. "너한테 오기 전에 걔를 먼저 깨웠어. 지금 옷 갈아입고 있을 거야. 얼른 데리고 가자. 한두 시간밖에 여유가 없어."

토머스는 31K 방으로 가 문을 밀었다. 바로 열리자 당황스러웠다. 방문이 전부 안 잠겨 있나? 정말 그런가? 방 안으로 들어가자 테리사가 이미 옷을 다 챙겨 입고 책상 앞에 앉아 있었다. 누가 들어오자 벌떡 일어나 덤벼들 태세를 취하던 테리사는 침입자가 토머스인 걸 알고는 누그러졌다.

"뭐야……." 테리사는 우물거리며 말을 끝맺지 못했다. "너 어떻게……."

"복도에 뉴트라는 애가 있는데 우리한테 뭘 보여주겠대. 따라가보는 게 좋을 것 같아."

테리사가 토머스 옆으로 오더니 그가 말을 채 끝마치기도 전에 방문을 열고 나갔다.

토머스는 테리사를 따라 복도로 나가며 중얼거렸다.

"그래, 좋아."

"우린 아까 봤지."

테리사의 말에 뉴트는 다정하게 고개를 끄덕였다.

"우리가 너희 둘에 대한 얘길 들었거든. 에어리스와 레이철이라는 애들에 대해서도."

상냥한 표정만 아니었으면 토머스는 뉴트의 직설적인 말을 의심스럽게 받아들였을 것이다.

"무슨 일인데? 이렇게 해도 괜찮은 거 맞아? 이러다 붙잡히면 어떻게 해?"

토머스의 말에 뉴트가 대답했다.

"걱정도 많다. 우릴 붙잡으면 뭘 어쩌겠어? 방에 가둬놓기밖에 더하겠냐?"

토머스는 사악이 어떤 처벌을 내릴 수 있는지 알고 있었다. 미로 건설에 참여할 기회를 박탈하겠지. 토머스는 테리사에게 눈빛으로 뜻을 전하려 했다. 어쩌면 이렇게 돌아다니면 안 되는 건지도 모른다.

"하긴 그래." 테리사는 잠자코 따라오라는 듯한 눈빛으로 토머스를 쳐다보았다. "가자. 그런데 어디로 가?"

뉴트는 콧소리로 웃었다.

"중요한 것부터 해야지. 우선 알비와 민호를 만나자."

토머스는 도저히 안 된다고 말할 수가 없었다.

뉴트를 따라 이 복도에서 저 복도로, 문들을 줄지어 통과해 계단을 오르내리는 토머스의 목덜미로 땀이 흘러내렸다. 이 건물 자체가 이렇게 복잡한데 미로는 도대체 왜 짓는 걸까? 이러다 갑자기 레빗이나 더 엄격한 누군가가 나타나 현장에서 자신들을 붙잡을까 봐 토머스는 조마조마했다. 전보다 상황이 좋아진 터라 굳이 지금 생활을 망치고 싶지 않았다. 하지만 어느 때보다도 신나고 유쾌했다. 위험한 줄 알면서도 아슬아슬하게 돌아다니니 기분도 짜릿했다.

그들은 희미하게 조명을 밝혀놓은 지하층 복도에서 멈춰 섰다.

마지막 문에 '정비실'이라는 표지가 붙어 있었다.

"여기가 우리가 애용하는 은신처야."

뉴트의 목소리에 자부심이 묻어났다. 뉴트는 문을 열고 그들을 먼지투성이 큰 방으로 들여보냈다. 방에는 나무 탁자, 청소 도구, 상자들, 그밖에 잡동사니들이 가득했다.

"왔어, 신사들?"

방 안에 있던 민호가 인사를 건넸다. 삽입 장치 수술을 받아 정신없던 날, 복도에서 만난 소년이었다. 그때는 세상이 끝장난 것처럼 비명과 고함을 질러대더니 지금은 기분이 좋아 보였다. 그날 고생했던 걸 민호가 기억이나 할는지 궁금했다.

민호보다 좀 더 나이가 들어 보이고, 토머스가 지금까지 본 중 제일 현명한 눈을 가진 흑인 소년이 말했다.

"신사들이란 말 좀 그만 쓸래? 웃기지도 않고 짜증나."

하지만 민호는 아랑곳 않고 환한 미소를 지으며 걸어와 토머스와 테리사를 차례로 끌어안았다. 토머스와 테리사는 전혀 예상 못한 일이었다. 그러나 막상 포옹을 하니 토머스는 기분이 좋았다. 페이지 박사가 친절하게 대해주긴 하지만 토머스는 수년째 이런 종류의 온기를 느껴본 적이 없었다. 어머니에게 작별 인사를 한 날 이후로 처음이었다.

테리사는 토머스만큼이나 어리벙벙하다가 조그맣게 웃었다. 둘 다 이 시간이 무척 즐거웠다.

민호가 한 발 물러서며 말했다.

"둘 다 생각보다 괜찮네. 떡 진 머리에 삐드렁니 난 괴짜 둘이 셰익스피어를 읊어대면서 손으로 수학 문제를 풀어댈 줄 알았는데. 그래도 반쯤은 정상인 같다!"

"고맙다고 해야 되냐?"

토머스가 물었다.

흑인 소년이 앞으로 나서며 민호를 밀쳐내고 말했다.

"내 이름은 알비야. 만나서 반갑다. 민호 말이 맞아. 너희가 허세 쩌는 놈들이란 소문을 들어서 어떤 애들일지 감이 안 잡혔거든. 그래서 여기로 데려온 거야. 너희에 대해 알아보고 싶어서. 막상 보니까 형편없지는 않네."

이번에는 테리사가 그래서 고맙다고 해야 하냐고 물었다. 그 말에 다들 웃음이 터졌고, 분위기가 다소 부드러워졌다.

토머스는 어디서부터 말해야 할지 갈피가 잡히지 않았지만 일단 입을 열었다.

"너희는 얼마나 언제부터 이런 식으로 몰래 돌아다닌 거야? 오늘이 처음은 아닌 것 같은데."

알비가 대답했다.

"물론 처음은 아니야. 여기서 살다 보니 그들이 정해놓은 규칙을 따르고 시키는 대로 하는 게 지겨워졌어. 우리가 이러고 다니는 거 아마 그들도 알걸? 우린 바보가 아니야. 그래도 뭐, 그들이 우리를 찾아와 그만하라고 할 때까지 멈출 생각은 없어." 알비가 민호와 뉴트를 돌아보며 덧붙였다. "그렇지, 얘들아?"

민호는 환성을 질렀고 뉴트는 양손의 엄지를 척 세워 보였다.

테리사가 물었다.

"너희가 말한 우리에 대한 소문이라는 건 도대체 뭐니? 그리고 우리는 왜 너희와 따로 떨어져 지내는 거지? 너희는 몇 년째 알고 지낸 사이 같아 보이는데, 토머스와 나는 얼마 전에야 만났어."

테리사는 토머스를 흘끗 돌아보았다. 미로에 대한 얘기를 하려다가 마지막 순간에 자제하는 눈빛이었다. 당분간 미로는 둘만의 비밀이었다.

벽 앞 등받이 없는 의자에 앉은 뉴트가 질문에 대답했다.

"솔직히 말하면 너희와 다른 두 아이가 우리랑 뭐가 다른지는 우리도 몰라. 우리는 식당에서 같이 식사하고, 같은 수업에 들어가. 그렇게 산 지 1년이 넘었어. 너희가 우리보다 훨씬 똑똑하든지 모자라든지 둘 중 하나겠지."

"훨씬 똑똑한 쪽이야."

테리사의 새쭉한 대답에 다들 멍한 얼굴이었다. 그러다 알비가 손뼉을 치며 웃자 경직됐던 분위기가 약간은 풀어졌다.

알비가 말했다.

"너희들 마음에 든다."

그러자 민호가 말했다.

"그냥 별 이유 없이 너희를 여기로 초대했다고 말하고 싶지만, 이유가 있어서라는 건 짐작할 거야."

"그렇겠지."

테리사가 재빨리 대답했다.

민호는 테리사와 토머스를 평가하듯 쳐다보며 고개를 끄덕였다.

"그래, 좋아. 우리가 생각해둔 게 있거든. 계획이라고나 할까. 구체적인 건 아니야. 정신 나간 계획도 아니고. 무엇보다 정보가 중요한데 우린 너희 둘에 대해 아는 게 별로 없어. 우리 사이에 완벽한 신뢰가 생기려면 시간이 좀 걸릴 거야. 괜찮지?"

토머스가 대답했다.

"괜찮아. 너희가 아는 걸 말해주면 우리도 아는 걸 말할게."

민호는 고개를 끄덕였다.

"그래. 서두를 필요는 없어. 또 얘기할 기회는 많으니까. 우선은 너희에 대해 알아가면서 구경이나 시켜줄게. 재미있을 거야. 심각한 얘긴 몇 주 후에나 하고. 우리가 너희에 대해 좀 더 알고 나서. 괜찮지?"

토머스와 테리사는 서로를 쳐다보고 어깨를 으쓱한 다음, 민호에게 고개를 돌리고 알았다고 대답했다.

뉴트가 의자에서 훌쩍 내려와 문 쪽으로 걸어가며 말했다.

"밀실공포증 걸리기 전에 일단 여기서 나가자. 관광을 시작할 만한 좋은 곳을 내가 알지. '나 그룹'부터 보여줄게."

14장

224.10.15 | 2:03 a.m.

토머스는 '나 그룹'이라는 말을 한 번도 들어본 적 없어서 호기심이 일었다. 그 말을 하는 뉴트의 얼굴에 이상하게 그늘이 졌고, 그의 친구인 알비와 민호의 얼굴에도 불편한 기색이 엿보였다.

뭔가 분위기가 이상해서 더 흥미가 생겼다.

뉴트는 나머지 아이들을 이끌고 앞장서서 지하층 복도를 걸어가 아무 표시도 없는 작은 문 앞에 이르렀다. 토머스의 허리 높이까지밖에 오지 않는 그 문에는 걸쇠와 맹꽁이자물쇠가 붙어 있었지만, 온통 주황색으로 녹이 슨 자물쇠는 오래전에 부서져 있었다. 이 구역은 사람들이 자주 다니는 길이 아닌 것 같았다. 뉴트는 허리를 굽히고 작은 문을 열더니 그 안으로 기어 들어갔다. 토머스가 궁금해하는 눈빛으로 쳐다보자 알비가 그의 귀에 대고 소곤거렸다.

"우리한테는 의식 같은 거야." 테리사가 같이 들으려고 다가왔다. 알비는 하던 얘기를 계속했다. "뉴트는 어떻게든 핑계를 만들어서 여기 오곤 해. 사악이 뉴트의 여동생을 저쪽에 살게 해놨거든. 음, 우리도 몇 달 전에 안 건데 뉴트가 동생을 보러 가고 싶다고 말하면…… 순순히 따라가주는 게 좋아. 안 그러면 골치 아파져. 그런 거 있잖아, 가족. 우리들 대부분은 더 이상 갖지 못하게 된 것 말이야. 어서 가자."

가는 길은 먼지투성이였다. 그들은 사다리를 올라갔고, 토머스의 엉덩이가 겨우 들어갈 만큼 좁아터진 더러운 통로를 지나갔다. 민호는 그 통로가 수년 전에 만들어진 은밀한 비상 탈출로라고 했다. 사악이 차지하기 전까지 이 건물이 원래 어떤 용도로 쓰였는지는 아무도 몰랐다.

마침내 그들은 목적지에 도착했다. 지저분한 창문들이 점점이 박힌 다락 같은 곳이었다. 창문 너머는 침대들이 가득 들어찬 거대한 생활관이었다. 침대마다 아이들이 잠들어 있었다. 토머스는 눈에 힘을 주고 침대들을 이쪽에서 저쪽까지 훑어보았다. 머리카락 길이도 그렇고, 어둑한 조명에 비친 얼굴들을 보더라도 그 방에 남자아이는 한 명도 없었다.

이걸 어떻게 해석해야 할지 알 수가 없었다. 토머스와 테리사가 혼자 쓰는 방과는 너무 달랐다.

알비가 설명했다.

"그들은 우리를 가 그룹이라고 불러. 저 애들은 나 그룹이야. 가 그룹은 테리사만 빼고 전부 남자고, 나 그룹은 에어리스만 빼고 전부 여자야. 왜 그런지는 나도 몰라. 두 그룹을 따로 지내게 하는 게 성별 때문인가 싶기도 한데, 누가 알겠어."

"너희도 저런 곳에서 살아?"

테리사의 물음에 민호가 대답했다.

"그래. 나도 나 그룹으로 옮길까 봐. 누구 때문에 옮겨달라고 하고 싶어지네."

"왜 우리만……."

토머스는 말끝을 흐렸다. 질문이 너무 노골적이어서였다. 특별 대우 받는 걸 자랑삼아 떠벌리는 듯이 들릴 것 같았다.

알비가 물었다.

"왜 너희만 특별 취급을 받느냐고? 우리도 너희를 만나서 그걸 알아내고 싶었어."

"너희가 우리보다 아는 게 더 많은 것 같아."

테리사는 멍하게 말했지만 토머스는 그녀가 머리를 빠르게 굴리고 있음을 알았다. 그녀의 뇌를 들여다보고 싶었다. 그 안에서 어떤 생각들이 요동치는지 궁금했다.

토머스는 뉴트를 바라보았다. 뉴트는 몇 걸음 떨어진 곳에 홀로 서서 말없이 창문 너머를 내다보고 있었다. 토머스는 뉴트 옆으로 다가갔다.

"뭘 보고 있어?"

토머스는 알면서 굳이 물었다. 뉴트가 훌쩍거렸다. 그제야 토머스는 뉴트가 울고 있음을 알았다.

뉴트가 검지를 유리창에 대고 저쪽을 가리키며 말했다.

"쟤 보여? 맨 끝 줄, 왼쪽에서 세 번째 침대에 있는 애."

두 팔로 베개를 끌어안고 웅크리고 누운 소녀가 보였다. 소녀의 짙은 색 머리카락이 담요 밖으로 흘러나와 있었다.

"보여. 네 동생이야?"

뉴트는 놀란 눈으로 토머스를 쳐다보았다.

"맞아. 이름은 리지야." 뉴트는 고개를 푹 숙여 창문에 기댄 채 한참 말이 없었다. "예전 이름이야. 그들은 우리 모두를 새 이름으로 세뇌시킨 줄 알겠지만 난 동생 이름을 절대 잊지 않아."

"그들이 네 동생 이름을 뭘로 바꿨는데?"

토머스의 물음에 뉴트는 씁쓸하게 대답했다.

"소냐. 말이 돼? 그들이 내 동생 이름을 소냐로 바꿨어." 뉴트는 기침인지 흐느낌인지 알 수 없는 소리를 냈다. 어둠 속에서 뉴트의 두 눈이 눈물에 젖어 반짝였다. "사악은 진짜 야비해. 동생을 못 보게 할까 봐 난 이름을 잊어버린 척해야 했어. 안 그러면 그들이…… 내게 벌을 줄 테니까."

토머스는 가슴이 먹먹했다. 랜들에게 고문당한 후 처음으로 이 모든 일의 배후에 있는 자들에 대한 강렬한 분노를 느꼈다. 사악이라는 단체에 대한 분노였다. 여기 서 있는 이 소년은 여동생을 겨우 몇십 보 앞에 두고 아는 척도 할 수 없었다.

뉴트가 계속해서 말했다.

"나는 그들이 하라는 대로 했어. 내 진짜 이름을 포기했어. 아마 내가 마지막까지 저항한 아이들 중 하나일 거야. 하지만 동생 이름만은 절대 안 잊어. 차라리 날 죽이는 게 빠를걸."

"유감이야."

토머스는 나지막하게 속삭였다. 달리 무어라 말해야 할지 알 수 없었다. 엄마를 생각하면 심장이 아렸다. 만약 엄마가 저 아래 생활관 침대에 누워 있다면 마음이 얼마나 괴로울까. 당장 유리창을 박살 내고 엄마에게 달려가지 않을 수 있을까? 과연 그럴 수 있을까?

뉴트는 고개를 들고 눈물을 닦았다. 남 앞에서 우는 모습 보이기를 딱히 창피해하지는 않는 듯했다. 뉴트가 떨리는 목소리로 말했다.

"원래 다 그런 거야, 토미. 바깥세상은 지옥이 됐는데, 이 안이라고 다를 이유가 있겠어? 적어도 평화롭게 자고 있는 동생을 볼 수 있으니 됐어. 사랑하는 사람을 죽음으로 잃은 이들 중에는, 나처럼 이렇게 볼 수라도 있다면 자기 팔이라도 잘라주겠단 사람들이 수두룩할걸. 뭐, 다 그런 거지."

뉴트는 몇 년 알고 지낸 친구에게 말하듯 속내를 털어놓았다.

테리사가 토머스 뒤로 다가와 그의 등에 기대며 물었다.

"괜찮아?"

"응. 뉴트가 저 아래 있는 자기 동생을 보여주고 있었어."

그때 알비가 말했다.

"오늘 밤엔 이 이상 우리의 운을 시험하지 않는 게 좋겠어. 가서 눈 좀 붙이고 내일 다시 시작하자. 어때?"

다들 동의했다. 돌아가는 내내 아이들 사이에 울적한 침묵이 감돌았다. 여기로 올 때보다 돌아가는 길이 더 길게 느껴졌다. 토머스는 그들이 아는 것과 모르는 것을 서로 비교해보고 싶었지만 아무래도 지금은 때가 아닌 것 같았다. 그들은 작별 인사를 하고 헤어졌다.

무사히 방 앞에 다다른 토머스는 복도에 누가 나타날까 걱정되어 얼른 테리사에게 잘 자라는 말을 한 후 방으로 들어왔다. 옷도 벗지 않고 침대에 누워, 그날 온갖 일을 겪었음에도 불구하고 생각보다 빨리 잠에 빠져들었다.

짧은 수면 시간 동안 뉴트와 소냐에 대한, 아니, 뉴트와 리지에 대한 꿈을 꾸었다.

그 후 토머스는 며칠 밤낮을 온갖 새로운 정보를 받아들이고 기운을 소진해가며 정신없이 보냈다. 밤마다 서너 시간도 채 잠을 자지 못했다. 아침에 울리는 알람 소리는 두개골을 파고드는 단검 같았고, 수업을 받는 길고 긴 낮 동안 끝없이 두통이 밀려왔다. 페이지 박사나 레빗 박사, 교사들 중 누군가가 토머스가 즐기는 밤 모험을 언급하거나, 무장한 사악 경비원이 갑자기 들이닥쳐 토머스를 감방으로 끌고 갈지도 모를 일이었다. 토머스는 각오를 하고 기다렸으나 평소와 다르게 행동하는 사람은 아무도 없었다.

두 번째 모험을 나선 날 밤, 토머스와 아이들은 어느 커다란 실험실에서 대형 통들을 발견했다. 악취와 함께 수증기가 모락모락 피어오르는 액체가 담긴 그 통은 족히 스무 개가 넘었다. 한밤중인데 머리부터 발끝까지 오염방지복을 입은 작업자들이 괴상한 대형 통 사이를 돌아다니며 온갖 종류의 검사를 하고 있었다. 역겨운 액체의 표면 위로 올라온 커다란 물고기 혹은 촉수 같은 것이 수증기 사이에서 움직였다. 이 장소에 몇 달째 계속 와봤다는 뉴트도 당황한 눈치였다.

세 번째 날 밤, 행정실을 탐색하던 아이들은 근무 시간이 끝난 후 행정실에서 뭉그적거리며 달콤한 시간을 보내는 남자와 여자를 목격했다. 민호는 뛰쳐나가 저 불쌍한 커플을 깜짝 놀라게 하자고 했지만 알비가 그를 뜯어말렸다. 토머스는 속으로 민호를 응원했다.

네 번째와 다섯 번째 날 밤에도 새로운 모험이 넘쳐났다. 토머스가 들어본 적도 없는 온갖 실험실, 대형 식당, 큼지막한 스포츠 시설이 눈앞에 펼쳐졌다. 어느 병실에는 마스크처럼 생긴 복잡한 장치들이 침대마다 달려 있고, 온갖 종류의 모니터 장비에 연결된 튜브와 전선 들이 거대 거미의 다리처럼 늘어져 있었다. 토머스는 병실에 좀 더 머물면서 무엇에 쓰이는 장치인지 알아보고 싶었지만 알비는 서둘러 아이들을 밖으로 내몰았다. 토머스는 허둥지둥하면서 이마에 땀까지 흘리는 알비의 모습을 처음 보았다. 뭔가가 그의 신경을 몹시 곤두서게 만든 것 같았다.

어쨌든 모험은 재미있었고, 짜릿했고, 무서웠고, 기운을 북돋워주었다. 사악에게 끌려온 후 몇 년 동안 토머스는 지금처럼 활기를 느꼈던 적이 없었다. 아이들 사이에서 신뢰가 쌓여가는 게 느껴지기도 했다. 그 신뢰가 어느 방향으로 가고 있는지는 알 수 없었지만. 애초에 불려 나온 목적은 어느새 온데간데없이 사라지고 우정이 쑥쑥 자랐다.

알비, 민호, 뉴트, 테리사.

토머스에게는 친구들이 생겼다.

15장

224.10.20 | 12:15 a.m.

뉴트는 특별한 것을 보여주겠다고 약속했다. 하지만 토머스나 테리사가 그게 뭐냐고 물을 때마다 입을 지퍼로 채우는 시늉을 하면서 약을 올렸다. 꽉 다문 입술을 손가락으로 집는 동작이었다. 토머스와 테리사가 궁금해 안달할 때마다 뉴트는 재미있어했다.

밤에 어디로 모험을 떠나든 그들은 늘 지하층 정비실에 모였다. 먼지투성이인 낡은 그 방은 아이들의 안식처가 되었다. 세 번째 모험을 마친 날 밤부터 뉴트는 토머스와 테리사를 굳이 방까지 데려다주지 않았다. 토머스와 테리사도 길이 익숙해져 더는 안내가 필요 없었다. 사악 건물의 어두컴컴한 복도를 몰래 지나갈 때마다 토머스는 점점 재미를 느꼈다.

토머스가 가볍게 노크하자마자 테리사의 방문이 열렸다. 테리사는 조심스럽게 고개를 내밀고는 복도 좌우를 돌아보며 들킬 위험이 없는지 확인했다.

"좋았어."

네 번째 날 밤에 테리사는 이렇게 말하며 복도로 나와 문을 닫았다. 테리사의 얼굴에 미소가 피어났다.

"오늘 밤엔 뭘 보게 될까?"

그들은 복도를 걸어가기 시작했다.

토머스가 뉴트처럼 입을 지퍼로 잠그는 시늉을 하자 테리사는 그의 옆구리를 콱 찔렀다.

"윽."

토머스는 나지막하게 내뱉으며 걸음을 재촉했다.

토머스와 테리사가 정비실로 들어갔을 때 민호와 알비는 엎치락뒤치락하고 있었다. 처음에 토머스는 그들이 진짜 싸우는 줄 알았는데 알비가 민호를 잡아 엎어치기를 하더니 환호성을 지르며 웃었다. 등부터 바닥에 떨어진 민호는 신음을 흘렸다.

"이번엔 안 돼, 인마!"

알비가 소리치면서 팔뚝으로 민호의 가슴을 눌렀고, 심판을 보던 뉴트는 바닥을 손바닥으로 세 번 내리쳤다.

그러자 알비는 벌떡 일어나 두 팔을 들고 승리를 만끽하는 춤을 추었다.

민호도 바닥에서 일어나 옷에 묻은 먼지를 털고는, 예전 토머스의 아빠처럼 욕설을 내뱉으며 무성의하게 "잘했네"라고 말했다. 알비는 그 말을 칭찬으로 받아들인 듯했다. 알비의 승리였다.

“좋아, 그럼 이제 서두르자. 알았지?”

뉴트는 이렇게 말하며 두 팔을 머리 위로 뻗어 올리고 하품을 했다.

토머스가 물었다.

“오늘 밤엔 무슨 놀라운 구경을 시켜줄 거야? 우리 어디로 가?”

뉴트는 천장을 올려다보았다.

“글쎄. 여기는 이미 샅샅이 다 훑어봐서.”

토머스는 저도 모르게 테리사를 흘끗 쳐다보았다. 뉴트와 친구들은 그들 발밑에 뭐가 있는지 모르는 모양이었다. 그들이 믿든 안 믿든 토머스와 테리사는 미로 동굴에 대해 알려줄 수가 없었다. 그저 그동안 이 건물 내부를 밤마다 돌아다닌 아이들이 아직까지 미로 동굴을 찾아내지 못했다는 사실에 충격을 받을 뿐이었다. 미로 동굴이 두 개나 있는데. 뉴트와 그의 친구들은 어떻게 그 중 하나도 우연히 발견 못했을까?

“토미?”

어느새 뉴트가 눈썹을 치뜨고 토머스를 똑바로 쳐다보고 있었다.

토머스는 당황했다.

“미안. 잠깐 딴생각하느라고. 뭐라고 말했어?”

뉴트는 나무라듯 고개를 가로저으며 말했다.

“정신 차리고 잘 따라와, 토미. 탁 트인 바깥을 구경할 준비 됐지?”

그들은 콘크리트 블록 벽 뒤에 숨은 사다리를 타고 올라갔다.

사다리의 원래 용도는 짐작도 할 수 없었다. 이 건물은 사악이라는 단체가 생겨나기도 전에 지어졌다. 이 건물을 설계한 자들 혹은 소유했던 자들도 여기 놓인 사다리에 대해서는 몰랐을 것 같은 불길한 느낌이 들었다. 마치 누군가 나쁜 짓을 하려고 가져다놓은 듯했다.

사다리를 오르는 동안 토머스는 먼지에 숨이 막혔다. 어쩌다 보니 맨 마지막에 올라가게 됐는데, 먼저 올라간 아이들의 발끝에 수년째 쌓인 흙먼지와 돌멩이들이 차이다 보니 올라가는 길이 영 고역이었다. 못도 두 개나 밑으로 떨어졌는데 그중 하나가 토머스의 오른쪽 눈에 박힐 뻔했다.

"좀 더 조심해서 올라가줄래?"

토머스는 아이들에게 몇 번이나 조그맣게 외쳤다. 하지만 돌아오는 대답은 낄낄대는 웃음뿐이었다. 분명 민호의 웃음소리였다.

마침내 10층 높이를 올라간 아이들은 철제 층계참에 올라섰다. 층계참은 다섯 명이 겨우 서 있을 만한 넓이였다. 왼쪽 시멘트벽에 휘어지고 녹슨 묵직한 금속 문이 못생긴 이빨처럼 박혀 있었다. 백 년도 더 된 것 같은 그 작은 문에서 유일하게 오래돼 보이지 않는 부분은 잦은 사용으로 반들반들해진 은색 손잡이였다.

"너희들, 여긴 몇 번이나 와봤어?"

테리사의 물음에 알비가 대답했다.

"열두 번쯤? 열다섯 번인가? 모르겠다. 신선한 공기를 쐬면 기분이 엄청 좋아. 너희도 직접 확인해봐. 아, 멀리서 바다 소리도 들리고…… 끝내줘."

토머스는 몹시 설레는 마음으로 말했다.

"바깥세상은 불모지일 거라고 생각했어. 방사능과 열기 때문에 말이야. 태양 플레어 현상도 있고."

테리사가 맞장구 쳤다.

"광인들까지 있으니 더 말할 필요도 없지. 저 바깥에 광인들이 없다는 걸 너희가 어떻게 알아?"

민호가 진정하라는 듯이 한 손을 들어 올리며 나섰다.

"얘들아, 너희 눈엔 우리가 바보로 보이냐? 우리가 저 바깥에서 광인한테 손가락 하나라도 물어뜯겼거나 방사능 때문에 중요 부위가 떨어져 나가기라도 했으면 열다섯 번이나 나갔다 왔겠어? 걱정 마."

뉴트는 토머스의 코앞에 대고 손가락을 흔들며 말했다.

"중요 부위는 우리 몸에 이상 없이 잘 붙어 있어. 아직은 거기가 없어져도 별로 걱정할 나이가 아니긴 하지만 말이야."

이 말에 토머스가 푸흡 하고 웃음을 터뜨리는 바람에 사방으로 침이 튀었다.

토머스는 소매로 입을 닦으며 말했다.

"미안."

알비는 좀 더 논리적으로 말했다.

"바깥세상은 점점 나아지고 있어. 그리고 여긴 북쪽에 가까워서 방사능 피해가 크지 않아. 나무에 쌓인 눈을 두 번이나 봤어."

테리사는 외계인이라는 단어를 들은 것보다 더 놀란 목소리로 물었다.

"눈이라고? 정말이야?"

"그래."

뉴트가 상황을 정리했다.

"잡담은 그만. 민호야, 문이나 열어."

"예, 알겠습니다!"

민호는 큰 소리로 대답하고는 끄응 하고 문손잡이를 밀었다. 요란한 금속성의 철커덕 소리가 나더니 문이 바깥쪽으로 끼이익 열렸다.

막힌 공간에 있던 공기가 자유를 향해 달려 나가듯 사다리를 타고 올라와 아이들을 스치고 바깥으로 빠져나갔다. 바람이 지나가며 옷을 흔들자 토머스는 약간 한기를 느꼈다. 하지만 바깥에 펼쳐져 있을 풍경에 대한 기대감에 어서 나가고 싶어 견딜 수 없었다. 민호가 먼저 나갔고 알비가 그다음이었다. 뉴트는 테리사를 다음으로 내보냈다. 테리사는 토머스를 흘끗 돌아보고는 문밖으로 나갔다. 테리사의 눈에 백만 가지 뜻이 담겨 있는 듯했지만 토머스는 그 의미를 알 수 없었다.

뉴트가 말했다.

"다음은 너야, 토미. 머리 부딪치지 않게 조심하고."

토머스는 고개를 숙이고 작은 문을 지나 널찍한 콘크리트 플랫폼에 섰다. 바깥 공기는 시원하고 산뜻했다. 사악 건물에 들어오기 전, 밖에 나가도 괜찮았던 때의 기억들이 당시의 온기와 열기, 땀에 대한 기억과 함께 밀려들었다. 이토록 신선한 공기라니, 이상했지만 알비의 말대로 기분이 좋았다. 멀리서 바위 절벽에 밀려와 부딪치는 파도 소리가 들려왔다.

"무슨 생각해?"

민호가 물었다.

어두워서 잘 보이지도 않았지만 토머스는 주변을 둘러보았다. 앞쪽을 비추는 조명들 때문에 오히려 더 안 보였다. 보이는 거라곤 지금 발을 딛고 선 플랫폼과 주위의 난간, 그리고 검은 바다뿐이었다. 하늘에는 자그마한 별들이 희미하게 반짝거렸다.

토머스는 잠시 침묵하다가 대답했다.

"어두워서 잘 보이지는 않지만 그래도 멋진 것 같아."

그 말에 알비가 말했다.

"내가 뭐랬어."

알비의 목소리에 미소가 담겨 있었다.

뉴트가 플랫폼 구석의 난간 너머로 몸을 내밀며 말했다.

"이 아래에 배수관이 있어. 이음새들이 튀어나와 있는 게 보이지? 저걸 타고 내려가면 쉬워. 다시 올라오기는 좀 힘들지만, 약간은 땀을 흘리는 편이 몸에도 좋아."

민호가 나섰다.

"숲을 보여줄게. 운 좋으면 사슴을 볼 수도 있어. 그 녀석이 얌전히 있으면 쓰다듬어볼 수도 있을걸."

토머스는 민호의 말이 농담인지 아닌지 구분이 되지 않았다. 민호 입에서 나오는 단어들에는 늘 즐거운 기색이 배어 있었고, 말투도 언제나 명랑했다.

알비가 제일 먼저 난간을 넘어 배수관을 타고 내려가기 시작했다. 뉴트는 이번에는 토머스를 두 번째로 내려보냈다. 배수관 이음새를 잡은 손가락이 아팠다. 다행히 건물 내부에서 사다리를 타고 올라갈 때와 비교해 내려가는 건 그리 오래 걸리지 않았다. 마침내 부드러운 땅을 밟고 선 토머스는 마치 외계 행성에 발을 디던 기분이었다. 토머스는 알비 옆에 서서 다른 아이들이 내려오길 기다렸다. 눈이 쌓여 있지 않았지만 공기가 싸늘해서 곧 내릴 것만 같았다.

토머스는 시커먼 벽처럼 보이는 숲 쪽의 너른 공간을 가리키며 물었다.

"저기는 뭐야? 우리 정말 이렇게 나와도 돼? 어차피 나왔는데 굳이 사악으로 돌아가야 할 이유가 있나?"

알비가 대답했다.

"우리도 그 문제를 생각해봤어. 식량을 모아서 챙긴 후에 여기서 도망치는 게 어떠냐는 얘기도 나왔지. 그런데…… 그게 쉽지가 않아. 도망쳐봤자 얼마나 버틸 수 있을까? 아무리 생각해도 저 안에서 사는 게 나아. 먹을 것도 있고 잠자리도 따뜻하고 광인들도 없으니까……. 그래도 여전히 생각은 하고 있어."

알비가 끝까지 말하지 않은 무언가가 더 있는 듯했다.

맨 마지막으로 배수관을 타고 내려온 테리사가 훌쩍 뛰어 바닥을 딛고 섰다. 알비가 입을 열어 무슨 말을 하려는데, 그 말이 나오기도 전에 거대한 스위치를 올린 것 같은 덜커덕 쾅 하는 소리와 함께 사방에서 눈부신 조명이 쏟아졌다. 토머스는 손차양을 하고 제자리에서 한 바퀴 돌았지만 빛 때문에 눈이 부셔서 아무것도 볼 수 없었다.

눈을 가늘게 뜬 토머스는 하얀빛을 뚫고 걸어오는 시커먼 형체 셋을 알아보았다. 그들은 손에 무기를 들고 구부정한 자세로 걸어오고 있었다. 그들이 가까이 오자 토머스는 제복을 입고 헬멧을 쓴 사람들임을 알아보았다. 그들 뒤에서 네 번째 남자가 모습을 드러냈다. 그 남자를 본 순간 토머스는 독성 물질로 내장이 녹아 내리는 듯한 기분을 느꼈다. 토머스라는 이름을 강요당한 날 이후 한 번도 본 적 없는 남자였다.

랜들이다. 초록색 수술복은 이제 졸업한 모양이었다.

"너희는 여기 나와 있으면 안 돼." 짐짓 슬픈 목소리였다. "내가 일일이 이유를 설명해줄 필요는 없겠지. 스스로 깨달을 만큼 똑똑한 애들이니까. 바깥세상이 얼마나 위험한지 너희에게 가르쳐줄 때가 된 것 같구나. 사악이 너희에게 해준 일에 대해 조금이라도 고마워하기를 바란다."

랜들은 미리 외우고 연습한 내용을 말하는 것처럼 어색한 어조로 말했다.

랜들이 뉴트를 가리키며 명령했다.

"이 아이는 면역인이 아니니 곧바로 방으로 데려가서 의사를 불러 검사하게 해. 당장!"

경비원 한 명이 뉴트에게 다가가자 랜들은 크게 한숨을 쉬더니 토머스를 비롯한 다른 아이들 쪽으로 손을 휘저었다.

"나머지는 광인 굴로 데려가."

16장

224.10.20 | 2:09 a.m.

언제부터인지 몰라도 토머스와 테리사는 손을 잡고 있었다. 앞으로 무슨 일이 일어날지 걱정하고 처벌을 두려워하며 그렇게 함께 나란히 서 있었다. 여자 경비원이 그들에게 다가와 속삭였다.

"너무 걱정하지 마. 랜들은 너희가 밖에 나오는 게 얼마나 위험한지를 빨리 깨우치게 하려는 것뿐이야. 다 너희를 위해서야. 다칠 일은 없어. 우리가 하라는 대로만 하면 금방 끝나. 알았지?"

토머스는 고개를 끄덕였다. 하지만 '광인'과 '굴'이라는 단어가 여전히 머릿속에서 울리고 있었다. 살면서 광인에 대한 얘기를 몇 번이나 들었을까? 플레어 병에 감염돼 종점을 훨씬 지나 완전히 미쳐버린 사람들. 피를 보려는 충동에 잠식되어 짐승과 다를 바 없는 자들.

랜들의 말은 무슨 의미일까? 이들은 아이들을 어디로 데려가려는 걸까?

"따라와."

여자 경비원이 토머스의 팔을 부드럽게 잡으며 말했다. "협조하면, 언제인지 깨닫기도 전에 안전하고 무탈하게 네 방에 돌아가 있을 거야. 기상 시간이 되기 전에 잠깐 눈 붙일 시간도 있을 거고."

테리사가 토머스의 손을 아플 정도로 꽉 잡았다. 토머스는 말없이 고개를 끄덕이며 경비원의 뒤를 따라갔다. 그녀는 배수관에서 점점 멀리, 사악 건물과 나란히 뻗은 길을 따라 두 아이를 이끌었다. 또 다른 경비원은 알비와 민호를 데리고 뒤에서 따라왔다. 알비와 민호는 토머스만큼이나 불안해하는 표정이었다.

세 번째 경비원은 뉴트를 데리고 건물 앞에 서 있었다. 뉴트는 땅바닥만 쳐다보고 있어서 표정을 볼 수 없었다. 토머스는 랜들 쪽을 바라보았다. 랜들은 뉴트와 몇 미터 거리를 두고 서서 누군가와 통화를 하고 있었다.

모퉁이를 돌아가면서 토머스는 더 이상 그들을 볼 수 없었지만, 랜들이 뉴트에 대해 했던 말은 그의 뇌리를 떠나지 않았다. 뉴트가 면역인이 아니라는 말. 그제야 그 말이 얼마나 큰 의미를 담고 있는지 와닿았다. 면역인이 아닌데 뉴트는 왜 여기서 살고 있을까?

테리사의 목소리에 토머스의 생각이 흐트러졌다.

"어디로 가는지 말해주면 안 돼요? 광인 굴이라는 건 도대체 뭐죠?"

그들은 길을 따라 계속 걷고 있었다. 경비원은 대답하지 않았다. 몇 걸음 뒤에서 알비와 민호를 데리고 따라오는 남자 경비원도 마찬가지였다. 파도 소리가 정적을 메우는 가운데 소금 냄새와 소나무 향기가 코끝에 와닿았다.

토머스가 말했다.

"질문에 대답해주세요, 제발. 저희가 크게 잘못한 건 아니잖아요. 그냥 구경하고 다닌 것뿐이에요. 저희가 죄수라도 되나요?"

경비원들은 여전히 대답이 없었다.

"뭐라고 말 좀 해봐요!"

테리사가 소리쳤다.

여자 경비원이 고개를 돌려 그들을 바라보았다.

"나라고 이러고 싶겠니?" 그녀는 도둑질하다 들킨 사람처럼 주변을 두리번거리다가 목소리를 낮추고 덧붙였다. "미안. 정말 미안해. 시키는 대로 해, 그냥. 그래야 편해. 우리는 너희가 왜 실내에 머무는 편이 안전한지 깨닫도록 도와주려는 것뿐이야."

불길한 말을 남기고 그녀는 다시 앞을 보며 건물 외벽을 따라 걸어갔다. 아무도 입을 열지 않았다.

그들은 아스팔트 길에 다다랐다. 오른쪽으로 갈라진 길은 들판 사이로 구불구불 이어지다가 저 멀리 어렴풋이 보이는 숲 속으로 사라졌다. 왼쪽으로 갈라진 길은 사악 건물과 교차하면서 가파른 경사를 타고 건물 아래로 내려갔다. 여자 경비원은 망설임 없이 아스팔트길로 올라서서 왼쪽 길을 따라 건물 아래 어두운 터널로 향했다. 그들은 터널을 9미터쯤 앞에 두고 있었다.

토머스는 경비원 뒤를 따라가면서 주변을 돌아보았다. 사악 건물의 높다란 화강암 벽, 시커먼 하늘 여기저기 흩어진 희미한 별들. 토머스는 달이라도 뜨기를 간절히 바랐다.

그들은 비탈을 내려가 어느새 건물 지하에 이르렀다. 그곳은 빛이라곤 없는 널찍한 터널이었다. 평소 여기 불을 켜지 않을 리 없으니, 일부러 다 꺼놓은 모양이었다.

소리가 들려 토머스는 멈칫했다. 울음인지 신음인지 모를 괴이한 소리였다. 사람이 내는 것 같지만, 온전한 사람이 내는 소리는 아니었다. 피부에 소름이 돋고, 가슴속으로 공포가 밀려와 몸서리쳐졌다.

너무 어두워서 경비원의 윤곽이 겨우 보일 정도였다. 그녀는 걸음을 멈추고 아이들을 향해 돌아섰다. 손전등을 꺼내 켜더니 아이들의 얼굴에 빛을 비춘 후에 왼쪽으로 방향을 돌렸다. 빛장에 사슬을 칭칭 감고 자물쇠까지 걸어놓은 낡은 철문이 보였다. 남자 경비원이 알비와 민호를 두고 말없이 걸어와 열쇠를 꺼내 자물쇠를 열었다. 빗장에서 사슬을 풀어내는 소리가 터널 안에 요란하게 울려 퍼졌다.

남자 경비원이 사슬을 바닥에 내려놓고 쇠문을 열며 말했다.

"들어가. 너희를 겁주려는 것뿐이니까 걱정 말고. 그들은 너희를 다치게 못해. 내가 보장하마."

"저 안에 뭐가 있는데요?"

토머스가 물었다.

"광인들." 여자 경비원이 대답했다. 광인이라는 단어와 어울리지 않는 상냥한 어조였다. "너희에게 플레어 병이 얼마나 끔찍한

지 가끔 일깨워줄 필요가 있거든."

그러자 남자 경비원이 근엄한 목소리로 말했다.

"저들은 너희를 해치지 못해. 오줌을 지릴 만큼 무섭게 만들 순 있겠지만 해치지는 못한다."

민호가 경비원들 옆을 지나 앞장서며 말했다.

"가자, 얘들아. 이 지옥 같은 곳에 뭐가 있는지 구경이나 하자."

토머스는 그러고 싶지 않았다. 온갖 악몽이 머릿속에 떠올랐다. 하지만 테리사가 용감하게 따라 들어가니 어쩔 수 없었다. 테리사가 철문 안으로 들어가고 알비가 그 뒤를 따랐다. 토머스도 따라 들어갔다.

17장

224.10.20 | 2:28 a.m.

제일 두려운 건 어둠이었다. 경비원이 그들 뒤에 대고 손전등을 계속 비춰주었지만, 손전등 빛은 얼마 지나지 않아 암흑의 안개 속에 파묻혔다. 아이들은 자그락자그락 자갈을 밟으며 조금씩 걸어 들어갔다. 양옆에 철책이 설치된 좁은 길이었다. 철책의 쇠창살은 13센티미터 정도 간격으로 땅에 박혀 있었고, 철책 상단과 하단에는 기다란 쇠창살이 가로로 설치돼 있었다. 철책 너머에 뭔가가 있다 해도 어두워서 잘 보이지 않을 지경이었다.

"으스스한데." 민호가 조그맣게 말했지만 조용한 어둠 속이라 왕왕 울렸다. "알비, 내 손 잡아."

"됐어, 인마."

자갈을 밟고 걷는 그들의 발소리가 속삭임처럼 메아리쳤다. 안

쪽으로 들어갈수록 밀실공포증이 밀려들어 토머스는 뒤돌아 도망치지 않으려고 안간힘을 썼다. 그들은 계속해서 걸어갔다.

얼마 안 있어 벽돌 벽 앞에 이르렀다. 양옆의 철책은 그 벽까지 이어져 있었다. 막다른 길이었다. 토머스의 두려움은 더욱 커졌다.

"이제 어떻게 해?" 겁먹은 티가 나는 징징대는 목소리가 나오는 건 어쩔 수 없었다. "돌아가?"

테리사가 대답했다.

"돌아가야지. 우리가 시키는 대로 말을 듣는지 확인하는 시험인 모양인데……."

민호가 손가락을 제 입술에 갖다 붙여 테리사의 입을 다물게 했다. 그는 고개를 숙이고 귀를 기울였다. 뒤에서 비추는 희미한 손전등 불빛 속에 그러고 서 있으니 꼭 유령 같았다.

"뭔가가 이리로 오고 있어." 민호가 벽돌 벽 왼쪽의 철책을 가리켰다. "저 너머에서."

고개를 돌린 토머스는 민호가 가리킨 방향의 철책 너머를 바라보며 귀를 기울였다. 소리가 들렸다. 그들 넷이 숨만 겨우 쉬며 꼼짝 않고 서 있는 가운데, 터널 안에 발소리가 들렸다. 토머스는 그 소리가 뒤에서도 들리는 것 같아 뒤를 돌아보았다. 이내 그 소리는 사방에서, 모든 방향에서 들려왔다. 그리고 점점 커졌다.

알비가 속삭였다.

"광인들이야. 사악이 자기네 건물 지하의 이 섬뜩한 감옥에 광인들을 처박아둔 거야. 끝내주네."

발소리에 맞춰 움직이는 형체들이 시야에 들어왔다. 광인들이었다.

민호가 말했다.

“평소에는 다른 데다 가둬놓고 있겠지. 광인들이 줄곧 여기 있었으면 우리가 이리로 걸어 내려오는 동안 이미 창살에 바짝 붙어 있었을걸. 사악이 우리한테 보여주려고 광인들을 야생동물처럼 풀어놓은 거야.”

이쪽으로 점점 빨리 걸어오는 광인들에게서 신음과 뜻을 알 수 없는 중얼거림이 들려왔다. 그들이 토머스와 친구들을 본 게 분명했다.

스위치를 켠 것처럼 별안간 귀가 먹먹하도록 요란한 괴성이 주변을 가득 채웠다. 비명과 고통스러운 울음, 고함, 창살을 향해 빠르게 달려오는 발소리들. 두려움에 잠식당한 토머스는 벌벌 떨었다. 양옆의 쇠창살에 광인들이 마구 몸을 부딪치면서 먼저 온 다른 광인들을 짓누르고 있었다. 광인들은 창살 사이로 팔을 뻗어 손을 쥐었다 폈다 해가며 토머스와 아이들을 붙잡으려 했다.

토머스가 통로 한가운데 서 있었고 테리사는 바로 그의 옆에 있었다. 알비와 민호는 몇 발짝 떨어진 곳에 있었다. 알비는 벽돌 벽에 등을 기대고 서서 고개를 좌우로 움직이며 양옆을 살폈다. 민호는 호전적인 자세로 알비 앞에 서 있었다. 광인들이 저렇게 밀어붙이다 쇠창살을 쓰러뜨려도 그런 자세를 취하고 있으면 도움이 될 거라는 듯이.

토머스는 광인들을 바라보았다. 다들 종점이 한참 지난 모습들이라 두려우면서도 연민이 느껴졌다. 광인들은 토머스가 본 중 가장 공허한 눈을 하고 있었다. 온통 긁히고 터진 얼굴과 팔. 피가 묻고 찢긴 더러운 옷. 누군가는 비명을 지르고 누군가는 눈물을 줄줄 흘리며 흐느껴 울었다. 누군가는 도저히 이해할 수 없는 단어들을 거칠고 빠르게 내뱉었다. 광인들은 정신을 망가뜨린 끔찍한 병에서 벗어날 유일한 방법이 토머스와 아이들인 것처럼 손을 내밀고 또 내밀었다.

한 여자가 광인들 틈을 헤치고 별안간 앞으로 나섰다. 비교적 깨끗한 얼굴을 한 여자는 토머스를 똑바로 쳐다보면서, 무슨 말을 해야 할지 고민하는 듯 입술을 달싹였다. 그러다 마구 떨리는 목소리로 말하기 시작했다.

"내 아이 내 아이 내 아이 내 아이 내 아이 내 아이."

그녀는 내 아이라는 두 단어만 계속 되풀이했다. 그 말을 하는 내내 울던 여자가 갑자기 광견병에 걸린 고릴라처럼 쇠창살을 향해 달려들었다. 맹렬하게 몸을 부딪치던 여자가 마침내 바닥에 넘어졌다. 녹초가 되어 쓰러진 것 같았다. 다른 광인들이 이내 그 여자를 밟고 넘어와 여자가 서 있던 자리를 차지했다. 지독한 슬픔과 암울한 절망이 토머스의 가슴을 채웠다.

알비가 소리쳤다.

"이만하면 교훈은 충분해! 돌아가자, 어서!"

토머스는 고개를 저었다.

주변을 에워싼 공포에 토머스는 최면에 걸린 듯 옴짝달싹할 수가 없었다. 이 상황이 믿기지도 않았다. 그랬다. 아빠의 병증이 악화돼 분노만 남은 사람으로 변하는 모습을 지켜보았고 수년간 온갖 이야기를 들었지만 이런 상황을 견딜 준비는 되어 있지 않았다. 눈으로 직접 보고도 믿을 수가 없었다.

"토머스, 어서 가!"

민호가 소리쳤다. 아이들은 양옆에서 팔을 뻗는 광인들을 피하기 위해 길 한가운데서 토머스와 나란히 한 줄로 서 있었다.

토머스는 고개를 끄덕였다. 처음보다는 두려움이 가라앉았다. 대신 깊고 우울한 감정 속으로 빠져들었다. 엄마도 저렇게 되었을까? 미쳐서 내 아이를 찾으며 울부짖었을까? 발이 자갈길에 딱 붙은 듯 떨어지지 않았다. 움직일 수가 없었다.

테리사가 그의 귀에 속삭였다.

"토머스, 괜찮아. 바로 이것 때문이야. 이것 때문에 우리가 여기 와 있는 거야. 사악을 도와 치료제를 찾자. 이런 병에서 사람들을 구하자."

테리사의 목소리가 토머스의 내면에 불을 밝혔다. 그제야 감각이 돌아왔다. 토머스는 방향을 돌려 그들이 왔던 길로 다시 나아가기 시작했다. 테리사가 바로 뒤에서 따라오고 있음은 굳이 확인할 필요도 없었다. 테리사는 그를 앞으로 밀듯이 손으로 그의 등 허리를 짚고 따라오고 있었다. 터널 양옆에 광인들이 가득했고, 끝도 없이 몰려들었다. 광인들이 먹잇감을 잡아 찢어놓지 못하게 막는 것은 창살뿐이었다.

토머스는 좌우의 광인들을 돌아보았다. 다들 다른 사람들이었다. 그들을 집단이 아닌 개인으로 인식하고자 토머스는 한 명 한 명에게 초점을 맞췄다. 얼굴, 모발 색, 체형이 다른 사람들. 그러나 그 외에는 한 덩어리나 다름없었다. 자신이 무얼 하는지도 모르고 발광하는 집단이었다.

토머스는 앞을 바라보다가 불과 몇 걸음 떨어진 곳에서 길을 막고 서 있는 사람을 보았다. 놀란 토머스는 숨을 들이켜며 걸음을 멈췄다. 테리사가 그의 등 뒤에 부딪쳤다. 두려움이 목구멍을 틀어막아 숨이 막혔다.

남자였다. 창살 뒤에 모여 있는 광인들과는 달랐지만 그렇다고 멀쩡해 보이지도 않았다. 지저분하고 헝클어진 금발, 구겨진 옷, 핏발 선 두 눈. 겉보기에 상처는 없었고 똑바로 가만히 차분하게 서 있기는 했다. 팔에 작은 칠판을 끼고 있는 게 제일 이상했다. 남자는 말없이 칠판을 손에 들고 다른 손에 쥔 분필로 무어라 썼다. 그리고 토머스와 아이들이 읽을 수 있도록 들어 올렸다. 흐릿한 조명 아래 한 문장이 하얗게 빛났다.

사악은 선한 것이다.

18장

224.10.20 | 3:14 a.m.

남자는 칠판을 손으로 가리키며 경건하게 고개를 끄덕이더니, 금방이라도 울음을 터뜨릴 듯 입술을 바르르 떨며 칠판을 도로 팔 안쪽에 끼었다.

토머스가 입을 열려는 순간 남자가 돌아서서 걷기 시작했다. 토머스는 뭘 어떻게 해야 할지 알 수가 없어 그저 남자를 따라갔다. 그러지 않으면 광인 굴로 더 깊숙이 들어가는 것 외에 다른 길이 없었다. 양옆에서 광인들은 울부짖고 악을 쓰고 이를 갈면서 팔을 뻗고 또 뻗었다. 그들의 울부짖음이 배경 소음이 된 가운데 토머스는 앞서 걸어가는 낯선 남자를 바라보며 따라갔다.

그들은 창살이 박힌 터널을 지났다. 감염된 자들이 토해내는 끔찍한 소음이 거의 들리지 않을 때까지. 마침내 남자는 큰 터널로 이어지는 문 앞에 이르렀고, 그 문을 열더니 밖으로 나갔다. 남자는 토머스와 아이들이 따라 나올 때까지 기다렸다가 문을 닫았다. 경비원들은 아까 그 자리에 가만히 서서 이 모든 일을 지켜보고 있었다. 한 명이 앞으로 걸어와 사슬을 집어 들고 빗장에 감은 뒤 자물쇠를 채웠다. 광인들의 소리는 이제 아득히 먼 메아리로 들렸다.

토머스와 친구들은 스스로를 보호하기 위해 본능적으로 바짝 붙어 섰다. 알비와 민호는 어느 때보다 조용했고 테리사는 토머스만큼이나 동요한 모습이었다. 토머스는 '사악은 선한 것이다'라는 글귀가 적힌 괴상한 칠판을 든 남자에게서 시선을 뗄 수 없었다.

토머스가 생각에 잠겨 있는데 남자가 돌연 다가와 두어 걸음 간격을 두고 아이들 앞에 섰다. 남자는 아이들 한 명 한 명과 차례로 눈을 맞추더니 처음으로 입을 열었다.

"내가 누군지 궁금하겠구나." 남자의 목소리는 떨리고 있었다. 상황에 어울리지 않게…… 너무 쾌활하기도 했다. "당연히 그렇겠지. 내가 짊어진 짐, 내가 지고 다녀야 하는 무게가 너희 눈에도 보이겠지. 딱 한 문장이야. 한 문장. 오늘 밤 그게 세상에서 제일 중요한 한 문장이라는 걸 너희가 배우길 바란다."

"누구세요? 여기서 일하는…… 분이세요?"

알비가 다들 알고 싶어 하는 질문을 했다. 토머스는 남자가 무어라 답할지 몹시 궁금했다.

남자는 고개를 끄덕였다.

"내 이름은 존 마이클이다. 나는……." 그는 잠시 말을 멈추고 가슴팍을 손으로 누르며 기침을 해댔다. "나는 이 단체의…… 핵심 인사였다. 한때. 한때 그랬지. 내가 그랬어. 내가…… 생존자들을 모았어. 리더들을, 이 자리에 불러 모았어. 그건 내 아이디어였어, 얘들아. 내…… 아이디어였다고!" 그는 침을 튀기며 마지막 단어를 내질렀다.

토머스가 한 걸음 물러서자 나머지 아이들도 따라 물러섰다.

존은 눈을 희번덕거리며 산만하게 말을 계속했다.

"그런데 말이지, 내가 플레어 병에 걸렸어. 그…… 빌어먹을…… 플레어 병. 인류를 도우려고 애써온 내가." 그는 고개를 숙이고 눈물을 떨어뜨렸다. "내가 그 병에 걸리다니 불공평해. 나는 곧 저들과 함께 지내야겠지……."

그의 시선이 아이들을 지나 터널의 창살 우리에 꽂혔다. 광인굴이었다.

"그건…… 안 돼. 그럴 순 없어. 내 삶이 저렇게 품위 없이 끝나게 할 순 없어. 난 안 돼. 플레어 후 연합정부를 설립하고, 플후연의 생존을 위해 분투하고, 플후연의 중요성을 설파했던 내가 그럴 순 없어. 너희라면 그런 인물을 저 굴에 처박을 수 있겠어? 어디 물어보자. 그럴 수 있겠어?"

그는 토머스를 노려보며 발작적으로 물었다.

"그럴 수…… 있겠냐고?"

토머스는 세차게 고개를 내저었다. 오늘 중 가장 두려운 순간이었다.

존은 아이들에게 반걸음 더 다가왔다. 발을 끌면서 몸이 약간 휘청했고, 얼굴은 온통 눈물로 번들거렸다.

"너희에게 부탁하러 여기 온 게 아니야. 이 일에는 선택의 여지가 없다는 말을 하려고 왔다. 나 같은 사람들을 돕는 게 너희의…… 의무란 말이다. 앞으로 또 생겨날 나 같은 사람들을 도와라. 무슨 말인지 알겠니?"

그가 악쓰듯 내뱉은 마지막 말이 가슴에 사무치게 슬펐다.

가까이 있는 경비원들은 밀랍 조각상처럼 가만히 서 있기만 했다. 그림자가 져서 그들의 눈빛을 읽을 수도 없었다.

"알……겠어요. 감염되신 건 안타깝게 생각해요. 저희의 부모님도 대부분 병에 걸리셔서, 어떤지 잘 알아요."

테리사가 대답했다. 토머스가 아무리 애써도 테리사보다 차분하게 말하진 못할 것 같았다.

존은 돌연 얼굴을 흉측하게 일그러뜨리며 부르르 떨었다. 벌겋게 달아오른 얼굴은 마치 붉은 가면 같았다. 그는 분통을 터뜨리며 눈이 튀어나오도록 화를 내기 시작했다. 목소리가 갈라지도록 악을 썼다.

"알기는 개뿔을 알아! 어떻게 치료제 만들 기회를 저버리고 여기서 도망치려 할 수 있냐고!"

더 이상 자제하기 힘든 상태로 보였다. 완전히 정신을 놓기까지 얼마나 버틸지 토머스는 가늠할 수 없었다. 민호가 토머스 앞으로 나서서 존을 직접 대면하고 섰다. 놀랍게도 경비원들은 말릴 생각을 하지 않았다.

민호는 침착하게 말하려 애썼지만 떨리는 목소리를 완전히 제어하지는 못했다.

"우린 아무 데도 안 가요. 하지만 우리를 이런 식으로 취급하는 게 온당하다는 생각도 안 드는데요."

"감히 누구한테……."

존은 말을 하다 말고 민호에게 달려들며 그의 목을 향해 두 손을 뻗었다. 민호가 미처 피하기도 전에 그는 민호의 목을 움켜쥔 채로 바닥에 나뒹굴었다. 존은 재빨리 민호를 타고 앉더니 온몸의 체중을 실어 그의 목을 조르기 시작했다.

민호는 남자의 손을 떼어내려고 발버둥 치며 등을 구부렸다. 민호의 입에서 숨이 막혀 컥컥대는 소리가 튀어나왔다. 토머스는 뭘 어떻게 할지 아무 생각도 안 들었지만, 일단 민호를 돕기 위해 움직였다. 그 순간 알비가 토머스를 밀치며 달려 나가더니 어깨로 존 마이클을 들이받아 그를 민호에게서 떼어냈다. 민호는 일어나 앉아 숨을 몰아쉬었다.

알비와 존은 서로 위에 올라타려고 두 번 엎치락뒤치락했다. 그러다 존이 먼저 민호에게 했던 것처럼 알비를 타고 앉았다. 토머스가 나서기도 전에 민호가 벌떡 일어나 친구를 구하러 달려갔다. 민호는 가속도를 붙여 존을 밀어 땅바닥에 쓰러뜨렸다.

가만히 구경만 하던 경비원들이 그제야 폭력을 진압하려고 나섰다.

여 경비원이 침착하게 말했다.

"좋아. 이제 그만. 존 마이클 씨는 상태가 온전하지 않아."

민호와 알비는 들은 척도 하지 않았다.

그러자 여자 경비원이 총을 장전하며 목소리를 높였다.

"멈춰! 모두!"

토머스와 테리사는 친구들을 한 명씩 부둥켜안고 쓰러진 남자한테서 떼어냈다. 아이들이 숨을 몰아쉬면서 그 자리에 서 있는 동안, 어른인 존 마이클은 아이처럼 연약한 모습으로 바닥에 누워 있었다. 존의 입술은 부어올랐고 코에서는 피가 흘렀다. 그때 다시 한 번 놀라운 일이 일어났다. 이번에는 경비원들도 놀란 기색이었다. 존이 별안간 무릎을 꿇고는, 관절이 하얗게 질리도록 바짝 깍지를 낀 두 손을 가슴께로 모아 올린 것이었다.

존은 떨리는 목소리로 말했다.

"제발, 제발 나를 비난하지 마. 제발 나를 구해줘. 내가 안 된다면 앞으로 이 병에 걸린 다른 사람들이라도 구해줘. 부탁할게. 제발, 제발, 구해줘."

울먹이며 한 마디씩 내뱉는 존의 두 눈에서 수도꼭지를 틀어놓은 것처럼 눈물이 줄줄 흘러내렸다. 그는 어깨부터 시작해 팔과 손을 부들부들 떨더니 가슴을 들썩여가며 마구 흐느껴 울었다. 그리고 속삭이기 시작했다.

"제발, 우릴 구해줘. 부탁이야. 우리를 위해 치료제를 찾아줘." 그는 천천히 눈을 감고는 엉덩이를 바닥에 대고 주저앉았다. "제발, 제발, 제발, 부탁할게."

존은 온몸을 떨며 흐느끼면서 한 마디씩 말을 내뱉었다.

어둠 속에서 랜들이 모습을 드러냈다. 그동안 짙은 그림자 속에서 이 모든 상황을 지켜보고 있었던 듯했다. 랜들이 조용히 걸어나와 존 마이클을 내려다보며 말했다.

"세상은 이렇게 변해버렸다. 너희가 면역인이 아니고 우리가 치료제를 찾지 못한다면 세상은 계속 이 모양이겠지. 감염되면 선택은 두 가지다. 아까 너희가 창살 너머에서 본 그것들…… 중 하나가 되든가, 아니면 종점에 다다르기 전에 목숨을 끊어 끝장을 내든가. 이 선량한 분은 때가 되면 자기 목숨을 거둬달라고 내게 부탁했다. 이분이 오늘 밤 논리적인 문장으로 말하기 위해 얼마나 애를 쓰셨는지 너희가 알아주면 좋겠구나.” 랜들은 경비원들에게 고갯짓을 하며 덧붙였다. “아이들을 데리고 들어가. 이제 오랜 친구를 보내드려야겠어.”

랜들은 허리춤에서 권총을 꺼내 들고 공이치기를 당겼다.

“뭘 하려고요?”

토머스가 물었다.

랜들은 대답하지 않았지만, 토머스는 짐작할 수 있었다.

19장

224.10.20 | 4:01 a.m.

아무도 말을 하지 않았다. 단 한 마디도. 사악 건물로 들어가 신분 확인을 받으면서도 토머스와 친구들은 아무 소리도 내지 않았다. 경비원 두 명이 그들을 데리고 승강기에 탑승했다. 몇 개 층을 올라가 몇 개의 복도를 지났다. 그리고 다른 승강기에 탑승해 또 위로 올라갔다. 남자 경비원이 먼저 민호와 알비를 데리고 승강기에서 내렸다. 민호와 알비는 우울한 눈빛으로 고개만 겨우 끄덕여 작별 인사를 했다. 토머스와 테리사도 고개를 끄덕이고는 문이 닫힐 때까지 조용히 기다렸다. 토머스는 승강기가 나머지 층을 올라가는 동안 생각에 잠겨 있었다.

영원히 이어질 것 같던 이동이 마침내 끝나고 토머스와 테리사는 각자의 방 앞에 이르렀다. 여자 경비원이 그들 옆을 지켰다.

터널에서 나온 후 처음으로 테리사가 말했다.

"다 왔네."

이 말이 너무 가볍게 들려 토머스는 화가 치밀었다.

"그 사람, 어떻게 그런 짓을 할 수 있지?" 막힌 공간인 복도에 목소리가 요란하게 울려 퍼지자 토머스는 움찔했다. "뒤통수에 대고 총을 쏘다니."

랜들 그 작자는 다섯 살도 안 된 아이를 고문하기도 했어, 라고 덧붙이려다 그만두었다.

경비원은 깊은 좌절감을 느끼는 듯 한숨을 쉬었다. 너무 복잡한 사정이라 들어도 이해할 수 없을 거라는 듯한 한숨이었다.

"존 마이클 씨 덕분에 지금 우리가 여기서 이렇게 살 수 있는 거야. 그분이 본인의 마지막을 그렇게 처리해달라고 부탁하셨어." 경비원이 토머스의 방문을 열어주었다. "들어가서 자. 시간이 좀 지나야 친구들과 다시 만날 수 있을 거야. 괜찮지? 지금은 들어가서 눈 좀 붙여."

갑작스런 선언에 놀라 토머스가 물었다.

"얼마나 지나야 다시 만날 수 있어요?"

오늘 일어난 일에도 불구하고, 한동안 친구들을 못 볼 거라는 생각은 미처 하지 못했다.

"듣기로는 2년 정도. 앞으로 너희는 할 일도 많으니 다들 밤에 푹 자야지. 한동안…… 야간 파티는 불가야. 너희의 안전을 위해서."

경비원은 돌아서서 서둘러 가버렸다.

방으로 들어온 토머스는 문을 닫고 그 문에 기대어 섰다. 사악으로 들어온 후 줄곧 지내온 칙칙한 방을 바라보았다. 간밤에 온갖 무시무시한 일이 일어났지만 경비원이 남기고 간 말이 제일 무서웠다.

2년 정도, 라고 그녀는 말했다. 초기에 걱정했던 일이 떠올랐다. 테리사도 못 만나게 하면 어떻게 하지? 앞서 제안받은, 미로 건설을 돕는 일은 어떻게 될까? 맥보이는 사악이 써먹을 수 있는 것은 전부 갖다 써야 할 형편이라고 했다. 그러니 오늘 밤 사건으로 미로 일을 못하게 되지는 않을 것이다.

침대로 가 누웠으나 잠이 오지 않았다. 시계를 보니 얼마 안 있으면 아침 식사 시간이었다. 밤사이 목격한 일들로 머릿속이 복잡했다. 눈을 감고 그들이 사악이라 부르는 이곳의 좋은 점과 나쁜 점을 꼽아보았다. 불과 몇 시간 전 가까이서 보아야 했던 광인들의 모습도 떠올랐다. 텅 빈 눈, 찢어진 옷, 공허하고 비참한 울음소리. 광인은 인간이지만, 동시에 인간과는 가장 거리가 멀었다. 존 마이클과 그의 가련한 마지막도 생각났다.

플레어 병에 대해서도 생각해보았다. 망할 놈의 플레어 병.

사악은 그 병을 고칠 치료제를 찾고 싶어 했다. 토머스에게 그 일을 도와달라고 했다. 돕지 않을 이유가 있을까? 골이 지끈거릴 때쯤 아침 식사를 가져온 이가 방문을 두드렸다. 페이지였다.

토머스는 밤에 일어난 일에 대해 아느냐고 물었다.

페이지는 대답 대신 몹시 슬픈 미소를 지었다.

20장

225.5.11 | 6:13 p.m.

몇 개월 후 토머스는 최악의 날을 맞이했다.

일단 의료 검사 횟수가 종전보다 늘어났다. 채혈은 당연히 했고 혈장까지 뽑더니, 몸에 몇백 개나 되는 센서를 부착하고서 45분을 내리 러닝머신을 달리게 했다. 토머스는 검사 내내 배가 아팠다. 칼 여러 개로 배 속을 쑤셔대는 느낌이었다. 시간이 갈수록 통증이 심해졌다. 얼마 지나지 않아 두통까지 겹치자 토머스는 어쩔 수 없이 글랜빌 선생에게 조퇴를 요청했다. 글랜빌은 못마땅한 시선으로 그를 바라보았다. 그다음 수업 담당인 덴턴 선생은 수업에 오지 않아 유감이라는 내용의 쪽지를 토머스에게 보내왔다. 쪽지에 담긴 뜻이 그게 전부가 아님을 토머스는 잘 알고 있었다.

'탈출' 시도 사건이 있은 후 교사와 사악 직원 들은 전보다 토머스에게 거리를 두는 듯했다. 늘 친절하게 대해주던 페이지 박사도 예전처럼 진심으로 미소 짓는 것 같지 않았다. 페이지의 두 눈은 토머스가 모르는 천 가지 비밀을 알고 있는 것처럼 늘 다른 무언가에 가 있었다. 하지만 그런 비밀을 토머스와 공유하고 싶어 하는 것 같기도 했다.

토머스는 친구들을 다시 만날 수만 있다면 매일 겪는 위경련이나 머리가 쪼개지는 듯한 두통도 기꺼이 감수할 수 있었다. 친구들의 이름을 떠올릴 때마다 가슴이 조여 들었다. 몇 안 되는 소중한 밤 외출을 함께하면서 어찌나 재미있었는지. 친구들과 함께 있는 동안만큼은 그나마 사악의 실험 대상자라는 외로운 처지를 잊을 수 있었다. 최근 들어서는 테리사와도 만나지 못했는데, 이러다 동굴의 미로 작업도 못하게 되는 건 아닌지 걱정스러웠다.

친구들과 함께 지하층에 내려갔던 날들이 까마득한 과거처럼 느껴졌다. 우주의 재앙으로 정상적인 시간의 흐름이 한없이 길게 늘어진 것도 같았다.

그날 밤 토머스는 책상에 놓인 저녁에 손도 대지 않은 채 침대에 누워 있었다. 몇 시간째 거의 음식을 먹지 못하고 있었다. 위장이 아무것도 안에 들이려 하질 않았다. 여러모로 속이 공허했다.

기진맥진했지만 잠도 오지 않았다. 눈을 감고 자신의 숨소리에 귀를 기울였다.

머릿속에서 위잉 소리가 났다.

벌떡 일어나 방을 둘러보았다. 들린다기보다는…… 어떤…… 느낌에 가까웠다. 온종일 지끈거리는 두개골 깊은 곳에서 울려대는 위잉 소리. 토머스는 고개를 흔들고 손가락으로 관자놀이를 꾹 눌렀다. 페이지 박사를 불러 밤새 곯아떨어질 수 있는 약이라도 달라고 해야겠다며 일어서는데, 좀 더 강하게 위잉 하는 소리가 울려 퍼졌다.

토머스는 침대로 쓰러져 몸을 바짝 웅크리고 손으로 옆통수를 눌렀다. 위잉 소리 때문에 머리가 아픈 건 아니었다. 그저 괴상하고 낯설었다. 사악이 또 무슨 터무니없는 테스트라도 하려는 건가?

위잉. 위잉. 위잉.

소리는 점점 크고 또렷해졌다. 무언가가 몸으로 침입한 것 같았다. 겁에 질린 토머스는 광인들을 떠올렸다. 미쳐가는 걸까? 실재하지도 않는 걸 보고 듣다니.

'어쩌면 그들이 거짓말을 했을지도 몰라. 우린 면역인이 아닐 수도 있어.'

그들은 뉴트가 면역인이 아니라고 했다. 그렇다면 혹시…….

위잉.

토머스는 침대에 등을 대고 두 손으로 머리를 움켜잡은 채 천장을 올려다보았다. 그러고 누워 있으면 나아지기라도 할 것처럼. 페이지 박사. 페이지 박사를 불러야 한다.

토머스.

이번에는 목소리가 들렸다. 정확히 말하면 목소리가 아니었다. 그의 머릿속에서 우르르 울리는 진동, 위잉 소리가 구체적인 단어로 형상화된 것에 가까웠다. 토머스는 쓰러지지 않으려고 두 손을 펼치며 천천히 일어섰다.

토머스. 나야, 테리사.

그는 미쳐가고 있었다. 틀림없다. 가장 오래되고 흔한 플레어병의 증상이 바로 환청이다.

"아……."

토머스의 입에서 신음이 흘러나왔다.

작동하고 있나? 작동하는 거 맞나?

마지막 단어가 토머스의 미간에 벼락처럼 떨어졌다. 통증을 느낀 다리에서 힘이 쭉 빠지면서 토머스는 바닥에 쓰러졌다. 발밑이 몹시 부드러웠다. 바닥이 고체가 아닌 것처럼, 형체도 실체도 없는 것처럼 느껴졌다.

토머스는 어쩔 줄 몰라 하며 크게 소리쳤다.

"테리사? 테리사?"

대답이 없었다. 대답이 들릴 리 없었다. 그는 미쳤다. 플레어병이다. 곧 광인이 되겠지. 그의 인생은 이대로 끝이었다.

내 말 잘 들어.

목소리가 또 들렸다. 토머스의 머릿속을 전력으로 달리는 말처럼, 단어들이 우르르 울렸다.

내 목소리가 들리면 네 방문을 두드려. 내가 들을 수 있게.

토머스는 간신히 몸을 일으켜 무릎으로 일어섰다. 어차피 더는 잃을 것도 없었다. 눈앞이 빙빙 돌았다. 그는 방을 가로질러 문 앞까지 기어갔다. 이상하게도 머릿속 목소리가 실재하는 것처럼 느껴졌다. 뭐라 설명할 수는 없지만 그 목소리가 꼭 테리사 같았다.

무릎을 꿇고 올려다보니 방문이 산처럼 높아 보였다.

토머스? 토머스, 제발 이게 작동한다고 말해줘. 방법을 알아내는 데 몇 달이나 걸렸단 말이야. 내 목소리 들리면 문을 두드려!

테리사는 마지막 말을 크게 소리쳤고, 토머스는 누군가가 얼음 깨는 송곳으로 두개골을 푹푹 찌르는 듯한 통증을 느꼈다.

몸을 일으킨 토머스는 문에 두 손을 대고 있다가 곧 주먹을 쥐었다.

'문을 두드리면 플레어 병인지 아닌지 확실히 알게 되겠지. 이 판단이 틀렸으면 넌 진짜 미친 거야.'

토머스가 이런 생각을 하고 있는데, 다시 목소리가 들렸다. 테리사의 목소리였다.

토머스? 토머스? 어서 문을 두드려!

토머스는 문을 두드렸다. 두 주먹을 뒤로 뻗었다가 앞으로 내지르며, 이 방문이 그의 자유를 가로막는 마지막 장벽인 것처럼 간절하게 두드렸다.

'일단 시작했으면 끝을 봐야지.'

전에 사악이 그에게 준 고전에서 읽은 구절이었다. 10초 동안 손가락 관절이 욱신거리고 팔이 뻐근할 때까지 딱딱한 문짝을 쉼 없이 두드렸다.

그러고는 바닥에 쓰러져 숨을 몰아쉬었다. 복도를 달려오는 발소리가 들렸다. 누군가가 그의 상태를 확인하러 오고 있었다. 하지만 문이 열리기 전에 테리사의 목소리가 그의 머릿속에 다시 들렸다.

좋아, 됐어.

꽤나 흥분한 것 같은 목소리였다.

어떻게 하는지 나중에 가르쳐줄게.

그러고는 사라졌다. 테리사의 목소리뿐 아니라 그녀의 존재 자체가 머릿속에서 사라졌다. 마치 불을 끈 것처럼.

방문이 열리고 페이지 박사가 그를 내려다보며 물었다.

"대체 무슨 일이니?"

21장

225.5.12 | 7:44 p.m.

다음 날 온종일 토머스는 초조하고 고통스러웠다. 테리사를 단 10분, 아니 5분이라도 좋으니 직접 만나고 싶었다. 테리사의 눈을 들여다보며 "정말 너였어?"라고 물어볼 수 있는 시간이 필요했다. 만나서 얘기해보면 금방 답을 알 텐데. 그에게는 확실한 답이 간절했다. 아침을 먹고 검사를 받고 수업을 줄줄이 받는 동안에도 머릿속에는 계속 같은 질문이 맴돌았다.

'내가 미쳤나?'

그날 아침 페이지가 데리러 왔을 때, 토머스는 하마터면 그 두려운 질문을 할 뻔했다.

"제가 면역인이라는 걸 어떻게 아세요?"

토머스는 이렇게 돌려 물으며 페이지의 표정을 신중히 살폈다.

페이지는 그를 데리고 복도를 걸어가면서 아무렇지 않게 대답했다.

"간단해. 네 혈액 구조와 유전자, 뇌척수액에는 특정한 표지가 있는데 면역인들은 그 표지를 공통으로 갖고 있어. 많은 연구 끝에 밝혀낸 사실인 만큼 확실해."

토머스는 생각을 해보았다. 페이지가 진실을 얘기하고 있다는 느낌이 들었다.

페이지가 덧붙여 말했다.

"우리는 너를 비롯해서 우리가 이곳에 데려온 다른 면역인들을 통해 그 점을 재차 확인했어."

"무슨 뜻이에요?"

"음, 뇌를 스캔했더니 플레어 바이러스가 네 뇌를 제 집 삼아 들어앉은 게 보였어. 그런데 바이러스는 네 몸과 지능, 생체 기능에 아무런 영향도 미치지 못해. 몇 년째 바이러스를 몸 안에 갖고 있어도 아무 변화가 없는 거야. 그 바이러스가 플레어 바이러스의 돌연변이가 아닌 이상, 우리는 네가 면역인이라고 과학적, 의학적으로 거의 확신할 수 있어. 그리고 우리가 연구한 바에 따르면 돌연변이일 가능성은 없어."

토머스는 페이지가 솔직하게 말해주고 있다는 느낌이 들어 고개를 끄덕였다.

"만약에 제가 내일 당장 플레어 병 증상을 보인다고 하면 얼마큼 놀라실 거예요? 놀란 정도를 1부터 10 중에서 고른다면요?"

페이지는 그를 지긋이 바라보았다.

"10. 이만저만 충격이 아니겠지, 토머스. 마치 네 머리에 세 번째 귀가 생겨난 것처럼. 그런데 왜 그런 질문을 하니?"

토머스는 복도에 우뚝 서서 페이지를 쳐다보았다.

"페이지 박사님. 제가 정말 면역인이라고, 목숨 걸고 맹세하실 수 있어요? 그러니까 저를 면역인이라고 하신 게…… 무슨 테스트가 아니라 진짜인가요? 사악 사람들, 테스트 엄청 좋아하잖아요. 제가 뉴트와 다르다는 걸 어떻게 아세요? 뉴트처럼 면역인이 아닐 가능성은요?"

페이지는 그를 바라보며 미소 지었다. 늘 토머스의 마음에 약간이나마 위안이 되어준 미소다.

"맹세할 수 있어, 토머스. 앞서 세상을 떠난 수많은 사랑하는 사람들의 무덤을 걸고 맹세해……. 이제까지 난 너에게 결코 거짓말을 하지 않았어. 과학과 의학 연구가 결론 낸 바, 넌 면역인이 확실해. 그리고 네 목숨을 위험에 빠뜨릴 만한 일은 내가 용납하지 않을 거야."

토머스는 페이지의 눈을 똑바로 마주 보았다. 진심으로 믿음이 갔고, 마음이 따뜻해졌다. 스스로를 보호하려고 쌓아 올린 마음의 벽이 약간 허물어진 느낌이었다.

"그런 건 왜 묻니? 무슨 일 있어?"

토머스는 하마터면 머릿속에서 목소리가 들린다고 사실대로 털어놓을 뻔했으나, 입 밖으로 나오기 직전에 애써 말을 돌렸다.

"꿈요. 요즘 계속 제가 미쳐버리는 꿈을 꾸고 있어요. 제일 끔찍한 건 꿈속의 저는 제가 미쳤다는 사실을 인식 못한다는 거예요. 광인들은 자기네가 정신 나갔다는 걸 알까요? 우리가 광인이 아니라는 건 어떻게 알죠?"

페이지는 타당한 질문이라는 듯 고개를 끄덕였다.

"그 주제는 철학 수업 시간에 다뤄야 될 것 같구나. 다음 달에 하면 되겠어."

페이지가 다시 걸어가기 시작하면서 대화는 그렇게 끝이 났다.

토머스는 방에 돌아와 앉아 아침에 페이지 박사와 나눈 대화를 다시금 곰곰이 생각해보았다. 잠에서 깬 후 줄곧 토머스는 테리사가 한 번 더 말을 걸어주길 원했으나, 동시에 그러지 않기를 바랐다. 머릿속으로 목소리를 듣는 것 자체가 플레어 병에 감염되어 미쳐가고 있다는 징후일 수 있으니까.

하지만 생각할수록 페이지 박사의 말에 신뢰가 갔다. 페이지 박사의 말이 진실이 아니라면, 그녀는 세계에서 제일 연기를 잘하는 배우일 것이다. 생각하다 지친 토머스는 마침내 불을 끄고 누웠다. 어떻게든 잠이 들어 이 생각을 더는 안 하고 싶었다.

한 시간쯤 지나 잠이 소르르 오려는데 테리사가 다시 말을 걸었다.

토머스, 거기 있어?

처음처럼 크게 놀라지는 않았다. 이번에는 위잉 소리도 없었고 어느 정도 기대하고 있어서인지 혼란도 덜했다. 그래도 목소리를 듣자마자 잠이 확 달아나 벌떡 일어나 앉았다. 그러다가 아예 침대에서 일어나 책상 앞에 가 앉았다.

"나 여기 있어."

토머스는 소리 내어 말했다. 혼자 그러고 있자니 또 바보가 된 기분이었다. 어떻게 해야 테리사처럼 머릿속으로 대답할 수 있는지 방법을 알 수가 없었다.

네가 대답하려고 애쓰는 게 느껴져. 그들이 우리 머릿속에 집어넣은 삽입 장치 말이야. 그 장치가 삽입된 후에 달라진 점이 뭐가 있는지 알아내려고 이리저리 생각을 해봤어. 그런데 너에게 말을 전하려고 안간힘을 쓰다 보니까 그 장치가 작동하더라.

토머스는 멍청이처럼 혼자 고개를 끄덕거렸다. 소녀가 텔레파시로 말하는 걸 일상처럼 받아들이다니, 정말 이상한 일이 아닐 수 없었다.

일단 집중해야 돼. 머릿속에서 이질적인 물체를 감지해서 거기 집중하는 거야. 바짝 집중해. 실제로 해보지 않으면 잘 이해가 안 될 거야.

머릿속으로 빠르게 흘러 들어오는 테리사의 말은 더 이상 통증을 유발하지는 않았지만 여전히 그를 혼란스럽게 만들었다.

"알았어."

토머스는 테리사가 못 듣는 줄 알면서도 대답했다.

오늘 밤 자기 전에 해봐. 네 대답을 들을 때까지 밤마다 연락할게. 절대 포기하지 마!

마지막 문장을 강조해서 말하는 게 느껴졌다. 그만큼 중요하다고 생각해서일 것이다.

"알았어."

토머스는 다시 대답했다. 테리사의 마지막 말이 환청이 아니라는 확신이 들자 토머스는 침대에 누워 머릿속을 탐색해보기 시작했다.

며칠 밤낮을 집중해서 탐색하려고 안간힘을 썼지만 잘되지 않자 답답했다. 토머스가 쓸 수 있는 도구라고는 실체가 없는 정신력뿐이었다. 머릿속에서 옛날 학교에서 쓰던 커다란 조명 스위치 같은 걸 켜야 하는 상황인데, 지금처럼 정신력으로 그 스위치를 찾느니 차라리 메스로 두개골을 열고 뇌 안의 장치를 찾아내는 편이 훨씬 쉬울 것 같았다. 토머스는 눈을 감고 상상 속에만 존재하는 손가락으로 머릿속을 다시 더듬었다.

흑백논리로 사물을 바라보는 방식을 버리자, 생각과 양심이 마치 정신적으로 조종할 수 있는 사물처럼 보이기 시작했다. 그때부터 조금씩 진전이 있었다. 잡념을 떨치고 머릿속을 비우니 어느 순간부터 또렷이 보였다. 어디에도 속하지 않은 듯한 공간이 있었다. 그대로 집중해서 밀어붙이며 단어 하나를 전달하려고 안간힘을 썼다. 테리사, 라는 단어였다.

그러던 어느 날 밤, 토머스는 다른 때보다 테리사가 그의 메시지를 받았다는 느낌을 강하게 받았다. 마치 전류가 흐르는 막대로 테리사를 쿡 찌른 느낌이었다.

토머스는 침대에 누운 채 환성을 질렀다. 이제 거의 된 것 같았다. 그는 테리사가 너무 큰 통증을 느끼지는 않았길 바랐다.

테리사가 그에게 말을 전했다.

계속해. 거의 다 됐어. 그리고 다음에는 내 눈알을 감전시키지 않게 조심해.

무슨 뜻인지 정확히 알 수 없었지만 듣는 내내 웃음이 났다.

그리고 계속 집중했다.

22장

226.3.9 | 8:12 p.m.

잠을 못 자겠어.

토머스가 테리사에게 말했다. 삽입 장치를 이용한 텔레파시 통신을 익힌 지 1년 가까이 지났다.

저녁 8시밖에 안 됐으니까 그렇지. 마지막으로 널 봤을 때 칠십 먹은 할아버지도 아니었는데 무슨 초저녁부터 잠 타령이야.

난 충분한 수면을 취하는 걸 좋아하는 사람이거든. 아니면 이 잘생긴 얼굴을 어떻게 유지하겠어?

테리사는 콧방귀를 뀌었다. 그 소리는 테리사가 처음 텔레파시로 말을 걸었을 때 들린 위잉 소리와 비슷했다.

그래, 어쩐지 널 볼 때마다 황홀하더라.

네가 언제.

내 말이.

그리고 한참 침묵이 흘렀다. 텔레파시를 이용한 소통의 좋은 점은 둘 다 아무 말 안 하고 있어도 정신적 연결 덕분에 서로의 존재를 느낄 수 있다는 점이었다. 수개월간의 연습 끝에 토머스는 마치 한 방에 있는 것처럼 테리사를 느끼게 되었다. 그는 밤마다 테리사와의 텔레파시 소통을 기다렸고, 낮에 한가할 때에도 그녀와의 대화를 그리워했다. 어쩌다 여유 시간이 조금이라도 날 때면 줄곧 그랬다.

계획은 어떻게 되어가고 있어?

토머스는 테리사가 짜증 낼 줄 알면서도 굳이 물었다. 벌써 몇 주째 밤마다 같은 걸 묻고 있었는데, 그 질문을 할 때마다 테리사가 짜증을 내는 게 재미있었다. 그런데 이번에는 테리사가 짜증 없이 선선히 대답했다.

방법을 알아냈어.

토머스는 벌떡 일어나 앉았다.

정말?

아니, 뻥이야. 충분한 수면이나 취하셔.

토머스는 눈을 위로 굴렸다. 이런 반응까지도 테리사가 감지했다는 걸 느낄 수 있었다.

토머스와 테리사의 방문은 잠겨 있지 않았지만, 토머스는 사악이 그들을 감시하고 있음을 느꼈다. 밤 외출 사건의 여파가 아직 가시지 않았다. 외출을 나갔던 날 밤 이후 토머스와 테리사는 친구들을 만나려고 몇 번 몰래 방을 나서려고 했지만, 그럴 때마다 경비원이 나타나 친절하지만 단호하게 "방으로 들어가. 다 너희를 위해서야"라고 말하곤 했다. 사악은 늘 뭐든 "너희를 위해서"라는 핑계를 댔다.

사악의 요리사는 고급 요리 전문가가 아닌 게 분명했다. 토머스는 사악에서 제공하는 음식에 별로 기대를 하지 않았다. 사악은 질보다 양을 중요시하는 것 같았는데, 그런 면에서 토머스는 그럭저럭 만족스러웠다. 몸이 빠르게 성장하고 있어서 그는 늘 배가 고팠다.

하지만 곧 음식보다 더 신나는 걸 경험할 수 있을 터였다.

테리사는 컴퓨터와 정보 시스템에 관해 점점 더 많은 지식을 쌓아가고 있었다. 요즘 들어 테리사와 토머스는 공부 방향이 달라졌고 각자 좀 더 전문적인 지식을 배우고 있었다. 테리사가 듣기로, 미로의 물리적 형태 구성이 거의 완성되었기 때문에 조만간 사악이 가짜 하늘을 프로그래밍하고 착시 시스템을 테스트하는 등의 작업을 진행하면서 아이들의 도움을 필요로 하게 될 것이라고 했다. 토머스와 테리사는 에어리스와 레이철을 아직 만나보지 못했는데, 그 두 아이도 작업 스케줄에 맞춰 일을 하게 될 모양이었다.

테리사는 컴퓨터 시스템 방면에 소질이 있어 주로 그쪽으로 공부를 하고 있었다. 그리고 테리사의 재능은 사악이 파악한 것보다 뛰어났다.

훨씬.

어느 날 아침 테리사가 곤히 잠든 토머스를 깨웠다.

할 수 있어.

토머스는 굳이 무슨 뜻이냐고 묻지 않고 몽롱한 상태로 눈만 비볐다. 묻지 않아도 테리사가 곧 말해줄 것이다. 테리사는 늘 그런 식이었다.

내가 보안 카메라 시스템을 손바닥 들여다보듯 훤히 꿰고 있거든. 이미 녹화된 화면이 밤사이 반복 재생되도록 설정해놨어. 나중에 뒤로 돌려서 우리 모습이 나온 부분을 삭제하면 돼. 준비 다 됐어.

단번에 잠이 깼다. 흥분되고 신이 나서 웃음이 나올 것 같았다. 한편으로는 죽을 만큼 겁이 나기도 했다. 지난번 외출했다가 발각됐을 때 광인 굴에서 받은 벌이 아직 토머스의 뇌리에 남아 있었다. 하지만 오랫동안 친구들을 만나지 못한 터라 지금은 뭐든 시도해볼 용기가 났다.

정말 잡히지 않을까?

안 잡혀. 경비원들이 어디 배치돼 있는지도 파악해뒀어. 나머지 사악 직원들은 잠들어 있을 거야. 밤이라 조명이 어두워서 이미 녹화된 화면이 재생되고 있다는 걸 알아챌 사람도 없어. 우린 무사할 거야.

100퍼센트 확신해?

99퍼센트.

그 정도면 충분하네.

오늘 밤에 탐색 나가자.

자정이 지나 테리사가 다시 말을 걸었다.

20초 안에 네 방문 열어. 최대한 빨리 네 방으로 건너갈게.

토머스는 하라는 대로 했고, 30초도 안 돼 테리사가 그의 방으로 들어왔다. 사악 직원 외에 누가 그의 방에 들어온 건 처음이었다. 토머스는 테리사를 끌어당겨 안았다. 품에서 놓으면 그녀가 사라질 것 같아 바짝 끌어안았다. 테리사뿐만 아니라 토머스도 자신의 그런 행동에 놀랐다. 다행히 테리사도 그를 꼭 안아주었다.

아, 너를 이렇게 보니까 정말 좋다.

토머스는 습관처럼 머릿속으로 말했다.

테리사는 그를 더 꼭 안아주는 것으로 대답을 대신했다.

마침내 그들은 아쉬워하며 서로를 품에서 놓았다. 토머스는 침대에, 테리사는 그의 책상 앞 의자에 앉았다.

"녹화된 화면이 제대로 반복 재생되고 있는지 몇 분 동안 확인해보자."

테리사는 기대에 찬 미소를 지으며 소리 내어 말했다. 이토록 기운차고 흥분한 테리사의 모습은 처음 보았다.

"경비원들에게 붙잡히면 어떻게 하지?" 토머스는 입으로 소리를 내 대화할 수 있어 마음이 편했다. "우리 앞길이 막힐 수도 있어. 그러니까 내 말은, 우리가 미로 작업을 돕기로 했잖아. 마음대로 또 나갔다가 그 작업을 못하게 될 수도 있는데 굳이 그런 위험 부담을 져야 할까? 작업할 기회를 빼앗기면 어떻게 해?"

토머스는 본인이 말하면서도 왜 그걸 신경 쓰는지 알 수 없었다. 테리사는 눈을 위로 굴리며 어이없어했다. 밖에 나가 탐색하기로 한 이상 번복은 없었다.

몇 분간 조용히 입을 다물고 있던 테리사가 텔레파시로 말했다.

나가자. 만일에 대비해서 대화는 텔레파시로만 하기로 해. 아직까지 별 일 없는 걸 보면 녹화된 화면이 잘 재생되고 있는 것 같은데, 우리가 소리 내서 말하면 누가 들을 수도 있어. 친구들을 만나면 그때 소리 내서 나지막하게 얘기하자. 어때?

좋은 생각이야.

그들은 방문을 열고 복도 좌우를 살핀 후 밖으로 나갔다.

테리사가 말했다.

내가 시간을 다 확인했어. 다음 구역으로 이동하자고 말하면 잔말 말고 따라와. 녹화된 화면 재생이 끝날 때까지 뭉그적대고 있다가는 누가 우릴 볼 수도 있어.

토머스는 고개를 끄덕였다. 테리사와 함께 복도를 달리자 흥분으로 가슴이 벅차올랐다.

그들은 복도 모퉁이를 돌았고, 승강기를 타고 이동한 후 복도를 이리저리 몇 번 더 돌았다. 모퉁이를 돌아 나갈 때마다 걸음을 멈추고 복도에 누가 있지 않은지 꼼꼼히 살폈다.

그들은 먼저 나 그룹이 머무는 구역에 들어갔다. 에어리스와 레이철을 만나기 위해서였다. 그들이 쓰는 방에도 토머스와 테리사의 방처럼 명판이 붙어 있었다. 테리사가 에어리스의 방문을 두드렸지만 대답이 없었다. 레이철의 방문을 두드려도 마찬가지였다.

테리사가 그들만의 특별한 대화 수단으로 말했다.

잠귀가 어둡거나 엄청 말 잘 듣는 애들인가 봐. 아니면 우리처럼 벌써 규칙을 깨고 나와 돌아다니고 있거나.

토머스는 고개를 끄덕이며 말했다.

그럼 뉴트와 다른 아이들을 만나러 가볼까?

테리사가 고개를 끄덕이자 토머스는 앞장서서 복도를 지나 계단을 올라갔다. 밤이라 조명이 어둑해서 좋았다. 테리사는 보안 카메라에 미리 설정해놓은 화면 재생 패턴에 맞춰 가장 알맞은 이동 경로를 계산했고, 어디서 멈춰 얼마나 기다려야 하는지 알려주었다. 마침내 마지막 모퉁이를 돌아 가 그룹이 머무는 구역에 들어서던 그들은 놀라 걸음을 멈췄다. 토머스는 숨을 훅 들이마셨다. 복도에 어린 남자아이가 있었다. 일고여덟 살쯤 돼 보였고 약간 통통한 편이었다. 아이는 두 팔로 무릎을 감싼 채 벽에 등을 대고 앉아 있었다. 얼굴은 눈물범벅이었다. 아이는 토머스와 테리사를 보더니 얼굴이 하얗게 질려 벌떡 일어섰다.

"자, 자, 잘못했어. 제, 제발 이르지 마."

토머스는 천천히 다가가 아이의 어깨에 손을 얹으며 안심시켰다.

"괜찮아. 우린 너랑 같은 처지야. 걱정할 거 없어."

"이름이 뭐니?"

테리사가 아이에게 물었다. 오늘의 계획이 자칫 틀어지게 생겼지만, 어리고 아무것도 모르는 데다 겁에 질린 아이를 이대로 두고 갈 수는 없었다.

아이는 눈물을 한차례 쏟고는 흐느껴 울며 대답했다.

"그들이 내 이름을 찰스라고 지었어."

토머스는 고개를 저었다.

"흠, 그 이름 별로인데. 이제부터 너를 척이라고 부를게."

23장

226.5.17 | 2:42 a.m.

"너도 생활관에서 살아?"

토머스가 척에게 물었다.

"생활관? 아니. 나 혼자 방을 쓰고 있어. 지금은 그래."

테리사는 토머스를 쳐다보았다. 토머스는 굳이 텔레파시를 쓰지 않아도 테리사가 무슨 생각을 하는지 짐작할 수 있었다. 이 아이는 왜 방을 따로 쓸까? 테리사가 척에게 물었다.

"여기서 가깝니? 네 방에 들어가서 얘기하면 좋겠는데." 테리사는 토머스를 다시 흘끗 쳐다보고는 덧붙였다. "다른 친구들도 네 방으로 데려갈게. 그럼 너도 기분이 좀 나아지지 않을까?"

척은 안도한 기색으로 고개를 끄덕였다. 아마 다시는 친구를 사귀지 못하리라 생각했을 것이다. 척은 돌아서서 그들을 방으로 데려갔다. 토머스는 책상 앞 의자에 편안하게 앉았고, 테리사는 뉴트와 알비와 민호를 데리러 나갔다. 테리사가 조작해놓은 보안 카메라의 화면 반복 재생 설정에 맞추려면 몇 시간 안에 각자 방으로 돌아가 있어야 했다.

척은 침대에 누웠고 토머스는 책상 앞 의자를 침대 가까이 끌고와 앉았다.

"여기 온 지 얼마나 됐어?"

"2주. 부모님도 아실까 모르겠어. 부모님이 플레어 병에 걸리셨는지 어떤지도 난 몰라!"

척은 다시 울기 시작했다. 토머스는 어떻게 해야 좋을지 알 수 없었다.

"괜찮아." 막상 입 밖에 내고 보니 이 아이를 달래주기엔 역부족인 말이었다. "테리사랑 나는 여기 온 지 몇 년 됐어. 너도 익숙해질 거야. 직원들이 너한테 이름을 바꾸라며 또라이처럼 굴었겠지만, 앞으로는 괜찮아질 거야. 그들이 하라는 대로 따르면 그럭저럭 지내기 괜찮아."

아직 진정이 안 되는지 척의 뺨을 타고 눈물이 줄줄 흘렀다. 척은 눈물을 삼키며 물었다.

"그들이 나한테 무슨 짓을 하려는 거야? 지금까지 바늘로 수도 없이 찔렸어."

"그래, 뭐. 바늘로 찔러대는 건 앞으로 몇 년은 계속될 테니까 익숙해지는 수밖에 없어."

'아직 삽입 장치 수술에 대해서는 모르는 것 같으니 다행이네.'

토머스는 생각만 하고 입 밖에 내지는 않았다. 그는 계속해서 말했다.

"나머지는 학교 다니는 거랑 비슷해. 수업을 잔뜩 들어야 하거든. 재미는 있어. 새 친구들도 사귀게 될 거야."

토머스는 척이 왜 가 그룹의 다른 소년들과 함께 생활관에서 지내지 않고 혼자 방을 쓰는지 다시금 궁금해졌다.

침대 가장자리에 걸터앉은 척이 토머스의 대답을 기대하며 질문을 쏟아내기 시작했다.

"토머스 형은 우리가 왜 그 병에 면역이 되어 있다고 생각해? 형 부모님도 플레어 병에 걸렸어? 부모님이 미치는 걸 봤어? 형제나 자매는 있어?"

척은 토머스가 대답할 겨를을 주지 않고 질문을 쏟아냈다. 다행히 방문이 열리고 알비, 민호, 뉴트, 테리사가 차례로 들어왔다.

"그동안 어떻게 지냈어, 토미? 새벽 3시치고는 환상적으로 멋진 모습인걸."

뉴트가 갑작스런 만남에 놀라고 반가워하며 말했다. 토머스는 마지막으로 뉴트를 본 게 언제였는지 정확히 기억나지도 않았다.

"저 꼬마는 누구야?"

민호가 물었다.

배려심 깊은 알비가 척에게 다가가 악수를 하며 물었다.

"네 이름은 뭐니? 난 알비라고 해."

"난 척이야. 얼마 전에 여기 왔어."

알비는 고개를 끄덕였다.

"그렇구나. 곧 그들이 너를 생활관으로 옮길 거야. 거기서 사는 건 재미있으니까 걱정 마. 재미와 게임으로 가득한 곳이거든."

그토록 친절한 거짓말은 처음이었다.

그들은 두 시간가량 가벼운 대화를 나눴다. 많이 웃었고, 미래에 이루고픈 꿈 얘기도 했다. 그 꿈이 실제로 이뤄지리라 믿는 사람은 아무도 없었다. 그래도 긴장을 풀고 미래가 있는 척, 장차 하고픈 일을 할 수 있는 척 얘기를 나누니 기분이 좋았다.

이 친구들을 만난 이래로 가장 즐거운 밤이었다. 처음 만났던 날 밤에 비해 토머스는 훨씬 많이 웃었다. 하던 얘기가 툭하면 다른 얘기에 묻혀 수차례 끄집어내 되풀이해야 했지만, 그래도 얘기를 나누면서 마음이 편안해졌다. 눈에 힘이 없고 눈물범벅이던 척의 얼굴에도 생일을 맞아 파티를 연 아이처럼 기쁨과 놀라움이 넘쳐났다. 그 모습에 토머스의 기분도 좋아졌다.

이곳. 사악. 여기가 아니었으면 그의 인생은 훨씬 안 좋게 흘렀을 것이다. 사악 덕분에 그는 엄마가 플레어 병으로 완전히 미쳐버리는 모습을 보지 않아도 되었고, 바깥세상의 가혹한 현실에 시달리지 않아도 되었으며, 광인의 손에 끔찍한 죽음을 맞지 않아도 되었다. 사악이 그의 인생에서 슬픔과 공포의 상당 부분을 걷어낸 건 사실이었다.

그래서 치르게 된 대가는? 지루함? 몇 가지 테스트? 아이들을 다룰 줄 모르는 이상한 어른들과 부대끼는 생활? 지금 토머스는 친구들과 모여 앉아 농담하고 웃고 떠들며 즐거운 기분을 느끼고 있었다. 이렇게 지내면서 치료제까지 개발할 수 있다면, 안 할 이유가 있을까?

"토미?" 뉴트의 목소리에 토머스의 생각 흐름이 끊겼다. "너 또 속으로 딴생각하나 본데." 뉴트가 자신의 옆통수를 손으로 톡톡

치며 말했다. "우리한테 털어놔 봐."

토머스는 어깨를 으쓱했다.

"글쎄. 우리는…… 음, 아니 나는 그동안 사악이 우리를 가족과 떨어뜨려놓은 걸 나쁜 짓이라고 생각해왔거든."

"그래."

알비는 희미한 미소를 지었다. 토머스가 다음에 무슨 말을 할지 짐작이 되는 모양이었다.

"그런데 생각해보니까 꼭 그렇지만도 않은 것 같아."

"사악이 나쁘지 않다고?"

척이 기운을 차린 듯 물었다. 그 목소리에 너무 큰 기대가 담겨 있어 마음이 아팠다.

토머스는 친구들을 둘러본 다음 척에게 말했다.

"전에 어떤 남자에게서 평생 잊을 수 없는 얘기를 들었어. 그 남자는 '사악은 선한 것이다'라고 했어. 어쩌면 우리 삶에 우리가 알지 못하는 더 큰 뜻이 있을지도 모른다는 생각이 들어. 큰 그림을 볼 필요가 있을 것 같아."

테리사가 텔레파시로 그에게 말했다.

깊게 생각했구나. 귀여운걸.

다른 애들 앞에서는 하지 마!

토머스는 속으로 강하게 소리치며 말을 전했다. 테리사가 약간 움찔하자 토머스는 뿌듯했다.

알비가 말했다.

"토머스 저 녀석 또 저러네. 멍해져서는. 바보처럼 허공만 쳐다보고 있어."

토머스는 머릿속에 너무 많은 생각이 휘몰아쳐 말로 표현하기 어려웠지만 다시 입을 열었다.

"사태를 총체적인 관점으로 볼 필요가 있다고 생각해. 지금 우린 여기서 안전하고 따뜻하게 지내면서 잘 먹고 잘 살고 있잖아. 바깥의 혹독한 날씨와 광인들로부터 보호받으면서 말이야."

그러자 뉴트가 중얼거렸다.

"누가 들으면 여기서 끝내주는 휴가라도 보내는 줄 알겠다."

토머스가 반박했다.

"우린 훨씬 비참하게 살 수도 있었어. 여기서 인류를 구하는 데 일조하고 있다는 사실을 굳이 언급하지 않더라도 말이야."

알비가 맞장구를 쳤다.

"네 얘기를 하는 거야, 뉴트. 나도 네가 광인이 돼서 나한테 덤벼드는 꼴은 보고 싶지 않아."

그 말에 뉴트는 정신이 번쩍 드는 표정이었다. 테리사는 울적한 표정을 지었다. 토머스는 이곳에서 겪는 고생을 긍정적으로 해석해보려고 한 건데 의도와 달리 모두의 기분을 망친 듯했다.

토머스는 줄곧 말이 없는 민호를 흘끗 쳐다보았다. 민호는 방 한쪽 구석에서 벽에 등을 기대고 앉아 바닥만 내려다보고 있었다. 고개를 든 민호가 토머스의 눈을 마주 보며 일어섰다.

"사악에 대해 네가 원하는 환상을 마음대로 갖다 붙이는구나. 사악이 그렇게나 좋은 대의명분을 가지고, 우리를 잘 대우해준다고 믿고 싶으면 그렇게 해. 난 안 믿으니까. 이제 보니 나 혼자 그 계획을 붙잡고……." 민호는 말을 하다 말고 고개를 저었다. "난 숙소로 돌아갈게. 나중에 보자."

누가 정신 차리고 말릴 새도 없이 민호는 방을 가로질러가 문을 열었다.

민호가 나가기 전 알비가 물었다.

"무슨 소릴 하는 거야?"

민호는 고개를 돌리지도 않고 등을 보인 채 대답했다.

"토머스와 테리사가 오기 전까지 우린 여기서 탈출하자는 얘기를 하곤 했어. 지금도 난 그 생각을 그만두거나 포기할 마음 없어. 사악이 아니라 우리가 선택해서 여기 있어야 하는 게 맞잖아. 이렇게 죄수 취급 받으면서 살면 안 된다고. 내가 준비를 마치면 너희도 나를 따라 같이 탈출할 거라 믿을게."

민호는 밖으로 나가 문을 닫았다.

24장

226.11.12 | 11:21 a.m.

민호의 거창한 탈출 계획을 듣고부터 6개월이 지났다. 그동안 토머스는 흥미진진하고 재미나게 지냈다. 일주일에 한 번꼴로 테리사가 보안 카메라 화면을 조작하면, 토머스와 친구들은 테리사와 토머스의 방이나 저 아래 깊숙한 곳에 자리한 낡은 정비실에 모이곤 했다. 생각해보면 정비실에서 모일 때가 더 많았다.

모이는 멤버는 늘 같았다. 알비와 민호, 뉴트, 토머스, 테리사. 가끔 꼬마 척도 합류했다. 척은 모두에게서 귀여움을 받았다. 엉뚱하고 순진한데다 남을 잘 믿고 농담을 곧이곧대로 받아들이는 녀석이라, 아이들에게는 예전에 있었지만 이제는 없는 남동생 같은 존재가 되었다. 토머스는 원래 없던 동생이 생긴 기분이었다.

가끔 그들은 몰래 숨겨뒀던 음식을 가져와 함께 먹으며 웃고 떠

들기도 했다. 그렇게 몇 달을 보내고 나니 속에 품어온 두려움도 거의 잊혀갔다. 언제 랜들과 라미레스가 들이닥칠지 모른다는 두려움. 광인 굴로 다시 끌려갈지 모른다는 두려움. 이번에는 보호해줄 철책도 없이 광인들 앞에 던져질지도 모른다는 두려움.

그들은 더 이상 겁내지 않았고 안전하다 느꼈다. 최고의 나날이었다.

테리사가 말을 걸었다.

좋아. 천장 정중앙에 빨간 점이 비치면 알려줘.

알았다, 오버.

그 말 좀 그만할래?

토머스는 웃음을 꾹 참았다. 그는 지금 산처럼 높은 돌벽에 둘러싸여 있었다. 대형 공사팀 인부들이 강철과 섬유 유리 골조에 돌을 붙여 만든 벽이었다. 미로의 절반이 완성됐을 뿐인데도 벌써 풍경이 장관이다. 테리사의 신호를 기다리는 동안 토머스는 이 미로가 완성되고 착시 기술까지 장착되면 얼마나 대단한 모습일지 상상해보았다. 착시 기술에다가…… 대상자들의 뇌에 삽입된 장치를 통한 강력한 암시까지 더해지면 이 안에서는 모든 것이 세 배는 더 높고 크고 길게 보일 것이다. 지금도 충분히 크지만.

토머스와 테리사가 미로 제작을 돕고 있음에도 불구하고 사악 감독관들은 나중에 미로 운영이 시작됐을 때 이 안에서 미로가 정확히 어떤 식으로 작동할지 자세히 얘기해주지 않았다. 토머스는 어깨너머로 '변수'라는 단어를 자주 들었고, 심리학자들이 수년째 이 위험지역 실험을 계획해왔다는 얘기도 들어 알고 있었다.

이 실험에는 가혹한 면이 있었다. 토머스와 테리사는 가르쳐주지 않는다고 멍청하게 앉아 있을 아이들이 아니었다. 그들은 작업 중인 프로젝트에 관해 기회가 닿는 대로 정보를 모았다. 한번은 예비 단계의 변수 목록이 담긴 페이지를 우연히 보았는데 두어 가지 항목이 눈에 확 띄었다. '고통 강요', '공격', '위안 요소 제거' 같은 단어들이었다. 그 단어들은 의미를 알 수 없는 과학 용어들과 함께 적혀 있었다.

정해진 일정보다 약간 뒤처지긴 했지만 미로 공사는 그럭저럭 순조롭게 진행되고 있었다. 이렇게 집중적으로 연구와 테스트를 거듭하다 보면 사악이 치료제를 발견할 날도 오지 않을까? 그때는 토머스도 이 작업에 큰 역할을 담당했다고 자부할 수 있을 것이다. 그런 상상을 하면 마음이 편안해지고 기분도 좋아졌다.

테리사가 짜증 섞인 투로 물었다.

정말 아직도 안 보여?

아! 미안. 그래, 그래, 빨간 점이 거의 머리 위에 있어.

토머스는 요즘 자꾸 생각에 잠겨 멍하게 있곤 했다.

거의? 정확한 위치에 있지 않고?

음, 글쎄. 3미터쯤 되는 높이에 있기는 한데, 흐릿하게 퍼진 점이 열 몇 개나 돼. 유감이야.

원래는 중앙에 점이 하나, 딱 하나만 있어야 했다.

톰, 이걸 제대로 해결해야 우리가 다음 프로젝트로 넘어갈 수 있어. 계속 이것만 하려니까 넌더리 나.

나도. 실수한 결과물을 계속 올려다보려니까 목 아파 죽겠다.

변변찮게 비꼬는 말에는 무대응이 상책이라는 걸 아는 테리사는 아예 못 들은 척 말을 돌렸다.

다시 한 번 해볼게.

그들은 2주째 이 작업을 계속하고 있었다. 계속 시도하고 거듭 실패하는 중이었다. 맥보이는 토머스와 테리사를 '하늘 프로젝트'에 배정했다. 밑에서 볼 때 천장이 정상적인 하늘로 보이도록 시스템을 프로그래밍하고 미세하게 조정하는 게 그들이 맡은 일이었다. 푸른 하늘에서 밤하늘로 바뀌고, 별들이 떠 있고, 태양이 이동하는 진짜 하늘처럼 보여야 했다. 완성됐을 때 결과물이 얼마나 멋질지 토머스는 무척 기대됐다.

지금은 일단 균형을 맞추는 일부터 제대로 해야 했다. 토머스와 테리사가 '공식적'으로 텔레파시에 관해 듣고 사용 방법을 '배우기' 전에 이미 텔레파시로 소통하고 있다는 걸 아마 사악도 알고 있을 터였다. 하지만 아무도 그런 얘기를 입에 올리지 않았다. 두 아이가 텔레파시를 익혀 사용하는 게 자기네 일에 도움이 되기 때문일 것이다. 당장 이 프로젝트를 수행할 때도 즉각적으로 의사소통을 할 수 있으니 그만큼 편했고, 이런 식의 프로젝트는 앞으로도 많았다.

테리사는 미로 동굴의 거대한 표면에 장착된 천여 개의 장치에서 빛을 쏘아 천장에 투사해 붉은 점 하나를 만들어내는 작업을 하고 있었다. 토머스가 정해진 위치에 붉은 점 하나만 보인다고 말할 때까지 기술자들은 투사 프로젝트를 더 진행할 수 없었다.

30분 후 테리사는 작업을 재개했다. 이번에는 붉은 점이 여섯 개였고, 제일 큰 점이 중앙에서 1.2미터 내지 1.5미터밖에 떨어져 있지 않았다. 이 정도면 꽤 가깝다.

토머스는 점검 후 말했다.

오늘은 여기까지 하자. 밤에 친구들과 만나기 전에 가서 잠 좀 자야겠어.

그러자.

한 마디로 대답하는 테리사의 목소리가 기진맥진하게 들렸다.

새벽 1시쯤 그들은 정비실에 모였다. 토머스는 서너 시간 푹 자고 왔지만, 민호가 모두에게 돌린 끔찍한 맛이 나는 음료를 마셨더니 목이 타고 정신이 혼미했다. 알비는 커다란 봉지에 담긴 감자칩을 가져왔는데, 어디서 훔쳤는지는 아무도 알지 못했고 굳이 묻지도 않았다. 한밤중이라 감자칩의 짭짤한 맛과 바삭바삭한 질감이 더 환상적으로 느껴졌다. 척은 처음 받은 몫보다 더 먹었다.

아이들이 정크 푸드를 나눠 먹기 시작하고 10분도 지나지 않았을 때 민호가 말했다.

"조금 이따가 새로운 친구가 올 거야."

감자칩을 입으로 가져가던 토머스의 손이 허공에서 감질나게 멈췄다. 테리사는 몸을 앞으로 기울였고 뉴트는 눈썹을 치켜떴다. 알비가 물었다.

"또?"

척은 쉬지 않고 감자칩을 입안에 집어넣었다. 플레어 병 치료제 발견이 감자칩 먹는 일에 달려 있기라도 한 것처럼.

너무 갑작스레 선언했음을 깨달은 민호가 일어나 별일 아니라는 듯이 한 손을 휘저었다.

"걱정할 거 없어, 애들아. 괜찮은 녀석이야."

민호는 더 이상 말을 안 했지만 눈빛은 더 많은 말을 하고 싶어

하는 듯이 보였다.

테리사가 물었다.

"괜찮은 녀석? 그게 우리 비밀을 새로운 누군가에게 털어놓아도 되는 기준이니?"

20초 전까지만 해도 자신감 있게 으스대던 민호의 태도가 차분하게 바뀌었다.

"그 녀석 이름은 갤리야. 그리고 음…… 전에 내가 말했던 계획 기억하려나 모르겠다. 탈출 계획."

토머스의 심장이 철렁했다. 그는 민호가 탈출하려는 생각을 이미 그만뒀을 거라 여겼다. 그러길 바라기도 했다.

알비가 말했다.

"그래, 기억해. 광인 굴도 기억하고, 지금 우리가 잠을 자는 침대며 먹는 음식, 사람들이 세상이라고 부르는 정신병원으로부터 우리를 보호해주는 이 건물의 벽도 잘 기억하지. 요지가 뭐야?"

"갤리가 내 계획을 도와주기로 했어." 민호는 소심하게 방 안을 둘러보며 덧붙였다. "곧 여기로 올 거야."

민호가 말을 마치자마자 누군가 방문을 두드렸다.

25장

226.11.13 | 1:34 a.m.

방으로 들어온 갤리를 보자마자 토머스는 연민을 느꼈다. 딱히 눈에 띄는 외모는 아니었다. 검은 머리, 키 크고 마른 체격, 창백한 피부. 치아가 엉망이었지만 그런 일은 흔했다. 토머스도 치과에 가본 기억이 없었다.

갤리는 대체적으로…… 애처로운 인상이었다. 눈빛이 그랬다. 갤리의 눈을 들여다보면 그의 내면 일부가 오래전에 망가졌음을 짐작할 수 있었다.

민호가 새 친구를 소개했다.

"애들아, 이쪽은 갤리야. 갤리, 아이들과 인사해. 너희 중 몇 명은 갤리를 알 수도 있어. 지나가다가 본 적도 있을 테고. 같이 잘 지낼 수 있을 거라고 믿어."

뉴트가 대답했다.

"그래."

갤리는 순순히 고개를 숙이고 애써 미소까지 지으며 모두에게 인사했다. 토머스와 나머지 아이들도 최선을 다해 미소를 지으며 인사했다.

한참 어색한 침묵이 흐르고, 마침내 알비가 토머스 역시 궁금해하던 질문을 입 밖으로 냈다.

"그래서 갤리가 네 멍청한 탈출 계획을 어떻게 돕는다는 건데?"

"갤리가 설명해줄 거야."

민호는 이렇게 말하며 갤리의 등을 툭 쳤다.

갤리는 헛기침을 하고는 설명을 시작했다.

"나는 다른 두 명이랑 같이 건물 밖에서 작업을 해. 대부분 조경 일이야. 잡초를 베고, 괴상한 눈보라가 칠 때는 나가서 눈도 치워. 그래야 덤불과 꽃이 자랄 수 있으니까. 그 외에 전기 관련 일이랑 정비도 해. 우리 셋을 감독하는 남자의 이름은 체이스고."

"그게 어떤 식으로 도움이 되는데?" 알비가 채근했다. 그가 탈출 계획을 어떻게 생각하는지 짐작이 가는 말투였다. "민호를 손수레에 태워 숲으로 밀고 가기라도 하게?"

뉴트는 킥킥 웃다가 멈추고 조그맣게 사과했다.

"미안."

갤리는 화를 내지 않고 계속 미소 지으며 설명을 이었다.

"손수레를 타야 할 사람은 오히려 나야. 이 일로 민호가 나한테 신세 지는 거니까."

그러자 테리사가 물었다.

"어째서?"

이 질문에 대해서는 민호가 대답했다.

"내 계획이 성공하려면 갤리의 도움이 있어야 하거든."

더러운 대걸레를 베개 삼아 바닥에 누워 잠든 척을 제외하고, 다들 설명을 요구하는 눈빛으로 갤리를 쳐다보았다.

"체이스는 사악 직원들 중에서 그리 똑똑한 축에 못 들어. 그 정도만 말해둘게." 갤리는 줄곧 바닥만 쳐다보며 말했다. 토머스는 그런 태도를 어떻게 해석해야 할지 알 수 없었다. "소소한 부분은 내가 몇 주에 걸쳐서 이미 준비해놓았어. 사악의 보안 장치를 통과해 빠져나가게 해줄 준비. 사실 사악이 우릴 여기서 못 나가게 막는 위협 장치라고는 광인들과 망가진 세상뿐이잖아. 따지고 보면 사악으로 들어오는 게 나가는 것보다 훨씬 어렵지."

테리사가 질문을 던졌다.

"드넓은 알래스카 황무지로 나가서 뭘 어쩌려고? 자동차를 빌려 타고 주노에 있는 멋진 아파트라도 찾아갈 거니?"

"야, 너희들 참 비꼬기 좋아하는구나? 내가 바본 줄 알아? 너희처럼 밤에 몰래 빠져나와서 청소 용품들이 즐비한 이 방에서 파티를 즐기지 않으니까 멍청이로 보여?"

민호가 그를 달랬다.

"갤리, 진정해."

갤리는 두 팔을 들어 올리며 목청을 높였다.

"너희야말로 철 좀 들어!"

그러자 알비가 고함을 쳤다.

"야! 네가 뭔데 여기 와서 뭐나 되는 듯이 나대. 우린 널 초대한 적도 없어."

"알았어, 나가면 되잖아."

갤리가 문 쪽으로 가자 민호가 앞을 가로막고는 갤리의 가슴에 손을 얹었다. 갤리가 걸음을 멈췄다.

민호는 아이들을 둘러보며 말했다.

"애들아. 나를 좀 믿어주면 안 되겠냐? 내가 이 계획을 실행하려고 왜 몇 개월이나 기다렸겠어? 내가 멍청해서가 아니라 인내심이 있는 놈이어서야. 갤리는 캐나다에 있는 사촌이랑 연락할 방법을 찾았어. 그 사촌이 국경 근처에 산대. 갤리는 체이스의 무선 응답기 코드를 이용해서 사촌과 연락을 했어. 숲으로 몇 킬로미터만 들어가면 우릴 도와줄 사람들이 있어. 거기서 이미 우릴 기다리고 있다고."

토머스는 도무지 믿을 수가 없었다. 하지만 민호는 진심인 것 같았다. 바깥에 나가는 것보다 여기서 사는 게 훨씬 나은데도 민호는 나가고 싶어 했다.

"왜?" 토머스의 물음에 모두의 시선이 쏠렸다. "이유를 말해봐, 민호야. 우린 네가 멍청이가 아니라는 걸 알아. 갤리도 마찬가지겠지. 그런데 왜 여길 떠나고 싶은 거야?"

민호가 대답했다.

"우린 죄수가 아니니까. 여기 붙잡혀 있는 건 우리 의지가 아니니까. 그게 이유야."

"하지만 밖에 나가면 지금보다 절반 수준으로도 살기 힘들어!" 테리사는 거의 소리치다시피 했다. "그리고 어떻게 세상을 돕는 일을 거절하고 나갈 생각을 할 수 있어?"

그들이 만난 이래 처음으로, 민호는 친구들에게 그다지 정이 없는 듯한 기색을 보였다.

"우린 삶에 대한 철학이 다른 것 같다. 이해 못하겠으면 관둬. 하지만 물어보지도 않고 내 자유를 뺏는 짓은 하지 마."

민호가 말을 마치자 갤리가 나섰다.

"시작이 평탄치가 않아서 유감이네. 여기 내려오니까 나도 신경이 곤두선다. 하지만 이 계획은 분명히 성공할 수 있어." 갤리는 아이들을 쭉 둘러보고 덧붙였다. "우리랑 같이 갈 사람?"

방 안이 묘지처럼 조용해졌다.

잠시 후 정적을 깨고 뉴트가 물었다.

"언제 할 건데?"

민호와 갤리가 동시에 대답했다.

"내일 밤."

26장

226.11.14 | 3:17 a.m.

새벽이 밝기 몇 시간 전, 삼총사가 토머스를 찾아왔다.

랜들, 레빗 박사, 라미레스였다.

잠기운을 떨치지 못한 상태임에도 불구하고 이 세 사람이 함께 찾아왔다는 건 대단히 심각한 일이 일어났다는 뜻임을 짐작할 수 있었다. 아니면 그런 일이 일어나기 직전이거나. 그들은 방으로 들어와 토머스를 흔들어 깨웠다. 토머스는 몇 초 만에 침대에서 일어났다.

"무슨 일이에요?"

"짐작하고 있을 텐데. 우리랑 같이 가줘야겠다. 네 도움이 필요해."

밤의 고요 속에서 랜들의 목소리가 날카롭고 크게 들렸다.

토머스가 또 질문하려 하자 레빗이 막았다.

"어서 가자, 토머스. 다 괜찮을 거야. 시키는 대로만 해."

라미레스가 옆에서 재촉했다.

"서둘러."

토머스는 라미레스 보안팀장의 목소리를 그때 처음 들었다.

세 남자는 토머스를 어딘가로 데려갔다. 그런 도움이 필요 없음에도 불구하고 그들은 복도 모퉁이를 돌 때나 승강기에서 내릴 때 토머스의 팔을 잡았다. 거칠게 대하지는 않았지만 꽤 서두르는 것만은 분명했다.

네 사람은 심하게 강화 처리를 한 문 앞에 이르렀다. 라미레스가 유리판에 손가락 지문을 갖다 대고 이름을 말하자 문이 열렸다. 랜들은 토머스를 슬쩍 밀어 안으로 들여보냈다.

토머스는 질문에 대한 답을 듣고 싶었지만 일단은 조용히 따르기로 했다. 오늘 랜들은 광인 굴로 아이들을 데려갔던 날에 비하면 친절한 편이었다. 굳이 그의 신경을 건드려 한계선을 넘기고 싶지는 않았다.

토머스는 방 안을 둘러보았다. 처음 보는 방이었다. 보안 통제 센터처럼 보이기도 했다. 넓은 벽에 가득한 모니터들은 의무실부터 생활관, 미로 건설 현장까지 모든 곳을 비추고 있었다. 미로를 비추는 화면이 마치 성난 고양이 등에 매달아놓은 카메라에서 전송된 것처럼 괴상하게 흔들거렸다. 방 한가운데에는 모니터를 마주 보게끔 놓인 계기판이 있고, 그 위쪽에는 더 많은 수의 디스플레이 화면들이 설치되어 있었다. 그리고 계기판 뒤에 의자 몇 개가 놓여 있었다. 경비원 두 명이 의자에 앉아 벽 오른쪽에 붙은 모니터를 주시하는 중이었다.

가까이 가서 모니터를 본 토머스의 심장이 철렁했다. 화면에 보이는 작은 방 안 의자에 묶인 민호의 모습이 보였다. 얼굴은 피투성이였고, 몸 여기저기 멍이 들었으며, 밧줄은 피부를 파고들어 갈 만큼 바짝 묶여 있었다. 민호는 흔들림 없는 눈빛으로 카메라를 똑바로 노려보았다. 그의 결연한 표정에 토머스는 자긍심을 느끼면서도 약간은 부끄러웠다. 토머스는 민호가 여기서 탈출하길 바라지 않았고, 실제로 탈출을 시도하리라 믿지도 않았다.

랜들이 말했다.

"이런 말 하기엔 마음이 아프지만, 네 친구는 지난번 외출 나갔다가 혼이 나고도 교훈을 얻지 못한 모양이다. 그동안 우리가 저 녀석을 비롯한 모든 아이들을 너무 무르게 대했어. 이제 교훈의 단계를 높이는 수밖에 없구나. 너도 동의하지?"

토머스는 민호를 바라보았다. 민호도 그가 있는 쪽을 바라보았다. 혹시 쌍방향 카메라가 설치되어 있나? 토머스는 민호의 시선을 의식했다.

레빗 박사가 말했다.

"지금 입 다물고 있는 게 최선은 아닐 텐데. 일단 앉아라. 얘기 좀 하게. 민호와 갤리 같은 아이들은 여기서 우릴 돕는 걸 하찮게 여기는데, 그런 아이들을 다루는 방법이 있지. 너도 보면서 교훈을 얻길 바란다."

라미레스가 토머스의 어깨에 손을 얹더니 두 경비원 사이에 놓인 의자에 지그시 눌러 앉혔다.

"그만 나가봐."

랜들의 이 말에 토머스는 자기더러 나가라는 뜻인가 했다. 하지만 방금 의자에 앉힌 걸 생각하면 상황에 맞지 않는 말이었다. 의자에 앉아 있던 경비원들이 일어나 밖으로 나가자 토머스는 그제야 잘못 생각했음을 알아챘다.

라미레스는 토머스의 왼쪽, 레빗은 오른쪽 의자에 앉았다. 랜들은 조종 장치와 모니터 사이에 뒷짐을 지고 섰다. 한바탕 설교라도 늘어놓을 듯한 자세였다.

랜들이 돌아서서 토머스를 쳐다보며 입을 열었다.

"토머스, 우리 솔직해지자. 우리가 너와 네 친구들의 야간 모임을 지켜보고 있었다는 건 너도 알지? 넌 어리지만 똑똑하니까, 그러고 다니면서 우리 눈에 전혀 띄지 않을 거라고는 생각하지 않았겠지."

토머스는 열었던 입을 다시 닫았다. 그는 아이들이 사악 직원들보다 한 수 앞서 있길 바랐다. 사악 직원들이 어째서 아이들이 밤에 모여 노는 것을 내버려뒀는지는 알 수 없었다. 그러나 지금 생각해보니, 사악 직원들이 끝까지 모르기를 바란 건 아이들의 희망사항일 뿐이었다. 토머스는 고개를 끄덕였다.

랜들은 조종 장치 계기판 가장자리에 손을 얹고 토머스 쪽으로 몸을 기울이며 말을 이었다.

"잘 들어. 우린 민호의 실수를 놓고 널 나무라려고 여기 데려온 게 아니야. 너희 대부분이 민호의 탈출을 말린 걸 우리도 알아. 하지만 너희가 이 일을 통해 귀중한 교훈을 얻을 수 있을 것 같아서 이 상황을 이용하기로 했다."

토머스는 랜들이 이미 민호에게 교훈을 주었기를, 더 이상은 아무 짓도 하지 않기를 간절히 바랐다.

"넌 여기 앉아서 우리가 민호에게 어떻게 교훈을 주는지 지켜보도록 해라. 증인이 필요하거든. 그래야 아이들 사이에 말을 퍼뜨리지. 이런 일이 또 일어나면 안 되니까 말이야. 실험 대상자들도 행동에 결과가 따른다는 걸 확실히 알 필요가 있어."

토머스는 이들이 친구에게 무슨 짓을 할까 두려워 소리쳤다.

"민호한테 뭘 어쩌려고요?"

랜들은 토머스가 별안간 소리치자 움찔했지만 들은 척도 않고 하던 얘기를 계속했다.

"너에게 보여준 다음 테리사를 데리고 들어와 또 보여줄 거다. 나 그룹에도 소문을 퍼뜨려야 하니 에어리스와 레이철도 차례로 불러야지. 단 너희 반응이 친구들에게 영향받지 않도록 한 명씩 따로 불러서 보여줄 생각이야."

레빗이 옆에서 거들었다.

"또 다른 방향으로 크게 한발 나아가는 계기가 될 거다. 지금 속도로 봐서는 미로 시련 프로그램이 완성되기까지 앞으로 1, 2년밖에 안 남았어." 레빗은 방 안을 손으로 쭉 가리키며 말을 이었다. "우리가 완성된 미로에 첫 번째 실험 대상자들을 집어넣으면 넌 이런 장면을 숱하게 보게 될 거야. 그러니까 연습 삼아 먼저 봐둔다고 생각해. 알았지?"

토머스는 대꾸하지 않았다. 사악은 가끔 별것 아닌 일로 요란을 떨곤 했다.

레빗이 재차 물었다.

"토머스, 알았지?"

토머스의 속에서 분노가 치밀어 올랐다. 산소에 굶주린 불처럼 당장 활활 타오를 것 같은 분노였다. 토머스는 이 상황이 이해되지 않았지만 일단은 참기로 했다.

"알았어요."

토머스가 조그맣게 대답하자, 랜들은 민호의 모습을 보여주는 화면 옆의 다른 화면을 가리켰다. 그 화면은 커다란 타원형 통을 보여주고 있었다. 통의 한쪽 면에는 경계선이 있고, 다른 쪽 면에는 경첩이 붙어 있었다. 마치 뚱뚱하고 돈 많은 외계인을 위한 관 같은 느낌이었다.

"저게 뭐예요?"

토머스가 관심을 보이며 사악이 쳐놓은 덫에 걸려들었다. 호기심은 종종 이렇게 그의 판단을 흐려놓았다.

랜들이 대답했다.

"고치. 생화학 실험으로 만든 동물을 넣어놓는 통이야. 군의 지원을 받아서 우리가 설계한 동물인데, 지금은 '괴수'라고 부르고 있다. 아직 개발 초기 단계이긴 하지만, 지난번 작업으로 상당한 진전을 보였어. 앞으로 한두 번만 더 수정하면 완벽한 미로 괴물로 탄생할 거야."

아무렇지 않게 내뱉은 랜들의 말에 토머스는 충격을 받아 저도 모르게 얼빠진 표정을 지었다. 토머스는 얼른 입을 다물고 눈을 몇 번 깜박여 표정을 정돈했다.

랜들이 물었다.

"네 예상하고는 다르지?"

"제…… 제가 무슨…… 무슨 예상요?" 토머스는 말이 잘 나오지 않았다. "무슨 소릴 하시는 거예요? 생화학 실험으로 만든 동물이라고요? 미로의 괴물? 뭐라고 부른다고요? 괴수?"

라미레스가 말했다.

"자세한 내용은 곧 너도 알게 될 테니 굳이 말하지 않겠다. 솔직히 당분간은 이 정보를 너희와 공유하지 않으려고 했는데 마침 이런 일이 생겼으니……. 어쨌든 이 생화학 무기 개발을 이끄는 위원회 소속으로서 내가 한마디 하자면, 누가 봐도 참 잘 만든 동물이다."

랜들이 거들었다.

"간단히 말하면 우린 면역인들의 뇌가 플레어 바이러스를 품고 있으면서도 어떻게 정상적으로 작동하는지 알아내야 하는데, 그러려면 뇌에 자극을 가해 온갖 종류의 감정과 활동이 일어나도록 만들어야 해. 미로 시련 프로그램을 시작하면 저 동물들이 크게 도움이 될 거다. 나중에 심리학팀 보고서를 읽어보면 무척 재미있을 거야."

토머스는 어두운 그림자가 온몸을 뒤덮는 기분이었다. 무언가가 공기 중의 생기를 모조리 빨아들이고 그의 폐에서 공기를 뽑아내는 듯했다. 이 사람들이 하는 말은 들을수록 기가 막혔다.

"서둘러야겠다." 랜들은 이렇게 말하며 손을 뻗어 계기판의 버튼을 눌렀다. "시작해, 앨리스. 고치를 열어."

토머스는 타원형 고치의 한쪽 면이 열리는 모습을 바라보았다. 열린 틈새로 수증기가 쉬이익 새어 나와 고치 주변이 잘 보이지 않았다. 하얀 안개 같은 수증기가 빙글빙글 휘몰아치며 방 안을 가득 채웠다. 토머스는 민호를 비추는 화면으로 재빨리 시선을 돌렸다. 앞으로 어떤 끔찍한 일이 벌어질지 비로소 분명해졌다. 민호가 시선을 돌려 그의 오른쪽을 걱정스런 눈으로 바라보았다. 수증기가 덩굴손처럼 슬금슬금 기어 민호 쪽으로 뻗어가는 모습이 화면 오른쪽에 비쳤다.

토머스는 벌떡 일어섰다. 피부의 핏기가 가셨다.

민호와 저 뚜껑이 열리고 있는 고치가 한 방에 있었다.

27장

226.11.14 | 5:52 a.m.

"그만! 멈춰요……. 빨리!"

토머스가 소리쳤다. 제멋대로 뻗어나간 그의 상상은 앞으로 화면 속에 펼쳐지게 될 끔찍한 장면을 눈앞에 벌여놓았다.

"교훈은 확실히 얻었어요."

"앉아!"

뒤에서 라미레스가 고함을 치며 토머스의 양어깨를 잡아 의자에 도로 주저앉혔다. 라미레스가 언제 의자에서 일어나 뒤로 다가왔는지 알 수 없었다.

랜들이 수증기로 하얗게 변한 화면에서 시선을 떼고 토머스를 바라보며 말했다.

"우리가 위험에 적절히 대처하지 못하면 이 실험을 어떻게 통제하겠니? 대상자들이 탈출하든 말든 내버려두고, 탈출 시도를 해도 아무 처벌도 하지 않으면 다른 대상자들에게 뭐라고 말하지? 민호는 선택을 했고, 그에 따른 처벌을 받는 거다."

"제발요."

토머스는 전의를 상실한 채 힘없이 중얼거렸다. 강하고 무모하고 농담을 즐겨하던 민호가 잔뜩 겁에 질린 얼굴을 하고 있는 모습을 도저히 쳐다볼 수 없었다. 토머스는 고치 쪽으로 시선을 돌렸다.

수증기가 점차 걷히며 고치의 모습이 화면에 드러났다. 반으로 갈라진 고치가 바닥에 놓여 있었다. 무언가가 고치 밖으로 기어나오기 시작하자 토머스는 아무 말도 못하고 그저 화면을 쳐다보기만 했다.

어떤 예상이나 상상조차 할 수 없을 만큼 괴이한 존재였다. 형태도 딱히 어떻다고 말할 수 없었다. 축축하고 번들거리는 피부 여기저기에 털이 군데군데 자라 있었다. 금속도 붙어 있었는데, 번뜩이는 쇠로 된 부속물과 부르르 떨어대는 몸통에서 튀어나온 날카로운 원형 칼날이 눈에 띄었다. 흉측한 생물이 고치 모양 컨테이너 가장자리를 타고 넘어 바닥으로 툭 떨어졌다. 몸뚱이는 민달팽이 같고 크기는 작은 소만 했다.

토머스는 그 괴수의 혐오스런 움직임을 바라보며…… 몸서리쳤다. 민호를 돌아보니 밧줄로 의자에 결박된 채 악을 쓰며 몸부림치고 있었다. 사운드가 꺼져 있어 소리는 들리지 않았다. 수증기가 민호에게 밀려들었다. 화면 배경에 깔려 있던 수증기가 점차 천장 쪽으로 퍼지며 열어졌다.

토머스는 더 이상 참을 수 없어 벌떡 일어나 소리쳤다.

"그만해요!" 라미레스가 즉각 그를 다시 눌러 앉혔다. "이럴 수는 없어!"

줄곧 민호를 주시하고 있던 랜들이 고개를 돌려 지친 표정으로 토머스를 쳐다보며 심드렁하게 말했다.

"우리도 어쩔 수 없다."

토머스는 머릿속으로 소리쳤다.

테리사! 어떻게 좀 해봐. 이 사람들이 민호를 의자에 묶어놨는데…… 저…… 저 괴물이 지금 민호를 공격하려고 해!

이상하게도 단어들이 흘러가지 않고 그의 머릿속에서 공허하게 맴돌았다. 보이지 않는 벽이 생겨나 머릿속으로 한 말이 고스란히 튕겨 나오는 것 같았다.

'그래, 그렇겠지. 당연히 뇌 내 삽입 장치를 껐겠지. 뭐든 하고 싶은 대로 할 수 있는 놈들이니까.'

민호는 끊임없이 몸부림치고 소리치면서 결박되어 있는 의자를 뒤로 밀어 괴수에게서 제일 먼 벽에 바짝 붙었다. 화면 왼쪽에서 움직임이 포착됐다. 못 같은 게 비쭉비쭉 튀어나온 괴수의 몸뚱이가 바닥을 기어오기 시작했다. 괴수는 민호에게 부딪치기 직전에 멈춰 섰다. 이내 금속 못들이 피부 속으로 사라지고 표면이 평평해졌다.

몇 안 되는 친구 중 하나인 민호가 심각하게 다치거나 어쩌면 죽을지도 모르는 상황에 다급해진 토머스가 애원하기 시작했다.

"랜들 씨! 제 얘기 들으세요! 제발…… 멈춰요. 당장! 제 말…… 잘 들으세요! 제 얘기를 듣고도 생각이 안 바뀌면 다시 이 짓거리를 시작하든지 하세요. 제발요."

괴수의 몸 일부가 들썩이더니 못이 있던 자리에 기다란 금속 몇 개가 튀어나왔다. 단단하고 끔찍한 덩어리들이었다. 칼날과 톱, 벌렸다 오므렸다 움직이는 집게발이었다. 토머스는 울면서 화면을 쳐다보았다. 괴수는 천천히 민호를 향해 무기들을 뻗었다.

토머스는 좀 더 차분하게 다시 나섰다. 숨을 들이마셔 일단 진정하고 말을 쏟아냈다.

"제발 부탁합니다, 랜들 씨. 민호는 이런 식으로 희생시키기엔 너무 귀중한 재산이에요. 당장 멈추지 않으면 저는 더 이상 당신들을 돕지 않겠어요. 절대로요. 뭐라고 하든 절대 따르지 않을 거예요."

괴수는 바닥에 주저앉은 채 몸을 세워, 1미터쯤 위에서 민호를 내려다보았다. 피부에서 튀어나온 금속 팔들이 민호를 휘감아 벽에서 옴짝달싹 못하게 만들었다.

토머스는 애써 침착하게 말했다.

"랜들 씨, 가서 페이지 박사님 불러오세요. 심리학자들도 부르고 총장님도 불러요. 전부요! 그들은 저를 필요로 하고 민호도 필요로 해요. 민호는 이따위로 낭비하기엔 큰 잠재력을 가진 아이란 말이에요."

괴수가 톱을 들어 올리자 날이 위잉 돌아가기 시작했다. 톱날이 민호의 이마에 가까워지고 있었다. 민호는 벽에 머리를 바짝 붙였다. 토머스는 민호의 얼굴이 공포로 일그러지는 모습을 바라보며 소리쳤다.

"마지막이에요! 민호가 죽으면 저는 절대로……."

랜들이 호출 버튼을 누르자 토머스는 말을 멈췄다.

"중지해."

랜들은 원래 멈춰야 하는 시점보다 늦었다는 듯, 너무 늦어 멈추지 못할지도 모른다는 듯이 다급하게 지시를 내렸다.

괴수가 움직임을 멈췄다. 토머스는 비로소 덜덜 떨리는 숨을 크게 내쉬며 의자에 털썩 주저앉아 두 손으로 머리를 감쌌다. 온 힘을 다해 터져 나오려는 눈물을 참았다.

랜들이 나지막하게 말했다.

"민호를 봐. 어서 화면을 보라고."

토머스는 고개를 들어 민호의 모습이 담긴 화면을 바라보았다.

"보이지?"

랜들이 물었다. 랜들도 민호를 쳐다보고 있었다. 괴수가 민호를 마치 담요처럼 뒤덮고 있었다.

"내가 말하지 않았나? 거의 다 됐다고, 생화학 실험을 통해 가장 위대한 군인을 거의 완성시켰다고."

토머스는 죽음 직전까지 간 친구 말고는 아무것도 눈에 들어오지 않았다. 지금 이 랜들이라는 남자는 현실에 대한 통제력을 잃고 완전히 정신이 나간 것 같았다. 애초에 현실 감각이라는 게 있었는지 모르겠지만.

랜들은 경외감에 찬 목소리로 말을 이었다.

"굳이 말할 필요도 없는 사항이긴 하지만, 오늘 여기서 본 걸 절대 잊지 않길 바란다. 괴수의 힘과 위험성을 잘 인지하도록 해. 네 공감 패턴이 우리가 풀려는 퍼즐의 가장 큰 조각 중 하나일 수도 있으니까."

토머스는 랜들의 말에 집중할 수가 없었다. 그저 땀으로 범벅이 된 민호의 얼굴만 보였다. 괴수의 팔은 민호의 코앞에서 멈추었으나 그 팔 끝에 달린 톱날은 여전히 빠르게 회전하고 있었다. 토머스는 숨이 잘 쉬어지지 않았다. 지금 랜들의 말 한 마디면 민호의 목숨이 끝장날 판이었다.

랜들이 호출 버튼을 다시 누르고 말했다.

"좋아. 원위치 시켜."

잠시 후 괴수의 금속 팔이 줄어들더니 척척 접혀 축축하고 뚱뚱한 몸뚱이 속으로 들어갔다. 납작한 살덩어리 같은 모양새가 된 괴수가 몸을 둥글게 말자 비쭉비쭉한 못들이 다시 튀어나왔고, 괴수는 그 못들로 바닥을 디디며 굴러가 왼쪽 화면에서 사라졌다. 그리고 오른쪽 화면에 다시 나타나 몸을 빙글 돌리더니 고치 앞에 이르렀다. 괴수는 못들을 몸 안에 집어넣고는 고치 안으로 기어들어갔다. 괴수가 안으로 완전히 들어가자 고치 뚜껑이 닫히기 시작했다. 몇 초 후 수증기가 쉬익 뿜어 나오며 뚜껑이 완전히 닫히고, 화면에는 아무 움직임도 일지 않았다.

토머스는 다시 민호가 있는 왼쪽 화면으로 고개를 돌렸다. 민호가 반항적인 눈빛을 회복했기를 바랐다.

하지만 이번에는 아니었다.

민호는 고개를 숙인 채 몸을 떨며 흐느끼고 있었다. 토머스도 비참해져서 고개를 숙였다. 방금 본 광경을 도저히 이해할 수가 없었다.

랜들이 토머스에게 말했다.

"이제 방으로 돌아가라. 방금 네가 본 걸 다른 실험 대상자 세

명에게도 보여줘야 하거든. 내가 너라면 오늘 배운 중요한 교훈을 일지에 기록할 거다."

무언가 잘못 들은 듯했다.

"지금…… 뭐라고 했어요?"

랜들은 그 말을 무시하고 하던 얘기를 계속했다.

"우리가 괴수를 시켜 민호를 정말 해치거나 죽일 리 없다는 건 알겠지. 넌 똑똑한 녀석이니까. 그렇지? 우린 그저 모두에게 귀중한 교훈을 주려는 것뿐이야. 규칙을 따라야 한다는 것, 멋대로 외출하거나 사악 구역 밖으로 나가면…… 대가를 치러야 한다는 걸 말이야."

"하지만……."

토머스는 뭔가 묻고 싶었지만 너무 떨려서 차마 말이 나오지 않았다.

레빗이 나섰다.

"오늘 네 반응에 대해서는 걱정할 거 없다, 토머스. 우리가 예상했던 반응이야. 네가 친구를 구하기 위해 보여준 열정도 마찬가지고. 오늘 심리학팀은 바쁜 하루를 보내겠구나. 분석할 데이터가 많이 생겨서 말이야."

그제야 랜들이 한 말의 의미를 알아챈 토머스는 전방의 화면들과 조종 장치들이 있는 계기반과 천장을 가리키며 물었다.

"다른 세 명에게도 이걸…… 보여주겠다는 게 무슨 뜻이죠? 녹화된 화면을 보여주겠다는 뜻이죠?"

대답을 기다리는 짧은 순간이 영원처럼 길게 느껴졌다.

'제발, 제발, 제발. 녹화된 화면을 보여줄 거라고 말해, 어서.'

랜들이 대답했다.

"미안하지만 그건 아니야. 민호에게 몇 번 이 경험을 하게 만드는 게 더 효과적이라서 말이야." 랜들은 한숨을 쉬며 덧붙였다. "강도는 다르게 할 거란다, 토머스."

28장

228.4.3 | 7:00 a.m.

토머스는 팔을 뻗어 알람시계의 다시 알림 버튼을 누른 뒤 침대 옆으로 팔을 늘어뜨렸다. 밤에 정비실에서 친구들을 만나고 온 다음 날 아침이면 일어나기가 너무 힘들었다. 광인들로 가득한 굴에서 들리는 괴상한 소리나 굶주린 광인들보다 알람 소리가 더 싫었다.

하지만 버튼을 누른 뒤 다시 알람이 울리기 전까지 10분간의 꿀잠은 좋았다. 아침마다 자신에게 주는 작은 보너스였다.

토머스는 잠깐이나마 기분 좋게 몸을 웅크렸다.

민호와는 그가 괴수에게서 살아남은 이후로 1년 넘게 만나지 못했다. 알비 얘기에 의하면 신체적으로는 살아남았지만 정신적, 감정적으로…… 딴사람이 됐다고 했다. 말수가 줄었고 전처럼 무모하게 굴지도 않았으며 탈출이라는 단어는 입에 올리지도 않았다. 시간이 지나면 상처도 낫게 마련이라지만, 민호의 상처가 나으려면 앞으로 20년은 걸릴 것 같다고 했다.

나머지 '정비실' 모임 멤버들은 요즘도 일주일에 한 번씩 모이고 있다. 민호를 제외한 아이들은 모두 참석했다. 민호는 그 끔찍했던 날 이후 한 번도 모임에 참석하지 않았다. 뉴트 얘기로는 아예 올 생각도 안 한다고 했다. 그가 껍데기만 남은 것 같다고도 했다. 토머스는 믿기 힘들 만큼 비통했다. 그는 민호를 무척 좋아했기에 그들을 둘러싼 이 상황이 몹시 불공평하게 느껴졌다. 사악이 처벌이라고 부르는 끔찍한 괴물 쇼를 직접 겪은 민호가 그런 반응을 보인다고 해서 누가 그를 탓할 수 있을까?

토머스는 치료제를 발견할 수 있으리라 믿었고, 그런 생각으로 마음을 다졌다. 하지만 사악이 아이들을 실험쥐처럼 취급하는 것에 가끔 슬픔이 사무쳐 분노가 치밀어 오르곤 했다. 침대 옆에 무릎을 꿇고 앉아 지쳐 쓰러질 때까지 두 주먹으로 매트리스를 내리칠 때도 있었다. 어서 치료제를 찾아내 이 짓거리를 그만하길 바랐다. 그래서 더욱 힘을 내서 최선을 다했다. 페이지 박사도 충분한 데이터를 수집하고 있다고 늘 말하곤 했다.

어쩌면 이렇게 작업하다 보면, 수평선이 얼마나 멀리 떨어져 있든 언젠가는 끝이 보이지 않을까.

토머스와 테리사는 미로 작업을 거의 끝마쳐가고 있었다. 사악은 나 그룹에 비해 가 그룹의 속도가 약간 늦다고 했는데, 토머스는 개의치 않았다. 토머스는 사악 직원들이 하는 말을 점점 믿지 않게 되었다. 사악 측이 계속 테리사와 못 만나게 해서 토머스는 알비와 뉴트, 척을 통해 최근에 도는 소문을 전해 듣고 있었다. 그 중 제일 소문을 잘 물어오는 사람은 척이었다. 척은 스펀지처럼 암기력이 좋아서 직접 듣거나 지나가다 들은 얘기를 전부 외운 뒤 토머스에게 들려주었다. 그래서인지 아이들은 척에게 인정사정 없이 장난을 치다가도 그가 입을 열면 귀를 기울였다.

다시 알람이 울렸다. 아침마다 즐기는 달콤한 10분간의 꿀잠이 끝났다. 귀에 거슬리는 경적 같은 알람이 이럴 땐 태양 플레어보다 더 싫었다.

페이지가 아침 식사를 가지고 정시에 방으로 들어왔다. 이 여자와 알고 지낸 지 얼마나 됐을까? 토머스는 어머니보다 더 오랜 세월을 이 여자와 함께 지냈다. 벌써 수년째다. 그런데 오늘 페이지의 태도와 미소가 평소와는 달랐다. 지적으로 반짝이는 눈빛은 여전했지만 그 이면에 고통스러운 기색이 엿보였다.

토머스는 무슨 일이냐고 묻고 싶었지만, 사악이 괴수를 이용해 민호에게 잔인한 짓을 한 이후로 그들의 관계도 예전 같지 않았다. 그래도 토머스는 직책을 막론하고 사악에서 일하는 직원들 중에 페이지가 제일 좋았다. 그런 만큼 페이지와 마음의 벽을 쌓고 지내기도 쉽지 않았다. 그나마 쌓아 올렸던 얇은 벽의 회반죽이 요즘 바스러지기 시작하고 있었다.

페이지가 아침 식사를 책상 위에 올려놓으며 물었다.

"오늘은 기분이 어때? 근무일이지?"

토머스는 고개를 끄덕이고는 책상 앞에 앉았다. 평소에는 이 시간에 페이지와 조금이나마 대화를 나눴다. 검사가 어떻게 진행될 것인지, 수업은 어떤지, 미로 작업은 어떻게 진행되고 있는지 등등. 그런데 오늘 페이지는 토머스가 달걀을 한 입 베어 물기도 전에 문 쪽으로 향했다. 페이지가 문을 열고 복도로 나가려는 순간 토머스가 말을 걸었다.

"저기, 곧 다시 들어오실 거죠?"

페이지는 걸음을 멈추고 크게 한숨을 쉬었다. 다시 문을 닫고 책상 앞으로 돌아온 페이지는 의자에 앉아 슬픈 눈으로 토머스를 바라보았다.

토머스는 궁금해서 가만히 있을 수가 없었다.

"묻지 않으려고 했는데…… 혹시 뭐가 잘못됐어요?"

토머스는 더럭 겁이 났다. 친구들 중에 누가 죽었나? 테리사는 아니다. 만약 테리사가 잘못됐으면 토머스가 그녀의 존재를 느끼고, 마지막 순간도 감지했을 것이다. 작은 기색이라도 놓쳤을 리 없다.

"토머스……." 페이지는 마치 벽에 단어들이 적혀 있기라도 한 것처럼 방 안을 둘러보며 말했다. "실험 대상자들을 미로로 들여보낼 시기가 얼마 남지 않았어." 페이지는 조그맣게 웃으며 그의 눈을 다시 마주 보았다. "네가 누구보다 잘 알겠구나. 요즘 작업은 어때?"

토머스와 테리사가 미로 동굴에서 진행 중인 작업을 말하는 것이었다.

"잘되고 있어요. 재미도 있고요. 뭐, 그래요."

"전보다 열정이 식은 것 같네."

"몇 가지 일을 극복하기가 힘들었어요. 사악이 우리한테 숨기는 비밀들도 있고요. 우리한테 말 안 해주고 숨기는 게 부당하다는 생각이 들어요. 게다가 우리에게 좀 더 상냥하게 대해줄 수도 있잖아요. 랜들 씨, 라미레스 씨, 레빗 박사 같은 사람들 말이에요."

속에 담고 있던 생각을 일부라도 털어놓으니 약간은 후련했다.

페이지는 다리를 꼬고 앉아 진심으로 우려하는 눈빛으로 토머스를 바라보았다.

"믿을지 모르겠는데 나도 그 문제로 무척 고심했어. 변명을 할 수도 있지만 아마 넌 듣고 싶지 않겠지."

토머스는 고개를 저었다.

"우리를 실험 대상자라고 부르는 것도 별로예요. 우린 사람이지 실험용 쥐가 아니잖아요."

토머스의 목소리에 조금 힘이 들어갔으나 페이지는 침착하게 다 이해한다는 듯이 고개를 끄덕일 뿐이었다.

"두 가지로 압축해서 말할게. 첫째, 지금 우리가 미로 시련 프로젝트에만 신경 쓰는 것 같겠지만, 심리학자들은 이 와중에도 위험지역 패턴을 찾아내기 위해 최선을 다하고 있어. 지금은 매일의 일분일초가 중요한 시점이야. 이렇게 너와 얘기하고 있는 동안에도 바깥세상에서는 수십만 명씩 플레어 병에 감염되고 있어. 죽은 사람은 또 얼마나 많겠니?"

"그래서…… 아이들을 가둬놓고 분풀이라도 하시는 건가요?"

토머스는 입 밖에 내면서도 어리석은 말임을 알고 있었다. 이 사람들이 아니었다면 아이들은 진즉에 죽었을 것이다.

페이지의 얼굴에 분노의 빛이 어렸다.

"가혹하고 무자비한 바이러스를 상대하려면…… 가혹하고 무자비한 의지로 맞설 수밖에 없어. 그러니까…… 너만 힘들다고 생각하지 않았으면 좋겠다. 너는 모를 거야…….” 페이지는 목소리가 흔들리더니 후회하는 표정이 되었다. “미안하다. 정말…… 미안해. 진실을 얘기한다는 게 참 어렵구나.”

페이지는 눈가가 촉촉이 젖은 채 자리에서 일어섰다. 그녀는 무슨 말을 더 하려는 것 같더니 이내 돌아서서 방을 나가 조용히 문을 닫았다.

29장

228.4.3 | 8:04 a.m.

토머스가 아픈 데를 건드린 게 분명했다. 페이지가 이렇게까지 솔직하게 말을 한 적이 없는 터라 토머스는 기회를 놓칠 수 없다는 생각이 들었다. 페이지의 갑작스러운 감정 표출에 놀라긴 했지만 토머스는 얼른 일어나 그녀를 뒤따라 나갔다.

페이지는 거의 뛰다시피 빠른 걸음으로 복도를 걸어가고 있었다. 토머스가 뛰어가 페이지의 팔을 붙잡았다.

페이지는 팔을 얼른 잡아 빼고는 한 걸음 물러나 벽에 등을 기대었다. 그녀는 숨을 크게 몰아쉬며 넌더리난다는 듯한 시선으로 토머스를 바라보았다. 두 눈에 일순간 분노가 스쳤으나, 이내 감정을 걷어내고 토머스가 익히 알던 페이지의 모습으로 돌아왔다. 하지만 슬픈 기색은 여전히 남아 있어서 토머스는 사과하고 방으로 돌아갈까 고민하다가 물었다.

"무슨 일이에요? 저한테 말 안 하신 거 있죠?"

페이지가 고개를 저었으나 토머스는 물러서지 않았다.

"저는 매일 작업장에 나가서 거대한 미로를 테스트 가능한 상태에 가깝도록 만들고 있어요. 징징대지도 않고 불평하지도 않고 그냥 하고 있어요. 죽어라 열심히. 테리사도 마찬가지고요. 그 작업에 얼마나 많은 게 달려 있는지 아니까."

페이지는 고개를 끄덕였다.

"그래. 네 말이 맞아. 미안하다."

"그런 얘기가 아니잖아요. 저희는 빠르게 자라고 있고 어른으로 대우받을 자격이 충분하다고 생각해요. 저희를 아기처럼, 우리에 갇힌 쥐처럼, 멍청이처럼 취급하지 마세요. 우린 같은 걸 원하고 있잖아요. 저희를 실험 대상자가 아니라…… 파트너로 대우하실 수는 없어요? 사악 측이 조금만 존중해줘도 민호, 알비, 뉴트를 비롯해 제가 아는 아이들은 지금보다 더 적극적으로 이 일에 협조할 거예요."

페이지는 정신을 다잡고 몸을 꼿꼿이 세웠다. 그러고는 여느 때처럼 팔짱을 끼고 차분하게, 날카로운 눈빛으로 토머스를 바라보며 입을 열었다.

"잘 들어. 아까 네 방에서 그랬듯이 이번에도 두 가지로 압축해서 말할게. 첫째, 네가 가혹한 짓이라 여기는 몇몇 일들은 실제로 심리학팀이 계획한 바에 따라 진행된 거였어. 미로 안에서 대규모로 테스트를 진행하기 전에 뇌 패턴을 자극해 데이터를 얻어내야 하니까. 알겠니?"

아니, 이해할 수 없었다. 페이지는 나름 사정을 설명한 것이지만 전혀 토머스의 마음에 들지 않았다.

"좋아요. 두 번째는요?"

"이 사람들은 생존자들이야, 토머스. 당시 넌 어렸지만, 너무 어리긴 했지만 바이러스가 퍼져나가 우리가 있는 이곳까지 번진 후 세상이 얼마나 끔찍한 모습이었는지 기억할 거야. 원래 그렇게까지 되면 안 되는……."

페이지는 멈칫했다. 눈빛을 보니 해서는 안 되는 말을 한 눈치였다.

"어쨌든 요지는…… 세상이 공포와 죽음, 광기가 넘쳐나는 곳이 되었다는 거야. 그런 공포를 처음 경험하고 살아남은 사람들은 자연히…… 어쩔 수 없이 냉정해져야 했어. 일반적인 수준보다 강해진 거지. 그래야 살아남을 수 있으니까. 약한 자들은 이미 죽었거나 곧 죽음을 맞이하게 되겠지."

페이지의 장황한 설명에 당황한 토머스는 무어라 말해야 할지 알 수 없었다. 페이지가 계속해서 말했다.

"그래. 여기서 일하는 사람들은 대부분 그리 상냥한 편이 아니야. 남의 감정에 일일이 신경 쓸 시간도 없고, 그럴 필요도 느끼지 못해. 알겠니? 지옥 밑바닥을 본 만큼, 치료제를 찾아내 이 공포를 끝낼 수만 있다면 뭐든 하겠다는 결심으로 살고 있어. 너도 그걸 받아들여야 해."

"알았어요."

토머스는 방금 들은 얘기에 압도되었다. 페이지의 열변을 듣고 나니 더 따지고 싶은 마음도 사라졌다.

"기운 내고 일하러 가렴."

페이지는 입가를 살짝 올리며 미소 지었다. 그날 아침 토머스가 얻어낼 수 있는 반응은 거기까지인 듯했다.

"알았어요."

토머스는 시무룩하게 대답했다.

토머스는 미로 통로를 따라 걸으며 지난 수개월간의 작업으로 이뤄낸 성과에 자부심을 느꼈다. 물론 거대한 벽들, 표면에 금이 간 회색 돌벽과 벽 표면에 혈관처럼 뻗어나간 담쟁이덩굴 같은 대규모 구조물은 토머스와 테리사의 공이 아니었다. 벽을 움직이게 만들고 미로의 구조 자체를 변경시키는 첨단 공학 기술은 특히 그랬다. 보기에는 정말 멋진데 어떤 식으로 작동하는지는 알 수 없었다. 엔지니어들은 원래 그리 친절한 편이 아닌 데다 일이 너무 바빠서 토머스에게 일일이 설명해줄 시간도 없었다.

그래도 수많은 세밀한 부분들, 미로 공간을 실제처럼 생생하게 느껴지게 만드는 사소한 구석들은 토머스와 테리사의 끝없는 노력으로 완성되었다.

토머스는 그동안 해온 작업을 떠올리며 모퉁이를 돌아 미로의 기다란 통로를 걸어갔다. 사악의 박사들, 심리학자들, 기술자들도 토머스와 테리사가 사용하는 텔레파시가 작업에 이토록 유용할 줄은 미처 몰랐는지 꽤나 놀라는 눈치였다. 토머스와 테리사는 텔레파시를 통해 즉각 의사소통을 할 뿐 아니라 상대의 감정을 감지하고, 상대의 생각을 예상하고, 상대가 분명하게 표현하지 못하는 개념도 자연스럽게 이해할 수 있었다. 설명해도 아무도 믿지 않자 토머스는 오래전에 설명을 그만두었다.

통제 센터에서 테리사가 물었다.

아직 거기 있어?

잠깐만. 우리가 만든 작품을 감상하는 중이야.

토머스는 밝고 푸른 하늘, 왼쪽의 높은 돌벽 너머에 떠 있는 태양을 올려다보고 있었다. 하늘을 이 정도로 완벽하게 완성시키기까지 수많은 날들을 고생했다. 막상 완성된 결과물을 보니 진짜 하늘처럼 아름다워서, 그간의 고생을 다 잊을 수 있을 것 같았다.

뒤에서 조그맣게 달가닥거리는 금속성 발소리가 들렸다. 미로 전체에 퍼져 있으면서 미로 시련 중에 발생하는 모든 일을 녹화하는 딱정벌레 날개깃 카메라들이 내는 소리였다. 토머스가 무시하고 가던 길을 가려는데 딱정벌레 날개깃이 그의 다리 뒤로 훌쩍 뛰어오르더니 몸을 기어오르기 시작했다.

"아앗!"

토머스는 펄쩍 뛰며 몸을 틀어 손을 뒤로 뻗었다. 딱정벌레 날개깃을 손으로 쳐내려고 그 자리에서 맴돌았지만 딱정벌레 날개깃은 날카로운 다리로 그의 피부를 쪼아가며 옷을 붙잡고 후다닥 기어올랐다. 그러고는 토머스의 목에 들러붙어 아플 정도로 살을 파고들었다.

이래도 감상이 되겠어?

테리사의 목소리에서 장난치며 즐거워하는 기색이 느껴졌다.

펄쩍펄쩍 뛰면서 춤 잘 추더라. 걱정 마, 다 녹화했으니까 다음에 모이면 뉴트랑 다른 애들한테도 보여줄게.

"재미 하나도 없거든!"

토머스가 소리쳤다. 그 순간 딱정벌레 날개깃이 머리로 그의 귀를 들이받았다. 미치도록 아픈 지점이었다. 토머스는 마침내 금속 몸체를 손으로 붙잡아 저만치 집어 던졌다. 딱정벌레 날개깃은 아무렇지 않게 착지하더니 날쌔게 움직여 오른쪽 담쟁이덩굴 속으로 사라졌다.

그래, 네가 이겼어. 네가 말한 자리로 갈게.

토머스는 이 말을 하면서 웃지 않으려 했지만 저도 모르게 웃음이 흘러나왔다.

다음엔 괴수를 보낼 거야. 아니면 확 랜들을 보낼까 보다.

토머스도 웃고 테리사도 웃었다. 어떻게 그런 얘기에 웃을 수 있는지 알 수 없었지만 그저 웃었다.

알았어. 다 왔어.

토머스가 말했다. 그곳은 통로 끝이었다. 6미터가량의 절벽 아래에는 검은 칠이 된 바닥이 있었다. 착시 기술이 아직 완전하게 적용되지 않아서, 이곳을 잘 모르는 사람은 눈을 의심하며 스스로를 미쳤다고 여길 만큼 기묘하게 보이는 미로 구역 중 하나였다. 위를 올려다보면 완벽한 하늘이고, 아래를 내려다보면 6미터 절벽 너머 검은 바닥이었다. 그 바닥은 미로 동굴의 가장자리인 검은 벽으로 이어졌다. 다만 앞을 보면 하늘과 벽의 경계선이 뭉그러져 섞였다가 분리되기를 반복하면서 빙글빙글 돌고 있었다. 그걸 보고 있자니 어지럽고 속이 메스꺼웠다.

테리사가 물었다.

괴수 구멍 보여?

토머스는 잠시 눈을 감고 울렁대는 속을 진정시킨 후 다시 눈을 떴다. 착시와 실제가 뒤섞인 정신없는 만화경 한가운데 바닥에서 올라온 수직 통로가 보였다. 속이 비어 있는 그 둥그런 통로를 통해 괴수들이 미로를 드나들게 되어 있었다.

보여. 그런데 착시가 적용됐다 풀렸다 해서 토할 것 같아.

실제 풍경이 완전히 사라지면 알려줘.

테리사는 전혀 안쓰러워하지 않는 투로 간단히 대꾸했다.

토머스는 눈을 가늘게 뜨고 앞을 바라보았다. 그렇게 보고 있으면 덜 메스꺼울 것 같아서였다. 눈앞의 이미지가 반짝거리다가 초점이 나가며 부르르 떨었다. 그러다 다시 반짝거렸다. 잠시 후 괴수 구멍의 입구가 시야에서 사라졌다. 굳이 아래를 내려다볼 필요도 없이 눈앞에 끝없이 푸른 하늘이 펼쳐졌다. 착시 풍경이었다. 어지럼증은 사라졌으나 당장에라도 추락할 것 같은 아찔함에 토머스는 한 발 물러서며 소리쳤다.

사라졌어! 이제 완벽하게 착시 풍경으로 보여!

테리사도 크게 환호하고 있음을 뼛속까지 느낄 수 있었다. 그들은 이 구역에만 한 달째 매달려 작업을 했고, 이제야 성공적으로 완수한 것이다.

토머스가 말했다.

잘했어. 정말이지 이 사람들 우리 없었으면 어쩔 뻔했냐?

최소한 몇 년은 더 걸렸겠지.

토머스는 믿기 힘들 정도로 실제와 다를 바 없는 착시 풍경을 바라보았다. 미로 통로는 절벽으로 끝나고, 그 너머는 마치 세상의 끝 같았다.

누가 제일 먼저 괴수를 보게 될지 궁금하다. 오줌을 지리겠지? 우리 내기 할래?

토머스는 이렇게 물었다가 울적한 어조로 대답이 돌아오자 놀랐다. 대답의 내용은 더 우울했다.

누가 제일 먼저 죽게 될까?

설마 그렇게까지 하진 않을 거야. 그럴 리 없잖아.

토머스가 말했지만 테리사는 더 이상의 대꾸 없이 텔레파시 통신을 끊었다.

30장

229.6.12 | 10:03 a.m.

탁자에 둘러앉은 사람들을 보고 있으면서도 토머스는 이 상황이 도저히 실감나지 않았다. 이미 일면식이 있거나 이름을 들어본 적 있는 중요 인사들, 그 외의 사람들이 방에 모여 있었다. 심리학자들과 박사들, 기술자들. 랜들, 라미레스, 레빗. 토머스와 테리사의 옆자리에 앉은 페이지 박사. 탁자 상석에 앉은 케빈 앤더슨 총장과 그 옆에 앉은 케이티 맥보이 감독이었다. 토머스와 테리사 외에 10대들이 두 명 더 있었다. 에어리스와 레이철이었다. 오늘 처음 만났지만 토머스는 그들이 누구인지 바로 알아보았다.

테리사가 물었다.

앞으로 쟤들이랑 어울려 지내게 해주겠다는 걸까?

토머스는 어깨를 으쓱하는 이미지를 텔레파시로 보냈다.

나는 두 그룹이 경쟁하는 체제일 거라고 생각했어. 상품을 걸어놓고 두 그룹이 서로 먼저 작업을 끝내려고 애쓰게 만드는 거지.

그리고 평생 입을 사악 티셔츠를 제공받고 말이야!

토머스는 숨죽여 웃었다.

앤더슨 총장이 헛기침을 하며 회의 시작을 알렸다.

"총장 위원회 회의에 처음 참석한 우수 후보들을 환영합니다. 발전을 거듭해온 후보들은 이 회의를 계기로 다음 단계로 나아갈 것입니다. 토머스, 테리사, 에어리스, 레이철…… 너희가 참 자랑스럽구나. 미로 프로젝트 기간 동안 너희가 해낸 작업은 정말 경이로웠어. 아주 대단했지. 우리는 너희가 뛰어난 인재라는 걸 처음부터 알았지만, 역시 잘못 본 게 아니었어. 축하한다."

앤더슨은 말을 마치고 미소를 지었다. 너무 억지스럽고 바보 같은 미소라 진심이 담긴 것 같지 않았다. 큰 압박감 속에 사는 사람인 걸 감안하면 이해 못할 바도 아니지만.

토머스는 에어리스와 레이철을 차례로 돌아보았다. 황갈색 피부와 갈색 머리카락, 세상을 다 안다는 듯한 날카로운 눈빛을 지닌 소년이 에어리스고, 심한 곱슬머리에 까만 피부, 입가에 미소를 머금은 소녀가 레이철이었다. 별난 외모는 아니었다. 예상과 달리 상냥해 보이는 인상이었다. 오만하거나 건방질 것 같지 않아서 호감이 갔다.

앤더슨이 계속해서 말했다.

"자, 존 마이클 씨께서 사악이라는 조직을 구상한 지 10년이 흘렀습니다. 그동안 우리는 플레어 병에 면역인 아이들을 이곳에 모으고 장기간 연구를 계속해왔지요. 처음에는 진전이 더뎠습니다.

플레어 병 자체를 이해하고, 실험 대상자들이 정말 그 병에 면역인지 확인하기 위해 검사를 진행하고, 플레어 바이러스에 대해 배우고, 플레어 바이러스가 면역인들의 신체 및 뇌와 어떻게 상호작용을 하는지 알아내야 했으니까요. 그동안 느리지만 꾸준히 연구를 계속해왔고 마침내 중요한 성과를 얻어냈습니다. 나는 우리가 처음 기대했던 것보다 훨씬 잘해냈다고 자부합니다."

'10년이라.'

토머스가 생각하기엔 너무 긴 시간이었다. 10년씩이나 연구를 하면서 이들은 확실한 해결책을 찾아내지 못했다. 해결책을 찾았다면 미로 동굴 따위를 지을 필요도 없었을 것이다.

"토머스? 무척 미심쩍다는 표정이구나."

앤더슨이 또다시 바보 같은 미소를 지으며 토머스에게 말했다.

토머스는 자세를 바꿔 앉으며 말했다.

"아…… 음…… 그건 아니고요……. 단지 이 연구를 무척 오랫동안 해오셨구나 하는 생각이 들어서요. 연구가 그리 잘되진 않았나 보다 싶어요."

앤더슨은 토머스의 말이 맞다는 듯 입술을 내밀고 고개를 끄덕였다.

"레빗 박사님, 하고 싶은 말씀 있습니까?"

앤더슨의 말에 레빗이 기다렸다는 듯 입을 열었다.

"역사서를 읽어보렴, 토머스. 지난 수백 년을 통틀어서 10년은 고사하고 수십 년 내에 어떤 바이러스에 대해서든 치료제를 만들어낸 적이 있는지 확인해보라고. 흔해빠진 감기부터 시작해서 에볼라 바이러스, 에이즈 바이러스, 특정 암의 초기 단계에 이르기까지 치료제를 만들어내는 데는 엄청 오랜 시간이 걸렸어. 당시는 지금처럼 반쯤 파괴된 세상도 아니었고 정신 나간 광인들이 사방에서 날뛰지도 않았는데 말이야. 우리가 장기적인 전략에 따라 인내와 끈기를 갖고 지금처럼 작업을 진행하는 것 자체가 기적이야. 드디어 치료제를 찾아냈을 때쯤 세계 인구가 10퍼센트밖에 안 남았다고 해도 우린 인류의 멸종을 막는 셈이 된다."

에어리스가 질문을 던졌다.

"면역인들은요? 면역인들만 생존해도 인류는 계속 이어지잖아요?"

레빗은 콧방귀를 뀌었다가 이내 겸연쩍어하며 되물었다.

"아무리 면역인들이라도 광인들로 가득한 세상에서 몇 명이나 살아남을까?"

테리사가 토머스에게 말했다.

나 저 아저씨 진짜 마음에 안 들어.

나도.

앤더슨이 말했다.

"레빗 박사가 타당한 지적을 했군요. 우리는 세상에서 제일 똑똑한 사람들, 최고급 자원, 최고의 실험 대상자들을 이곳에 모으려고 최선을 다했고 바깥세상으로부터 그들을 보호해왔습니다. 이 일을 시작할 때부터 우리는 많은 시간과 노력을 들여 계획을 세웠습니다. 앞으로도 이 병의 해결책을 찾아내 세상에 내놓을 준비가 될 때까지 멈추지 않을 것입니다. 오늘 이 자리에 참석한 우수 후보들은 이미 알고 있겠지만, 우리는 첫날부터 최대한 자주 실험 대상자들에게 테스트와 시련을 부과해왔습니다. 너희도 알고 있지?"

테스트 대상인 아이들에게 하기엔 참 어이없는 질문이라고 생각하며 토머스는 고개를 끄덕였다. 애초에 아이들을 이 자리에 부른 것 자체가 괴상했다. 어쩌면 이것도 테스트의 일종일까? 사악이 늘 말하는 변수들 중 하나일 수도 있었다.

앤더슨이 계속해서 말했다.

"미로 시련을 시작할 날이 머지않았습니다. 우리는 일정 기간 동안 미로 시련을 준비해왔습니다. 위험지역의 최종 청사진을 얻기 위해 수년간 애쓰며 얻어낸 바를 생각하면……." 앤더슨은 적절한 표현을 찾으려고 뜸을 들이다가 다시 말을 이었다. "어쨌든 우리는 지금까지 실험 대상자들과 함께 소규모 테스트와 시련을 시행하면서 미로 시련을 위한 기초 작업을 탄탄히 다졌습니다. 성공 가능성이 크진 않지만 미로 시련이 끝나면 위험지역 청사진을 얻어낼 수 있겠지요. 어쩌면 2단계 시련이나 3단계 시련까지 갈 필요가 없을지도 모릅니다. 일이 다 잘될 것 같은 기분이 드는군요."

앤더슨은 앞으로 수년 후 평생을 바쳐온 이 작업의 완벽한 끝맺음을 상상하듯 아련한 눈빛이었다. 토머스 옆에 앉은 페이지 박사가 박수를 치기 시작했다. 그녀가 천천히 박수를 치자 다른 사람들도 가세해 다 같이 박수를 쳤다. 토머스 역시 약간 흥분되었으나 박수 소리에 들뜨는 게 우스꽝스럽게 느껴졌다.

앤더슨 총장이 두 손을 들자 박수가 멈췄다.

"좋습니다, 좋아요. 이 박수는 우리 모두를 위한 것이라 생각합니다. 가 그룹과 나 그룹의 실험 대상자들을 위한 박수이기도 하고요. 나는 우리가 옳은 길로 가고 있다고 생각합니다. 진심입니다." 앤더슨은 미소를 지었다. 기운을 내려고 애쓰면서 크게 숨을 내쉬는 모습이었다. "좋아요. 이제부터가 본격적인 시작입니다. 미로에 첫 대상자들을 들여보내기까지 한두 달, 최대 넉 달밖에 남지 않았습니다."

앤더슨은 다시 한 번 극적인 효과를 노리며 길게 침묵했다. 토머스는 앤더슨이 10년 동안 이 일을 해왔으니 이 정도 주목은 받을 자격이 있다고 생각했다. 잠시 후 앤더슨은 본격적으로 회의를 시작했다.

"시련 프로그램이 곧 시작됩니다, 여러분. 제대로 한번 해봅시다."

31장

229.6.12 | 6:10 p.m.

그날 밤, 토머스의 인생에서 가장 큰 변화가 일어났다. 그날부터 토머스와 테리사는 식사와 수업, 오락 시간을 비롯한 모든 일정을 가 그룹의 다른 실험 대상자들과 함께하게 되었다. 더 이상 몰래 숨어 만날 필요가 없었다.

그러나 무조건 기뻐할 일도 아니었다. 토머스의 친구들 대부분이 앞으로 몇 달 내에 미로에 가장 먼저 투입될 대상자들로 정해졌다.

저녁 식사 때 라미레스가 토머스와 테리사를 공동 식당으로 데려갔다. 다른 아이들이 수년째 모여 식사를 해온 곳이었다. 온통 스테인리스스틸로 이루어진 서빙 시설, 기다란 플라스틱 식탁, 똑같은 의자들로 구성된 넓은 식당에 신입인 토머스와 테리사가 들어서자 모두의 시선이 쏠리며 정적이 감돌았다.

라미레스는 조용한 식당 안이 쩌렁쩌렁 울리도록 목청을 높였다.

"주목. 너희들 대다수가 토머스와 테리사에 대해 들어봤겠지. 수년째 최정예 후보로 손꼽혀온 아이들이다."

저 사람 우리한테 미운 털 박으려고 작정했나 봐. 왜 저래?

테리사가 텔레파시로 토머스에게 소리쳤다. 그녀가 느끼는 분노가 전기 충격처럼 다가왔다.

"……힘들게 고생하며 작업하는 아이들이니 다들 친절하게 대해주도록. 알다시피 얼마 안 있어 미로 시련이 시작되는 만큼 해야 할 일이 아주 많다. 이 두 아이는 너희 실험 대상자들과 시련 프로그램 준비를 담당한 사악 직원들 사이의 공식적인 연락 담당자 역할을 하게 될 거다. 조만간 미로 입장 일정이 정해질 테니까 그동안 토머스, 테리사와 안면을 트고 심신을 준비하면서 즐거운 변화를 기대하도록. 자, 그럼 식사 계속해라."

라미레스는 뻣뻣하게 고개를 끄덕이고는 토머스나 테리사에게 말 한 마디 없이 돌아서서 식당 밖으로 나갔다.

아주 매력덩어리시네.

테리사가 이죽거렸다.

토머스가 무어라 대꾸하려는데 뉴트와 알비가 환하게 웃으며 다가왔다.

"이야, 너희들 드디어 왔구나." 뉴트는 토머스를 끌어당겨 안으면서 등을 몇 번 툭툭 치고는 놓아주었다. "몰래 다니지 않고 당당히 걸어 들어오는 걸 보니 영 낯설긴 하네. 어쨌든 사회에 합류한 걸 환영한다."

테리사와 포옹을 마친 알비가 헉 소리가 나도록 토머스를 세게 끌어안으며 말했다.

“반갑다. 사악 직원들이 아주 어마어마하게 소개하던데, 너희가 그렇게 대단해? 너희 뭔데? 여기 총장이야? 그럼 여기 있는 아이들은 너희를 별로 안 좋아할걸.”

대꾸를 하려는데 토머스의 왼쪽에서 누군가 달려와 그를 들이받았다. 토머스는 옆으로 넘어질 뻔했다. 척이었다.

“잘 지냈어, 꼬맹아?”

토머스는 책에서 본 할아버지처럼 척의 머리카락을 손으로 헝클어뜨렸다.

척은 자랑스럽게 가슴을 펴며 말했다.

“그럼. 난 이곳을 실질적으로 운영하고 있어. 시간이 나면 아가씨들 사이에서 사랑을 찾으러 나 그룹으로 몰래 건너가기도 하고.”

이 말에 다들 웃음을 터뜨렸다. 하지만 일어나야 하나 말아야 하나 고민하며 우물쭈물하는 민호의 모습이 근처에 보이자 토머스는 웃음을 멈추고 그에게 다가갔다.

“어이, 요즘은 누굴 또 열 받게 만들면서 살고 있냐?”

토머스의 말에 민호는 미소 지었다. 여전히 기죽은 눈빛이긴 해도 괴수 사건 이후 상태가 좀 나아진 것 같기는 했다.

“아주 천사처럼 살고 있어. 가끔 랜들에 대한 뒷말도 해가면서. 랜들은 나쁜 얘긴지 다 알 텐데 어쩔 때는 피식거리고 웃는다니까. 멍청이가 따로 없지.”

확실히 전보다는 상태가 좋아졌다.

테리사가 텔레파시로 말했다.

토머스, 오른쪽을 봐. 갤리가 있어.

토머스는 오른쪽으로 고개를 돌려 검은 머리 소년 갤리를 보았다. 갤리는 본의 아니게 계획을 새어 나가게 만들어 민호를 고통받게 만든 장본인이었다. 예전과는 달라진 모습이었다. 토머스는 잠시 후에야 이유를 알았다. 갤리의 코가 전보다 두 배는 커져 있었다. 완전히 변형된 모습이었다. 누가 뭉개진 채소를 코에다 풀로, 아니, 스테이플러로 찍어 붙여놓은 듯했다. 엄청 아플 것 같았다.

토머스와 눈이 마주친 갤리는 뜻밖에도 고개를 끄덕이며 인사했다. 진심으로 미안해하는 듯한 고갯짓이었다. 하지만 갤리는 이내 함께 식탁에 둘러앉은 친구들에게 시선을 돌렸다.

"쟤는 왜 저렇게 됐어?"

토머스의 물음에 민호는 주먹을 들어 보였다.

"이걸로 저렇게 만들었지. 저 자식이 입을 싸게 놀린 바람에 우리 계획이 망했잖아. 아마 샤워장에서 잘난 척 떠벌렸을 거야. 일부러 그런 게 아니라고 해도 쥐어 패고 나니까 속은 좀 풀리더라."

토머스는 민호가 말끝에 소리 내어 웃거나 미소라도 지을 줄 알았는데 민호는 그저 침울한 얼굴이었다. 토머스는 그저 안타까워 눈썹을 치뜨며 고개를 저었다. 알비, 테리사, 척, 뉴트가 그들 쪽으로 다가왔다. 알비가 말했다.

"너희도 뭐 좀 먹어. 음식 맛이 최악은 아니야. 먹고 나서 그동안 밀린 일을 하자. 사람들을 놀려먹기도 하고 계획도 짜야지."

잠시 동안이지만 그들은 태양 플레어 현상이니 광인이니 하는 걸 모두 잊을 수 있었다.

몇 주가 지났다. 미로 시련의 공식적인 시작이 가까워지고 있었다. 토머스는 성역이라도 둘러보듯 자주 미로에 들어갔다. 특히 미로 중앙의 거주 구역이 마음에 들었다. 널찍한 공터, 주변의 작은 숲. 미로로 들여보내질 아이들이 안전하게 휴식을 취할 장소였다. 사악은 실험 대상자들이 농장과 정원, 생활공간 등 거주 구역 대부분을 직접 만들어가길 원했다. 생산적인 일을 하는 실험 대상자들의 뇌 내 위험지역 패턴을 분석하고 싶어서일 것이다.

토머스는 미로를 보면서 자부심을 느꼈다. 자신이 이 안에 투입될 날이 올까 궁금하기도 했고, 여기서 생활하면 어떤 기분일지도 알고 싶었다. 그는 날마다 미로 시련이 어서 시작되길 간절히 바랐다. 매일 지겹도록 똑같이 반복되는 삶이라 변화가 필요했다.

미로 투입일이 가까워지면서 토머스는 지켜야 할 약속이 있음을 기억해냈다. 그리고 어느 날 밤, 그 약속을 지키기로 했다. 밤에 돌아다니는 것에 대해 사악 측이 전보다 폭넓게 이해해주고 있었지만, 가 그룹 생활관 쪽으로 향하는 복도를 지나면서 여전히 나쁜 짓을 하는 기분이었다. 오늘 밤 벌일 일에 대해 그는 사악 측에 미리 말하지 않았다. 들키더라도, 큰 잘못이 아니니 미리 허락을 구하는 것보다 나중에 용서를 구하자는 생각이었다. 다들 저녁 시간에도 여전히 바빠서 별로 눈에 띄지 않을 듯했다.

뉴트가 문 앞에서 기다리고 있었다.

"진짜 왔구나, 토미!"

뉴트가 반쯤 놀리듯 외쳤다. 자신과 테리사가 '최정예' 후보라는 것 때문에 아이들에게 의심을 사고 있다는 점이 토머스는 늘 마음에 걸렸다.

"그래. 나는 약속을 지키는 사람이니까."

토머스와 뉴트는 악수를 한 후 사악 건물 깊숙한 곳을 향해 출발했다.

32장

229.10.28 | 11:04 p.m.

모퉁이를 돌아 또 다른 긴 복도를 조용히 지나며 토머스는 뉴트에게 말했다.

"나보다 네가 여길 더 잘 알겠네. 그동안 수없이 몰래 돌아다녔을 테니까."

"아마 그럴걸."

"그런데 말이야, 내가 나 그룹 생활관으로 가는 더 빠른 길을 찾아냈어. 경비원에게 들킬 염려도 더 적은 길이야."

이상 없지?

토머스는 머릿속으로 테리사에게 물었다. 테리사는 경비원의 눈에 띌 가능성이 제일 적은 길을 그에게 텔레파시로 알려주고 있었다. 보안 카메라 영상을 분석해 패턴을 파악한 테리사는 이번에 토머스에게 도움을 주면서 큰 신세 지는 줄 알라고 생색을 냈다.

이상 없어. 아까 말한 대로 연구개발실을 통과해서 가면 돼. 연구개발실 끝에 있는 비상 탈출용 터널을 지나면 나 그룹 생활관이야.

알았어.

토머스와 뉴트는 몇 번 더 복도 모퉁이를 돌아 '연구개발실'이라고 적힌 보안문 앞에 다다랐다. 토머스가 입장 허가를 받지 못한 몇몇 시설 중 하나였다.

테리사는 실시간으로 그들을 지켜보고 있는 것처럼 말했다.

문은 지금 열려 있어. 돌아올 때도 이상 없을 거야. 난 이제 자러 갈게. 누가 널 체포하거나 총으로 쏴도 난 몰라.

테리사는 뺨에 키스하는 자그마한 이미지를 그에게 보내고는 토머스가 대꾸하기 전에 통신을 끊었다. 그가 당황할 줄 알면서 일부러 그런 이미지를 보낸 것이다.

연구개발실 문 옆에 쪼그리고 앉은 뉴트가 속삭였다.

"토미, 또 넋 나간 표정이야. 정신 차리고 가자."

토머스는 못 들은 척하면서 문을 밀어 열었다. 그는 재빨리 안으로 들어가 뉴트에게 따라오라고 손짓했다. 문이 닫힌 후 그들은 연구개발실 안을 가로질러 이동하기 시작했다. 널찍한 방 안에는 각종 장비가 어수선하게 놓인 작업대들, 워크스테이션과 모니터들이 설치된 책상이 잔뜩 있었다. 유리 컨테이너도 있고 잡다한 튜브와 전선으로 뒤덮인 특이한 기계도 보였다. 벽에는 중세의 고문실에나 있었을 법한 도구들이 걸려 있었다. 은색으로 빛나는 금속 도구들로 대부분 날카로운 날이 붙어 있었다. 토머스와 뉴트는 자세를 낮추고 연구개발실 한가운데에 난 통로를 지나갔다.

"여기는 뭐 하는 곳일까?"

기괴한 정적이 흐르는 곳이라 뉴트의 속삭임은 마치 작은 폭탄을 터뜨린 것처럼 요란하게 들렸다.

토머스가 깜짝 놀라 발을 헛디디는 바람에 뉴트가 토머스와 부딪치면서 그들은 팔다리가 뒤엉킨 채 바닥에 쓰러졌다. 웃음이 나왔다. 이 상황에 웃다니 스트레스를 너무 받아서인지 정신이 나간 것인지 알 수 없었다.

그들은 일어나 몸에 묻은 먼지를 털었다.

뉴트가 농담을 했다.

"사악이 뭘 알고 너랑 작업하고 있는 거야? 넌 최정예이긴커녕 어릿광대 같은데."

영리하게 받아칠 말을 찾던 토머스는 그 순간 희한한 것에 시선을 빼앗겼다. 방 안 뒤쪽, 컴컴한 곳에 초록색 빛을 내는 덩어리가 보였다. 매혹적이면서도 괴상한 그 불빛에서 토머스는 시선을 뗄 수가 없었다.

얼굴에서 웃음기를 걷어낸 뉴트도 같은 것을 바라보며 물었다.

"저게 뭐지?"

녹색 빛을 내는 덩어리 주변에 수증기가 하얗게 끼어 있었다.

토머스는 가던 길을 계속 가야 한다는 것을 알고 있었다. 어서 나 그룹의 숙소로 가는 숨겨진 통로를 찾아야 했다. 하지만 도저히 지나칠 수가 없었다.

"뭔지 알아보자."

토머스는 빛을 내는 찐득찐득한 액체 속에 잠들어 있을지 모를 괴물을 깨울까 봐 걱정하듯이 목소리를 낮춰 소곤거렸다.

그들은 책상 몇 개와 워크스테이션들을 지나 괴상한 빛을 향해 천천히 다가갔다. 그 빛은 가슴 높이 정도의 컨테이너를 덮은 가로세로 3미터의 초록색 유리판에서 흘러나오는 것이었다. 유리판 가장자리에서 흘러나온 하얀 안개가 컴컴한 방 안에 구불구불 펴져 나갔다.

물방울이 맺힌 유리판을 내려다보던 토머스가 뉴트를 흘끗 쳐다보았다. 초록색 빛을 받은 뉴트의 얼굴이 일순간 병색이 짙어 보였다. 토머스는 얼른 그 생각을 떨쳐냈다.

뉴트는 컨테이너의 유리판 덮개에서 시선을 들며 말했다.

"건드리지 않는 게 좋겠어. 망할 방사능 물질처럼 생겼잖아. 아침에 일어나면 손가락이 세 개밖에 안 남아 있고 눈도 하나밖에 없을지 몰라."

토머스는 듣는 둥 마는 둥 미소를 지으며 딴 세상 물건인 듯한 컨테이너를 다시 내려다보았다. 최면에 걸린 기분이었다. 유리 표면 아래에서 수증기가 빙글빙글 맴돌았다. 속에 무언가 있었다. 시커먼 덩어리 같은데 윤곽이 흐릿했다. 이렇게 계속 내려다보고 있으면 그것이 모습을 드러낼 것만 같았다.

"토미? 그냥 가자, 응? 어쩐지 소름 돋아."

토머스는 움직일 수가 없었다. 이 안에 든 게 무엇인지 꼭 알고 싶었다.

그때 컨테이너 안의 덩어리가 움직이더니 묵직하게 유리판에 부딪쳤다. 토머스는 깜짝 놀라 뒤로 물러섰다. 덩어리는 컨테이너 측면을 따라 몇 초 동안 느긋하게 움직이다가 다시 그 안의 수증기 속으로 사라졌다. 덩어리의 황갈색 표면에 혈관 같은 것이

쭉쭉 그어져 있었다. 팔이다. 영락없는 팔 모양이었다.

토머스의 몸이 떨리고 목덜미와 팔의 털이 쭈뼛했다. 고개를 돌려보니 뉴트도 겁에 질린 표정이었다.

“우리 왜 여기 계속 있는 거지?”

뉴트가 물었다.

“좋은 질문이야.”

토머스가 자리를 뜨려 하자 또 다른 살덩어리가 유리판 표면에 닿았다. 컨테이너 안에 들어 있는 생물의 몸통인 것 같았다. 혈관이 불거진 피부는 점액으로 뒤덮여 있었다. 토머스는 저녁 먹은 게 목구멍으로 올라오지 않도록 꾹 눌러 참았다.

“저기 좀 봐, 토미. 피부에서 뭔가가…… 자라고 있어.”

뉴트는 유리판 가까이 몸을 기울여 손으로 가리키더니 시선을 떼고 고개를 절레절레 흔들며 뒤로 물러섰다.

토머스는 그대로 시선을 고정하고 있다가, 별안간 용기가 솟았는지 유리판 가장자리로 몸을 기울여 표면에 맺힌 물방울을 닦아냈다. 유리판에 들러붙은 고깃덩어리에는 둥글납작하고 커다란 혹들이 여럿 붙어 있었다. 종양 같기도 하고 커다란 물집 같기도 했다. 잘못 본 게 아니라면 초록색 빛은 분명 그 혹에서 흘러나오고 있었다.

마침내 토머스는 뒤로 물러나 두 눈을 비볐다. 살면서 온갖 희한한 것들을 다 봤지만 이것은 단연 압권이었다.

말이 제대로 나오지 않았다.

“저…… 저게…… 도대체 뭐지?”

뉴트는 돌아선 채 대답했다.

"젠장, 몰라. 이만하면 충분히 보지 않았어?"

하얀 수증기가 뉴트의 셔츠를 타고 올라와 머리를 감쌌다.

토머스도 같은 생각이었다.

"그래. 그만 가자."

토머스는 사악의 비밀스런 커튼 뒤를 다시 한 번 들여다본 것이다. 그 안에서 본 것은 전혀 마음에 들지 않았다.

그들은 울적한 기분으로 연구개발실을 마저 가로지르고 테리사가 말해준 보안 터널을 지나 가짜 벽 앞에 이르렀다. 그 뒤의 벽장을 통과하면 나 그룹 생활관이었다. 사악과 관련된 것들에 익숙해졌다 싶으면, 빛나는 종양을 가진 흉측한 괴물이 자궁 속 태아처럼 자라는 유리 컨테이너 같은 괴상한 것에 맞닥뜨리곤 했다.

사악은 토머스에게 모든 것을 말해주지는 않았다. 당연히 그럴 것이다. 토머스는 세상 물정 모르는 천치가 아니었다. 하지만 가끔은 사악이 아무것도 말해주지 않는 것처럼 느껴지곤 했다. 사악은 마치 또 다른 실험 대상자를 갖고 놀듯이 토머스를 갖고 노는 것 같았다. 두 개의 미로에 투입될 아이들에게 어떤 공포가 기다리고 있을까? 괴수, 연구개발실의 유리 컨테이너 속에서 자라고 있는 괴이한 생물…….

토머스가 한숨을 쉬는 동안 뉴트는 가짜 벽을 이루고 있는 커다란 나무판을 밀어 치웠다. 나무판 너머에는 어둡고 비좁은 벽장이 있었고, 1미터쯤 안쪽에 있는 벽장문은 널찍한 생활관 내부로 이어져 있었다. 벽장문이 살짝 열려 있어서 그 틈새로 벽을 따라 줄지어 놓인 침대들을 볼 수 있었다.

토머스가 속삭였다.

"여자애들이 놀라지 않을까? 40명이나 되는 여자애들이 한꺼번에 덤벼드는 건 싫어."

"왜? 그런 거 좋아할 줄 알았는데."

토머스는 어두워서 얼굴이 보이지 않아도 뉴트가 웃고 있음을 알았다.

토머스는 고개를 절레절레 흔들며 뉴트를 슬쩍 밀었다. 뉴트를 따라 벽장 안으로 들어간 토머스는 나 그룹 생활관으로 이어지는 벽장문 틈새를 들여다보았다. 잠든 아이들의 부드러운 숨소리 사이로 날카롭게 코 고는 소리, 누군가 몸을 뒤척이는 바람에 매트리스 용수철이 삐걱대는 소리가 섞여 들렸다.

눈이 어둠에 적응할 때까지 기다리면서 방 안을 둘러보는데 바로 앞에 누군가가 나타났다. 토머스는 소리를 지르지는 않았지만 놀라서 뒤로 휘청했다. 한 소녀가 그를 쫓아 어두운 벽장 안으로 들어왔다.

소녀가 날카롭게 속삭였다.

"원하는 게 뭐야? 너희는 누구야?"

토머스는 정신을 차리고 입을 열었다.

"몰래 들어와서 미안. 우린 가 그룹이야. 뉴트가 미로 시련이 시작되기 전에 여동생에게 작별 인사를 하고 싶다고 해서 왔어."

어둠 속이라 뉴트의 얼굴이 보이지 않았지만, 질겁한 토머스를 보며 웃고 있을 게 분명했다.

"유괴범처럼 몰래 들어오기 전에 미리 말해줬어야지. 이름이 뭐야? 네 이름 말이야. 쟤는 뉴트겠지. 우린 뉴트에 대해서는 알고 있어. 소냐가 내 절친 중 하나라서."

"토머스."

"아."

소녀는 실망한 투였다. 화가 난 것 같기도 했다. 가 그룹이 에어리스와 레이철에 대해 아는 것처럼, 나 그룹도 토머스와 테리사에 대해 들었을 것이다. 사악이 얘기를 퍼뜨린 듯했다.

"난 미요코야. 소냐를 데려올게."

미요코는 생활관으로 들어갔다. 어둑한 형체들 사이에서 홀로 움직이는 그림자가 미요코일 터였다.

"여자애들이 우리 편이면 좋겠다. 쟤 혼자서도 우리 중 한 명은 너끈히 쓰러뜨리겠는걸."

토머스는 대꾸하지 않았다. 벽장 안의 어둠이 별안간 위협적으로 느껴졌다. 사악은 여러 가지 이유로 실험 대상 아이들을 성별에 따라 두 그룹으로 나눠놓았는데, 이는 나중에 시련 프로그램에 적용될 변수들과도 무관하지 않았다. 하지만 그게 전부가 아니다. 토머스가 찜찜하게 생각하는 다른 이유도 있었다.

미요코가 이번에는 다른 소녀 한 명을 데리고 다시 나타났다. 그 소녀는 토머스를 지나쳐 벽장 안에 있는 뉴트에게 곧장 달려갔다. 뉴트 남매는 작고 어두운 벽장 안으로 비틀비틀 걸어 들어가면서 불안정하게 포옹했다.

"나도 들어갈게."

벽장 안으로 들어온 미요코는 토머스를 옆으로 살짝 밀고 벽장 문을 닫은 뒤 조명등을 켰다. 두 개의 태양이 뜬 것처럼 벽장 안이 환했다. 토머스는 일시적으로 앞이 보이지 않아 눈을 가늘게 뜨면서 한 손으로 두 눈을 가렸다.

뉴트가 울고 있었다. 굳이 눈으로 보지 않아도 알았다. 뉴트의 울음소리가 동생의 목과 어깨에 묻혔다. 잠시 후 시야가 정상으로 돌아오자 토머스는 뉴트와 소냐 둘 다 눈물을 흘리며 부둥켜안고 있는 모습을 보았다. 저 남매가 서로를 마지막으로 본 게 언제인지, 그동안 연락은 할 수 있었는지 알 수 없었지만 보고 있으려니 가슴이 미어졌다.

미요코가 토머스의 팔을 잡아끌며 말했다.

"나가자. 둘이 오붓하게……."

그때 뉴트가 훌쩍이며 큰 소리로 내뱉었다.

"사악 놈들 진짜 싫어." 뉴트는 동생한테서 떨어져 뺨에 흐르는 눈물을 닦았다. "다 싫어! 어떻게 이런 짓을 하지? 어떻게 우리를 집에서 억지로 데려다가 이렇게 따로 살게 만들어놓을 수가 있어? 이게 말이 되냐고!"

뉴트가 마지막 말을 악쓰듯 내뱉자 미요코가 움찔하며 벽장문 쪽을 살폈다.

"아니야, 그건 그렇지 않아." 소냐는 오빠의 얼굴을 두 손으로 잡고 그의 눈을 똑바로 바라보았다. "그런 말 하지 마. 완전히 잘못 생각하고 있어. 바깥세상에 있는 99퍼센트의 아이들보다 우리가 더 잘살고 있는 거야. 사악이 우리를 구해줬어, 오빠. 그들이 우릴 바깥세상에 버려뒀으면 우리가 지금 살아 있겠어?"

그러고는 다시 뉴트를 끌어안았다.

"그럼 왜 우리를 따로 살게 하는데?" 뉴트의 목소리에 담긴 슬픔에 토머스의 가슴이 찢어졌다. "온갖 테스트며 게임이며 잔인한 짓거리들은 다 뭐냐고? 네가 뭐라고 하든 난 그들이 싫어."

어린 소녀가 속삭였다.

"언젠가는 다 끝날 거야. 오빠가 면역인이 아니라는 걸 명심해. 언젠가 우린 오빠를 안전하게 만들 거야. 그리고 같이 살아야지. 그러니까 기운 내. 내 오빠잖아. 오빠가 나를 위로해줘야지."

"사랑해, 리지." 뉴트는 동생의 손을 꼭 잡았다. "정말 많이 사랑해."

뉴트는 뒤로 몸을 젖히고 소냐를 다시 바라보았다.

소냐가 미소 짓자 뉴트는 고개를 저으며 다시 그녀를 품에 안았다. 저들에게 지금보다 더 좋은 순간은 한동안 없으리라는 느낌이 들었다.

33장

229.11.12 | 7:31 a.m.

미로 투입일이 며칠 남지 않았다. 겨우 며칠이다. 토머스는 요즘 잠을 제대로 잘 수 없었다. 매일 밤 침대에 누워 테리사와 텔레파시로 소통했다. 접속만 하고 말없이 조용히 있을 때도 잦았다. 상대의 존재만으로도, 곁에 있다는 것만으로도 늘 위로가 되었다. 사랑하는 어머니 외에 제일 가족에 가까운 존재가 테리사였다. 뉴트에게 리지가 있듯 토머스에겐 테리사가 있었다.

그날 아침 방문을 두드리는 소리에 잠이 깨기 전, 토머스가 마지막으로 기억하는 것은 테리사가 흥얼거리던 콧노래였다. 아무 생각 없이 부르는 노래 같았다. 텔레파시로 접속한 상태라 노래의 진동과 음조, 느낌이 고스란히 흘러들어 토머스는 오랜만에 깊은 잠을 잘 수 있었다.

토머스는 노크 소리에 침대에서 비틀비틀 일어나 방문을 열었다. 페이지가 걱정스런 표정으로 문 앞에 서 있었다.

토머스가 눈을 비비며 말했다.

"죄송해요. 늦잠을 잤어요. 어쩔 수가 없었어요."

그들은 요즘 미로 시련을 앞두고 막바지 준비를 하느라 힘들게 일하고 있었다.

페이지는 다른 데 정신이 팔린 것 같은 표정이었다.

"괜찮아. 앤더슨 총장님이 지금 바로 너와 테리사를 보자고 하셔. 에어리스와 레이철도 올 거야. 급하니까 얼른 옷 입어. 아침 식사는 회의 끝나고 하도록 해."

페이지는 다소 부스스한 모습이었고 얼굴이 창백했으며 말할 때도 머뭇거렸다.

"어서, 토머스! 서두르라니까."

"예, 알았어요. 5분 안에 준비할게요."

"3분 안에 해."

몇 달 전 에어리스와 레이철을 처음 만났던 바로 그 회의실이었다. 그때 회의실은 사람들로 가득했는데, 이번에는 토머스와 다른 세 명의 '최정예' 후보들 외에 어른은 세 명뿐이었다. 앤더슨 총장과 라미레스 보안팀장, 그리고 페이지 박사였다. 그들은 탁자 한쪽에 줄지어 앉았고 토머스와 테리사, 에어리스, 레이철은 맞은편에 앉았다. 회의실에 들어와 앉은 이들은 하나같이 표정이 좋지 않았다.

"와줘서 고맙다."

앤더슨이 입을 열었다. 사악 사람들은 모임만 했다 하면 늘 이런 말로 시작했다. 마치 이런 자리에 불려올 때 토머스나 친구들에게 무슨 선택권이라도 있는 것처럼.

"심각한 소식이 있어서 불렀다. 돌려 말하지 않고 바로 본론으로 들어가마."

말은 이렇게 하고서 앤더슨은 다시 입을 다물고 라미레스, 페이지와 눈빛을 주고받았다. 한참 그러고 있으니 토머스는 웃기다는 생각이 들기 시작했다. 하지만 앤더슨의 목소리에는 진심으로 무거운 공포가 담겨 있었다.

에어리스가 재촉했다.

"어서 얘기하세요."

앤더슨은 뻣뻣하게 고개를 끄덕였다.

"우리가 생각하기로는…… 아니, 우리가 믿기로는 아무래도 병이 발발한 것 같다."

앤더슨은 의자 등받이에 기대어 지친 한숨을 내뱉고는 또다시 페이지를 돌아보았다.

테리사가 물었다.

"병이라면, 플레어 병요?"

앤더슨이 나지막하게 말했다.

"페이지 박사님, 대신 설명해주세요."

페이지는 탁자 위에 두 손을 포개고 아이들을 바라보며 말했다.

"그래, 플레어 병 말이야. 알다시피 여기 있는 성인들은 전부 플레어 병에 면역이 되어 있지 않아. 그래서 플레어 바이러스에 감염되지 않도록 안전에 극도로 신경을 써왔어. 그런데 몇 달 전

구내에 플레어 병이 발발했을지 모른다는 걱정이 들기 시작했단다. 아직까지 우리 직원들 중에 플레어 병 증상을 보이거나 검사에서 양성 반응이 나온 사람은 없지만."

"그런데 뭐가 걱정이에요?"

레이철이 속 시원하게 물었다.

이럴 때 보면 아이들끼리 죽이 잘 맞아서, 토머스는 전부터 사악이 넷이서 좀 더 협업할 수 있게 해주길 바랐다.

"광인 굴에 대해 알고 있지?" 앤더슨의 이 말은 질문이라기보다는 서술에 가까웠다. "우리가 보유한 시설 중 제일 위험하면서도 꼭 필요한 시설이야. 바깥세상에서 배회하다가 우리 구내로 흘러들어온 광인들을 붙잡아놓을 수 있는 덫이지. 바이러스 연구에 필요한 생물학적 재료를 얻는 곳이기도 하고."

토머스가 물었다.

"무슨 일이 일어났는데요?"

"우리는 광인 굴 수용 인원을 철저하게 관리하고 있다." 별안간 라미레스가 대답하고 나섰다. 평소 워낙 말이 없는 사람이라 그가 입을 열면 토머스는 깜짝 놀라곤 했다. "그 시설은 예전에 사람들이 사용했던 벌 잡는 덫과 비슷해. 광인들은 그 안을 이리저리 돌아다니지만 밖으로 나오지는 못해. 우리는 광인 굴 근처에 보안 카메라를 설치해놓고 항시 감시하고 있다." 라미레스는 목구멍 안쪽 깊은 곳에서 가래 끓는 소리를 내며 잠시 말을 멈췄다가 이어갔다. "오염방지복을 착용하지 않으면 가까이 갈 수 없고, 근처에 가더라도 6미터 거리를 유지해야 한다는 규정이 있어. 너희 같은 면역인이 아닌 이상 반드시 지켜야 하는 규칙이지."

라미레스는 화가 치미는 듯 코로 숨을 뿜었다.

"무슨 일이 일어났는지 아직 말씀 안 하셨어요."

이 말을 하면서 테리사는 라미레스에 대한 혐오감을 굳이 감추지 않았다. 테리사는 토머스와 마찬가지로 라미레스를 랜들과 같은 과로 취급했다.

라미레스가 말했다.

"광인 굴에 있던 광인 한 명이 사라졌다. 우리는 하루 세 번 광인들의 머릿수를 확인해. 바깥 숲에서 새로 들어온 광인을 추가하고 실험실로 데려간 광인의 수를 제하는 식이지. 내가 여기서 근무해온 동안 인원수가 안 맞은 적이 없는데, 몇 달 전에 한 명이 사라졌다."

이 말에 한동안 정적이 흘렀다. 토머스는 면역인임에도 불구하고 온몸이 떨릴 만큼 두려움을 느꼈다. 바이러스가 아니라 광인에 대한 두려움이었다. 사악 구내 어딘가에 광인이 숨어 있을지 모른다는 생각에 속이 울렁거렸다.

앤더슨이 말했다.

"너희나 다른 아이들을 불안하게 만들고 싶진 않지만 우리가 몇 가지 결정을 내렸다는 걸 알려주려고 여기로 불렀다. 어려운 결정이었지. 우선 미로 시련 기간을 5년에서 2년으로 단축시키기로 했다. 원래 미로 시련을 장기간에 걸쳐 천천히 진행할 생각이었지만 구내에서 플레어 병이 발발한 것 같으니 생각을 다시 할 수밖에 없었어. 아무래도 변수들을 좀 더…… 집약적으로 적용해야 할 것 같구나."

토머스는 불안했다. 앤더슨은 이 말 저 말 늘어놓기만 할 뿐 딱

부러지게 사실을 털어놓지는 않았다. 테리사는 말없이 감정 상태만 토머스에게 열어놓고 있었는데, 그녀 역시 이 상황에 대해 토머스처럼 불길함을 느끼고 있었다.

"2단계, 3단계 시련과 관련해서도 몇 가지 가능성을 놓고 작업하는 중인데, 일단 미로에 초기 인원을 투입한 후 사태를 지켜보기로 했다."

토머스는 뉴트와 함께 연구개발실에 들어갔다가 본 것을 떠올렸다. 유리판 덮개를 얹은 컨테이너, 혈관이 불거진 피부, 툭 튀어나온 혹들…….

앤더슨은 한숨을 쉬며 두 손으로 머리를 감싸 쥐었다가 고개를 들었다. 토머스는 그토록 좌절한 모습의 앤더슨은 처음 보았다. 앤더슨은 손바닥으로 탁자를 내리치며 계속해서 말했다.

"가끔은 할 일이 너무 많다는 생각이 드는구나. 앞으로 몇 달간 이 문제를 해결하면서, 미로 안에서 일어나는 일들에 대한 연구와 분석도 이어가야겠지. 미로 시련 기간을 줄였어도 우리에겐 평면이동문 기술이 있으니, 인력을 더 투입하고 추가 시련 프로그램을 위한 장소를 찾는 일에는 무리가 없을 거다. 모든 작업을 시간에 맞춰서 진행해야지. 미로 시련 기간을 5년에서 2년으로 줄이는 것 자체에는 문제가 없어." 앤더슨은 힘없이 미소 지었다. "다만 이 빌어먹을 시설을 짓느라 공을 많이 들였는데 원래 의도한 기간의 절반도 되지 않는 기간을 사용해야 하니 그게 답답하고 아쉬울 뿐이야."

테리사가 토머스에게 말했다.

총장은 말을 얼버무리고 있어. 해야 할 말이 있는데 하고 싶지 않은가 봐.

토머스는 티 나지 않게 고개를 끄덕였다. 테리사의 말이 옳았다.

"저희한테 말 안 한 게 있는 것 같은데 도대체 뭐죠?"

에어리스의 물음에 앤더슨은 놀란 얼굴을 하더니 이내 알겠다는 듯 미소를 지었다.

"가끔 너희가 얼마나 통찰력 있는 아이들인지 잊어버리는구나. 별거 아니야. 내가 오늘은 신경이 곤두서서 그래. 원래 이런 건에 대해서는 너희에게 이렇게 얘기하거나, 내 입으로 인정해선 안 되는데 사실이니 할 수 없지." 앤더슨은 시선을 이리저리 옮기다 탁자에 떨어뜨렸다. 그러다 고개를 들어 아이들을 바라보며 한숨을 내쉬었다. "꽤 힘든 시간이 될 거라는 말만 해두마. 너희는 잘해낼 수 있을 거다."

그 후 앤더슨은 더 많은 이야기를 했고 더 많은 정보를 늘어놓았다. 하지만 전부 핵심을 벗어난 중언부언이라 토머스는 별로 귀담아 듣지 않았다. 상황이 바뀌었고, 그래서 누군가 겁을 먹었으며, 어떤 이유에서인지 앤더슨 총장과 그의 두 파트너는 아이들에게 모든 사실을 털어놓지 않기로 결정했다.

총장은 도대체 뭘 숨기고 있을까?

마침내 회의가 끝나고 다들 의자에서 일어서자 토머스는 테리사에게 물었다. 고개를 돌려 페이지의 표정을 살펴본 토머스는 지금 사실을 숨기고 있는 게 총장뿐만이 아님을 알아챘다.

34장

229.11.22 | 8:47 a.m.

민호 좀 봐.

테리사가 말했다.

미로에 첫 번째 인원이 투입되는 날 아침이었다. 가 그룹에 속한 소년 40명이 복도의 벽을 따라 길게 줄을 서서 최종 의료 검사를 기다리고 있었다. 토머스가 지난 몇 년간 알고 지낸 소년들 전부, 즉 뉴트, 민호, 알비, 갤리가 첫 투입조에 속하게 됐다. 의무실 직원들이 복도를 왔다 갔다 하면서 의무실 입장 전에 미리 아이들의 체온과 혈압을 재고 눈과 혀를 검사했다.

응, 보고 있어.

토머스와 테리사는 앤더슨 총장의 요청에 따라 아이들을 지켜보고 응원하기 위해 이 자리에 와 있었다. 하지만 토머스는 막상 삭별하려니 마음이 몹시 무겁고 슬퍼서 여기 온 후로 입을 굳게 다물고 있었다.

민호와 토머스, 테리사 사이로 소년 열 명이 줄지어 서 있었다. 민호는 오전 내내 초조해하는 모습이었는데, 지금은 더 심했다. 당장 어떤 행동에라도 돌입할 것처럼 온몸의 근육이 팽팽히 긴장되어 마치 장전된 총을 보는 듯했다.

설마 또 무슨 일을 벌이려는 건 아니겠지?

주변은 온통 민호를 불안하게 만드는 것들로 가득했다. 복도에서 훤히 들여다보이는 의무실 안에는 침상마다 위쪽에 위협적으로 보이는 장치가 매달려 있었다. 전선과 튜브가 잔뜩 붙은 로봇 마스크처럼 생긴 장치였다. 위험지역의 반응을 종류별로 모조리 측정하기 위한 장치인 것 같았다. 아마 사악은 저 장치에서 추출한 자료를 토대로, 미로 시련이 진행되는 동안 위험지역의 진전 상태를 연구하지 않을까?

따라와.

벽에 기대서 있던 테리사가 민호 쪽으로 걸어가며 말하자 토머스가 그 뒤를 따라갔다. 테리사에게는 권위적인 분위기가 있어서, 의무실 직원들은 테리사 쪽으로 미심쩍은 시선을 보내지 않았다. 테리사가 민호 앞에 서서 그의 어깨에 손을 얹었다. 민호는 움찔했다. 토머스는 민호가 주먹을 휘두를지 모른다고 생각했는데, 테리사의 눈을 올려다본 민호는 긴장을 풀면서 차츰 진정하는 듯했다. 놀랍게도 민호의 눈에 눈물이 고였다.

테리사가 민호에게 말했다.

"마음 가라앉혀. 괜히 저들과 싸워서 상황 악화시키지 말고. 미로 안에 들어가면 다 괜찮을 거야. 두고 봐."
"너희는 우리랑 같이 안 들어가?"
뜻밖의 질문이었다.
"아, 그…… 그게……"
테리사가 말을 더듬자 토머스가 나섰다.
"아직 몰라."
토머스는 거기서 더 길게 말하지 않았다. 친구들이 자세히 파고 들지 않기를 바랄 뿐이었다.
분노한 민호의 얼굴이 확 붉어졌다. 이번에는 여간해선 달래질 것 같지 않았다.
"뭐? 그래놓고 나더러 저들과 싸우지 말라고? 우리 사악과 싸우지 말라고 해야 맞는 표현 아닌가? 너 지금 여기서 뭐 하냐, 토머스? 우리처럼 피 뽑혀가면서 소 떼처럼 떠밀려 다니는 것 같진 않은데."
1미터쯤 떨어진 곳에 있던 알비가 그들 셋을 돌아보며 말했다.
"맞아. 민호가 잘 지적했어. 우리를 대규모 실험에 처넣고 너희는 푹신한 침대로 돌아가 쉬려고? 우리한테 사실대로 말할 생각을 하기는 했어? 너희도 같이 들어갈 거라고 우리가 착각하길 바랐겠지. 예상이 빗나갔으니 놀랐겠구나."
토머스는 입이 떨어지지 않았다. 그는 친구들과 같은 처지라고 스스로를 설득해왔다. 그가 미로로 함께 들어가지 않아도, 그가 친구들과는 다른 책무를 지더라도 친구들은 개의치 않을 거라고 생각했다. 어떻게 이게 별것 아니라고 생각했을까? 친구들이 끝까지 화내지 않을 줄 알았나?

알비가 다그쳤다.

"뭐야? 우리 앞에서 읊어야 될 대본 내용을 잊어버리기라도 했어? 아니면 네 편인 사악 직원들을 속상하게 만들까 봐 그래?"

알비가 의사와 간호사 쪽을 고갯짓했다. 사악 직원들은 아무 일도 없는 것처럼 각자 맡은 일을 계속하고 있었다.

테리사가 마침내 입을 열었다.

"얘들아, 진정해. 우리도 너희랑 다르지 않아. 사악이 하라는 대로 하는 것뿐이야."

"그렇게 말하면 네 마음이 편한가 보구나."

알비는 팔짱을 끼며 벽에 기대선 채 다른 곳으로 시선을 돌렸다. 당연한 일이지만 다들 신경이 곤두서 있었다.

사실 관계는 명백했다. 친구들은 미로로 투입되지만 토머스는 아니었다. 향후에 토머스도 투입될지 어떨지는 알 수 없었다. 토머스는 친구들과는 다른 입장이고 그 점은 더 이상 부정할 수 없었다. 아이들은 토머스가 이 일의 전말을 미리 알고 있기라도 했다는 듯이 벽에 등을 기대고 서서 토머스를 노려보았다. 마치 그동안 토머스가 그들에게 거짓말을 했다는 듯이. 줄 끝에 선 뉴트도 분노로 일그러진 얼굴로 토머스를 쏘아보았다.

토머스의 마음이 무너져 내렸다.

민호는 말없이 사납고 매서운 눈으로 토머스를 노려보았다. 토머스는 분노와 두려움, 새로운 변화로 인한 걱정에 휩싸여 있을 친구들을 이해했다. 지금 친구들에게 그는 비난을 쏟아낼 대상에 불과했다.

민호가 어깨에 놓인 테리사의 손을 뿌리치며 말했다.

"알비 말이 맞아. 그동안 증거가 없으니까 너희를 믿으려고 애썼어. 너희가 우릴 도와줄 수 있을지 모른다고 생각하면서. 그런데 지금 보니 너희가 뭘 하고 있는지 확실히 알겠다. 너희는 지금까지 줄곧 사악을 돕고 있었던 거야. 사악이 우리에게 이 짓거리를 하도록 도와준 거였어!"

민호는 마지막 말을 강조하며 자기 가슴을 두 번 주먹으로 두드렸다.

"민호야, 내 얘기 들어봐……."

테리사가 말하려 했지만 민호가 고함쳤다.

"내 앞에서 꺼져!"

세상이 무너져 내렸다. 토머스는 어떤 말도 할 수가 없었다. 알비, 민호, 뉴트. 5분 전까지만 해도 그들은 토머스의 절친한 친구였다. 토머스는 친구들이 그의 심정을 이해해주리라 믿었다. 하지만 관계는 박살났고 토머스는 바보처럼 멍하니 그들 앞에 서 있었다. 지금 이 자리에서 무슨 말을 해도 거짓말처럼 들리리라. 심지어 그 자신에게도.

얼핏 보니 누가 이쪽으로 오고 있었다. 갤리였다. 갤리가 줄을 이탈해 분노로 달아오른 얼굴로 걸어오고 있었다. 간호사 두 명이 갤리를 붙잡기 위해 쫓아왔다.

"토머스!"

갤리가 더 빠르게 다가오며 소리쳤다. 그런데 가까이서 보니 갤리는 분노한 게 아니라 두려움에 떨고 있었다.

"네가 우릴 도와줘야지! 우릴 도와줄 수는 없어?"

의무실 직원 두 명이 갤리를 붙잡아 토머스에게 더 접근하지 못하게 막았다. 갤리는 계속해서 말했다.

"네가 사악과 일하면서 꽤 힘을 갖게 됐다는 거 알아. 그러니까 우릴 도와줘!"

갤리의 목소리는 절박했다. 의무실 직원들이 강제로 돌려세워 검사실로 끌고 가는데도 갤리의 시선은 토머스에게서 떨어질 줄 몰랐다.

하지만 토머스는 아무것도 할 수가 없었다. 한때 친구였던 소년들이 줄지어 선 모습을 바라보며 그의 가슴은 무너지고 또 무너졌다. 민호, 알비, 뉴트. 그들의 눈은 하나같이 분노에 차 있었다. 어떻게 이렇게 갑자기 모든 게 무너져버릴 수 있을까?

토머스는 무슨 말이든 해야 했다. 서둘러야 한다. 곧 말할 기회마저 사라질 것이다. 바로잡아야 한다! 친구들이 전부 잘못 생각하고 있다고, 토머스와 테리사는 사악 편에서 일하고 있는 게 아니라고 알려줘야 한다. 토머스와 테리사는 사악을 돕고 있을 뿐이며 필요에 따라 미로에 직접 들어갈 수도 있다고, 어서 말을 해야 한다!

토머스는 입을 열어 단어를, 호소를, 사과를 전하려 했다.

그 순간 이상한 일이 일어났다. 그의 뇌 속 깊은 곳에서 무언가 딸깍 하더니 보이지 않는 손이 그의 몸을 장악하고 조종하기 시작했다. 그 손은 토머스의 신경과 생각을 비롯해 모든 것을 지배했다.

마치 악령에 사로잡힌 것처럼 토머스는 자신에 대한 통제력을 누군가 혹은 무언가에게 빼앗겼다. 그리고 그의 의지에 반하는 단어들이 입 밖으로 흘러나왔다. 마치 다른 사람 입에서 나오는 말처럼 어조와 말소리의 높낮이가 낯설었다.

"미안해. 내가 해줄 수 있는 게 없어."

토머스가 속으로 비명을 지르며 그대로 몸이 굳어 속수무책으로 바라보는 동안, 사악 직원들이 친구들을 데려갔다.

35장

229.11.23 | 10:28 a.m.

다음 날, 페이지가 일정에 맞춰 토머스의 방을 찾아왔다. 토머스는 어제 있었던 일을 생각하느라 밤새 깨어 있었다. 점점 화가 치밀었다. 알람이 울리자 그는 페이지에게 모든 원망을 쏟아낼 태세였다. 그러나 방문을 열고 페이지의 얼굴을 본 순간 기운이 쭉 빠졌다. 어제 일로 반쯤 미칠 지경이었지만 그 일을 또 끄집어내기가 두려웠다.

"아무 말도 하지 마, 토머스. 이해하기 어렵겠지만 다 이유가 있었어. 어떤 결정이 내려지든 내가 최종 결정권자가 아니라는 것만은 알아줬으면 해. 그래도 좋은 소식이 있어. 오늘은 작업하지 말고 쉬도록 하렴. 미로에 들어간 친구들을 관찰하면서 여유 시간을 보내든지. 그 정도 누릴 자격은 있잖아."

토머스는 기분이 약간 좋아졌다가 다시 가라앉았다.

"한 가지 이유 때문이잖아요. 친구들을 관찰하는 제 뇌를 당신들이 관찰하기 위해서겠죠."

페이지는 한숨을 쉬었다.

"그래서 할 거니 말 거니?"

토머스는 자존심을 삼켰다.

"할게요."

페이지는 토머스를 관찰실로 데려갔다. 전에 괴수에게 고문당하는 민호를 지켜보았던 바로 그 관찰실이었다. 이번에는 모니터들이 미로 중앙의 거대한 초록색 공간을 여러 각도에서 비추고 있었다. 친구들이 거주하는 구역이었다. 페이지가 모니터들 앞의 의자를 가리키자 토머스는 그리로 가서 앉았다. 그의 시선은 수많은 모니터들을 두루 훑느라 여념이 없었다. 페이지는 말없이 밖으로 나가 조용히 문을 닫았다.

토머스는 몸을 앞으로 기울였다.

화면을 보고 또 보았다.

소년들은 새 집에서 하룻밤을 보냈다. 그들 중 아무도 실제로 미로를 보지는 못했다. 사악이 미로로 나가는 문을 다음 날에나 열어줄 예정이기 때문이었다.

소년들은 미로의 거대한 벽에 둘러싸인 널찍한 공터 여기저기를 배회하고 있었다. 가끔 딱정벌레 날개깃 카메라가 그들의 얼굴과 눈빛을 가까이서 비추었는데, 그들은 자신이 어디 와 있는지 전혀 모르는 눈치였다. 다들 어리둥절해하고 있었다. 토머스는 모니터를 통해 그들을 바라보며 무언가 잘못됐음을 감지했다. 다들 따로 떨어져 홀로 돌아다니고 있었다.

토머스는 잘 모르는 소년 두 명에게 화면의 초점을 맞췄다. 지나가면서 마주친 그들의 대화를 들어보았다.

한 명이 떨리는 목소리로 말을 건넸다.

"야, 너 여기 어딘지 알아? 우리가 어떻게 여기로 들어왔지?"

다른 소년은 금방이라도 울음을 터뜨릴 것 같은 얼굴로 고개를 저었다.

"나도 모…… 몰라……."

그러고는 돌아서서 부리나케 다른 곳으로 가버렸다.

곳곳에서 비슷한 일들이 벌어지고 있었다. 소년들은 대부분 서로를 피해 혼자 다녔는데, 가끔 대화가 이루어질 때 보면 서로를 완전히 낯선 사람 대하듯 했다. 상대가 누구인지 전혀 모르는 것처럼. 혹은 자신이 누군지도 모르는 것처럼. 이름 몇 개가 나오긴 했지만 그 이름을 말하면서도 자신 없는 말투였다.

의무실에 있던 마스크들. 그 마스크들의 용도가 바로 이것이었다. 사악은 소년들의 기억에 끔찍한 짓을 했다. 아마 뇌 내 삽입 장치를 통해 기억을 없앴을 것이다.

정말 그런 거라면, 영구적인 기억 삭제라면 이보다 더 끔찍한 일은 없었다. 저 아이들이 가진 거라고는 과거에 대한 기억뿐일 텐데. 오래전 랜들에게 본명을 빼앗겼을 때가 떠올랐다. 그때 토머스는 영혼의 일부를 잃어버린 기분이었다. 하지만 이건 그것보다 훨씬 심한 짓이다. 기억을 얼마나 깊게 삭제했을까? 일시적인 조치일까?

민호는 공터 주변의 벽을 자세히 살피면서 빠른 걸음으로 걷고 있었다. 가짜 태양이 떠오르기 전부터 몇 시간째 그러고 있었던 것 같았다. 토머스는 민호가 겁먹었음을 분명히 알 수 있었다. 기억을 잃고 돌벽으로 둘러싸인 감옥에 던져졌으니 당연히 상상할 수 없는 두려움으로 머릿속이 가득 찼을 것이다. 민호는 이 벽에서 저 벽, 그리고 다음 벽을 따라 걷고 또 걸었다. 본인이 계속 공터 안을 맴돌고 있다는 걸 모르지 않을 텐데 계속 그러고 있었다.

또 다른 화면은 잡목림 옆에 있는 알비의 모습을 비추었다. 알비는 해골 같은 소나무에 등을 기대고 앉아 있었다. 생명 없는 존재처럼 보일 만큼 꼼짝도 하지 않았다. 망가져버린 듯한 알비의 모습에 토머스는 가슴이 아팠다. 토머스가 아는 알비는 닥쳐오는 고난을 언제든 들이받을 준비가 되어 있는 격하고 단호한 성격의 소년이었다. 그런 알비를 사악은 껍데기만 남겨놓았다.

뉴트는 공터 안을 정처 없이 배회하는 소년들 중 하나였다. 뉴트는 그저 이리 갔다 저리 갔다 하고 있었다. 헛간에서 밭으로, 그리고 소년들의 작은 집으로 움직였다. 판잣집이나 다름없는 초라한 집이었다. 뉴트의 눈빛도 알비 못지않게 공허했다. 뉴트가 오랜 친구인 알비에게 천천히 다가갔다. 전혀 모르는 사람에게 접근하는 듯한 태도였다. 토머스는 버튼을 눌러 오디오를 켰다.

뉴트가 알비에게 물었다.

"여기가 어딘지 알아?"

"몰라. 모른다고."

알비는 고개를 들어 뉴트를 쏘아보며 넌더리난다는 듯이 내뱉었다. 뉴트가 같은 질문을 이미 백 번쯤 한 모양이었다.

"그래. 어우 젠장, 나도 모르겠다."

"그래. 우리 둘 다 몰라."

그들은 누구 하나 먼저 시선을 떨어뜨리지 않고 서로를 한참 노려보았다. 마침내 뉴트가 말했다.

"적어도 난 내 이름은 알아. 난 뉴트야. 넌?"

"알비인 것 같아."

추측해서 말하는 듯한 투였다.

"우리 이곳에 대해 좀 알아봐야 하지 않을까?"

"그래야지."

알비는 사악 건물 밖에 나갔다가 붙잡힌 날 밤처럼 결의에 찬 모습이었다.

"언제부터 시작하지?"

뉴트의 물음에 알비가 답했다.

"내일. 내일부터 하자. 오늘은 맥이 빠져서 못하겠어."

"그래."

뉴트가 걸어가며 걷어찬 돌멩이 하나가 흙바닥을 가로질러 저만치 날아갔다.

그날 오후 늦게 민호가 공터를 둘러싼 벽을 오르기 시작했다.

무성하게 자란 담쟁이덩굴은 벽을 타고 올라갈 생각을 하는 이들에겐 제법 구미가 당길 만했다. 민호도 그중 하나였다. 민호는 관절이 하얗게 질리도록 담쟁이덩굴을 단단히 붙잡고 위험천만한 벽 틈새에 발을 디디며 조금씩 위로 올라갔다. 이 손과 저 손으로 번갈아 잡고 조심스럽게 발을 바꿔가면서 계속해서 올라갔다.

3미터.

4.5미터.

6미터.

7.5미터.

그러다 우뚝 멈췄다. 민호는 하늘을 올려다보고는 목을 길게 빼고 아래를 내려다보았다. 밑에서는 아이들이 모여 환호하고 있었다. 다른 소년 두 명도 동료 죄수인 민호를 따라 담쟁이덩굴을 잡고서 벽을 오르고 있었다.

민호는 위를 올려다봤다가 다시 아래를 내려다보았다. 돌벽. 자신의 두 손. 그리고 다시 하늘. 땅. 하늘. 돌벽. 손. 그리고 아무런 설명 없이, 저 위쪽에 담쟁이덩굴이 무성하게 붙어 있음에도 불구하고 다시 지상으로 내려오기 시작했다. 마지막 1미터를 훌쩍 뛰어 내려온 민호가 두 손을 바지에 문지르며 말했다.

"여기는 안 되겠어. 다른 자리에서 다시 해봐야지."

그 후 민호는 세 시간 동안 돌벽의 사면을 기어올랐고, 날이 어둑해져서야 그만두었다.

다른 아이들도 마찬가지였다.

그날 저녁 페이지가 데리러 왔을 때 토머스는 하루가 끝나가는 줄도 모르고 있었다.

페이지가 부드럽게 말했다.

"방으로 돌아갈 시간이야."

그날 온종일 페이지는 토머스에게 식사를 가져다주었다. 그는 지금 페이지를 본 김에 부탁하기로 마음먹었다. 눈에 뻔히 보이는 기억 삭제에 대해서는 굳이 묻지 않기로 했다. 지금 물어봤자 감정만 상할 뿐이니 나중에 기회가 되면 얘기를 꺼내는 게 나을 것 같았다.

"내일 아침에도 여기 와도 돼요? 처음 미로 문이 열렸을 때 아이들의 반응을 볼 필요가 있을 것 같아서요. 중요한 정보니까요."

토머스는 연구에 필요한 일이라는 뜻을 넌지시 전했다.

"그래, 토머스. 그렇게 해. 내일 아침은 여기서 먹도록 하렴."

토머스는 일어섰으나 심장이 의자에 내려앉은 듯 마음이 몹시 무거웠다. 그는 마지막으로 친구들을 한 번 더 돌아보았다. 날이 저물자 친구들은 편안히 자리를 잡고 삼삼오오 모여 앉아 지급받은 음식을 먹고 있었다. 토머스는 눈길을 돌렸다.

다음 날 아침, 토머스는 늦지 않게 관찰실에 들어가 앉았다.

화면을 보니 미로 전체가 흔들리고 있었다. 소리를 켰다. 천둥이 치듯 우르르 울리는 소리가 관찰실을 가득 채웠다. 화면 속에서 거대한 돌벽이 옆으로 미끄러지며 문처럼 열리고 있었다. 처음 본 이에겐 도저히 믿지 못할 광경일 것이다. 저 문을 건축하는 데 일조한 토머스가 보기에도 대단히 인상적인 광경이었다.

토머스의 친구들은 어쩔 줄 몰라 하며 한곳에 모여 있었다. 몇 명은 겁에 질려 울음을 터뜨렸다. 혹시나 하는 기대감에 얼굴이 밝아진 몇몇 소년의 모습에 토머스는 가슴이 아팠다. 그들은 여전히 아무 기억도 하지 못하는 게 분명했다.

줄지어 미로로 나간 소년들은 구불구불 뻗어 있는 거대한 미로 통로를 둘러보기 시작했다. 미로의 벽들이 움직여 새로운 패턴을 만들어가는 모습을 본 아이들은 무슨 생각을 할까? 앞으로 친구들이 맞이하게 될 끔찍한 시간들이 상상되었다. 민호를 내려다보며 몸을 곧추세우던 젤리 같은 괴물도 떠올랐다. 사악이 그 괴물을 저 미로에 풀어놓으면 무슨 일이 일어날까?

"토머스?"

깜짝 놀란 토머스는 생각의 흐름에서 벗어나 뒤를 돌아보았다. 페이지가 서 있었다.

"친구들을 볼 기회는 앞으로도 많아. 지금은 해야 할 일부터 해야지? 일정이 꽉 차 있어. 어서 가자."

토머스는 친구들을 남겨두고 관찰실을 떠났다.

36장

230.3.13 | 2:36 p.m.

토머스는 의자에 앉아 계기반 너머 모니터들을 뚫어져라 바라보았다. 수개월 만에 기분이 약간 나아졌다. 많이는 아니었다. 이대로 더 이상 숨이 안 쉬어지기를, 불가사의한 병에 걸려 곧바로 숨이 끊어지길 바라는 대신 적어도 다음 숨을 들이마셔야겠다는 생각이 드는 정도였다. 이 정도로 마음이…… 안정되기까지 오랜 시간이 걸렸다. 오늘은 그럭저럭 괜찮았다.

페이지는 토머스가 수업과 각종 검사와 검진 등 매일 되풀이되는 일정을 잘 소화하는 한, 미로에 있는 친구들을 관찰할 수 있게 해주었다. 미로가 이미 완공되었으므로 미로 작업에 동원될 필요가 없어서 토머스에게는 여유 시간이 생겼다. 여기 앉아 친구들을 바라보는 그를 사악이 관찰하고 있겠지만, 토머스가 있고 싶은 곳은 오직 이 관찰실뿐이었다.

기술자들은 관찰실에 디스플레이 시스템을 새로 설치했다. 하루 중 아주 잠깐이긴 해도 토머스가 울적한 기분에서 벗어날 수 있는 이유 중 하나가 바로 이 신규 디스플레이 시스템이었다. 이제 토머스는 딱정벌레 날개깃의 카메라가 촬영한 영상들 중 보고 싶은 것을 골라 전보다 성능이 훨씬 개선된 중앙 모니터에 끌어다 놓고 볼 수 있었다. 중앙 스크린은 폭이 1.8미터나 되고 색감과 표현이 좋은 데다 소리도 전보다 깨끗하게 잘 들렸다. 덕분에 토머스는 미로에서 생활하는 친구들의 모습을 생생하게 보고 들을 수 있어 좋았다. 시스템 성능이 전보다 백배는 나았다. 요즘 토머스는 어떻게든 구실을 만들어 관찰실로 들어가 친구들을 바라보며 시간을 보내고 있었다. 그렇게 관찰하면서, 그에게 통찰력을 줄 만한 무언가를 찾았다. 안타깝게도 친구들의 기억은 회복되지 않았는데, 토머스는 그 점 때문에 아직도 사악에게 화가 치밀었다.

37번 딱정벌레 날개깃을 골라 그 카메라가 비추는 영상을 중앙 스크린으로 이동시켰다. 알비, 그리고 조지라는 이름의 소년이 미로 동쪽 문 앞에 서서 웃고 떠들고 있었다. 그들은 앞에 복숭아를 잔뜩 쌓아놓고 먹는 중이었다. 토머스는 조지와 얘기해본 적은 없지만 지금 보고 있는 화면은 토머스가 늘 갈망하던 모습이었다. 삶을 즐기는 공터인들의 모습. 그런 모습을 보면서 토머스는 희망을 품었고, 사악이 아이들에게 저지른 끔찍한 기억 도둑질을 잠시나마 잊었다. 달리 흥미로운 일도 없어서 토머스는 오늘도 의자에 앉아 화면을 바라보고 있었다. 잠시 방문하는 것이라도 좋으니 저 안에서 친구들과 함께 있고 싶다는 생각을 하면서.

누군가 관찰실 문을 두드렸다.

"들어와요!"

문이 열렸다 닫혔다. 굳이 누구인지 확인해볼 필요도 없었다. 발소리만 들어도 알 수 있었다. 확실히. 토머스는 쳐다보지도 않고 인사를 건넸다.

"안녕, 척."

"안녕, 토머스 형!"

척의 목소리는 언제나 열정이 가득했다. 척이 의자를 끌어와 토머스 옆에 바짝 붙여놓고는 털썩 올라앉아 쾌활하게 물었다.

"재미난 일 있어?"

"너도 보고 있잖아? 저기 봐봐, 자세히. 알비와 조지가 뭘 먹고 있나 봐. 믿기지 않을걸."

척은 몸을 앞으로 기울이며 눈을 가늘게 뜨고 최대한 진지하게 화면을 바라보았다. 척의 머리카락은 여느 때처럼 마구 헝클어져 있었다.

"복숭아 같은데?"

토머스가 척의 등을 툭 치며 말했다.

"정답. 넌 사악 최고의 분석가로구나."

"할할할. 웃기숑."

토머스가 놀릴 때마다 척이 즐겨 쓰는 표현이었다.

토머스는 척을 매일 한두 시간씩 조수로 쓰게 해달라고 페이지에게 부탁했다. 요즘 토머스가 제공하는 통찰력 있는 의견을 사악 측이 잘 받아 쓰고 있는 터라, 그는 관찰실에서 모니터링을 하면서 함께 생각을 나눌 사람이 필요하다고 강력히 주장했다. 테리사가 일상적인 일정 외에 추가로 컴퓨터 시스템에 관해 배우느라 바빠서 관찰실에서 그를 도와줄 시간을 내지 못한다고도 덧붙였다.

토머스는 척이 앞으로 큰일을 할 수 있도록 준비시키는 것이라고도 주장했지만, 오히려 토머스가 척을 필요로 하는 형편이었다. 혼자 있으면 예전 기억이 밀려와 괴로웠지만, 척은 어둠을 밝히는 횃불처럼 밝아서 함께 있으면 기분이 좋아졌다. 페이지는 척이 화면을 관찰하고 보이는 반응을 연구하는 일도 가치가 있겠다면서 토머스의 부탁을 기꺼이 들어주었다. 토머스는 이기적인 생각인 걸 알면서도 포기할 수가 없었다. 척을 옆에 두고 싶은 마음이 간절했다. 그에게 척은 아이들이 위안 삼아 갖고 다니는 안심담요 같은 존재였다.

기억을 삭제한 첫 투입조를 미로에 들여보내고서 두 달간 토머스는 마음이 몹시 괴로웠다. 그런 그에게 척은 한 줄기 빛과 같았다. 척과 테리사가 없었다면 그 시간을 어떻게 견뎌냈을지 토머스는 알 수 없었다.

그 생각을 감지한 것처럼 테리사가 말을 걸었다. 분명 그의 생각을 느낀 것 같았다.

뭐 해? 난 다음 투입 대상자 준비 작업을 막 끝마쳤어. 그 아이를 실은 상자는 내일 아침에 투입돼. 불쌍한 녀석.

난 관찰실에 있어. 지금 내 옆에 누가 앉아 있는지 맞혀봐. 세 번 답을 말할 기회를 줄게. 두 번은 틀려도 봐주지.

귀염둥이 척이지? 내가 그리로 갈까?

토머스는 테리사의 환한 웃음을 느낄 수 있었다. 토머스와 테리사는 둘 다 척을 무척 귀여워했다.

그럴래? 네가 오면 나야 당연히 좋지.

테리사는 곧바로 대답하지 않고 뜸을 들였다. 뭔가 심각한 말을 하려나 보다 싶어 토머스는 멈칫하며 기다렸다. 테리사가 말했다.

기분이 좀 나아졌나 보구나. 다행이다.

토머스는 안도의 한숨을 내쉬었다.

그럼 우리 둘 다 기분이 좋아진 거네. 어서 관찰실로 와.

몇 분 뒤 테리사가 관찰실로 들어왔다. 그녀는 말없이 안으로 들어와 토머스 옆 의자에 앉았다. 그 모든 과정이 오래 신은 신발처럼 편안했다. 척은 테리사를 건너다보며 윙크하면서 엄지를 들어 보였다. 척은 누나들과 그런 식으로 시시덕거리는 걸 재미있어 했다.

"잘 지냈니, 척? 오늘은 말썽 안 부렸지?"

"예, 선생님. 저는 늘 그렇듯이 천사처럼 착하게 살고 있어요."

척은 이렇게 대꾸하면서 눈을 깜빡깜빡거렸다.

"퍽이나 그랬겠다."

테리사는 토머스의 허벅지 너머로 손을 뻗어 척의 다리를 잡고는 세게 꼬집었다.

척은 소리를 지르면서 꼬집힌 자리를 손으로 문지르며 앉은 자리에서 펄쩍펄쩍 뛰었다.

"하나도 쿨하지 않아! 완전 별로야!"

"아까 점심 때 내가 음료 가지러 간 틈에 내 식판에서 매운 양념 달걀을 훔친 벌이야." 테리사는 나무라듯 한쪽 눈썹을 치떴다.

"내가 매운 양념 달걀을 얼마나 좋아하는지 알면서."

"뭐? 내가 가져간 걸 어떻게 알았지……." 척은 토머스를 흘끗 돌아보았다. "이 누나 독심술 쓰나 봐."

토머스는 그녀의 능력이 경외스럽다는 듯 고개를 천천히 앞뒤로 움직이면서 말했다.

"그러니까 테리사를 건드리면 안 돼. 내가 너에게 줄 평생의 가르침이 있다면, 바로 테리사를 건드리지 말라는 거야."

"이리 와, 이 조그만 매운 양념 달걀아."

테리사는 이렇게 말하며 척에게 손을 뻗었다. 척이 도망치자 테리사는 척을 붙잡아 품에 안으려고 관찰실 안을 뛰어다녔다. 척은 끼를 부리며 농담하면서도 막상 테리사가 안아주려고 하면 질색했다.

토머스는 의자 등받이에 기대앉아 이 순간을 만끽했다.

'기분이 참 좋구나.'

37장

230.3.14 | 6:03 a.m.

또 다른 실험 대상자를 투입하는 날이었다.

오늘 상자를 통해 미로에 투입되는 소년의 이름은 자트였다. 이번 투입자를 준비시키는 일은 테리사가 맡았다. 테리사는 투입 전날 자트를 준비시켰고, 아침 일찍 기억 삭제 처리를 했다. 토머스는 의식 없이 바퀴 달린 침대에 누워 있는 자트를 바라보았다. 아이들에게 무슨 약을 투여하는지 몰라도 코뿔소도 잠들게 할 만큼 강력한 약인 것 같았다.

토머스는 고개를 들어 테리사를 쳐다보며 미소 지었다. 그들과 함께 승강기에 탑승한 사람은 페이지 박사, 남자 간호사 두 명, 척이었다. 이번에도 토머스는 조수인 척을 데려가게 해달라고 페이지를 설득했다. 척은 기뻐했다. 일상적인 수업과 검사를 땡땡이

칠 수만 있다면 척은 뭐든 즐거워했다. 앞으로 어떤 미래가 기다리고 있는지 척에게 숨겨선 안 된다는 생각이 토머스의 머릿속에서 나날이 강해졌다. 깨우침 대부분이 잠재의식에만 남더라도 마음의 준비를 하는 게 좋을 거라는 생각도 들었다.

승강기가 위잉 소리를 내며 지하로 내려갔다. 아무도 입을 열지 않았다. 늘 재잘대는 척도 기적에 가까울 만큼 조용했다. 토머스는 머릿속이 복잡했다.

'어떤 기분일까?'

자트의 잠든 얼굴을 내려다보며 토머스는 생각했다. 기억이 지워진 채로 깨어나면 기분이 얼마나 이상할까? 페이지는 그 과정에 대해 수차례 설명해주었지만, 토머스가 궁금한 건 그 일을 겪는 당사자의 기분이었다. 망가지지 않은 온전한 세상이 눈앞에 있는데…… 과거에 대한 기억은 하나도 없다면? 친구들과 가족들, 장소들에 대한 기억이 전혀 없다면? 매혹적이면서도 두려운 일이었다.

승강기가 핑 소리를 내며 도착을 알렸다. 지하층이었다. 토머스는 마음이 좋지 않았다. 오랫동안 일주일에 한 번꼴로 친구들과 밤에 만나서 놀던 곳이었다. 이곳에서 그는 홀로 지내는 비참한 아이에서 친구들과 비교적 즐겁게 어울리는 사람이 되었다.

승강기 문이 열리자 간호사들은 들것을 복도로 밀고 나갔다. 토머스는 테리사를 한번 쳐다봤고 그들은 함께 페이지 박사를 따라 내렸다. 척은 기대에 차서 눈을 크게 뜬 채 따라붙었다. 앞으로 닥쳐올 일이라는 생각에 마음이 괴롭더라도 겉으로 티를 낼 아이가 아니었다.

침대의 바퀴가 타일 바닥을 딸가닥딸가닥 굴러갔다. 그들은 긴 복도를 지나 상자가 대기 중인 곳으로 향했다.

"왜 이렇게들 조용해요?"

척이 물었다. 척은 몇 초에 한 번 꼴로 두 걸음씩 뒤처지고 있어서 종종걸음을 쳐야 했다.

테리사가 대답했다.

"망할 새벽이라 그래. 평소 기상 시간보다 일러서 아직 아침을 못 먹었거든."

페이지가 맞장구를 치며 드물게 개인적인 의견을 내놓았다.

"커피도 못 마셨어. 지금 누가 커피 한 잔 준다고 하면 맨손으로 괴수도 죽일 것 같구나."

토머스와 테리사는 놀란 눈빛을 주고받았다. 재미있기도 했다. 페이지가 방금 농담을 한 것이다. 세상이 정말 끝장나기라도 하려나?

테리사가 난데없이 말했다.

무서워.

뭐가?

미로 말이야. 실험 대상자 투입도 그렇고. 한편으로는 흥분되기도 해. 가끔은 공터에 사는 아이들이 부럽기도 하고. 거기서 고생은 하지만 다들 즐겁게 살고 있잖아.

토머스는 그런 생각은 해본 적도 없다는 듯 어깨를 으쓱했지만, 사실 요즘 숱하게 그 생각을 하고 있었다.

글쎄. 너도 알겠지만 심리학자들이 애들이 거기서 게임이나 하면서 즐겁게 살게 두지는 않을걸.

테리사는 바로 대답하지 않았다. 그들은 조용히 복도를 걸어갔다. 결국 테리사는 동의를 표했다.

하긴, 곧 문제가 생기게 만들겠지.

그들은 커다란 양 여닫이문 앞에 이르렀다. 문 너머에 상자가 있었다. 사악 자체의 세련된 분위기, 사악이 진행하는 온갖 시련과 실험, 경이로운 기술과 어울리지 않게 화려함이라곤 전혀 없는 상자였다. 상자는 널찍한 먼지투성이 방 안에 놓여 있었고 상자 바로 위에는 미로의 공터로 이어지는 수직 통로가 있었다. 상자는 거대한 기계 장치에 사슬과 도르래로 연결되어 있었다. 새로운 세계로 진입하는 마법의 승강기인 셈이었다.

토머스는 기억이 사라진 채 캄캄한 금속 상자 안에서 눈을 뜨면 어떤 기분일지 생각하며 몸서리를 쳤다. 말할 수 없이 끔찍할 것이다.

간호사들이 기분 나쁘게 생긴 은색 강철 상자 앞으로 들것을 밀고 갔다. 페이지가 말했다.

"다 왔다. 우리는 지난 몇 주 동안 더 많은 실험 대상자들을 미로에 투입했고, 심리학팀은 미로 프로그램을 조정했어. 자트 이후로는 투입자 수를 좀 더 엄격히 통제할 거야. 한 달에 한 명씩, 매월 같은 날 같은 시각에 공터로 올려 보낼 거야. 시계처럼 정확하게. 다른 변화가 일어나지 않는 한."

토머스가 테리사에게 말했다.

가만 보면 사악은 늘 선택의 여지를 남겨두지 않냐?

맞아.

테리사는 혀를 내밀고 눈을 엑스 자로 표현한 이미지를 토머스에게 보냈다. 어이없지만 완벽하게 어울리는 대답이기도 했다.

간호사들은 상자 바로 옆에 침대를 세웠다. 상자의 높이는 3미터쯤 되었다. 간호사 한 명이 상자 옆으로 돌아가더니 큼직하고 견고해 보이는 바퀴 달린 발판 사다리를 끌고 나왔다.

"상자로 들어가는 문은 어디 있어?"

이음새 하나 없는 상자 앞면을 살펴보던 척이 다른 측면을 살피러 모서리를 돌아갔다. 척이 한 바퀴 빙 돌아 처음 있던 자리로 올 때까지 아무도 대답하지 않았다.

테리사는 상자 투입 과정에 대한 경멸을 숨기지 않는 표정으로 말했다.

"보면 알 거야."

옆에서 토머스도 거들었다.

"그다지 멋있지는 않아."

"얼른 보고 싶어!"

척이 지나치게 명랑한 목소리로 말했다. 가끔 보면 척은 진지한 표정으로 하는 농담을 남들보다 잘하는 것 같았다.

페이지가 말했다.

"자, 데리고 올라가세요. 나머지는 다 준비되어 있습니다. 지휘실에서 지켜보고 있을 거예요."

간호사들이 침대에 누운 자트를 들어 올렸다. 한 명은 자트의 두 다리를 잡았고, 다른 한 명은 자트의 가슴팍을 안아 올렸다. 그들은 천천히 조심스럽게 사다리를 밟고 올라가기 시작했다. 그들의 무게가 실리자 사다리가 불안정하게 흔들렸다. 그들은 사다리 꼭대기에 올라서서 어색하게 움직였다. 자트의 가슴을 안고 있던 간호사가 그를 상자 가장자리로 밀어 올려 두 팔을 상자 안쪽으로 넘겼다. 그는 자트가 떨어지지 않게 조심하면서, 허리를 굽혀 다리를 잡은 다른 간호사를 도와주었다.

토머스가 테리사에게 말했다.

참 어설퍼. 좀 더 나은 방법을 생각해낼 순 없었을까? 우리 뇌에 삽입 장치를 집어넣고, 평면 이동문도 보유하고, 카메라 달린 작은 로봇 곤충들까지 만들어 쓰는 사람들이 말이야. 이건 도대체가…….

간호사들이 실수로 너무 빨리 놓는 바람에 자트가 상자 안으로 떨어지고 말았다. 쿵 떨어지는 소리가 높은 천장까지 울렸다. 토머스는 놀라 말을 잇지 못했다. 척은 킥킥 웃다가 페이지 박사가 인상을 쓰며 쳐다보자 무안해하며 조그맣게 말했다.

"죄송해요."

"아이는 괜찮나?"

페이지가 노기 띤 목소리로 간호사들에게 물었다.

간호사들은 발끝으로 서서 자트가 떨어진 상자 안쪽을 들여다보았다. 그중 한 명이 말했다.

"괜찮습니다. 웅크린 채로 아기처럼 자고 있어요."

"상자 측면에 문을 만들면 되지 않아요?"

척이 물었다. 귀여운 목소리로 그런 질문을 하니 "당신들은 어쩌면 이렇게 멍청해요?"라고 빈정대는 것처럼 들렸다.

"우리가 하는 모든 일에는 다 이유가 있단다."

페이지가 대답했으나 그다지 설득력 있게 들리지 않았다. 농담으로 한 말이었을까?

"자, 그럼 가서 투입 과정을 지켜보자."

방에서 나가 기나긴 복도를 걸어가는 동안 척이 물었다.

"이제 어떻게 돼요? 자트는 언제 깨어나요?"

뜻밖에도 페이지 박사는 척의 왕성한 호기심을 해소시켜주었다.

"약 한 시간 내로 깨어날 거야. 자트가 깨어나면 우린 상자를 위로 올려 보내는 것처럼 꾸며서 관찰을 시작할 거야. 앞으로 하루 이틀 내에 새롭고 흥미로운 패턴을 보게 될 것 같구나."

어느새 페이지 박사는 들뜬 모습이었고 목소리와 발걸음도 가벼웠다.

"멋지네요."

척이 대답했다.

그들은 계속 걸었다.

토머스와 테리사는 나란히 서서 화면을 바라보았다. 상자에서 깨어났을 때 소년들이 겪는 극심한 고통을 보여주고 싶지 않아 척은 먼저 방으로 돌려보냈다. 아무리 미래를 준비하는 게 좋다고 해도 심하게 밀어붙일 필요는 없었다.

토머스와 테리사는 상자에 누운 자트의 모습을 바라보며 그가 깨어나면 어떤 기분일지 상상해보았다.

자트가 어둠 속에서 깨어났다. 상자 안에 설치된 카메라들은 자트의 움직임을 제대로 잡아내지 못했다. 자트는 처음에는 술 취한 사람처럼 금속 상자 내부를 손으로 더듬기만 했다. 그러다 자신의 처지를 인지했다. 사라진 기억, 낯선 장소, 움직이는 상자, 괴상한 소음. 자트는 겁에 질려 어쩔 줄 몰라 했다. 악을 쓰며 상자 내

벽을 두드리기 시작했다.

"살려줘요! 살려줘요!"

히스테릭한 반응이 계속되었다. 상자를 두드리던 자트의 주먹이 찢어져 손이 피투성이가 되었다. 자트는 바닥에 주저앉아 구석으로 기어가더니 다리를 가슴에 바짝 모으고 두 팔로 감쌌다. 방울방울 흐르던 눈물이 곧 흐느낌으로 바뀌더니 어깨를 들썩이며 엉엉 울기 시작했다.

어느새 상자가 움직임을 멈추었다. 고요한 상자 안에 살짝 건드리기만 해도 터질 것 같은 팽팽한 긴장감이 감돌았다. 갑자기 두 짝으로 된 천장 문이 끼이익 열리자 자트는 질겁했다. 열 개의 태양이 한꺼번에 빛을 쏟아붓는 듯했다. 자트는 신음과 함께 휘청거리며 두 손으로 눈을 가렸다.

버스럭대는 소리, 두런두런 수군대는 소리, 가벼운 웃음소리가 위쪽에서 들렸다. 마침내 자트는 손가락 사이로 위를 올려다보았다. 네모난 빛 속에, 주위를 둘러싼 서른 명쯤 되는 소년들의 윤곽이 보였다. 다들 고개를 쭉 빼고 자트를 내려다보고 있었다. 몇 명은 옆 사람을 쿡 찌르며 킬킬 웃었다.

끝에 둥그런 고리 매듭을 지은 밧줄이 자트 코앞으로 내려왔다. 자트는 일어서서 고리에 한 발을 집어넣고 두 손으로 밧줄을 잡았다. 소년들은 상자 가장자리 너머로 자트를 끌어올려 바닥에 일으켜 세웠다. 서너 명이 필요 이상으로 세게 자트 몸에 묻은 먼지를 털어주긴 했지만, 환호와 웃음소리가 가득해서 마음이 놓이는 분위기였다. 마치 방황하던 아이를 집으로 맞아들이는 옛 친구들 같았다.

갈색 머리카락의 키 큰 소년이 앞으로 나서며 손을 내밀었다. 자트는 그 손을 잡고 악수를 나눴다.

"내 이름은 조지야. 공터에 온 걸 환영한다."

38장

230.3.15 | 3:15 p.m.

크게 다를 바 없는 하루였다. 아침을 먹고, 수업 두 개를 듣고, 관찰실에서 더 오래 죽치고 있다가 점심을 먹고, 또다시 관찰실로 돌아왔다. 테리사가 내내 토머스 곁에 있어주었다. 척은 오후 수업을 마친 후에 그들과 합류했다.

토머스의 왼쪽에는 척이, 오른쪽에는 테리사가 있었다.

사악이 앞으로 그에게 무슨 역할을 맡기려 하는지 토머스는 알 수 없었다. 요즘 사악은 토머스가 하고 싶은 것을 하고, 가고 싶은 곳에 가도록 내버려두고 있었다. 평소에 토머스는 아직 미로에 투입되지 않은 실험 대상자들과 함께 큰 식당에서 식사를 했다. 하지만 뉴트, 알비, 민호와 친하게 지냈던 것과 달리 다른 아이들과는 별다른 교류를 하지 않았다. 대부분 괜찮은 아이들이었다. 제

프와 리오라는 소년들이 특히 친절하게 대해주었다. 다만 미로가 어떻다더라, 거기서 어떻게 살게 될 거라더라 같은 소문이 아이들 사이에 돌고 있는 탓에, 제프와 리오 역시 조만간 닥쳐올 일에 온통 관심이 쏠려 있어서 대부분 자기네끼리 어울렸다.

토머스는 모니터를 바라보며 이만하면 괜찮은 삶이라고 생각했다. 더 나은 일이 생기지 않는 한 현재 상태에 만족하는 것도 나쁘지 않았다.

"저쪽에 무슨 일 있나 본데?"

테리사의 목소리에 토머스는 상념에서 깨어났다. 테리사가 오른쪽 모니터들 중 하나를 가리켰다. 토머스는 자세히 보기 위해 그 화면을 중앙의 대형 모니터로 끌어왔다.

알비와 뉴트가 이끄는 한 무리의 소년들이 별채 주변에 의심스러운 모습으로 둘러서 있었다. 소년들이 자투리 목재를 이용해 공터 북서쪽 구석 돌벽에 기대는 식으로 지어놓은 건물이었다. 사악은 소년들이 작고 단순한 구조물을 일단 집 삼아 살다가 공터로 들어오는 자재들을 이용해 증축을 하며 진취적으로 생활 조건을 개선해나가기를 바랐다. 소년들은 지난 2주 동안 이런저런 아이디어를 내놓기 시작했고, 드디어 자투리 목재를 모아다가 이 벽에 별채를 지었다. 지난 며칠 동안 몇몇 소년들은 이 별채에서 잠을 자기도 했다.

그런데 지금 소년들은 몹시 난감한 듯…… 그쪽 벽 구석에 있는 문 앞에 서 있었다. 별채 안의 상황을 딱정벌레 날개깃이 포착하지 못하길 바라듯, 이상할 정도로 바짝 붙어 선 모습들이었다. 좌우를 살피는 모양새가 마치 도주할 차량이 오기를 기다리며 서 있는 범죄자들 같았다. 알비와 뉴트는 서로에게 열을 올리며 소곤거리고 있었는데, 말다툼을 하는 중이거나 둘 다 어떤 일로 몹시 걱정하는 것 같았다.

"저기서 뭐 하는 거지?"

토머스는 조용히 혼잣말을 하며 앞으로 몸을 기울였다. 그림자 속에서 무언가 포착할 수 있지 않을까 해서였다. 하지만 그 각도에서는 아무것도 볼 수 없었다.

테리사가 선수를 쳐 지휘실로 연결된 통신 버튼을 눌렀다. 지휘실은 사악의 중요 인사들이 일하는 곳이었다.

테리사가 상대방에게 물었다.

"딱정벌레 날개깃을 저 안으로 들여보낼 방법이 있을까요?"

"없어."

남자 목소리가 대답했다. 심리학자들 중 한 명인 것 같았다. 그들은 실험 대상자들과는 별로 교류하지 않았는데 토머스나 테리사와도 마찬가지였다.

"아이들이 우리가 가까이서 지켜보고 있다는 걸 알아채기 전에 이 상황이 어떻게 전개되는지 봐야겠는데."

남자의 말에 토머스는 더 궁금증이 일었다.

"지금 이 각도에서 확대해서 보는 방법은요?"

토머스의 물음에 남자는 짧게 대답했다.

"최선을 다해보마. 지휘실 통신 끝."

일부러 버튼을 세게 내리친 게 아닐까 생각될 정도로 요란하게 딸깍 소리가 들렸다. '우릴 내버려둬라'라는 뜻이었다. 지휘실 사람들은 종종 그런 식으로 굴었다.

화면에 움직임이 일자 토머스는 그리로 시선을 돌렸다. 알비가 삼각형으로 지은 별채 안으로 들어가, 무얼 하는지 온몸에 힘을 잔뜩 주고 있었다. 뉴트도 합류했다. 잠시 후 그들은 어두운 별채에서 회색빛이 비치는 바깥으로 무언가를 끌고 나왔다. 가짜 태양이 거대한 서쪽 벽 너머로 저물어 공터의 이쪽 구역에는 어두운 그림자가 드리워져 있었다.

테리사가 말했다.

"저…… 저게 뭐지?"

"사람이야!"

척이 소리를 지르자 토머스는 깜짝 놀라 앉은 자리에서 펄쩍 뛰었다.

척의 말대로였다. 알비와 뉴트가 북벽과 서벽이 교차하는 지점으로 어떤 소년의 다리를 질질 끌고 나왔다. 알비는 그 소년 옆에 무릎을 꿇고 앉더니 소년의 얼굴을 주먹으로 내리찍었다. 테리사는 놀라 비명을 질렀고 토머스는 자기도 모르게 두 걸음 물러섰다. 알비는 팔을 뒤로 뺐다가 소년을 주먹으로 치고 또 쳤다. 그러다 뉴트가 알비의 팔을 붙잡고 말렸다.

"쓰러져 있는 애가 누구야?"

테리사가 물었다.

계기판 옆으로 빙 돌아 앞으로 간 척이 화면을 바짝 가까이 들여다보며 말했다.

"누군지 알겠어. 조지야."

토머스가 물었다.

"자트를 공터로 맞아들인 게 조지잖아? 24시간 전에는 멀쩡하더니 왜 저렇게 달라졌지?"

"뭐가 잘못됐나? 대체 무슨 일이야? 알비가 왜 조지를 패고 있어?"

테리사도 놀라 물었다.

토머스는 왼쪽 모니터의 카메라 화면이 흐릿해진 것을 주목했다. 그 화면을 비추는 딱정벌레 날개깃이 담쟁이덩굴 사이로 빠르게 이동하고 있었다.

"척, 이쪽으로 물러서. 가려서 안 보여."

토머스의 말에 척은 뒤로 물러섰다. 척은 두려우면서도 신난다는 표정이었다. 토머스는 흐릿해진 왼쪽 화면을 중앙 모니터로 끌어다놓았다. 화면이 자리를 잡자마자 딱정벌레 날개깃의 카메라가 담쟁이덩굴 밖으로 나와 위에서 아래를 비추었다. 알비, 뉴트, 조지의 모습이 화면에 잡혔다. 딱정벌레 날개깃이 서둘러 이동하느라 소리를 냈을 텐데 그들 중 아무도 알아채지 못한 것 같았다.

토머스는 완벽한 각도에서 모든 상황을 보고, 숨소리와 움직임 하나하나까지 파악할 수 있었다.

조지의 꼴은 엉망이었다. 심하게 경련하다가 영원히 그 상태로 굳어진 것처럼 근육이 팽팽하게 부푼 채 바닥에서 꿈틀거렸다. 두 눈이 툭 불거졌고 꽉 다문 입술은 창백했으며 얼굴 피부는 누군가 확 뜯어 삶았다가 다시 붙여놓은 것 같았다. 토머스는 눈을 깜박이다가 손으로 비볐다. 조지는 마치 특수 효과 전문 스튜디오에서 만든 움직이는 모형 같았다. 상상할 수 있는 가장 끔찍한 통증을 겪는 듯 온몸을 비트는 조지의 다문 입술 사이로 날카로운 신음이 새어 나왔다. 광견병 걸린 개가 으르렁대는 소리 같기도 했다.

"이 녀석 왜 이래?"

뉴트가 소리쳤다.

토머스가 이름을 모르는 또 다른 소년이 조지 옆으로 다가와 말했다.

"어떻게 된 거냐면, 우리는 미로를 탐색하러 나갔고 조지는 내 앞에 있었어. 그러다 기계 소리 같은 게 들리더니 조지가 비명을 지르더라고. 난 제때 조지를 데려오지 못했어."

그 소년은 분노로 속이 끓어오르는 것 같은 표정이었다.

"쟤는 누구야?"

토머스가 물었다. 토머스는 옛 친구들과 공터에 함께 있는 기분이었다.

척이 대답했다.

"닉이라고, 맨날 코딱지 파는 형이야."

토머스는 화면에서 시선을 떼고 척을 내려다보았다.

"뭐? 그게 정보냐?"

"내가 아는 건 그게 다야!"

"다른 아이들이 못 보게 해야 돼."

알비의 목소리에 토머스는 다시 중앙의 화면으로 눈을 돌렸다. 알비가 계속해서 말했다.

"모두들 겁먹을 거야. 얘기가 퍼져 나가긴 하겠지만."

닉이라는 소년이 벌컥 화를 냈다.

"야, 그런데 왜 조지 얼굴을 때렸어? 조지는 내 친구란 말이야. 성급한 주먹질이 아니라 의사의 도움이 필요한 상태잖아."

그러자 알비가 닉에게 소리쳤다.

"날 물어뜯으려고 했으니까 그렇지! 물러서!"

뉴트가 그들을 말리고 나섰다.

"얘들아, 젠장. 방법을 찾아야지. 어떻게 하면 좋겠어?"

그들은 상태가 점점 더 나빠지는 조지를 내려다보았다. 조지의 머리는 크게 부풀어 곧 폭발할 것 같았다. 얼굴도 벌겋게 부었고, 이마와 관자놀이에는 혈관이 불거져 있었다. 눈은…… 거대했다. 토머스는 어디에서도 그런 모습을 본 적이 없었다.

방금 싸우기 직전이었다는 걸 잊은 듯 알비가 닉에게 물었다.

"조지를 공격한 게 뭐였는지 봤어?"

닉은 고개를 저었다.

"아무것도 못 봤어."

이번엔 뉴트가 물었다.

"조지가 무슨 말 한 건 없고?"

닉은 고개를 끄덕였다.

"응, 그래. 말했던 것 같아. 확실하진 않은데…… 이 말을 반복했어. '그게 날 침으로 쐈어, 그게 날 쐈어, 그게 날 쐈어…….' 이상하더라고. 귀신에 씐 것 같았어. 이제 어떻게 하지?"

토머스는 의자에 털썩 주저앉았다. 어째서인지 그 말에 소름이 돋았다.

'그게 날 쐈어.'

39장

230.3.15 | 5:01 p.m.

알비가 조지의 다리를 잡으며 말했다.

"옮기자. 어차피 이 일을 숨기기는 틀렸어. 공터 한가운데로 데리고 가서 애들을 전부 불러 모으자. 어떻게 해야 할지 아는 녀석이 있는지 보자고."

그때 뉴트가 고개를 들더니 카메라를 정면으로 바라보았다. 토머스는 그 순간 뉴트가 카메라 뒤에 있는 그를 알아본 게 아닌가 싶어 움찔했다.

뉴트는 입가에 두 손을 모으고 딱정벌레 날개깃을 향해 외쳤다.

"이봐요! 우릴 여기로 보낸 분! 약을 보내줘요! 망할 의사라도 보내주든지! 아니면 우릴 이 지옥 구덩이에서 꺼내줘요!"

토머스는 오싹했다. 뉴트와 소년들은 누가 자기네를 미로로 들여보냈는지 모르고 있었다. 사악이라는 단체가 존재한다는 것조차 알지 못했다. 그들이 아는 것은 미로 한가운데서 살아가는 괴상한 삶과 로봇 곤충의 몸 끝에 달린 카메라가 항상 주변에서 그들을 촬영하고 있다는 사실이 전부였다. 그리고 이제 저 소년들은 괴수에 대해 아주 잘 알게 될 것이다.

'그게 날 쐈어.'

무언가에게 쏘이는 것에 대해 토머스에게 언급한 사람은 없었다. 하지만 괴이한 생물의 몸뚱이에서 튀어나온 금속 부속물 중 하나와 관계있을 것 같았다.

소년들이 조지를 들어 올렸다. 거세게 몸부림치고 있어서 네 명이 함께 들어야 했다. 조지는 입으로 끔찍한 소리를 내뱉었는데, 그 신음이 듣기 괴로워 토머스는 귀를 틀어막고 싶었다.

소년들은 '본부'라고 부르기 시작한 작은 건물을 빙 돌아 상자 구멍 근처에 있는 공터 중앙으로 향했다. 정원에서 일하던 아이들, 가축 구역에 있던 아이들, 하릴없이 배회하던 아이들이 즉각 심상찮은 분위기를 감지하고 조지 주변으로 모여들었다. 소년들은 진땀을 흘리며 조지를 던지듯 바닥에 내려놓았다.

이미 존재를 들킨 사악은 관찰하지 않는 척을 그만두고, 딱정벌레 날개깃들을 대거 투입했다. 관찰실 모니터에 다양한 각도에서 촬영된 화면들이 속속 떴다. 토머스는 위에서 조망하는 카메라가 있으면 좋겠다고 생각하며, 그중 제일 잘 보이는 화면을 골라 중앙 모니터에 끌어다놓았다.

"잘 들어!"

닉이 소리쳤다. 토머스는 알비가 아닌 닉이 우두머리 노릇을 하고 있어 의외라고 생각했다. 닉이 말을 이었다.

"조지랑 내가 미로로 나가서 통로를 달리고 있었는데, 조지가 내 앞에서 가다가 무언가에 공격당했어. 조지는 그게 자기를 침으로 쐈다고 계속 말하고 있어. 이거에 대해 뭔가 아는 사람 있냐?"

알비가 말했다.

"민호가 저 밖에서 짐승 같은 걸 본 적이 있다고 했어. 민호 어딨지?"

누군가 대답했다.

"아직 미로에서 뛰고 있을 거야. 아니면 쉼터에서 낮잠 자고 있거나."

"민호가 얘기했던 짐승들 중 하나가 한 짓일 거야. 틀림없어."

"누구 짓이든 상관없어." 닉은 모로 누워 바짝 웅크린 채 몸을 흔들고 있는 조지를 가리켰다. "조지를 어떻게 해야 할까? 우리가 가진 건 아스피린과 붕대뿐인데."

"지난주에 저들이 올려 보낸 요리 재료 중에 이상한 게 있긴 했는데."

토머스는 누가 그 말을 했는지 보지 못했다. 까만 피부의 키 큰 소년이 앞으로 나서며 닉 옆에 섰다. 그 소년이 한 말인 것 같았다. 닉이 그 소년에게 물었다.

"무슨 말이야, 시기?"

그러자 누군가 소리쳤다.

"시기가 아니라 프라이팬이야! 걔를 프라이팬으로 부르지 않는 건 너뿐이야."

몇 명이 키득거렸다. 발밑에서 조지가 고통에 몸부림치고 있는 상황임을 감안하면 어울리지 않는 웃음이었다.

닉은 들은 척도 하지 않았다. 토머스는 웃어댄 몇 명을 알비가 엄격한 눈초리로 쳐다보았음을 알아챘다.

시기인지 프라이팬인지 하는 소년이 입을 열었다.

"판지 상자 바닥에 있던 거야. 주사기 같았는데 '혈청'이라고 적힌 걸 봤어. 누가 실수로 떨어뜨린 것 같아서 오늘 아침에 소시지 찌꺼기랑 같이 내다 버렸지."

알비는 그 소년에게 성큼성큼 걸어가더니 멱살을 잡아 끌어당겼다.

"내다 버렸다고? 누구한테 얘기도 안 하고? 네가 요리나 하고 있는 게 이해가 간다. 머리가 더럽게 나쁘구나."

시기가 피식 웃었다.

"그렇게 말해서 네가 더 똑똑한 기분이 들면 그러든지. 어쨌든 지금이라도 얘기했잖아. 제기랄."

닉이 물었다.

"어디다 버렸어? 안 부서졌을지도 몰라. 일단 보자."

"금방 가져올게."

시기는 본부 쪽으로 뛰어갔다.

시기가 가느다란 금속 원통을 손에 쥐고 돌아오기까지 겨우 3, 4분밖에 걸리지 않았지만, 그사이에 조지의 상태는 한층 더 나빠졌다. 거의 최악으로 치달은 것처럼 보였다.

조지는 숨을 몰아쉬느라 가슴만 오르내릴 뿐 다른 신체 부위는 움직이지 않았다. 입을 벌린 채 팔다리가 축 늘어지고 조금 전 잔뜩 힘이 들어가 있던 근육도 풀려 있었다. 마치 죽어가는 듯했다.

척이 물었다.

"사악이 조지를 죽게 내버려두진 않겠지? 이것도 테스트의 일종일 거야. 다들 어떤 반응을 보이는지 확인하려고."

테리사가 토머스 옆을 지나 척의 등을 토닥이며 말했다.

"주사기가 있잖아. 괜찮을 거야. 쟤들이 서둘러야 할 텐데."

테리사가 토머스를 바라보며 텔레파시로 말했다.

좋게 끝날 것 같지 않아.

토머스는 고개를 살짝 저으며 다시 화면으로 시선을 돌렸다. 닉이 시기한테서 주사기를 건네받아 조지 옆에 무릎을 꿇고 앉았다. 병색이 완연한, 무언가에 쏘인 소년은 호흡하느라 가슴이 오르내리는 것을 빼면 거의 움직이지 않았다. 눈빛도 텅 비어 있었다.

닉이 물었다.

"이거 어떻게 쓰는지 아는 사람? 어디다 꽂아야 돼?"

알비가 소리쳤다.

"아무 데나! 서둘러! 조지 상태를 좀 보라고!"

아무도 나서지 않자 닉은 주사기를 엄지로 감아쥐고 조지의 팔에 찔렀다. 조지는 움찔하지도 않았다. 닉은 주사기 안에 담긴 액체가 전부 들어갈 때까지 누름대를 꾹 누른 뒤 주사기를 바닥에 던지고 일어나 두 걸음 물러섰다. 다들 조지에게 약간의 거리를 두면서도 어떻게 되는지 보려고 근처에 머물러 있었다. 카메라 시야가 가려 조지가 보이지 않았다.

"힘을 내, 조지."

닉이 들릴 듯 말 듯 조용히 말했다. 닉의 목소리와 약한 바람이 스치는 소리를 제외하고 공터는 고요했다.

시간이 꽤 지났다. 테리사가 토머스의 무릎에 손을 얹고 꾹 움켜쥐었다. 그녀의 손에서 토머스의 청바지 안으로 온기가 전해졌다. 테리사도 토머스 못지않게 초조해하고 있었다.

갑자기 소년들이 좌우로 쫙 갈라지며 허둥지둥 물러섰다. 곧 인간이 내는 것 같지 않은 괴상한 고함이 공터에 울려 퍼졌다. 고통에 얼굴을 일그러뜨린 조지가 입을 벌린 채 일어서서 목이 졸리는 듯한 소리를 내질렀다.

"괴수! 빌어먹을 괴수였어! 놈들이 우리를 전부 죽일 거야!"

그의 입에서 나온 단어들이 멀리서 터진 폭발의 충격처럼 아이들을 휩쓸었다.

조지가 제일 가까이 선 소년을 향해 달려들어 마구 주먹을 휘두르기 시작했다. 토머스는 눈앞에 펼쳐진 광경을 믿을 수 없었다. 알비와 닉이 조지를 떼어내려 했지만 조지는 그들을 쳐내고는 이를 드러내며 닉에게 달려들었다.

"왜……."

테리사는 말을 잇지 못했다.

조지가 닉의 두 뺨과 입을 마구 할퀴어 피를 냈다. 고래고래 악을 쓰면서 닉의 눈알을 파내려 했다. 밑에 깔린 닉은 조지를 밀어내고 그에게서 벗어나기 위해 몸을 이리저리 비틀며 비명을 질렀다. 하지만 조지는 장정 열 명과 맞먹는 힘을 가진 듯 보였다. 한 손으로 닉을 짓누르면서 다른 손으로 그의 얼굴을 주먹으로 내리치고는, 짐승처럼 울부짖으며 다시 닉의 눈을 향해 손을 뻗었다.

광기 그 자체였다. 조지는 단 몇 분 만에 감기 환자에서 광인으로 변했다. 다른 아이들도 다가와 닉에게서 조지를 떼어내려 했지만 길길이 날뛰는 조지의 몸에 좀처럼 손을 대지 못했다. 그때 오른쪽에서 누군가가 전속력으로 달려왔다. 알비였다. 잠시 화면 밖으로 나가 있던 알비가 다시 들어왔다.

알비는 고대의 노련한 전사처럼 길고 가느다란 각목을 두 손에 잡고 어깨와 나란히 들고 있었다. 끝이 날카롭게 쪼개진 것으로 보아 부러진 빗자루나 삽인 듯했다.

"다 비켜!"

알비가 먼지투성이 바닥을 천둥처럼 울리며 달려왔다.

토머스는 조지를 돌아보았다. 조지가 닉의 눈구멍에 손가락을 박았고, 닉은 고통스런 비명을 내지르고 있었다.

알비가 창처럼 뾰족한 막대를 조지의 목에 꽂았다. 막대 끝이 목을 통과해 반대쪽으로 튀어나왔다. 악을 쓰던 조지는 옆으로 쓰러지면서 컥컥거렸다. 조지 밑에 깔려 발버둥치던 닉은 엉망이 된 제 얼굴을 두 손으로 감싸 쥐었다.

움찔거리며 신음을 흘리던 조지가 이내 잠잠해졌다.

흙과 돌바닥에 시커먼 피가 퍼져 나갔다.

40장

230.3.15 | 5:52 p.m.

"맙소사."

충격을 받은 토머스가 조용히 내뱉었다.

테리사는 토머스의 무릎에서 손을 떼고 의자에 털썩 주저앉아 긴 한숨을 내쉬었다.

"세상에. 이게 무슨 일이야?"

척을 바라본 토머스는 가슴이 철렁하는 것을 느꼈다. 척은 두 다리를 의자 위로 끌어 올려 두 팔로 감쌌다. 창백한 얼굴에 눈물 두 줄기가 흘러내렸다. 토머스는 덜덜 떠는 척의 모습에 죄책감이 들어 견딜 수가 없었다. 척이 관찰실에서 이렇게 끔찍한 장면을 보게 될 줄은 미처 예상 못했다. 자신이 이토록 무시무시한 장면을 보게 될 줄도 전혀 몰랐다.

토머스가 척을 마주 보며 그의 어깨를 손으로 잡았다.
"어이, 척. 날 봐. 어서 날 봐."
척은 겨우 고개를 들었다. 두 눈에 슬픔이 가득했다.
"우리가 해결할 수 있어. 어떻게 할지는…… 아직 모르겠지만. 뭔가 잘못됐어. 누군가 일을 엉망으로 만들어버렸어. 고의는 아닐 거야. 미로는 이런 식으로 운영되지 않아. 알았지?"
척은 끅끅 울면서 말했다.
"난 그냥 재미로 보고 있었는데. 그런데……."
척은 목소리가 갈라지면서 말을 잇지 못하고 계속 울기만 했다.
"그래, 알아. 잘 알아. 보기 힘들었지."
토머스는 척을 품에 끌어안았다. 테리사도 반대쪽에서 척을 안아주었다. 그들은 그렇게 1분 정도 서로를 안았다. 토머스는 무참한 죽음에 공터인들이 어떤 반응을 보이는지 보려고 어깨 너머로 화면을 보았다.
몇 명은 이미 어딘가로 가버렸고 대부분은 혼자 이리저리 배회하고 있었다. 알비는 조지를 찔러 죽인 창에 기댄 채 무릎을 꿇고 바닥만 내려다보았다. 뉴트는 그 옆에서 흙바닥에 책상다리를 하고 앉아 눈을 감고 누구보다 비통한 표정으로 머리를 감싸 쥐고 있었다.
딱정벌레 날개깃이 조지의 시신으로 날쌔게 달려갔다. 토머스는 그쪽 카메라가 담은 화면을 중앙 모니터로 끌어왔다. 현장에 있었던 아이들 중 그나마 닉이 심리적으로 제일 안정돼 보였다. 조지와 친한 친구 사이였음에도 그랬다. 닉은 장난삼아 조지를 졸지라고 불렀다고 했다. 닉이 죽은 친구 옆에 무릎을 꿇더니 친구의 옷 속을 뒤지고, 눈을 들여다보고, 팔다리를 살펴보았다. 그러다가 조지의 등 한가운데에 시선을 붙박은 채 별안간 얼어붙었다.

잠시 후 닉은 손을 뻗어 조지의 셔츠를 잡고는 손으로 더듬어 약간 찢어진 곳을 찾아냈다. 몇 번 잡아당겨 더 크게 찢은 다음 허리를 굽히고 그곳을 자세히 들여다보았다. 관찰실의 토머스도 덩달아 몸을 앞으로 기울여 화면을 자세히 들여다보았다.

딱정벌레 날개짓이 시신 바로 옆까지 다가가 닉의 관심을 끈 바로 그 부위를 카메라로 비추었다. 그 부위의 피부가 벌겋게 부어오르고 상처 부위에 굵직한 검은 혈관이 튀어 나와 있었다. 완벽한 동그라미에 가까운 모양으로 시커멓게 파인 상처였다. 다리가 떨어져 나간 거미 몸통 같기도 했다. 어찌나 끔찍한지 오래 쳐다볼 수가 없었다.

테리사가 말했다.

"쏘였다고 했지? 확실히 뭔가에 쏘인 상처 같아 보이긴 하네."

"바로 그거야. 가자."

벌떡 일어난 토머스는 소름 끼치는 화면을 뒤로하고 문으로 향했다.

테리사가 따라오며 물었다.

"어딜 가자는 건데?"

토머스가 의자에 앉아 있는 척을 돌아보며 달랬다.

"넌 여기 있어. 네가 여기 있어줘야 할 이유가 있어."

"무슨 이유? 뭔데?"

혼자 여기 남아 있으라는 말에 척은 화가 난 것 같기도 하고 겁먹은 것 같기도 했다. 어느 쪽인지 분간이 가지 않았다.

"누가 저 모니터를 계속 봐줬으면 해. 무슨 일이 일어나면, 괴수가 나온다든지 누가 뭔가에 쏘인다든지 저곳이 폭발하든지 하면 나를 찾아와. 알았지?"

척은 영리한 아이라 토머스가 그를 여기 두고 가려고 지어낸 핑계임을 모르지 않을 터였다. 하지만 그는 두말 않고 받아들였다.

"알았어. 그런데 어디 가려고? 어디 가서 형을 찾아?"

토머스는 문을 열고 테리사를 먼저 내보냈다.

"대답을 들으러 갈 거야."

토머스는 문을 세차게 두드리며 소리쳤다.

"열어요!"

주지휘실은 21세 미만인 자들에게는 출입이 금지된 곳이었다. 토머스는 누가 그렇게 말하는 걸 들은 적이 있지만 아이들의 접근을 막기 위한 구실에 불과하다고 생각했다. 토머스와 테리사, 에어리스, 레이철은 편의에 따라 사악 '팀'의 일부인 듯 대우받았지만, 실은 미로 공터에 투입된 아이들과 마찬가지로 분석 대상일 뿐이었다.

조금 전 관찰실에서 목격한 일 때문에 토머스는 그런 취급에 대해서도 굉장히 불쾌함을 느끼고 있었다.

토머스가 문을 다시 두드리려는데 딸깍, 쉬익 소리와 함께 커다란 금속 문이 열렸다. 처음 보는 남자가 문 뒤에 서 있었다. 키가 작고 다부진 체격에 검은 머리카락을 가진 남자는 기분이 썩 좋아 보이지 않는 얼굴이었다. 남자는 놀라울 정도로 차분하게 물었다.

"무슨 일이냐, 토머스? 우린 지금 많이 바쁜데."

"사악은 우리가 중요한 존재라고, 이 프로젝트의 일부라고 늘 말해왔어요."

토머스는 테리사와 자신을 차례로 가리키며 말을 이었다.

"그래서 저희는 미로 프로그램을 도왔고, 친구들을 미로로 보내는 일도 도왔어요. 그런데 지금 친구들 중 한 명이 죽었어요. 사악은 그 친구의 죽음을 막기 위한 조치를 전혀 취하지 않았는데, 왜죠? 왜 들어가서 도와주지 않았죠? 방금 공터에서 일어난 일에 대해 누군가 설명해야 할 겁니다. 지금 당장요."

토머스는 침착하려고 안간힘을 썼지만 분노로 몸이 부들부들 떨렸다. 그는 남자의 대답을 기다리며 떨리는 숨을 들이마셨다.

남자의 얼굴에 몇 가지 감정이 스쳤다. 마지막으로 스친 것은 분노였다.

"기다려."

남자는 대답을 기다리지도 않고 문을 닫았다.

토머스가 다시 문을 두드리려고 하자 테리사가 그를 말리며 고개를 저었다.

그들이 우리한테 얘기해줄 거야. 조금만 기다려. 어떻게든 설명을 들으려면 저들처럼 침착하게 굴어야 돼.

분통 터지게도 테리사의 말이 옳았다. 분별없고 무모한 행동이 어리석게 느껴져 토머스는 한숨을 내쉬며 고개를 끄덕였다. 그리고 기다렸다.

1분도 채 지나지 않아 문이 다시 열렸다. 언제나처럼 우울한 표정을 한 대머리 레빗이 문 뒤에 서 있었다. 그런데 레빗이 무슨 말을 하기도 전에 페이지가 나타나 레빗을 옆으로 밀어내고 다정한 어조로 말했다.

"토머스, 테리사. 너희도 우리만큼 걱정이 돼서 왔구나."

토머스는 페이지가 그런 말로 그들을 맞을 줄은 예상도 못했다. 페이지의 말은 무척이나 이상하게 들렸다.

테리사가 대답했다.

"그럼요. 당연히 걱정되죠. 그쪽 분들은 아이를 죽여놓고 아무렇지 않으신가 봐요?"

토머스는 테리사처럼 직설적으로 말할 용기가 스스로에게 있을까 싶었지만, 테리사의 말에 전적으로 동의했다. 경우가 어찌되었든 사악은 방금 조지를 죽였다. 아직 열여덟 살도 안 된 아이를.

페이지가 문을 활짝 열며 옆으로 물러섰다.

"들어와. 어떻게 된 일인지 설명해줄게. 일이 틀어졌지만 너희도 알 자격이 있지."

"예, 그렇죠."

순간적으로 당황한 토머스는 자신도 모르게 이렇게 대답했다. 그는 지독한 현실을 자각했다. 아이들이 무엇을 했고 무슨 말을 했는지 따위는 중요하지 않았다. 모든 것은 사악이 준비한 테스트였다.

그래도 이건 너무 심했다.

토머스는 테리사를 따라 지휘실로 들어가며 사방을 경계했다.

"따라와."

페이지는 문이 알아서 닫히게 두고 앞장섰다.

비켜서 있던 레빗은 앞으로 지나가는 토머스와 테리사를 적군 보듯 쳐다보았다.

그들은 짧고 좁은 복도를 지나 양옆으로 문이 나 있는 커다란 방 안으로 들어갔다. 오른쪽에는 모니터, 워크스테이션, 계기반, 의자가 줄지어 놓여 있었다. 토머스와 테리사가 쓰는 관찰실이 스테로이드를 맞고 열 배쯤 커진 모습이었다. 넓은 방에서 스무 명 남짓한 사람들이 다양한 일을 하고 있었다. 왼쪽에는 책상 몇 개, 유리벽으로 막힌 회의실, 그 뒤에 무엇이 있는지 알 수 없는 닫힌 문들이 있었다. 지금까지 토머스가 본 것은 사악이 운영하는 거대한 시설의 작은 일부일 뿐이었다.

바쁘게 일하는 직원들 사이를 걸으며 페이지 박사가 어깨 너머로 말했다.

"이 문제에 대해 너희에게 얘기하는 걸 누가 듣지 않았으면 좋겠구나. 조용한 곳에 가서 설명해줄게. 우리를, 나를 조금 더 믿어줬으면 좋겠어. 미심쩍더라도 일단 믿어주겠니?"

"일단 믿으라고요?"

토머스는 페이지의 반응에 놀라 물었다. 어떻게 신뢰를 기대한단 말인가? 방금 공터에서 일어난 일을 보고도?

페이지는 중앙에 탁자 하나와 의자 네 개가 있고 사방이 유리벽으로 막힌 작은 방으로 향했다. 그녀가 문을 열고 토머스와 테리사를 안으로 들여보낸 후 앉으라고 손짓했다. 토머스는 이 상황이 마음에 들지 않았다. 대답을 요구하며 쳐들어왔는데 또다시 사악의 방식에 말려들고 있었다.

토머스가 말했다.

"얌전히 앉아 있으려고 온 거 아니에요. 거짓말도 듣고 싶지 않고요. 사실대로 말해주세요. 어서요."

테리사는 훨씬 차분한 목소리로 거들었다.

"당신들은 사람을 죽였어요. 저희는 이런 짓에 동의한 적 없어요. 친구들을 죽이는 짓에 동의한 적 없다고요. 다음은 저희 차례인가요?"

페이지 박사는 분노하거나 죄책감을 느끼거나 심지어 당황한 표정도 아니었다. 그저 슬프고…… 고뇌하는 얼굴이었다. 그녀가 지친 목소리로 물었다.

"얘기 다 했니? 이제 내 얘기를 해도 될까? 너희는 거짓말과 반쪽 진실에 넌더리가 났겠지? 나도 마찬가지야. 그런데 너희는 답을 듣겠다고 여기 와서 비난만 퍼붓고 있어. 너희가 멈춰야 내가 설명을 하지."

토머스는 한숨을 쉬었다. 사악은 늘 그를 어린애 취급했고, 그에게는 다른 도리가 없었다. 토머스는 스스로를 어린애로 여기지 않았지만, 분통 터지게도 사악 사람들의 눈에는 여전히 어린애였다.

토머스가 속을 끓이는 동안 테리사가 말했다.

"좋아요. 말씀하세요."

페이지는 알았다는 듯 천천히 고개를 끄덕였다.

"고맙다. 진실을 얘기할게. 우린 플레어 바이러스를 변형시켜서 돌연변이를 만들었어. 흥미로운 방식으로…… 면역인들의 뇌에 자리 잡을 수 있는 돌연변이로 만들어낸 거야. 그 돌연변이 바이러스는 우리가 플레어 바이러스를 더 잘 이해할 수 있도록 도와주지. 괴수가 조지에게 주사한 게 바로 그 변형된 바이러스야. 혈청은 그 변형된 바이러스의 효과를 중단시키는 역할을 해. 하지만 안타깝게도 혈청은 아직 완성 단계가 아니어서 너희가 보았다시피…… 불행한 결과를 낳고 말았어."

페이지는 토머스의 반응을 살피며 잠시 뜸을 들였다. 토머스는 페이지의 솔직한 진술에 충격을 받아 생각을 제대로 정리하지 못하고 있었다. 테리사도 침묵을 지켰다.

페이지는 팔짱을 끼며 설명을 계속했다.

"연구를 계속 진행 중이야. 솔직히 말하면, 우리도 조지를 죽게 할 생각은 없었어. 혈청도 앞으로 완성시켜나갈 거야."

페이지는 숨을 들이마신 후 말을 이었다.

"이것 하나만은 꼭 얘기하고 싶다. 조지가 괴수에게 쏘이고 몇 시간 동안 우리는 무척 중요한 결과를 얻었어. 그런 결과는 지금은 물론 앞으로도 우리 연구에 필수적이야. 조지뿐만 아니라 사건을 목격하고 반응을 보인 모든 이들에게서 결과를 얻어냈다는 게 중요해."

페이지는 일어서서 탁자를 두 손으로 짚으며 토머스와 테리사에게 몸을 기울였다.

"우리에게 중요한 건 그거야."

페이지는 걸어가 문을 열고는 그들을 돌아보았다.

"난 너희 둘을 친자식처럼 사랑한단다. 그건 세상 그 무엇보다 확실한 진실이야." 페이지는 목이 메는 듯 잠시 멈추었다가 덧붙였다. "언젠가 너희가 돌아가서 살 수 있는 제대로 된 세상을 만들기 위해서라면 난 뭐든지, 정말 뭐든지 할 수 있어."

고개를 숙이는 페이지의 눈에 금방이라도 떨어질 것 같은 반짝이는 눈물이 고였다. 그녀는 이내 밖으로 나가 문을 닫았다.

41장

230.4.8 | 7:15 p.m.

토머스는 서둘러 저녁을 먹었다. 저녁 내내 관찰실에 있어도 되는 일정이라 단 1분도 낭비하고 싶지 않았다. 사무치게 그리운 친구들과 최대한 가까이 있을 수 있는 유일한 방법이었다. 그는 남은 음식을 입에 쑤셔 넣고 관찰실로 달려갔다.

자리에 앉아 모니터가 전부 제대로 작동하는지 확인했다. 제어장치를 비롯해 다양한 시점에서 비추는 화면들을 빠르게 훑었다.

앞으로 몸을 기울였다.

그리고 화면에 시선을 꽂았다.

오늘 민호와 뉴트는 러너로서 미로에 나갔다. 토머스는 그들이 동문을 통해 공터로 돌아와 지도제작실로 사용 중인 거대 거북이 모양 건물로 달려가는 모습을 바라보았다. 그들은 매주 필수품을 보내주는 상자 안에 옛날 학교에서 쓰던 종이와 연필을 보내달라고 메모를 남겼고, 그 요청은 받아들여졌다.

그들은 위협적으로 보이는 콘크리트 건물의 쇠문 앞까지 계속 달려갔다. 그 쇠문에는 잠수함에서 쓰는 것 같은 바퀴형 핸들이 달려 있었다. 러너들이 직접 그린 지도를 보관하는 장소로 이 건물을 선택한 이유는 바로 그 바퀴형 핸들 때문이었다. 민호는 열쇠를 넣고 바퀴형 핸들을 돌렸다. 딸깍 소리가 나면서 문이 열리자 두 사람은 안으로 들어갔다. 그들이 러너들 중 제일 먼저 집으로 돌아온 것이었다. 딱정벌레 날개깃이 그들을 따라 지도제작실 안으로 들어가자 토머스는 그 화면을 중앙 모니터로 끌어다 놓고 소리를 켰다.

민호가 종이를 집어 뉴트에게 건네자, 두 소년이 나지막하게 읊기 시작했다.

"왼, 왼, 오른, 왼, 오른, 오른, 오른."

"주먹 모양 돌덩이를 지나 오른쪽으로 세 번."

"무지개 모양 틈새, 왼, 담쟁이덩굴 빈 곳, 왼, 오른, 오른."

그들은 외워온 내용을 잊어버리기 전에 각자 종이에 부리나케 적었다.

"휴우!" 기록을 마친 민호가 연필을 내려놓으며 머리 위로 두 팔을 뻗고 하품했다. "오늘도 잘 달렸다."

"형편없지는 않았어."

뉴트는 싱긋 웃으며 중얼거렸다.

그들은 새 종이를 가져다가 방금 기록한 단어들을 지도로 그리기 시작했다.

알비는 깃대 옆 벤치에 홀로 앉아 있었다. 날이 저물어 공터를 둘러싼 문은 한참 전에 닫혔다. 옆에는 빈 접시가 놓였고 알비의 셔츠에는 음식 부스러기가 점점이 묻어 있었다. 눈을 감고 앉은 알비의 몸은 미동조차 없었다.

"알비?"

누군가 그에게 걸어오며 말을 걸었다.

"쉿! 말걸지 말아봐. 지금 소리를 듣고 있어."

"알았어."

가까이 온 소년은 알비처럼 눈을 감았다.

그들의 집을 둘러싼 거대한 담장 너머에서 미로의 벽들이 위치를 바꾸기 시작했다. 땅이 울리고 돌과 돌이 우르르 맞닿는 소리가 공기 중에 가득했다. 알비는 미소 짓는 것 같았다. 그가 속삭였다.

"천둥."

"뭐?"

"천둥. 천둥이 생각나."

뺨을 타고 흘러내린 눈물 한 방울을 알비는 굳이 닦아내지 않았다.

페이지 박사가 활력 징후를 측정하는 동안 토머스는 말없이 뚱하게 앉아 있었다. 오늘 들어야 할 수업이 잔뜩이라 울고 싶을 만큼 부담스러웠다.

"오늘 아침엔 말이 없구나."

"그냥요. 오늘은 조용히 있고 싶어서요."

"그러렴."

페이지는 나지막하게 대답했다.

토머스는 친구들이 공터에서 다양한 활동을 하는 모습을 떠올렸다. 지금 이 순간 친구들이 무얼 하고 있을지 상상해보았다. 그리고 한동안 줄곧 곱씹었던 문제를 생각했다. 언젠가는 그도 공터에 합류할 것이다. 그래야 맞는 일이었다.

페이지가 그의 팔에 바늘을 꽂았다. 이번에는 따끔했다.

토머스는 괴상하고 지루하며 때로는 가슴이 터질 듯하고 가끔은 희망에 찬 나날을 보냈다. 그는 친구들이 공터와 미로에서 굳세게 살아가는 모습을 지켜보았다. 그들이 그 안에서 번성하는 모습을, 공터를 더 좋은 곳으로 만들기 위해 열심히 일하는 모습을 보았다. 그들은 규칙을 만들고 일을 분배하고 규칙적인 일상을 살아갔다. 본부는 처음보다 세 배는 커졌고 민호는 러너팀 팀장이 되었다.

하루하루가 쌓여 주가 되고 달이 되면서 이런저런 일들이 일어났다. 테리사와 척은 늘 토머스의 곁을 지켰고, 토머스는 그들과 함께 지내는 게 좋았다. 테리사와 척 덕분에 가끔 재미도 느끼며 삶을 그럭저럭 견뎌낼 수 있었다. 하지만 늘 떠오르는 엄연한 두 가지 사실이 마냥 아무 생각 없이 살 수는 없게 했다. 하나, 친구들이 실험에 투입되었다는 것. 둘, 그 실험을 하는 이유가 바깥세상에 창궐한 끔찍하기 이를 데 없는 병 때문이라는 것.

토머스는 살아갔다. 매일매일. 검진을 받고 수업에 참여하고

요청받은 일을 해나갔다. 테리사가 매달 투입되는 새로운 소년을 준비시키는 일도 도왔다. 재미난 추억을 잔뜩 쌓았던 지하실은 한 달에 한 번씩 찾아가곤 했다. 그곳은 점점 더 어둡고 눅눅해졌다. 그는 관찰실에서 시간을 보내기 위해 해야 하는 일이라면 뭐든지 했다. 관찰실에서 모니터로 본 내용을 메모해 페이지 박사와 공유하는 일도 그중 하나였다. 분석 내용이 좋을수록 그는 더 오랜 시간을 관찰실에서 보낼 수 있었다.

대부분의 나날은 지루했고, 간간이 테리사와 척이랑 보내는 시간은 즐거웠다. 페이지도 점점 친절하게 대해줘서 견딜 만했다. 페이지는 사악 사람들 중 유일하게 심장을 지니고 있고, 아이로 살아가는 게 어떤 일인지를 기억하는 듯했다. 페이지는 그들을 친자식처럼 사랑한다는 말을 그 후에도 몇 번이나 했다. 그러나 그녀는 아이들에게 그런 감정을 갖는 것이 앞으로 큰 위험 요소가 될 수 있음을 아는 듯했다. 그래서인지 그들의 삶은 늘 위태로웠다.

이상한 세상이었다. 그러나 토머스는 살아 있었고, 그래서 살아갔다.

42장

230.8.21 | 10:32 a.m.

아침 휴식 시간에 누가 그의 방문을 두드렸고, 그렇게 미친 하루가 시작되었다.

토머스가 문을 열자 한 번도 본 적 없는 소년이, 다른 사람도 아니고 하필 랜들과 함께 문 앞에 서 있었다. 한동안 랜들은 눈에 띄지 않았다. 조지가 죽은 날 이후 처음 보는 것이었는데, 상태가 좋지 않아 보였다. 전보다 야위었고 안색도 잿빛이었다. 금발의 소년은 토머스보다 키가 약간 컸고 아기처럼 큰 눈은 호기심이 많아 보였다.

"이쪽은 벤이다. 며칠 전에 데려온 새로운 실험 대상자 중 하나야. 미로에 투입하기에 딱 알맞은 나이지. 페이지 박사가 너더러 검진과 검사를 받기 전에 벤의 투입을 준비시켜주라고 하시더라."

랜들은 대답을 기다리지 않고 돌아서서 마치 약속에 늦은 사람처럼 서둘러 복도를 걸어갔다. 불쌍한 벤은 초조하게 눈을 껌벅이며 그 자리에 서 있었다.

토머스가 문을 더 열며 말했다.

"저 사람은 신경 쓰지 마. 원래 좀 이상해. 들어와. 믿거나 말거나지만, 나도 여기 처음 왔을 때 기분이 어땠는지 아직도 생생해."

"고마워."

벤은 쭈뼛쭈뼛 방으로 들어와 토머스가 손으로 가리킨 책상 앞 의자에 앉았다.

"덴버에서 그들에게 잡혀왔어."

이 말을 하며 벤은 울음을 터뜨렸다. 두 손으로 얼굴을 가리고 어깨를 들썩이며 흐느꼈다.

'덴버?'

토머스는 덴버가 플레어 병에 걸리지 않은 이들이 모여 사는 안전한 지역이 된 경위를 비롯해 그 도시에 관해 공부를 꽤 했었다. 덴버 사람들은 감염된 이가 도시에 들어오지 않도록 엄격한 예방 조치를 시행했고, 특별히 강화 처리한 벽으로 주위를 둘러쌌다. 벤이 그 도시 출신이라는 말에 토머스는 기분이…… 묘해졌다. 덴버 출신이면 벤의 부모님은 비감염자일 텐데? 사악은 왜 벤을 데려왔을까?

고개를 돌려보니 벤은 계속 울고 있었다.

"어떻게 여기로 오게 된 거야?" 토머스는 묻기는 했지만 어떻게 행동해야 할지 알 수 없었다. "천천히 대답해도 돼. 여기 앉아 있을게." 내뱉고 보니 한심한 단어 선택이라 토머스는 눈동자를 위로 굴렸다.

벤은 눈물을 흘리며 말했다.

"우린 겨우 살 곳을 찾아낸 거였어. 괜찮은 곳이더라고. 우리 부모님은 플레어 병에 감염되지 않았어. 내가 알아! 부모님이 플레어 병에 걸렸다면 덴버시에서 우릴 받아주지도 않았을 거야." 벤의 분노가 쏟아져 나오며 그의 눈물이 증발했다. "그런데 사악이 나더러 자기네 연구에 합류하라는 거야. 아버지가 안 된다고 하니까 그들이 나를 강제로 붙잡았어. 어머니를 밀어 쓰러뜨리더니 아버지를 총으로 쏘겠다고 위협했고. 이 사람들 도대체 뭐야? 난 여기 왜 끌려온 거야?"

침대에 걸터앉은 토머스는 몸이 굳었다. 무슨 말을 해야 할지 전혀 떠오르지 않았다. 그는 늘 다른 소년들의 부모에 대해 궁금했었다. 그런데 그동안 의심스럽다고 생각해온 점이 사실로 드러난 것이다. 사악은 부모가 둘 다 플레어 병에 걸려 돌봐줄 사람이 없는 소년들을 데려온 거라고 했다. 그럼 벤은 이례적인 경우일까, 아니면 그동안 사악이 소년들의 부모에 대해 거짓말을 해온 걸까?

벤은 책상에 두 팔을 올리고 엎드린 채 다시 울었다.

토머스는 그의 슬픔에 깊이 공감했다.

"정말 유감이야. 사악은 플레어 병 치료제를 찾으려고 필사적으로 애쓰고 있어." 토머스가 해줄 수 있는 말은 그 정도였다. 더는 사악을 감싸주는 말을 하고 싶지 않았다. "그래도 여기 생활이 그리 나쁘진 않아."

벤은 고개를 들고 눈물을 닦은 후 고개를 끄덕였다.

"일어나, 구경시켜줄게."

침대에서 일어나 문 쪽으로 걸어간 토머스는 문을 열고 벤을 복도로 이끌었다. 벤과 함께 걸어가면서 토머스는 뻔뻔하게 거짓말을 했다는 자책감을 떨칠 수 없었다.

사악 단지를 구경시킨 후 토머스는 미로를 보여주기 위해 벤을 데리고 관찰실에 들어가 앉았다. 조금 전 한바탕 눈물을 쏟은 벤에게 얼마 안 있으면 너도 저 미로에 투입된다는 말을 하려니 도저히 입이 떨어지지 않았다. 하지만 벤은 바보가 아니었다.

토머스는 긍정적으로 들리게끔 말했다.

"아이들은 미로에서 즐겁게 생활하고 있어. 친구들과 실외에서 자는 일도 재미있을 거야."

토머스는 사악 사람들처럼 아무렇지 않게 거짓말을 하고 있다는 생각에 마음이 괴로웠지만 어쩔 수가 없었다. 벤의 기분이 나아졌으면 했다.

그때 오른쪽 모니터에서 무언가 이상한 낌새가 잡혔다. 토머스는 상념을 떨치고 화면에 집중했다. 딱정벌레 날개깃이 갤리의 뒤를 쫓아가고 있었다. 갤리는 나쁜 짓을 꾸미려는 것처럼 연신 뒤돌아보았다.

"흐음."

토머스는 갤리가 잡힌 화면을 중앙의 대형 모니터로 옮겼다.

"무슨 일이야?"

벤이 물었다.

토머스는 화면에 몰두하느라 벤의 존재를 까맣게 잊고 있었다. 하물며 벤이 바로 옆에 앉아 있다는 사실은 말할 것도 없었다. 토머스가 멍하게 대답했다.

"어, 별거 아니야. 그냥 내 친구가 어디로 가는지 알고 싶어서."

첫날부터 벤에게 정신적인 충격이 될 만한 일이 화면 속에서 벌어질까 걱정이 된 토머스는 서둘러 벤을 복도로 내보냈다. 그는 문에서 꽤 떨어진 곳에 벤을 세워두고 말했다.

"여기서 기다리고 있어. 다른 친구를 불러서 내부 시설을 마저 보여주라고 할게. 만나서 반가웠다."

"그래."

벤은 어색해하는 모습이었다.

토머스는 미안했지만 어쩔 수 없이 서둘러 관찰실로 들어갔다. 문 밖에 테리사가 도착하면 소리를 듣기 위해 문을 살짝 열어놓고 의자에 다시 앉았다.

남문으로 걸어간 갤리는 고개를 뒤로 돌려 공터 쪽을 살폈다. 누가 자길 쳐다보고 있지 않은지 확인하려는 듯했다. 딱정벌레 날개짓이 아니라 다른 소년들이 볼까 봐 신경 쓰는 눈치였다. 아무에게도 발각되지 않았다는 자신이 서자 갤리는 거대한 문의 왼쪽 측면으로 시선을 돌렸다. 측면에는 줄지어 돌출된 장치들이 갤리를 내려다보고 있었다.

토머스가 나지막하게 말했다.

"갤리, 너 뭐 하려는 거야? 미련한 딱정벌레 날개짓아, 좀 더 잘 보이는 각도로 비춰봐."

토머스의 말을 듣기라도 한 듯, 곤충 모양의 자그마한 기계는 재빨리 다가가 갤리 바로 옆 벽을 타고 올라갔다. 그러고는 방향을 돌려 갤리의 얼굴을 생생하게 비추었다.

갤리는 울고 있었다. 한동안 계속 울었는지 두 뺨이 젖어 있었다. 토머스는 이해가 되지 않았다. 금지된 구역에 몰래 발을 들여놓고 뭐 하는 짓이지? 러너가 아닌 공터인은 미로에 들어갈 수 없는데, 갤리는 지금 미로로 들어가려는 게 분명해 보였다.

토머스는 불현듯 복도에 세워둔 벤이 생각나 즉각 테리사를 불렀다.

내 목소리 들려?

그는 벤이 듣지 못하도록 모니터 소리를 줄였다.

와서 신참 좀 데려가. 이름은 벤이야. 지금 관찰실 밖에 있어. 갤리가 이상한 짓을 하려고 해.

알았어.

테리사는 짧게 대답했다.

갤리는 공터의 규칙을 어기고 문을 빙 돌아 공터로 나섰다. 그곳은 엄연히 공터 밖이었다. 갤리는 눈을 감고 숨을 깊이 들이마시고는, 묘한 미소를 지으면서 하늘로 날아오르는 상상이라도 하는지 두 팔을 들어 양옆으로 쭉 뻗었다. 토머스는 알 것도 같았다. 잠깐의 해방감을 맛보려고 공터 바깥으로 나간 모양이다.

그런데 딱정벌레 날개깃이 빠르게 움직이면서 화면이 흐릿해졌다. 갑자기 괴수의 소름 끼치는 축축한 피부가 화면 가득 나타났다. 놀란 토머스가 숨을 들이켰다. 어느새 갤리는 괴수의 몸에 뒤덮여 있었다. 우웅, 쌔액 하는 괴상한 기계음이 들렸다. 딱정벌레 날개깃이 펄쩍 뛰는 바람에 카메라는 담쟁이덩굴과 돌벽만 비추었는데 그나마도 마구 흔들거렸다. 갤리의 비명이 터져 나왔다. 두려움이 아닌 고통의 비명이었다.

카메라가 다시 각도를 맞추었으나 괴수는 사라진 뒤였다. 갤리는 한 손으로 옆구리를 누르고 다른 손으로 바닥을 짚고 기어갔다. 몇 초 동안 고통스럽게 움직인 끝에 갤리는 공터 안으로 몸을 들여놓았다. 소년들이 갤리에게 달려왔다. 클린트라는 이름의 소년이 구급상자를 들고 맨 앞에서 달려오고 있었다. 사악은 마침내 혈청의 적절한 투여량을 알아냈고, 클린트는 구급상자를 들지 않은 다른 쪽 손에 주사기를 쥐고 있었다.

갤리의 비명은 토머스의 기억에서 영원히 잊히지 않을 듯했다.

뒤에서 헉 소리가 들려 돌아보니 벤이 좁은 문틈으로 들여다보고 있었다. 벤의 눈이 공포로 휘둥그레졌다.

벤이 주저하며 물었다.

"저게 무슨 일이야?"

토머스는 더듬거리며 대답했다.

"아, 저거? 음, 재들은 가끔 저런 훈련을 해. 대응 시간을 점검하는 차원에서. 걱정할 거 전혀 없어."

토머스는 자신의 입에서 레빗이 즐겨 쓰는 표현이 튀어나왔음을 깨달았다.

드디어 테리사가 도착해 벤을 데려갔다.

'불쌍한 녀석.'

43장

230.12.17 | 9:06 p.m.

페이지는 토머스에게서 뽑은 혈액 샘플을 실험실로 가져가기 위해 방을 나섰다. 토머스는 페이지가 돌아오길 참을성 있게 기다렸다. 이 방에 보조원도 없이 혼자 있는 건 드문 일이었다. 2분쯤 조용히 앉아 있던 토머스의 호기심이 동했다.

가만히 의자에서 일어나 작업대 쪽으로 갔다. 작업대 문을 열어 보고 서랍들도 당겨보았다. 특이한 물건은 없었다. 유리병, 주사기, 종이에 싸인 의료 용품이 대부분이었다. 그런데 오른쪽 맨 아래 서랍에 굉장한 것이 있었다.

연구용 태블릿이었다.

30센티미터 길이의 얇은 직사각형 기기로, 빛나는 회색 화면 속에 세상의 온갖 정보가 담겨 있을 터였다. 비밀번호를 넣어야 볼 수 있겠지만 이런 물건을 확보할 기회가 또 올 것 같지 않았다. 나중 일은 생각 않기로 하고 태블릿을 등 뒤 허리춤에 집어넣고는 셔츠로 덮어 가렸다.

그리고 페이지가 돌아오기 전에 얼른 의자에 가서 앉았다.

그날 저녁, 토머스는 의무실 직원에게 몸이 안 좋다고 말하고 관찰실 업무를 건너뛰기로 했다. 아무도 크게 신경 쓰지 않았다.

한시라도 빨리 훔쳐온 연구용 태블릿을 들여다보고 싶었다. 그 태블릿과 함께 즐거운 밤을 보내기 위해 식당에서 과자도 미리 확보해두었다. 방으로 들어간 토머스는 책상 앞에 앉아 감자칩을 먹으며 어느 누구의 방해도 받지 않은 채 태블릿의 전원을 켜서 본격적으로 화면을 들여다보기 시작했다. 테리사에게는 아직 말하지 않았다. 보물을 빼앗길 수도 있으니, 내용을 보기 전에는 누구에게도 알리지 않을 생각이었다.

정보가 들어 있는 파일 대부분이 비밀번호를 요구했다. 예상 못 한 건 아니지만 꽤 실망스러웠다. 사악의 주요 시스템에 원격으로 접속해 비밀번호를 알아낼 수도 있지만 그렇게까지는 하지 않기로 했다. 비밀번호 없이도 볼 수 있는 내용은 많았다. '역사'라는 제목이 붙은 개방형 탭에 담긴 파일들이었다.

그 안의 서류들을 최대한 암기하며 읽어 내려갔다. 친구들의 원래 이름을 보면서 몇몇 이름에 웃음을 터뜨리기도 했다. 아이들 사이에서 프라이팬으로 불리는 시기의 원래 이름은 토비였다. 토비라니. 왜 그리 웃긴지는 알 수 없었다.

태블릿에는 다른 흥미로운 정보도 담겨 있었다. 사악 단지와 부속 건물들의 개략도. 괴수 탄생의 모태가 된 초기 군사 보고서. 태양 플레어 현상이 발생한 해의 기후 정보 및 예년 평균 기후와의 비교 도표. 플레어 병과 그 징후, 단계, 예전의 치료 시도에 관한 어마어마한 정보들.

무작위로 적은 것 같은 메모 파일이 눈에 띄었다. '실험 대상 가2와 테리사의 첫 만남이 숫제 재앙이어서 불쌍한 실험 대상 가2의 기억을 손봐야 했던 건'에 관해 직원 두 명이 적어놓은 메모였다. 이 부분을 읽다가 토머스는 멈칫했다. 태블릿을 내려다보며 과거를 돌이켜보았다.

처음 공식적으로 테리사를 만났던 날을 떠올렸다. 어지러울 정도로 기시감이 심했다. 사악은 그렇게 오래전부터 아이들의 뇌 내 삽입 장치를 이용해 기억에 관한 실험을 해온 걸까? 그들이 아이들을 미로에 보내놓고 하는 짓을 보면 충분히 그럴 수도 있겠다 싶었다. 아마 오래전부터 준비해왔을 것이다. 그러나 사악이 테리사와의 첫 만남을 그의 머릿속에서 통째로 지웠다고 생각하니 현기증이 났다. 그들은 그의 머리에서 또 어떤 기억을 지웠을까?

생각할수록 기분이 찝찝했다. 이러는 건 아무 도움도 안 돼, 라고 스스로를 다독이며 다시 태블릿 속의 정보를 캐나갔다.

몇 번 비밀번호에 막힌 끝에 'Deleted Com.'이라는 제목이 붙은 파일이 눈에 들어왔다.

그 파일을 열었다.

실수로 보안 영역에서 빠진 듯했다. 파일에는 메모와 서신이 담겨 있었다. 사악의 현 고위급 인사들과 전임자인 듯한 사람들이 주고받은 서신이었다. 머리글자를 딴 명칭도 꽤 많았는데 그중 일부는 역사 수업 시간에 배운 것들이었다. 플정회노(플레어 정보 회복 노력), 플후연(플레어 후 연합정부), AMRIID(미육군 전염병의학 연구소). 나머지는 생소했다. 이런 단체들이 있던 시절의 삶은 어떠했을지 상상하며 쭉 읽어 내려갔다.

몇 시간째 읽었더니 눈이 따끔거렸다. 어느 시점부터는 서류에 담긴 내용을 거의 파악 못할 정도로 대충 읽고 넘기기 시작했다.

그러다 흥미가 당기는 파일이 눈에 들어왔다. '일급비밀'이라는 붉은 글자와 함께 한 번도 본 적 없는 명칭 두 개가 제목으로 적혀 있었다. 뭔가 대단한 내용이 담겨 있을 것 같았다. 메모 한두 개를 훑어 내려가는 동안 점점 심장박동이 빨라졌다. 도저히 믿을 수가 없었다. 바이러스. 그 바이러스는 인공적으로 만들어졌으며, 고의로 퍼뜨려졌는데, 그 이유가 전부 먹여 살리기엔 인구가 너무 많기 때문이라는 내용이었다.

"이럴 수가."

마지막 메모를 다시 한 번 읽으며 토머스는 탄식했다. 어처구니가 없고 믿기지가 않았다.

플레어 후 연합정부 메모

일: 219.2.12 / 시: 19:32

수신: 모든 구성원들

발신: 존 마이클 총장

제목: 행정명령 초안

이하 초안에 관해 어떻게 생각하시는지 알려주시기 바랍니다. 최종 명령서는 내일 발표될 것입니다.

인구조절위원회의 권고에 따른 플레어 후 연합정부 행정명령 제 13호. 일급비밀 문건이며 최우선 사항임. 위반 시 사형에 처함.

우리 플레어 후 연합정부는 이하 첨부된 문서에 기재된 바와 같은 인구조절계획 제1호를 전적으로 실행할 수 있는 권한을 인구조절위원회에 부여한다. 우리 플레어 후 연합정부는 이 조치에 관해 전적으로 책임을 지며 진행 상황을 지속적으로 관찰하고 최대한 지원한다. 인구조절위원회가 권고하고 플레어 후 연합정부가 동의한 지역들에 바이러스를 방출한다. 그 과정이 규율에 따라 진행되도록 군대를 주둔시키기로 한다.

행정명령 제13호, 인구조절계획 제1호를 이와 같이 승인함. 즉시 시작할 것.

우와.

토머스가 태블릿에서 본 내용을 전부 털어놓자 테리사가 보인 반응은 고작 그거였다.

그래. 우와지. 그들은 그 바이러스가 인구의 일정 비율만 죽일 거라고 생각했어. 바이러스를 관리할 수 있다고 믿은 거야. 바이러스의 돌연변이가 나타나 인류를 멸종으로 몰아가는 괴물이 될 줄은 몰랐겠지. 내 눈으로 보고도 믿기지가 않아. 어떻게 이럴 수 있지?

테리사는 조용했다. 어떤 감정을 느끼는지 내비치지도 않았다.

더 끔찍한 점은, 사악과 직접적인 연결 고리가 있다는 거야. 존 마이클 기억하지? 광인 굴 앞에서 봤던 남자. 그 남자가 바이러스 방출을 지시한 장본인이었어!

이미 지난 일이야, 톰.

그녀의 말에 토머스는 멈칫했다. 테리사가 계속해서 말했다.

적어도 사악은 잘못을 바로잡으려 하고 있잖아. 그러니까 내 말은…… 이제 와서 우리가 뭘 어떻게 할 수는 없어.

테리사…….

토머스는 말을 하려다가 주춤했다. 어떻게 말해야 할지 가늠이 되지 않았다. 잠시 후 그가 물었다.

이 일에 대해 혹시…… 이미 알고 있었어?

소문으로 들은 적 있어.

들어놓고 나한테 한마디도 안 한 거야?

토머스는 기가 막혔다. 어떻게 이런 일을 알면서도 말하지 않았지? 그에게 테리사는 제일 친한 친구였다. 무슨 일이 있을 때 그가 제일 먼저 털어놓을 수 있는 사람이었다.

네 얘기의 요점을 모르겠어. 그래, 우리 입장에선 이 사악 사람들을 싫어할 이유가 충분해. 하지만 과거에 집착해봤자 누구한테 득이 돼? 중요한 건 해결책을 찾는 거야.

살면서 이렇게 충격적으로 뒤통수를 맞기는 처음이었다.

덴턴 선생님의 퍼즐 시간에 아무것도 못 배웠어? 해결책을 찾으려면 문제 자체를 속속들이 알아야 하잖아. 내가 말한 내용은 바로 그 문제에 해당한다고.

테리사는 아무런 감정도 섞이지 않은 투로 말했다.

그래, 네가 옳아. 그런데 내가 좀 피곤하거든, 톰. 내일 다시 얘기할래?

테리사는 그가 대답을 하기도 전에 그의 머릿속에서 사라졌다.

다음 날 테리사는 과거보다는 미래에 집중하고 싶다며, 어젯밤 그 얘기는 더 이상 하고 싶지 않다고 했다. 페이지 박사도 자기가 활동하기 전에 내려진 결정인데 이제 와서 어쩌겠냐는 반응이었다. 둘 다 과거는 잊으려고 작정한 것 같았다.

하지만 토머스는 잊을 수 없었다.

절대 잊을 수 없었다.

사악이 해결하려는 문제는 애초에 그들이 자초한 것이었다.

44장

231.5.4 | 10:14 p.m.

그해 겨울은 처음에는 춥다 말다 했다. 정비할 물품들 사이에서 몇 년이나 방치됐다가 다시 작동을 시작한 낡아빠진 엔진처럼. 그러나 일단 발동이 걸리자 봄이 시작됐어야 할 시점을 넘어서까지 겨울이 이어졌다.

토머스는 밖에 자주 나가지 않았다. 나갈 일이 있으면 특별 허가를 받고 무장 경비원 두 명을 대동하고서 나갔다. 그래도 얼음과 추위와 눈이 맹렬하게 세상으로 복귀했다는 것을 파악할 정도는 되었다. 사악 구내에 거주하는 기후학자 얘기로는 날씨 패턴이 서서히 겨울, 봄, 여름, 가을이라는 원래의 주기를 회복하고 있다고 했다. 그러나 적도에서 남쪽과 북쪽으로 멀어질수록 태양 플레어 현상 이전에 비해 기후가 더 변덕스럽고 극단적이라고도 했다. 그는 세계의 기후를, 더 빠르고 격하게 극단을 오가는 시계추에 비유했다.

토머스는 즐길 수 있을 때 즐기기로 했다. 얼굴에 내려앉는 눈의 감촉, 코와 손가락 끝에 닿는 얼얼하고 차가운 느낌이 좋았다. 겨울은 마치 태양 플레어 현상의 면전에 침을 뱉는 듯했다. '봤지? 내가 바로 추위야. 썩 꺼져.'

겨울이 여전히 고삐를 늦추지 않은 5월 초, 토머스는 척, 테리사와 함께 건물 밖으로 산책을 나갔다. 손에 무기를 든 경비원 두 명이 그들 바로 뒤에서 따라왔다. 토머스는 기분이 그리 좋지 않았다.

심리학자들, 변수들, 위험지역, 패턴을 비롯한 사악의 모든 것에 그는 뼛속까지 지치고 냉담해졌다. 사악 전임자들에 관한 진실, 사악이 치료제를 찾으려고 안달하고 있지만 실상 그 바이러스를 세상에 퍼뜨린 장본인이라는 진실을 알게 된 밤 이후로 쭉 그랬다. 건물 밖으로 잠시 나가는 일은 답답한 숨통을 뚫기 위한 작은 탈출이었다.

테리사가 몸을 떨면서 두 팔로 외투를 문질렀다.

"여기가 정말 지구 맞아? 사악이 평면 이동문을 통해 우릴 얼음 행성으로 보낸 건 아니겠지?"

척이 대꾸했다.

"그럼 좋겠다. 얼음 외계인들도 볼 수 있을 텐데. 얼음 외계인들의 피부를 핥으면 혀가 딱 붙을까? 차가운 깃대를 핥는 것처럼 말이야."

토머스는 심란한 기분을 떨치려고 어린 친구의 곱슬곱슬한 머리카락을 헝클어뜨렸다.

"그래, 알아, 척. 네 농담에 대해 일일이 설명 안 해도 돼. 가끔은 설명을 따로 안 들어도 그 자체로 재미있거든. 지금도 그렇고. 지금 거 진짜 웃겼어. 너무 웃겨서 배가 다 아프네."

테리사도 맞장구를 쳤다.

"나도. 지금도 코로 웃음이 계속 나오잖아. 완전 웃겨 죽겠다. 아이고, 배야."

척은 돼지처럼 꿀꿀 소리를 내며 키득키득 웃었다. 척은 가끔 그런 식으로 반응했는데, 그래서 더 귀여웠다.

테리사가 말했다.

"우리 웃음소리 좀 낮춰야겠어. 저 아래 굴에 사는 광인들을 깨우면 안 되잖아?"

"난 한 번도 광인들을 본 적이 없어."

척이 슬픈 척을 하며 대답했다. 토머스는 척이 정말 슬픈 척만 하는 것이길 바랐다.

사악 건물 모퉁이를 돌아간 그들은 아름다운 풍경이 눈앞에 펼쳐지자 걸음을 멈췄다. 사악 건물의 외부 조명들은 무척 밝아서 주변 숲까지 비출 정도였다. 눈 덮인 소나무들이 하얗게 빛났다. 눈송이들은 하늘을 밝히고, 저 아래 절벽에 부딪치는 파도 소리는 어느 때보다 멀게 들렸다. 토머스는 사람이 만든 세트장 안에 서 있는 기분이었다. 이 차가운 미풍은 거대한 선풍기에서 뿜어 나오는 게 아닐까?

미로 같은 가짜 세상.

"아, 정말 예쁘다."

테리사가 속삭였다.

토머스는 척이 무어라 또 농담을 할 줄 알았는데, 그는 경이로운 풍경에 온통 넋을 빼앗긴 모습이었다.

"우리가 사는 세상도 그리 나쁘진 않네. 사악이 사람들을 전부 건강하게 만들어줄 방법만 찾아내면 꽤 살 만해지지 않을까?"

척의 말에 토머스는 고개를 끄덕이며 그의 어깨에 손을 얹었다. 토머스는 훔친 태블릿으로 사악이 비밀 작업을 준비 중인 '초열 구역'이라는 곳에 대해 나름 조사해보았다. 척은 아마 그 지옥 구덩이 같은 곳을 찍은 사진을 보면 생각이 달라질 것이다. 하지만 척의 말이 아주 틀리지는 않았다. 세상에는 이 절벽 위의 숲과 같은 곳, 절벽에 밀려와 부딪치는 거대한 대양 같은 곳이 여러 군데 있었다. 인류가 정착해 삶을 재건해나갈 수 있는 곳이었다.

"톰, 저기 좀 봐."

테리사가 다급히 그를 불렀다. 토머스는 테리사의 시선을 따라 30미터쯤 떨어진 곳에 서 있는 나무들 쪽을 바라보았다.

어떤 형상이 숲에서 비척비척 걸어 나와 그곳에 쓰러졌다. 그 형상은 일어나 옷에 묻은 눈을 털더니 다시 토머스 일행이 있는 쪽으로 걸어오기 시작했다. 경비원들이 무기를 들고 서둘러 아이들 앞을 막아섰다.

여자 경비원이 말했다.

"안으로 들어가야겠다."

"저거 광인이죠?"

척이 물었다. 척의 차분하고 용감한 목소리에 토머스는 대견하면서도 가슴이 아팠다.

다른 경비원이 대답했다.

"정답이야, 꼬맹아. 걱정하지 마, 넌 안전하니까. 안으로 들어가자."

그런데 테리사가 말했다.

"잠깐만요. 저기…… 저 사람…… 랜들 씨예요."

토머스는 사악 건물의 밝은 조명 때문에 눈을 가늘게 뜨고 전방을 바라보았다. 테리사의 말대로였다. 그 사람이었다. 랜들. 눈 속에서 잃어버린 무언가를 찾으려 헤매고 다니는 사람처럼 랜들은 눈 속을 휘청휘청 걸어 다녔다.

여자 경비원이 총을 아래로 내렸다.

"빌어먹을. 랜들 맞네."

토머스가 나지막하게 물었다.

"저 사람 밖에서 뭐 하는 거예요?"

"우리 이제 어떻게 해요?"

척이 지나치게 큰 목소리로 물었다. 토머스가 척의 입을 막으려 했지만 이미 늦었다. 랜들이 우뚝 멈춰 서더니 고개를 홱 들어 그들을 바라보았다. 한참 동안 아무도 움직이지 않았다.

갑자기 랜들이 눈을 헤치며 그들에게 곧장 걸어오기 시작했다.

"죄송해요."

척이 조그맣게 말했다.

경비원이 다급히 지시했다.

"어서 들어가자. 라미레스 팀장에게 보고해야 돼."

그들은 랜들에게 등을 돌리고 서둘러 제일 가까운 입구로 달려갔다. 그들이 문 앞에 당도했을 때 뒤에서 랜들이 소리쳤다.

"멈춰! 매리언, 무르! 할 말이 있어!"

자기네 이름을 듣고 돌아선 경비원들이 아이들 앞에 서서 무기를 들었다.

눈밭을 걸어온 랜들은 경비원들을 6미터쯤 앞에 두고 휘청하며 보도로 올라섰다. 몰골이 말이 아니었다. 두 눈에는 핏발이 섰고 코피가 줄줄 흘렀다. 두 뺨은 수척하다 못해 움푹 꺼졌다. 이마 오른쪽 가장자리의 피부가 찢어져 얼굴 측면으로 피가 흘러내렸다. 토머스는 불쌍한 랜들에게서 시선을 뗄 수 없었다. 도대체 밖에 나와 뭘 하고 있었던 걸까?

여자 경비원이 말했다.

"빨리 말해, 랜들. 상태가 안 좋아 보여. 도와줄 사람을 불러줄게."

"더 이상은 숨길 수가 없겠지, 지금 내 상태로는?" 랜들은 무릎에 손을 얹고 허리를 굽혔다. "뭐 이런 개 같은 경우가 있냐고!" 몸을 벌떡 일으킨 랜들은 좌우로 휘청휘청하다가 다시 균형을 잡았다. "내가 상관들한테 플레어 병을 감추려고 얼마나 애를 썼는데, 제기랄."

토머스는 척의 손을 잡았다. 눈은 공중에서 얼어붙은 듯 더 이상 빙빙 돌지도, 춤추지도, 떨어지지도 않았다.

여자 경비원이 말했다.

"좋아, 여기까지야. 문 열어, 무르. 아이들 안으로 데려가고 의사를 불러. 어서."

랜들이 아이들에게 악을 썼다.

"너희가 특별하다고 생각하지? 그들이 모두에게 하려는 짓을 너희에게는 안 할 줄 알아?"

무르가 서둘러 보안 코드를 찍었다. 요란하게 삐이 소리가 나고 유리판 색깔이 빨강에서 초록으로 바뀌었다. 이어 딸깍 소리와 함께 문이 열렸다. 무르는 문을 더 열고 건물 안으로 발을 들여놓았다.

토머스는 척을 밀다시피 문 안으로 들여보내고 테리사의 팔을 잡아끌면서 함께 문 안으로 뛰어 들어갔다. 단 1초도 랜들과 밖에 있고 싶지 않았다. 랜들은 여전히 고함을 질러대고 있었다.

"내 말 들리지? 너희는 엉뚱한 사람에게서 도망치고 있어. 너희가 두려워해야 할 사람은 내가 아니라고. 알아들어?"

랜들은 계속해서 소리를 질렀고 경비원이 안으로 들어와 문을 닫았다. 토머스는 작은 방범창 너머로 밖을 내다보았다. 랜들이 돌아서서 숲을 향해 비틀비틀 걸어가고 있었다.

"오늘 밤엔 내 방에서 자." 토머스가 척에게 말했다. 그들은 토머스의 방문 앞에 서 있었다. "그들이 뭐라고 하든 상관없어."

화장실을 쓰러 자기 방으로 들어갔다가 잠시 후 다시 나온 테리사는 걱정스러운 표정이었다.

토머스도 편치 않은 얼굴로 그녀를 바라보았다.

"너도 내 방에서 자려고? 그건 좀 충격인데."

"실은……."

"왜?"

멍하니 생각에 잠긴 척을 바라보며 테리사가 텔레파시로 말을 걸었다.

척을 네 방에 재우고 갈 데가 있어. 지금 바로.

잠깐, 뭐? 어딜 가?

상황이 네 생각보다 더 심각해. 저기…… 척을 데리고 들어가서 옛날이야기를 해주든지 해서 재워. 척이 잠들면 내 방문을 두드려.

무슨 일인데?

테리사는 토머스의 물음에 대답하지 않고 척에게 소리 내어 말했다.

"척?"

테리사는 척의 얼굴로 내려온 머리카락을 부드럽게 뒤로 넘겨주었다. 테리사를 올려다보는 척의 눈빛은 방금 전에 본 암울한 광경 때문인지 몹시도 무거웠다.

"누나는 피곤해서 그만 들어갈게. 너도 얼른 형이랑 방에 들어가 자. 내일 아침에 보자. 아무 걱정 말고." 테리사는 허리를 약간 굽혀 척과 눈을 마주 보며 덧붙였다. "진짜야. 랜들이 발병하긴 했지만 사악 직원들이 알아서 돌봐줄 거야. 그리고 우린 면역인이잖아. 걱정할 거 없어."

테리사는 환하고 따뜻한 미소를 지어 보였다. 불안감을 없애주는 미소라 토머스조차 그녀의 말을 믿을 뻔했다.

토머스가 테리사에게 말했다.

"잘 자. 들어가자, 척."

"잘 자."

테리사는 대답하고는 자기 방으로 들어갔다.

토머스는 방문을 닫고 담요 두 장을 바닥에 깔아 척의 잠자리를 만들어주었다. 척은 군소리 없이 임시로 만든 침대에 누웠다. 그런 모습을 보면서 토머스는 척이 어쩌면 생각보다 훨씬 똑똑한 아이일지 모른다는 사실을 새삼 떠올렸다.

척이 어둠 속에 누워 말했다.

"테리사 누나 말이 맞아. 우리는 면역인이니까 괜찮을 거야. 그런데 사악 직원들은 어쩌지?"

45장

231.5.4 | 11:41 p.m.

토머스가 노크를 두 번 하기도 전에 테리사가 방문을 열었다.

"들어와."

테리사가 다급히 속삭였다. 그녀의 차분한 눈빛에 토머스는 두려움을 느꼈다.

토머스가 방으로 들어오자 테리사는 방문을 닫았다.

"무슨 일인데?"

테리사가 종이쪽지를 내밀었다. 토머스는 쪽지를 손에 쥐고 들여다보았다. 연필로 갈겨쓴 단어들이 적혀 있었다.

가급적 빨리 내 방으로 오렴.

페이지 박사.

토머스는 테리사를 쳐다보았다.

"그래, 알았어. 무슨 일인지 말해봐."

"우리가 밖에 나가 있는 동안 그 쪽지를 내 방문 밑에 넣어놓으셨어." 테리사는 숨을 들이마신 후 말을 이었다. "아까 밖에서 일어난 일에 대해 아시는 게 분명해. 랜들에 관한 얘기를 하시려는 것 같아."

토머스는 벽에 등을 기댔다. 뭔가 끔찍하게 잘못됐다. 숨 막히는 두려움이 가슴을 파고들었다. 어찌하면 좋을지 알 수 없었다. 세상이 온통 흔들렸다.

"우리가 뭘 어떻게 해야 돼?"

토머스가 묻자 테리사는 그의 어깨에 손을 얹으며 말했다.

"일단 페이지 박사님을 만나러 가보자. 내가 지금까지 만나본 중 제일 똑똑한 분이셔. 그런 분이 우리와 얘기를 하고 싶다고 하니 바로 가봐야지."

토머스는 힘없이 말했다.

"알았어. 지금 우리가 믿을 수 있는 사람은 페이지 박사님뿐일 테니까."

테리사가 그를 격려하듯 고개를 끄덕이고는 문을 열고 복도로 나갔다.

토머스도 그녀의 뒤를 따랐다.

토머스는 조심스럽게 페이지의 방문을 두드렸다. 같은 복도에 거주하는 다른 박사들이나 심리학자들은 절대 깨우고 싶지 않았다. 페이지가 답을 하지 않자 토머스는 조금 더 세게 문을 두드렸다. 마침내 안에서 조그맣게 목소리가 들렸다.

"누구세요?"

"토머스예요." 그 순간 문득 어떤 생각이 머릿속을 스쳤다. 페이지가 그 쪽지를 보낸 게 아니라면 어떻게 하지? "테리사도 같이 왔어요. 박사님 메시지를 받고요."

문이 빼꼼 열렸다. 토머스는 그렇게⋯⋯ 흐트러진 모습을 한 페이지는 처음 보았다. 자다 일어났는지 헝클어진 머리카락은 아래로 늘어졌고 얼굴에는 화장도 하지 않은 채였다. 페이지는 문을 더 열고 안으로 들어오라는 뜻으로 고갯짓을 했다.

"와줘서 기쁘구나."

페이지는 책상 앞에 앉고, 토머스와 테리사는 침대에 나란히 걸터앉아 그녀의 말을 기다렸다. 토머스는 어느새 뉴트를 생각하고 있었다. 그가 제일 좋아하는 친구 뉴트는 면역인이 아니었다. 그런 뉴트에게 닥칠 미래는 둘 중 하나였다. 사악을 통해 병을 치료하든가, 아니면 미쳐서 랜들처럼 되든가.

마침내 페이지가 입을 열었다. 그녀는 어느 때보다 차분하고 냉정한 모습이었지만 눈빛은 다른 감정을 담고 있었다. 두려움이었다.

"수개월 동안 이런 날이 올까 봐 무서웠어. 조금이라도 더 늦게 오길 바랐는데."

페이지는 의자에서 일어나 잠시 생각에 잠겼다. 그리고 그들을 돌아보며 말했다.

"그동안 내가 너희들을 대변해 싸우고 수없이 너희의 도움을 요청했던 데는 다 이유가 있어. 너희는 사악 조직의 일부고, 여기서 우리 중 하나로 자랐지. 같은 목표를 갖고 있으니, 우리가 사명을 완수할 수 있도록 너희가 무슨 일이든 도와줄 거라고 믿어. 그리고 나를 믿어주면 좋겠다. 그럴 수 있겠니?"

토머스는 테리사를 돌아보았다. 테리사도 그의 눈을 마주 보았다. 그는 테리사가 무슨 생각을 하는지 느낄 수 있었다.

그들은 고개를 끄덕였다.

페이지는 따뜻한 미소를 지었다.

"그래, 그럴 줄 알았어. 자, 지금 우리에게는 달리 선택의 여지가 없어. 일단 이 일을 시작하면 절대 되돌릴 수도 없고." 페이지는 잠시 그들의 눈을 번갈아 쳐다보다가 물었다. "다시 물을게. 준비됐니?"

토머스와 테리사는 일어서서 함께 고개를 끄덕였다.

"좋아. 아무래도 사악 간부 몇 명이 우리가 이뤄낸 모든 것을 무너뜨릴 수 있는 정보를 숨기고 있는 것 같아. 고위층 인사들 중 몇 명은 몇 주째 얼굴도 비치지 않고 있어. 규약대로 진행해야 할 때가 온 것 같아."

페이지는 잠시 뜸을 들이고 숨을 들이마신 후 덧붙였다.

"말살 계획을 실행해야겠어."

46장

231.5.5 | 12:33 a.m.

페이지는 자신감 있게 복도를 걸어갔다. 평소 토머스가 보아온 태도와는 확연히 달랐다. 책임감이라는 털 망토를 받아들여 당당히 어깨에 걸친 모습이었다. 토머스는 어느새 페이지가 이 상황을 잘 해결해내리라 믿고 있었다.

페이지가 어깨 너머로 나지막하게 말했다.

"앞으로 24시간 이내에 처리해야 돼. 나를 도와줄 직원들이 꽤 많아. 에어리스와 레이철이 너희를 도울 거야."

테리사가 물었다.

"지금 어디로 가는 거예요? 말살 계획은 또 뭐고요?"

페이지는 승강기 앞에 서서 호출 버튼을 눌렀다. 승강기 문이 열리자 안으로 들어간 페이지는 문이 닫힌 후에야 입을 열었다.

"하나씩 순서대로 해야 해. 사악은 매일 저녁 모든 직원이 의무적으로 혈액 검사를 받도록 하고 있어. 우리는 감염 여부를 확인하는 게 얼마나 중요한지 늘 숙지하고 있거든." 페이지가 층 번호를 누르자 승강기가 움직이기 시작했다. "그런데 지난 몇 달 동안 이상한 움직임이 있어 확인해보니 의심스러운 정황이 발견됐어. 개인 건강 자료 중 일부가 누락된 거야. 앤더슨 총장은 검사 결과를 의료진에게 전달하기 전에 본인이 직접 검토하겠다고 했어. 그리고 나는 매일 보고서를 전달받았는데 양성 반응으로 나온 직원은 단 한 명도 없었지. 하지만…… 앤더슨 총장을 통해 보고서를 받은 게 문제였어."

승강기가 멈추고 익숙한 핑 소리와 함께 문이 열렸다. 토머스와 테리사는 페이지 박사를 따라 승강기에서 내려 또 다른 복도를 걸어갔다.

"최근에 감염 증상이 눈에 띄기 시작했어. 총장도 징후를 보이기 시작했고. 나는 존경스런 우리 지도자께서 보고서를 조작했다고 거의 확신했지. 오늘 밤 보안 카메라 영상에 찍힌 랜들의 모습도 봤어. 랜들에게 병증이 나타났다면…… 아마 그에게만 나타나진 않았을 거야."

페이지는 토머스가 예전에 딱 한 번 와본 적 있는 문 앞에서 걸음을 멈췄다. 초대를 받아 앤더슨 총장을 만나러 왔을 때 와본 곳이었다.

테리사가 물었다.

"그런데 병증을 나타낸 사람들이 왜 저희 눈에는 안 띄었죠? 랜들 말고는 아픈 사람을 본 적이 없어요."

페이지는 예상한 질문이라는 듯 고개를 끄덕였다.

“일부는 초기라서 크게 티가 안 났을 것이고, 병이 꽤 진행된 사람들은 아마 어디 숨어 있을 거야. 랜들이 어디 있다가 나타났는지 안 그래도 궁금하던 참이야. 오늘 랜들에게 일어난 일을 보면서 우리가 처한 상황이 얼마나 심각한지 깨달았어. 검사 결과가 조작됐다면 우리의 건강을 지키고 작업을 계속하기 위한 보안 규약을 실행해야 돼. 내가 책임자로 나설 거야. 오늘 밤.”

상황은 믿을 수 없을 정도로 급박하게 돌아가고 있었다.

페이지가 이토록 엄숙하고 단호하게 나서는 것도 처음 보았다.

“우선 전 직원의 혈액 검사 결과를 손에 넣어야 돼. 요약 보고서가 아닌 원본으로. 누가 발병했는지 파악한 후에 일을 처리해야지.”

토머스는 회오리바람처럼 빠르게 밀려드는 정보를 소화하느라 정신이 없었다.

“총장 사무실에 어떻게 몰래 들어가죠? 보안 카메라에 우리 모습이 찍히지 않아요?”

토머스의 질문에 페이지가 미소 지었다. 그 미소가 구름 사이로 잠깐 비치는 밝은 햇살처럼 느껴졌다.

“어느 질문부터 대답할까?”

테리사가 토머스 대신 말했다.

“두 번째 질문요. 보안 카메라요.”

페이지는 고개를 끄덕였다.

“이곳에는 나한테 신세 진 사람들이 많아. 그리고 다들 플레어병에 감염될까 두려워 건강 문제를 우리에게 일임하고 있어. 라미레스도 그 병에 걸릴까 봐 전전긍긍하면서, 나를 치료제 만드는 일에 가장 적합한 인물이라 여기고 있지. 앤더슨 총장이 더 이상 사악을 이끌지 못하게 된 게 안타깝지만 어쩔 수 없어."

토머스는 어떻게 생각해야 할지 알 수 없었다. 그는 첫 번째 질문을 되풀이했다.

"그럼…… 이 사무실은요? 앤더슨 총장 모르게 어떻게 들어가요?"

언제부터인지 페이지의 얼굴에서 미소가 사라졌다.

"아, 모를 수가 없지. 그는 지금 사무실 안에 있거든. 들어갈까?" 페이지가 주머니에서 수술용 마스크를 꺼내 착용했다. "너희는 마스크 필요 없지?"

페이지의 눈은 다시 웃고 있었다.

페이지는 잠겨 있지 않은 사무실 문을 열고 안으로 들어갔다.

앤더슨 총장의 사무실 뒤쪽에는 곁방이 하나 딸려 있었다. 휴식을 취하거나 친밀한 모임을 갖기도 하는 사적인 공간이었다. 앤더슨은 그 방에서 몸의 절반은 소파에, 나머지 절반은 바닥에 불안정하게 걸친 채 잠들어 있었다.

"사무실 문이 안 잠겨 있는 건 어떻게 아셨어요?"

테리사가 소곤소곤 물었다. 소리가 하도 작아서 겨우 알아들을 수 있을 정도였다.

페이지는 그들에게 주 사무실로 가라고 손짓한 후 앤더슨이 잠들어 있는 곁방을 나와 조용히 문을 닫았다.

"내가 플레어 병에 안 걸리려고 얼마나 조심하는지 너희는 상상도 못할 거야." 마스크 때문에 페이지의 목소리가 작게 들렸다. "극단적으로 조심하고 있지. 항상 이런 마스크를 착용해. 감염됐을지 모를 사람들과 이렇게 좁고 막힌 공간에 함께 있을 때는 더더욱. 30분에 한 번씩 손과 얼굴을 씻어. 음식도 내가 직접 준비하고……." 페이지는 자신의 두 손을 내려다보았다. "물론 나도 약간의 위험은 감수해야 해. 매일 말이야. 의사로서 위험을 전혀 감수하지 않을 수는 없으니까."

"그럼 저런 경우는…… 뭐죠?"

테리사가 어깨 너머 앤더슨의 곁방을 가리키며 물었다.

"내가 극단적으로 조심해야 했던 이유 중 하나가 바로 저 사람이야. 벌써 몇 달째 일주일에 한 번꼴로 여기 와서 앤더슨을 만났어. 이런 일이 일어나기 전부터 우리는…… 우정을…… 쌓아왔거든. 몇 시간씩 얘기를 나누기도 했지. 예전 우리 삶이 어땠는지에 대해, 사악이라는 조직에 대해, 청사진의 진척에 대해 말이야. 한 달쯤 전부터 그는 굳이 사무실 문을 잠그지 않았어. 그리고 그 기간 동안 앤더슨이 변했지."

"앤더슨 총장 말고 누가 또 그 병에 걸렸을까요?"

테리사가 물었다.

"확인해봐야지. 앤더슨이 검사 결과 원본을 파기하지 않았다면 알 수 있을 거야."

페이지는 앤더슨의 책상 쪽으로 걸어갔다. 그가 사랑했던 사람들의 사진이 담긴 액자들이 책상 여기저기에 놓여 있었다. 토머스는 전에 여기 왔을 때 그 액자들을 본 적이 있었다. 페이지는 컴퓨터 모니터 화면을 열며 말을 이었다.

"앤더슨은 보안 카메라로 늘 주변을 감시하지만 비밀번호는 그다지 독창적이지 않아."

페이지는 미소를 지으며 키보드와 모니터의 터치 기능을 이용해 검색을 시작했다. 모니터 불빛에 방 안이 퍼렇게 물들어 유령이 나올 것만 같았다.

"너무 오래 걸리지 않아야 할 텐데……."

페이지가 혼잣말을 했다.

그 순간 토머스에게 문득 어떤 생각이 떠올랐다. 만약 사악 직원들이 늘 하는 얘기와 달리 그가 면역인이 아니라면? 그는 한 번씩 그런 걱정을 하곤 했다. 어쩌면 이미 그 병에 걸렸을 수도 있다. 광인 굴의 끔찍한 기억이 머리를 스쳤다.

페이지는 앤더슨의 컴퓨터에 설치된 보안 벽을 여러 겹 뚫은 끝에 식당 근무자부터 박사들, 심리학자들에 이르기까지 사악 단지 내에서 근무하는 모든 직원과 실험 대상자의 명단이 담긴 스프레드시트 파일을 찾아냈다. 그녀는 스크롤을 쭉쭉 내려 관리자들의 정보가 담긴 탭을 클릭했다. 앤더슨 총장의 얼굴이 화면에 떴다. 지금 이 상황과 무척이나 안 어울리는 환한 미소를 띤 얼굴이었다. 페이지는 데이터를 더 깊게 파고든 끝에 전날 저녁에 작성된 검사 결과 파일을 찾아냈다. 토머스는 그 안에 담겨 있을 내용에 대해 어느 정도 짐작했지만 막상 붉은 글씨로 된 증거가 눈앞에 펼쳐지자 온몸에 소름이 돋았다.

케빈 앤더슨 총장은 플레어 병에 걸려 있었다.

사악 직원 몇 명도 마찬가지였다.

47장

231.5.5 | 3:42 a.m.

사악 단지 내에서 근무하는 박사와 심리학자, 과학자, 기술자, 간호사 그리고 기타 직원 들까지 총 131명 중 19명이 감염되어 있었다. 전부 고위직이었고 대부분 앤더슨과 교류하는 자들이었다. 그들이 감염 사실을 숨기기로 모의한 것도 당연했다.

페이지는 토머스와 테리사를 서둘러 자신의 방으로 데려가 그 안에서 대기하라고 하면서, 이제부터 말살 계획을 전면적으로 실행할 것이며 필요한 모든 조치를 취하겠다고 설명했다. 곧 오겠다며 자리를 뜬 그녀는 두 시간 후 에어리스와 레이철을 데리고 돌아왔다. 그들과 함께 방으로 들어온 페이지는 짐이 잔뜩 들어 있는 배낭 네 개를 바닥에 내려놓았다.

"그게 뭐예요?"

테리사가 물었다.

"전부 설명해줄게. 오늘 너희 넷의 도움이 절실히 필요해."

토머스가 먼저 에어리스와 레이철에게 친근하게 고개를 끄덕여 인사하자 그들도 그에게 고개를 끄덕였다. 에어리스는 그동안 나이를 더 먹은 티가 났는데, 근심이 많았는지 얼굴 곳곳에 주름이 져 있었다. 레이철은 전보다 머리카락이 더 짧아졌고 검은 눈에는 수심이 어려 있었지만, 자신감 있는 모습이었다. 토머스는 에어리스와 레이철을 바라보며 용기를 냈다.

페이지는 지치는 기색 없이 상황을 잘 이끌어가고 있었다.

"우리 측 사람들이 알아낸 바에 따르면, 앤더슨은 감염자들을 전부 '라 구역'에 숨겨뒀어. 확인해보니까 그중 몇 명은 병이 꽤 진행된 것 같아. 아마 그래서 요즘 얼굴도 내비치지 않은 거겠지. 단지 안에서 라 구역이 속한 건물을 전면 봉쇄하도록 지시했어.

그리고 어제 자 의료 검사 결과 원본을 몇 번 더 확인해봤어. 자기 사무실에 있는 앤더슨, 숲 어딘가를 돌아다니는 랜들을 제외하고 나머지는 전부 라 구역에 모여 있더라. 라 구역이 아닌 곳에 있는 사람들은 감염되지 않았어."

페이지는 두 번 깊은 숨을 들이쉬고 말을 이었다.

"단 1초도 낭비할 수 없는 상황이야. 감염자들을 전부, 신속하게 처리해야 돼. 감염 위험을 무릅쓰고 돕겠다고 나선 용감한 경비원들이 몇 명 있지만, 여기서 단 한 명이라도 더 이 병에 감염되게 만들 수는 없어. 그래서 너희의 도움이 필요한 거야."

페이지는 쉽게 말을 꺼내지 못하고 머뭇거렸다. 그녀가 하려는 말이 무엇인지 깨달은 토머스는 번개에 맞은 듯한 충격을 받았다.

"설마……."

페이지는 고개를 끄덕였다. 얘기를 꺼내기가 얼마나 어려운지 그녀의 표정만 봐도 알 수 있었다.

"너희는 모두 면역인이야. 미로에 투입되지 않은 아이들 중 제일 나이도 많고 강하지. 우리는 병증이 심하고 약해진 사람들을 상대하고 있어. 대부분 잠들어 있으니 지금 당장 행동에 나서야 해. 이 배낭 안에는 이런 일에 대비해 준비해둔 약물이 담긴 주사기가 들어 있어. 주사기를 신속하게 그들의 목에 꽂고 약물을 투여하면 돼. 너희라면 문제없이 해낼 수 있을 거야."

무릎에 힘이 빠진 토머스는 티를 내지 않으려고 가만히 바닥에 앉았다.

아무도 감히 입 밖에 내지 못한 말을 에어리스가 내뱉었다.

"그러니까…… 저희더러 그들을 전부 죽이라는 뜻인가요?"

"어차피 죽을 사람들이야."

테리사의 차가운 말에 토머스는 생각을 이어갈 수 없을 만큼 깜짝 놀랐다.

"잠깐, 잠깐만. 일단 차분히 생각 좀 해보자."

토머스가 다시 일어서며 말했다. 그는 테리사를 바라보았다. 테리사가 죄책감을 덜려고 일부러 강하게 말한 것인지, 아니면 자아를 보호하려고 감정의 벽을 쌓다 못해 아예 무감각해진 것인지 알 수 없었다.

테리사가 곧장 받아쳤다.

"아니야, 톰. 힘들더라도 지금 이 일을 해내지 않으면 결국 다 죽어."

토머스는 충격에 눈앞이 부옇게 흐려져 다시 바닥에 주저앉았다. 반박할 말이 없었다. 테리사가 텔레파시 통신을 끊어버린 상태라 그에게는 테리사를 쳐다보는 것 외에 할 수 있는 일이 없었다.

테리사가 태도를 약간 누그러뜨리며 말했다.

"유감이야. 정말 유감이야, 톰. 진심이야. 지금 이 상황이…… 끔찍하다는 거 알아. 하지만 우리가 이 일을 받아들이고 해내지 않으면 더 끔찍해질 거야."

페이지가 말했다.

"테리사 말이 맞아. 너희 넷은 이제 곧 성인이니 이 일을 충분히 해낼 수 있어. 감염자들의 위치도 정확히 파악하고 있으니 너희는 방마다 다니면서 주사만 놓으면 돼."

페이지는 배낭을 가리키며 덧붙였다.

"배낭 안에 권총을 넣어뒀어. 전기총도 지급해줄게. 만일의 경우 필요할 수도 있으니까. 어디까지나 만일의 경우야. 그들이 잠들어 있는 동안 주사를 놓으면 될 거야. 그리고 감염 위험이 있긴 하지만, 일이 잘못될 경우에 대비해서 경비원들을 배치해둘게."

방 안에 한참 정적이 흘렀다. 페이지는 아이들에게 잠시라도 생각할 시간을 주고 있었다.

마침내 테리사가 말했다.

"전 할게요."

에어리스도 동의했다.

"저도요."

레이철은 비통하게 내뱉었다.

"목적이 수단을 정당화한다. 이 말을 사악의 공식 로고로 쓰면 되겠네요. 사악 건물 정문에다가 커다랗게 현수막이라도 다세요. 목적이 수단을 정당화한다, 라고. 내키지 않지만 이번 일에는 저도 합류할게요."

에어리스가 말했다.

"진짜 그렇지 않아? 100만 명을 죽여서 10억 명을 살릴 수 있다면 안 하겠어? 가정을 해보자면 말이야. 그런 상황에서 안 하겠다고 하면 사실 10억 명을 죽이는 꼴이잖아? 난 10억 명을 죽이느니 100만 명을 없애는 쪽을 택할래."

토머스는 당혹스러운 눈빛으로 에어리스를 쳐다보았다. 지구가 갑자기 반대 방향으로 돌기 시작한 것처럼 눈앞이 아찔했다.

페이지는 도전 과제를 받아들인 세 명에게 고개를 끄덕이고는 물었다.

"토머스?"

토머스는 말없이 바닥만 쳐다보았다.

테리사가 물었다.

"톰? 난 너와 함께 이 일을 하고 싶어. 우리와 함께하자. 부탁이야."

토머스는 기분이 좋지 않았다. 엉망이었다. 그는 일어섰다. 적당한 말을 찾기 위해 고심했다. 결국 페이지의 뜻에 따라야 한다는 걸 알고 있었다. 돌아서기엔 너무 늦었다. 미로에 들어가 있는 친구들, 척, 그리고 세상을 생각하지 않을 수 없었다.

해야만 했다. 말살 계획을 이행해야 했다. 그리고 이 자리에서 뭔가 똑똑하고, 심오하고, 그들을 하나로 묶어 이 끔찍한 여정을 시작하게 할 말을 해야 할 필요가 있었다.

"제기랄."

48장

231.5.5 | 4:15 a.m.

네 명 모두 사명에 동의하자, 페이지는 주사기와 무기 사용법을 설명해주고 움직임을 조직화해 최고의 공격 계획을 짜게 해줄 경비원들을 데리러 갔다. 기다리는 동안 테리사가 텔레파시 통신을 재개했다.

괜찮아?

이 일에 대해…… 어떻게 생각해야 할지 모르겠어.

테리사는 한참 말이 없었다. 토머스는 테리사의 머릿속이 바쁘게 돌아가는 것을 느낄 수 있었다. 그는 하고픈 말이 더 있었지만 조용히 기다렸다.

있잖아.

마침내 테리사가 말했다. 속내를 털어놓을 때마다 그녀는 늘

'있잖아'로 시작하곤 했다.

내가 전에 살았던 곳에 대해 얘기했던 거 기억하지? 내 이름이 디디였을 때 말이야.

디디라는 이름과 함께 날카로운 통증이 느껴졌다. 토머스가 앉은 자리에서 움찔할 정도로 강렬한 통증이었다.

응, 기억해.

거긴 정말 끔찍했어. 말로 표현 못할 만큼…… 참혹했어. 수많은 사람이 플레어 병에 걸렸고, 광인들을 피해 달아나야 했어……. 내가 말하려는 요지는, 지금도 세상 곳곳은 그렇게 참혹하다는 거야. 난 잊을 수가 없어. 수많은 소녀가, 그때의 나처럼 끔찍한 일들을 목격하고 있어. 공포 한가운데서 죽어가면서. 사악은 세상을 공포에서 구하려고 하는 거야. 소녀와 소년들을 구하려 한다고.

토머스가 말했다.

알아. 우리 모두 엉망이 된 세상을 봤잖아.

나만큼은 아닐 거야. 난 그야말로 초토화된 세상 한가운데서 살았어. 감염자들은 한곳에 모여 있고 바이러스는 전혀 약화되지 않았지. 지금 우리가 막지 않으면 바이러스가 퍼져나가 여기도 그렇게 될 거야. 그리고 언젠가는 온 세상이, 모든 마을과 도시가 노스캐롤라이나처럼 되겠지. 그럼 모두 죽는 거야.

토머스는 벌떡 일어섰다. 이 숨 막히는 대화에서 벗어나고 싶었다.

알았어, 테리사. 알아들었어. 치료제를 찾아야 한다는 말. 천 번도 더 들었다.

테리사의 답답해하는 심정이 고스란히 느껴졌다.

톰, 공연한 말이 아니야. 우린 치료제를 찾아야 해. 이 사태를 근시안적으로 보면 안 돼. 인류가 멸종될 수도 있어. 중요한 건 어떻게든 최종 결과물인 치료제를 손에 넣는 거야. 어떤 과정을 거치든…… 해내야만 해. 알겠어? 무슨 일이 있어도 해내야 한다고.

그래서 그들을 죽이자고? 그런 말이야? 우리 넷이서 이 건물을 돌아다니면서 플레어 병에 걸린 사람들을 모조리 도살하자고?

그래. 바로 그거야.

토머스는 다른 방법을 내놓았다.

감염자들을 광인 굴로 이동시켜도 되잖아?

진심이니? 그 사람들이 괴물들로 가득한 우리에 내던져지길 바라겠어? 톰, 넌 사태를 똑바로 보지 못하고 있어.

테리사의 강한 좌절감이 텔레파시를 통해 밀려들어 토머스는 움찔했다.

그래서 우리가 그들을 죽여야 한다 이거지.

토머스는 인간으로서 중요한 부분이 도려내지는 기분이었다.

우린 이 시설을 페이지 박사님의 통제하에 두고 미로 두 개가 온전히 운영되도록 만들어야 해. 이건 누굴 죽이는 게 아니라 살리는 일이야.

토머스는 한숨을 쉬었다.

최선을 다할게.

달리 그가 할 수 있는 일이 있을까?

테리사가 옆으로 다가와 그의 귀에 속삭였다.

"이건 정말 중요한 일이야. 세상에서 제일 중요한 일이라고."

"그래. 사악은 선한 것이니까."

몇 분 뒤 문이 열렸다. 제복을 입은 경비원 몇 명이 방으로 들어오고 페이지도 뒤따라 들어왔다. 페이지가 말했다.

"준비하자. 시간이 없어."

49장

231.5.5 | 5:44 a.m.

어깨에 멘 배낭이 묵직했다. 토머스와 친구들은 필요한 물품이 전부 담긴 배낭 하나씩을 짊어졌다. 권총을 두 자루씩 지급받고, 전기총에 쓰이는 여분의 카트리지를 어깨에 가로질러 멨다. 배낭에 담은 주사기들은 동물원에 가득한 코끼리들을 전부 쓰러뜨릴 수 있을 만큼 양이 많았다. 모자란 것보다는 넘치게 많은 편이 나았다.

그들은 첫 번째 목표물인 앤더슨 총장을 향해 복도를 달려갔다. 토머스는 개인적으로 앤더슨 총장에게 유감이 없었다. 앤더슨은 좋은 사람이었다. 지금은 완전히 미쳐버렸지만. 라 구역으로 진입하기 전에 앤더슨을 먼저 처리해야 했다.

족히 5분 정도 달린 끝에 에어리스가 멈춰 서며 한 손을 들었다. 테리사는 하마터면 에어리스에게 부딪칠 뻔했지만 가까스로 멈췄다.

에어리스가 속삭였다.

"저 소리 들려?"

토머스는 통풍 장치가 내는 소음과 달려오느라 가빠진 그들의 숨소리 외에 다른 소리를 포착하려고 귀를 쫑긋 세웠다.

"안 들리는데."

토머스가 말하자 다른 아이들도 고개를 저었다.

"잘 들어봐." 에어리스는 소리가 천장 쪽에서 들려온다는 듯 위를 쳐다보며 말했다. "저기야."

나지막한 울음소리였다. 어린아이가 우는 소리 같기도 했다. 막상 귀에 들리자 지금까지 듣지 못한 게 이상하게 느껴질 정도였다. 높고 구슬픈 그 울음은 복도를 따라 퍼지고 있어 정확히 어느 방향에서 나는 소리인지 가늠하기 힘들었다. 우물 바닥에서 울고 있는 어린아이가 상상되는 소리였다.

"라 구역 통풍구에서 들리는 소리일지도 몰라."

레이철이 이 말을 하자마자 울음이 뚝 끊겼다.

토머스도 가설을 내놓았다.

"어린애일 수도 있어. 페이지 박사님이 만일에 대비해 아이들을 어디 숨겨놓으셨을 수도 있잖아."

테리사가 말했다.

"다른 생각 말고 앤더슨 총장 문제부터 해결해야 돼. 가자."

에어리스는 반대하지 않았다. 넷은 다시 달리기 시작했다.

앤더슨 총장의 사무실 문은 닫혀 있을 뿐, 잠겨 있지는 않았다. 테리사가 문을 열었다. 토머스는 안에서 앤더슨이 좀비처럼 튀어나와 달려들지도 모른다고 생각하며 숨을 죽였다.

사무실 안은 조용하고 어두웠다. 그리고 냄새가 났다. 끔찍한 악취였다.

테리사는 언제든 발사할 태세로 전기총을 손에 든 채로 문을 더 열고 안으로 들어갔다. 에어리스와 레이철, 토머스도 차례로 따라 들어갔다. 워크스테이션 모니터는 여전히 푸른빛을 뿜고 있었다. 아까 그들이 여길 나설 때와 비교하면 풍경은 그대로였다. 썩은 암내와 오줌 냄새, 심지어 똥 냄새가 강하게 풍기는 점만 달랐다. 강렬한 악취에 토머스는 구역질이 치밀어 목을 죄며 한쪽 무릎을 꿇었다. 그는 애써 정신을 가다듬었다.

테리사가 물었다.

괜찮아?

응. 앤더슨은 저 안에 있겠지?

토머스는 곁방 쪽을 고갯짓으로 가리켰다.

가보자.

에어리스가 이미 곁방 문 앞으로 이동해 가볍게 발로 차 문을 열었다. 지독한 악취가 어둠 속에서 훅 퍼져 나왔다. 토머스는 일어서서 에어리스와 테리사 뒤로 가서는 곁방을 들여다보았다. 컴컴해서 내부를 분간하기가 쉽지 않았다. 코를 움켜쥐고 토머스 옆에 선 레이철이 물었다.

"죽었어?"

"나 안 죽었다." 쉰 목소리가 대답했다. 앤더슨이었다. 거의 인간 같지 않은 목소리였다. "안 죽었어. 너희가 오늘 운이 없구나."

그러고는 날카로운 젖은 기침을 연달아 뱉어냈다.

"이런." 악취 탓에 토머스의 위장이 요동쳤다. "방 안에 불 좀 켜야겠어."

"불을 켜면 저 사람 눈이 아플 거야."

에어리스가 말하며 벽 패널을 손으로 더듬었다. 곧 정오처럼 밝은 빛이 방 안을 가득 채웠다.

앤더슨은 손톱으로 제 눈을 후비며 비명을 질렀다. 그는 소파 앞 바닥에서 몸부림쳤는데, 소파가 어찌나 지저분한지 몇 달째 그 위에 줄곧 누워 산 것처럼 보였다.

"불 꺼! 불 끄라고!"

토머스는 조도를 낮춘 에어리스가 고마웠다. 눈앞에 펼쳐진 처참한 광경은 도저히 보고 있기가 힘들었다. 한때 그들의 지도자였던 남자가 얼굴과 옷에 온통 피 칠갑을 하고 머리는 떡이 진 채 쓰러져 있었다. 체중이 확연히 줄었고 창백한 피부는 땀에 절었다. 앤더슨은 모로 누워 치아를 드러내고 입을 잔뜩 비틀고 있었다. 입 주변이 온통 시뻘겠다. 토머스는 곧 그 이유를 알 수 있었다.

앤더슨의 손가락이 두 개뿐이었다.

나머지 손가락이 있던 자리에는 피에 전 작은 덩어리만 남아 있었다.

"세상에……." 에어리스가 한쪽 팔을 들어 자신의 눈을 가렸다. "설마. 아닐 거야."

"그 설마가 맞아."

레이철이 차가운 목소리로 대꾸했다.

토머스는 차마 쳐다볼 수가 없어서 앤더슨의 책상 위에 놓인 컴퓨터 모니터로 시선을 돌렸다. 모니터의 통신 시스템 화면에, 앤더슨이 작성 중이던 것으로 보이는 이메일이 열려 있었다. 다행히 발송 전인 것 같았다. 내용은 충격적이었다.

"얘들아, 우리가 없는 동안 앤더슨 총장이 모든 사람들에게 보내려고 했던 이메일이 있어. 들어봐."

토머스는 이메일의 내용을 읽어주었다.

사악 메모, 날짜 231.5.5

수신:

발신:

제목:

손가락이 두 개밖에 안 남았습니다.

남은 두 손가락으로 거짓된 작별 인사를 씁니다.

이것이 진실입니다.

우리는 악합니다.

그들은 어린아이들입니다.

우리는 악합니다.

우리는 여기서 멈추고, 면역인들이 세상을 차지하게 해야 합니다.

우리는 악합니다.

우리는 신 행세를 해선 안 됩니다.

우리는 아이들에게 이런 짓을 하면 안 됩니다.

당신도 악하고 나도 악합니다.

두 개 남은 내 손가락이 그렇다고 말해주는군요.

우리를 대체할 후임자들에게 우리가 어떻게 거짓말을 한 단 말입니까?

우리는 그들에게 있지도 않은 희망을 주려 했습니다.

모두가 죽을 것입니다.

결국은.

자연이 이기게 둡시다.

토머스가 마지막 문장을 읽을 때 그의 어깨 너머에서 테리사가 말했다.

"저 사람 머릿속이 뒤죽박죽인가 봐."

"뒤죽박죽 정도가 아니야."

그때 곁방에서 앤더슨이 앓는 소리로 말했다.

"내 손가락. 너희 왜 내 손가락을 먹었니?"

토머스는 테리사의 시선을 따라 앤더슨 쪽으로 다시 눈을 돌렸다. 가슴이 몹시 아팠다. 앤더슨이 몸을 공처럼 바짝 웅크린 채 앞뒤로 흔들거리고 있었다.

앤더슨은 망상 증세를 보이며 중얼거렸다.

"두 개밖에 안 남았어. 여덟 개를 맛있게 먹었길 바란다. 나는 그 여덟 개를 내가 먹은 줄 알았는데 아니었어. 너희였어. 그렇지?"

토머스는 친구들과 눈빛을 주고받았다. 지금까지 본 중에서 이

보다 더 슬픈 광경이 있을까? 사악이라는 거대한 조직을 활기차게 이끌어온 남자가 징징거리는 미치광이로 변하다니.

앤더슨은 온몸의 근육을 쥐어짜듯 몸을 비틀기 시작했다. 몇 초 동안 격하게 덜덜 떨다가 늘어졌다. 바닥을 사납게 노려보던 앤더슨의 눈이 토머스의 몸 윤곽을 따라 서서히 위로 올라왔다. 그의 시선은 토머스의 발에서 허벅지, 몸통을 지나 눈에 이르렀다.

"그들이 결국 너희의 뇌를 꺼낼 거다. 뇌를 꺼내서 몇 시간씩 들여다보고 먹어치울 거야. 기회가 있을 때 도망쳐야 돼."

토머스는 꼼짝할 수가 없었다. 돌연 맑아진 앤더슨의 눈빛이 그날 본 무엇보다도 더 큰 공포를 자아냈다.

"어떻게 하지?"

에어리스가 물었다. 총장이었던 남자는 계속 중얼거리며 태아 자세로 웅크렸고, 말소리는 고통에 찬 신음에 파묻혀 무어라 말하는지 알 수도 없었다. 앤더슨은 바로 눈앞의 바닥만 쏘아보고 있었다.

테리사가 대답했다.

"고통에서 벗어나게 해드려야지. 그래야…… 나머지 감염자들을 좀 더 쉽게 처리할 수 있어. 어서 실행하자."

한두 달 전에 테리사의 이런 냉담한 말을 들었다면 토머스는 충격을 받았을 것이다. 며칠 전이라고 해도 마찬가지였겠지만, 더 이상은 아니었다. 지금 그들은 엄정하고 냉혹한 현실에 처해 있었다. 이 사람들이 전에 누구였든 더는 같은 사람이 아니었다.

토머스는 문득 직접 이 일을 처리해야겠다고 결심했다. 바로 지금, 이 자리에서 그가 해야만 했다. 만약 다른 사람이 하게 둔다면, 다시는 이 일을 할 용기가 나지 않을 것 같았다.

"내가 할게."

토머스는 혼잣말처럼 나지막하게 말했다. 다른 사람들은 듣지 못한 것 같았지만 토머스가 등에 메고 있던 배낭을 옆에 내려놓자 눈치를 챈 듯했다. 토머스는 앤더슨 바로 옆에 무릎을 굽히고 앉았다. 앤더슨의 상처에서 흘러나온 피가 토머스의 바지에 스며들었다.

아이들은 굳이 토머스를 말리지 않았다.

토머스는 배낭 지퍼를 열고 안을 뒤적거리더니 페이지 박사가 만든 혼합 제제가 담긴 주사기 하나를 꺼냈다. 바늘 끝의 플라스틱 마개를 떼고 주사기를 손에 쥔 다음 전자식 누름대를 제어하는 버튼을 엄지로 가볍게 눌렀다.

레이철이 물었다.

"우리 정말 이렇게 해야 하는 거야? 그러니까…… 꼭 해야 하는 거지?"

"응."

토머스는 짧게 대답했다. 더는 할 말도 없었다.

앤더슨이 몸을 부르르 떨며 바로 누웠다. 이해할 수 없는 말을 중얼거리며 눈을 휘둥그렇게 뜨고 천장을 올려다보고 있었다. 토머스는 가까이 다가가 앤더슨의 머리로 주사기를 가져갔다. 앤더슨은 주사기를 알아본 표정이 아니었다. 인간성이 전혀 남아 있지 않았다.

갑자기 어깨에 와 닿는 테리사의 손길에 토머스는 깜짝 놀라 뒤를 돌아보았다. 테리사의 눈에 눈물이 맺혀 있었다.

정말 유감이야. 나도 함께하는 거야. 넌 할 수 있어.

토머스는 고개를 끄덕이고는 다시 앤더슨을 돌아보았다. 앤더슨은 누운 채로 몸을 바들바들 떨고 있을 뿐 다른 행동은 하지 않았다. 토머스는 앤더슨의 목으로 주사기의 은색 바늘 끝을 가져갔지만 바로 찔러 넣지 못하고 망설였다.

앤더슨이 눈길을 돌려 토머스를 바라보면서 한 단어만을 계속해서 되풀이했다. 입가에 거품이 부걱거리며 흘러내렸다.

"제발, 제발, 제발, 제발, 제발, 제발……."

그게 어서 하라는 뜻인지 아니면 하지 말라는 뜻인지 알 수 없었다. 토머스는 천천히 앤더슨의 목 옆 부드러운 피부에 바늘을 찔러 넣고 누름대를 제어하는 버튼을 눌렀다. 쉬익 소리와 함께 주사기 안에 담겨 있던 치사 약물이 앤더슨의 몸 안으로 흘러들어갔다.

그들은 사악의 전 총장이 떨림을 멈추고 마지막 숨을 길게 내뱉으며 눈을 감는 모습을 조용히 바라보았다.

50장

231.5.5 | 7:13 a.m.

열여덟 명 남았다.

토머스와 친구들은 라미레스와 랜들이 주로 쓰던 보안실에 서 있었다. 페이지와 그녀를 따르는 새로운 직원 몇 명이 라 구역의 방과 복도 들을 살펴보는 중이었다.

페이지가 보안 카메라 영상을 보며 말했다.

"다들 아직 같은 자리에 있어. 다섯 명을 먼저 처리한 후에 보안실로 돌아와서 전열을 가다듬고 나머지 감염자들의 위치에 변동이 생겼는지 확인하도록 해."

다른 사람들이 라 구역을 집중해서 보고 있는 동안 토머스는 미로를 비추는 영상을 멍하니 바라보았다. 늦은 시간임에도 알비와 뉴트는 무슨 일 때문인지 닉과 논쟁을 벌이고 있었다. 닉은 이미 미로 내에서 지도자로 위치를 굳힌 듯했다. 소리가 들리지 않으니 무슨 일로 말다툼을 하는지 알 수 없지만, 적어도 주먹은 오가지 않았다. 나머지 공터인들은 대부분 잠들어 있었다.

"재들은 여기서 무슨 일이 벌어지고 있는지 모르겠구나. 차라리 잘됐어."

토머스는 머릿속으로 생각한 말이 자신도 모르게 입 밖으로 튀어나오자 화들짝 놀랐다.

테리사가 그를 쳐다보았다. 지금 더 급한 일을 코앞에 두고 있는데 뭐 하냐며 나무랄 것 같더니 이내 눈빛을 누그러뜨렸다.

"그래. 이번만은 저 안보다 여기가 더 살기 힘드네."

레이철도 맞장구를 쳤다.

"입장이 완전히 바뀌었어."

"애들아?" 페이지가 사악 단지를 비추는 카메라를 손으로 가리키며 물었다. "계획을 세워야지?"

"죄송해요."

레이철이 조그맣게 말했다.

토머스는 다시 라 구역을 비추는 화면들로 시선을 돌렸다.

경비원이 그중 한 화면을 가리키며 말했다.

"라-17호. 오락실이야. 몇 명이 바닥에서 자고 있어. 라 구역으로 들어가자마자 저 방으로 들어가면 돼."

테리사가 덧붙였다.

"이미 죽었는지도 모르죠."

페이지는 앞으로 몸을 기울여 화면을 자세히 들여다보면서 소리를 내지 않고 입만 움직여 숫자를 셌다.

“다섯 명 맞구나. 좋은 계획이야. 저들을 잘 처리하고 보안실로 돌아오렴. 다음 목적지를 알려줄게.”

‘잘 처리하라니.’

이 와중에 참 멋진 표현이었다.

토머스 일행은 죽음을 가득 채운 배낭을 집어 들고 라 구역을 향해 문을 나섰다.

경비원이 봉쇄한 입구를 열었다. 토머스 일행은 입구를 지나 라-17호로 향했다. 목적지에 거의 다다랐을 때 복도 전방에 움직임이 발생해 잠시 걸음을 멈췄다. 앞장서서 가던 에어리스가 별안간 물러서면서 모퉁이를 돌아 나오던 일행과 부딪쳤다.

“저 앞에 두 명이 있어.”

에어리스는 벽에 등을 기대고 가쁜 숨을 몰아쉬며 속삭였다.

테리사가 말했다.

“나도 봤어. 그들도 우릴 봤겠지.”

때마침 고함 소리가 복도에 왕왕 울렸다.

한 남자가 발작적으로 고함을 질렀다.

“야, 얘들아! 이리 와, 내 어린 실험 대상자들아!”

토머스는 공포감에 몸이 떨려왔다. 팔과 이마에 식은땀이 나고 숨 막히게 열이 올랐다.

“몇 명이야?”

토머스의 물음에 에어리스는 모퉁이 너머를 슬쩍 내다보고 다시 아이들을 돌아보며 말했다.

“남자 둘. 한 명은 바닥을 기고 한 명은 걸어오고 있는데 벽에 기대서 간신히 걷는 수준이야. 아주 가까워. 그리고 저 사람들, 꼴이 말이 아니야."

자세한 설명이 고마웠지만 기분은 더 섬뜩해졌다.

"보안실로 돌아가서 전열을 가다듬어야 할까?"

토머스의 물음에 테리사가 대답했다.

"아니, 이대로 돌진하자. 미룰 이유 없잖아? 우리 넷이서 두 명쯤은 어렵지 않게 잡을 수 있어."

레이철이 고개를 끄덕였고 에어리스도 동의하는 표정이었다.

토머스는 어쩔 수 없구나 싶어 한숨을 쉬며 에어리스에게 물었다.

"아까 꼴이 말이 아니라고 했는데, 무슨 뜻이야?"

"기어 다니는 쪽이 홀랑 벗었어. 온몸이 할퀸 자국투성이고. 벽에 기대서 비틀거리며 걸어오는 쪽은 아침 식사 7인분 정도를 먹고 셔츠에 다 토해놓은 꼬라지야. 그리고 머리가…… 군데군데 강제로 잡아 뜯었나 봐. 상처가 끔찍해."

토머스는 감당해야 할 상황이 너무 버겁게 느껴졌다.

"다른 감염자들도 다 그런 상태겠지? 벌써 그렇게 종점에 가까워진 상태라고는 생각도 못했어."

토머스가 말을 마치자마자 복도 저쪽에서 비통한 울부짖음이 들려왔다. 길고 가느다란 울음소리는 어느새 낄낄대는 웃음소리로 끝을 맺었다. 그 소리가 점점 가까워지고 있었다.

테리사가 나직하게 말했다.

"앤더슨 총장 봤잖아. 나머지도 비슷하거나 약간 차이가 있는 정도겠지."

토머스가 용기를 내려 애쓰면서 고개를 끄덕였다.

"그래, 알았어. 이제 어떻게 하지?"

테리사는 메고 있던 배낭을 바닥에 내리고 지퍼를 약간 열어 안을 들여다보았다. 그녀는 권총 한 자루와 주사기 두 개를 꺼내, 그 중 주사기를 토머스에게 건넸다.

"이것도 저것도 안 되면 내가 마지막에 나설게." 테리사는 오른손에 권총을 들고 손가락을 방아쇠에 걸었다. "에어리스, 레이철. 너희가 먼저 전기탄을 쏴. 감염자들이 쓰러지면 토머스가 달려가서 독극물 주사를 놓는 거야. 난 토머스 옆에 있다가 감염자들이 움직이면 처리할게."

토머스는 테리사를 바라보았다. 제일 친한 친구의 주도적인 모습이 인상적이면서도 두려웠다. 한편으로는 그녀가 지시를 내리자 차라리 고마웠다.

"알았어."

토머스는 간단히 대답했다. 영리한 작전이라 반박할 필요도 없었다. 과정이 결코 유쾌하지는 않겠지만, 어차피 해야 할 일이니 빨리 끝낼수록 좋았다.

"괜찮은 생각이야. 다들 준비됐어?"

에어리스가 물었다.

토머스는 독극물 주사기를 양손에 하나씩 들고 고개를 끄덕였다. 레이철은 대답 대신 전기총을 들어 보였다. 테리사가 말했다.

"출발."

에어리스는 끄응 하고 벽을 밀치고 모퉁이를 돌아 달려 나가며 아드레날린이 솟구치는지 고함을 쳐댔다. 레이철이 전기총을 앞으로 조준하며 뒤이어 달려 나갔고, 토머스가 그다음이었다. 마지막 방어선인 테리사가 권총을 들고 맨 뒤에서 따라갔다. 전기총이 충전되는 소리가 공기를 가득 채웠다. 벽에 기대 걸어오던 남자의 몸에 전기탄이 명중하면서 터졌다. 에어리스가 말한 대로 남자의 두피는 군데군데 뜯겨 피떡이 되어 있었다.

전기탄은 남자의 가슴에 정통으로 맞았다. 번개가 그의 온몸을 타고 덩굴손처럼 퍼지자 남자는 울부짖으며 바닥에 쓰러졌다. 전기가 몸 안쪽부터 구워나가는 동안 남자는 마구 경련을 일으켰다.

"네 차례야, 토머스!"

에어리스가 소리치며 앞으로 달려가서는 레이철이 전기탄을 못 맞힐 경우에 대비해 바닥을 기어 오는 남자를 겨냥했다.

첫 번째 남자를 향해 달려간 토머스는 타일 바닥에 발을 쭉 미끄러뜨리면서 남자의 머리에서 30센티미터쯤 떨어진 곳에 멈췄다. 그는 주사기를 남자의 얼굴 위로 바짝 가까이 가져가면서 하얀 전기 줄기들이 가라앉기를 기다렸다. 두 번째와 세 번째 전기탄이 발사되는 소리에 이어 쿵쿵 소리가 뒤따랐다. 태고의 짐승이 울부짖는 듯한 날카로운 비명이 허공을 갈랐다.

남자의 몸에서 전기가 잦아들자 토머스는 주사기 바늘을 남자의 목에 찔러 넣고 독극물을 주입했다. 주사를 놓자마자 재빨리 바닥을 차며 일어나 맞은편 벽에 등을 기대고 섰다. 남자는 눈을 하얗게 까뒤집고 몸을 위아래로 떨었다. 목의 접힌 부분에 꽂힌 주사기가 덩달아 앞뒤로 흔들거렸다.

'열일곱 명.'

이제 사악 건물 안에 남은 광인은 열일곱 명이었다.

"여기야! 빨리 와!"

레이철이 소리쳤다. 레이철은 두 번째 남자를 내려다보고 서 있었다. 레이철이 쏜 전기총에 맞은 그 남자는 여전히 몸을 부들부들 떨고 있었다. 구타를 당했는지 온통 보랏빛으로 멍든 남자의 몸뚱이는 먹구름을 보는 듯했다. 남자의 몸에서 자잘한 번개들이 바닥 타일로 흘러내리며 잦아붙고 있었다.

토머스는 그리로 달려갔다. 남자 주변에 정전기와 불꽃이 가득했다. 토머스는 그 옆에 무릎을 꿇고 앞으로 몸을 기울여 목에 두 번째 주사기를 꽂고 독극물을 주입했다.

테리사는 바로 옆에서 두 손으로 권총을 단단히 쥐고 만일의 경우에 대비해 남자의 머리를 겨냥했다. 레이철과 에어리스가 가쁜 숨을 고르며 테리사 바로 뒤에 섰다. 토머스가 말했다.

"해냈어. 어디 한 군데 긁힌 곳도 없이 방금 두 사람을 죽였어."

테리사는 권총을 옆으로 내리고 긴장을 풀면서 토머스의 말을 고쳐주었다.

"광인이야. 사람이 아니라 광인이라고."

토머스가 일어서며 말했다.

"무슨 차이가 있는지 모르겠는데."

테리사의 매서운 눈초리에 토머스는 흠칫했다.

에어리스가 숨 사이사이로 말을 뱉었다.

"라-17호로 가자. 계획대로."

테리사는 토머스에게서 시선을 돌리고 앞장서서 달려갔다.

51장

231.5.5 | 7:47 a.m.

"라…… 17호……"

복도를 달리며 방 호수를 살피던 에어리스가 손으로 가리키더니 외쳤다.

"여기다!"

토머스는 자신을 제외한 다른 아이들이 오늘 무척 적극적이라는 점을 의식하며 일부러 문으로 다가가 귀를 가까이 댔다. 속으로는 아무 소리도 들리지 않기를 바랐다. 방 안의 감염자들이 전부 잠들어 있거나 이미 죽어 있기를 바랐다.

"들려?"

테리사의 물음에 토머스는 고개를 저었다.

"아니. 기다려봐."

문득 소리가 들린 것도 같아 다시 문에 귀를 갖다 댔다. 낮은 신음이 좀 더 또렷이 들렸다.

"들려. 적어도 한 명은 깨어 있어."

그들은 복도에서처럼 준비 태세를 갖췄다. 보안 카메라 영상에 따르면 이 문 너머에 광인 다섯 명이 틀어박혀 있었다. 토머스는 오른손에 주사기 세 개, 왼손에 두 개를 단단히 쥐었다. 에어리스와 레이철은 전기총을 완전히 충전하고 전기탄 장전도 마친 상태로 토머스의 뒤에 섰다. 이번에도 테리사는 권총을 손에 들었다. 토머스는 어쩐지 이번에는 그 권총을 사용하게 될 것 같은 불길한 예감이 들었다.

준비를 마치자 테리사는 권총을 들지 않은 손으로 문을 밀어서 열었다. 문이 안으로 열리면서 어둑한 방 안이 드러나고 고약한 체취와 썩은 입 냄새가 병든 바람처럼 흘러나왔다.

토머스는 끔찍한 악취에 구역질이 치밀어 올라 안으로 들어가면서 얼굴을 찌푸렸다. 레이철, 에어리스, 테리사가 그의 뒤를 따랐다. 다들 무기를 바로 쓸 수 있는 상태였다. 토머스는 방 안을 재빨리 훑어보았다. 빠르게 뛰던 심장이 차츰 진정되었다. 이 방은 직원들이 모여 쉬는 곳으로 의자와 소파, 오락용 모니터들, 당구대, 탁구대 등으로 채워져 있었다. 조금 전 그들이 보안 카메라로 염탐했던 감염자 다섯 명은 토머스의 왼쪽 구석에 모여 있었다. 남자 한 명은 팔 하나를 아래로 늘어뜨린 채 소파에 누웠고, 또 다른 남자는 그의 발 아래 바닥에 누워 있었다. 여자 두 명은 위로하듯 서로의 몸에 팔을 걸친 채 의자 두 개가 놓인 바닥에 나란히 누워 있었다. 나머지 남자 한 명은 의자에 앉아 머리를 뒤로 젖힌 채 입을 크게 벌리고 드르렁드르렁 코를 골며 자고 있었다.

에어리스와 레이철은 전기총을 겨누며 조용히 감염자들에게 다가갔다. 긴 정적 끝에 익숙한 전기 소음이 공기를 메우고, 전기탄을 연이어 발사하는 소리가 들렸다. 다섯 차례 쿵 소리가 명확하게 들린 것으로 보아 목표물을 모두 명중시킨 듯했다. 광인들의 몸이 전기에 휩싸여 부들부들 떨렸고, 푸른 번개가 방 안을 밝혔다.

"지금이야! 내가 도울게."

에어리스가 토머스에게 소리치며 다가와 주사기 세 개를 받아서 레이철에게 하나를 건넸다. 테리사는 셋이 접근하는 동안 경련 중인 감염자들에게 계속해서 권총을 겨눴다.

토머스는 소파 앞 바닥에 누운 두 남자에게 달려갔다. 감염자들의 몸을 에워싼 전기 가닥이 여기저기서 자잘한 불꽃으로 튀어 올랐다가 잦아들고 있었다. 토머스는 양손에 주사기를 하나씩 들고 투여 버튼에 엄지를 얹었다. 무릎을 굽히고 앉아 광인들의 목에 각각 주사기를 꽂고 독극물을 밀어 넣었다. 일이 너무 매끄럽게 진행되어 오히려 충격이 컸다. 벌떡 일어서서 보니, 의자에 앉은 남자는 레이철이 처리했고 에어리스는 바닥에 누운 두 여자의 목숨을 끝장냈다.

라 구역에 남은 감염자는 이제 열한 명이다. 사람을 죽이고 있다는 사실을 자각하면 몸서리가 쳐졌지만 토머스는 애써 그런 생각을 떨치고 반드시 필요한 일이라는 것에 초점을 맞췄다. 잘해냈다는 생각에 가슴이 벅차오르기도 했다. 지금까지는 성공이다.

그때 복도 쪽에서 문이 요란하게 열렸다.

동시에 광인 네 명이 방 안으로 들이닥쳤다. 건강 상태를 보아

하니 육탄전을 할 수 있을 만큼은 되는 듯했다. 광인들은 각기 다른 방향으로 흩어졌다.

그중 여자 한 명이 에어리스가 전기총을 쏘기도 전에 달려들었다. 여자는 뒤로 나동그라진 에어리스의 몸을 타고 앉아 손으로 목을 움켜쥐었다. 레이철은 전기총으로 광인을 조준하려다가 친구도 같이 맞힐 듯하자 전기총을 공성 망치처럼 들고 달려갔다. 레이철이 전기총의 딱딱한 끄트머리로 옆통수를 후려갈기자 여자가 비명을 지르며 에어리스한테서 떨어졌다. 레이철이 여자의 가슴에 전기총을 쏘았다.

에어리스는 갑작스런 공격에 충격받았는지 벌떡 일어나 주머니에서 칼을 꺼내 들었다. 그리고 분노에 찬 고함을 내지르면서 뒤로 획 돌아서서 바로 옆에 쓰러진 여자 광인의 가슴에 칼끝을 쑤셔 넣었다. 하지만 여자의 몸에 아직 상당량의 전기가 흐르고 있던 터라 에어리스는 감전되어 비명을 지르며 나가떨어졌다. 그 바람에 레이철까지 함께 쓰러지고 말았다.

이 모든 일이 순식간에 일어났다. 토머스는 남은 광인 중 두 명이 연유를 알 수 없는 움직임으로 오락실 안을 휘젓고 뛰어다니는 모습을 바라보았다. 토머스는 손에 아무것도 들고 있지 않았다. 테리사는 조준도 못하고 이리저리 권총을 겨누고만 있었는데, 실수로 에어리스나 레이철을 맞힐까 봐 쏘지 못하는 듯했다.

누군가 뒤에서 토머스의 몸을 들이받았다.

그자가 토머스를 두 팔로 휘감고서 앞으로 쓰러뜨렸다. 토머스의 얼굴이 바닥에 부딪히며 코가 깨지고, 가슴에서는 숨이 훅 빠져나갔다. 폐 속이 순식간이 비어버린 것 같았다. 놀란 토머스는 공격자에게서 벗어나기 위해 몸부림쳤다.

테리사가 그의 이름을 불렀다. 그녀의 발이 바로 옆에 있었다.

토머스는 "도와줘"라고 말하려 했으나 조그맣게 앓는 소리로만 나올 뿐이었다. 뒤에서 목을 휘감은 광인이 팔을 약간 풀기는 했지만 손으로 토머스의 뒤통수를 세게 누르고 있어 토머스는 카펫에 입술이 짓눌려 말을 할 수가 없었다. 다음 숨을 들이쉬는 것 말고는 아무 생각도 나지 않았다. 공기 한 가닥조차 폐 안으로 들일 수가 없었다. 광인의 양 무릎이 그의 등을 찍어 누르며 흉곽을 압박하고 있어 뼈가 부러질 것만 같았다.

그때 총성이 방 안을 뒤흔들었다.

토머스의 등을 누르던 압박이 줄어들다가 완전히 사라졌다. 고개를 들어 보니 그를 내리누르던 광인이 등에서 내려와 바닥에 쓰러져 있었다. 광인의 관자놀이에 핏빛 구멍이 뚫렸고, 눈에는 생명의 기운이 남아 있지 않았다. 토머스는 테리사를 올려다보았다. 테리사는 방금 총을 쏜 곳을 계속 겨냥한 채로 떨고 있었다.

토머스가 냉정하게 말했다.

"두 명 더 남았어."

정신을 차린 테리사는 숨을 깊게 들이마시고 다시 방어 태세를 취하며 방 안 다른 곳을 향해 총을 겨누었다. 토머스는 온몸이 욱신거렸다. 간신히 몸을 일으킨 그는 또다시 기습을 당하지 않기 위해 주변을 둘러보았다.

나머지 두 광인의 모습이 보이지 않았다. 오락실 안에 잔뜩 있는 소파와 의자 뒤에 숨은 게 분명했다. 토머스가 배낭을 바닥에 내려놓고 주사기를 찾는 동안 친구들은 의자와 소파 뒤를 차례로 살피며 조심스럽게 나아갔다. 광인들은 어디 숨었는지 기척도 없었다. 그러다 테리사가 갑자기 비명을 질렀다. 토머스는 소리 나는 방향으로 고개를 돌렸지만, 소파 너머로 호되게 떨어진 테리사의 모습은 보이지 않았다.

토머스는 테리사 쪽으로 무작정 달려갔다. 심장이 북소리를 내며 미친 듯이 뛰었다. 토머스는 배낭과 그 안에 담긴 죽음의 장비를 모두 팽개친 채 달려갔다. 공기가 마치 고체로 굳어져 그의 속도를 늦추는 것처럼 느껴졌다. 테리사 쪽에서 다른 소리는 들리지 않았다. 에어리스와 레이철은 오락실 저쪽에 있어서 당장 도우러 오기 어려웠다.

토머스는 벽에 어깨를 부딪치며 소파 뒤를 들여다보았다. 광인 남자가 바닥에 쓰러진 테리사의 목을 한 팔로 감아 조르고 있었다. 테리사는 두 손으로 남자를 밀어내려 안간힘을 썼지만 소용없었다. 광인은 테리사의 눈이 불룩하게 나오고 벌린 입에서 끔찍한 소리가 나올 때까지 목을 조르고 또 졸랐다. 숨이 막힌 테리사가 끅끅 소리를 냈다.

"놔줘!"

토머스가 소리쳤다. 하지만 이 광인에게 말은 무의미했다. 대머리에 땀에 젖은 얼굴, 이마를 가로질러 난 큼직한 자상. 레빗 박사였다.

'레빗 박사였잖아.'

피와 땀이 눈으로 흘러들어가 레빗의 두 눈은 마치 그 안에 혈관이 있는 듯 벌겋고 살벌했다. 테리사는 바닥에 있는 무언가를 향해 팔을 휘저었지만 손가락이 닿지 않았다.

권총이었다.

토머스는 권총을 집어 들었다. 가장 소중한 친구의 생명이 육신을 떠나 허공을 흘러 죽음의 품으로 향하고 있었다. 토머스는 권총을 쏴본 적이 없기에 제대로 겨냥해서 쏠 자신이 없었다. 방아쇠에 손가락을 가볍게 얹고 테리사와 한때 레빗 박사였던 광인을 돌아보았다. 광인은 전혀 물러날 기색 없이 테리사의 목을 계속해서 조여 들어갔고, 테리사의 피부에 섬뜩한 보랏빛이 돌기 시작했다.

토머스는 달려가 그들 위로 뛰어올랐다. 테리사의 배에 그대로 내려앉아 그녀의 얼굴을 바로 앞에서 마주 보았다. 눈이 마주친 순간 그녀의 고통과 두려움이 고스란히 전해졌다. 레빗이 다른 손으로 토머스를 공격했다. 두툼한 손바닥으로 토머스의 머리 옆부분을 후려쳤다. 토머스는 권총 든 손을 점점 위로 올렸다. 테리사의 몸 옆을 따라 권총의 총구를 점점 위로 가져갔다. 위로 더 위로. 테리사의 귀를 지나 광인의 머리로, 광인의 머리 옆, 관자놀이로.

레빗의 얼굴이 돌연 바뀌었다. 적의와 무의미한 증오가 얼굴에서 사라지고, 어린애처럼 애처로운 표정이 나타났다. 테리사의 목을 조르던 팔에도 약간 힘이 풀렸다.

그는 훌쩍이며 말했다.

"제발. 제발 나를 해치지 마."

토머스는 방아쇠를 당겼다. 마치 천둥이 친 듯, 세상이 쪼개지는 듯한 총성이 울려 퍼졌다. 귀가 먹먹했다. 토머스는 테리사를 붙잡아 죽은 광인에게서 떼어냈다. 이 남자는 광인이 되기 전에도 호감 가는 짓이라곤 한 적이 없었다.

테리사는 토머스의 품에 안겨 오들오들 떨었다. 이 무시무시한 일을 함께하면서 테리사가 이처럼 약한 모습을 보인 적은 처음이었다. 토머스는 테리사를 팔로 감싸 안았다. 에어리스가 뒤에서 다가와 그의 어깨에 손을 얹었으나 토머스는 돌아보지 않았다.

토머스는 겨우 입을 열어 에어리스에게 물었다.

"다른 광인은? 한 명 더 있잖아."

"레이철이 처리했어. 걱정 마. 다 죽었어."

토머스는 테리사를 품에서 놓지 않았다. 그녀를 놓으면 세상 한가운데로 추락할 것 같았다. 토머스가 중얼거렸다.

"이 짓거리, 더는 못 참겠어."

근처 어딘가에서 레이철이 말했다.

"여섯 명이야. 이제 여섯 명밖에 안 남았어."

점심시간까지 그들은 나머지 광인을 모두 죽였다. 오락실에서 겪은 악몽 같은 상황에 비하면 나머지 광인들은 비교적 수월하게 처리할 수 있었다. 전부 잠들어 있어서 바늘을 꽂고 독극물을 주입하기만 하면 끝이었다.

그렇게 해냈다.

말살 계획은 완료되었다.

52장

231.6.7 | 12:45 p.m.

토머스는 굉장한 세상에서 살고 있었다. 질병, 죽음, 배신. 친구들은 어쩌면 아무 의미도 없을 잔혹한 실험에 투입되었다. 세상은 태양에 바짝 달궈져 황폐해졌다. 한 달 전 그는 겨우 몇 시간 만에 스무 명 가까운 사람들을 살해하는 일을 맡아서 진행했다. 그 후 그는 친구들을 피해 자기혐오와 죄책감 속에서 하루하루를 보냈다. 사악 단지에는 심리학자들이 넘쳐났지만 어떤 심리 치료를 받아도 말살 계획을 실행했던 날의 공포를 이겨낼 수 없었다. 앞으로도 절대 극복하지 못할 것이다.

토머스는 변했다. 적어도 그는 그 사실을 알고 있었다.

그동안 몹시 우울해 미로를 들여다보고픈 마음도 생기지 않아 관찰실에도 잘 가지 않았다. 하지만 오늘은 어쩔 수 없이 그간 미로에서 있었던 일들을 따라잡기 위해 관찰실에 들어갔다. 거대한 공터 벽을 따라 알비와 뉴트가 함께 걸어가는 모습이 모니터에서 제일 먼저 눈에 띄었다. 그런데 뭔가 이상했다. 알비가 뉴트의 등을 한 팔로 둘러 부축하고 있었고, 뉴트는 알비에게 기대 걷고 있었다. 뉴트는 한쪽 다리에만 온전히 무게를 실었는데, 한 걸음 옮길 때마다 휘청하더니 고통스러워하면서 인상을 썼다.

토머스는 제어반 앞에 앉아 어떻게 하면 지금 생각한 바를 실현시킬 수 있을지 궁리했다. 그리고 원하는 카메라 각도대로 찍힌 영상들을 꼼꼼하게 찾아내 연결하기 시작했다.

'뉴트에게 대체 무슨 일이 있었지?'

두 시간도 채 안 되어 토머스는 여러 딱정벌레 날개깃들의 카메라에 포착된 영상들을 조각조각 이어 붙여 최대한 연속된 영상으로 만들어냈다. 영상을 본 토머스의 가슴이 찢어졌다. 그는 벽 중앙의 대형 모니터에 영상을 띄워놓고 처음부터 꼼꼼히 살펴보기 시작했다.

어제 아침 일찍만 해도 뉴트는 멀쩡했다. 뉴트는 민호를 비롯한 다른 러너들에게 잘 다녀오라고 인사했다. 보아하니 뉴트가 미로를 달리지 않는 날인 모양이었다. 러너들이 사방의 문 네 개를 통과해 미로로 나간 후, 뉴트는 거대한 미로 속에서 살아가는 삶치고는 세상만사 평온한 것처럼 공터 여러 곳을 천천히 돌아다녔다. 도살장으로 건너가 윈스턴과 얘기를 나눴고, 뜰 구역의 작은 옥수수 밭 옆에서 자트와 잡담했다. 뉴트는 자트가 대단한 농담이라도 한 것처럼 자트의 등을 손으로 툭 치며 짧게 웃었다.

뉴트가 그다음으로 향한 곳은 쉼터였다. 쉼터는 남서쪽 구석의 작은 숲으로, 해골처럼 말라비틀어져 죽어가는 나무들이 줄지어 있어 토머스는 그 숲을 볼 때마다 불길한 기분이 들곤 했다. 쉼터의 벤치에 앉은 뉴트는 30분 넘게 그 자리에 가만히 있었다. 토머스는 영상을 앞으로 돌렸다. 뉴트가 벤치에서 일어나 작은 숲으로 걸어 들어갔다. 뉴트를 비추던 화면이 몇 걸음 뒤에서 그를 쫓아가는 딱정벌레 날개깃의 카메라 화면으로 바뀌면서 시점이 가까워졌다. 뉴트는 곧장 묘지로 향했다. 묘지 여기저기에 세워진 나무 막대들은 미로에 들어갔다가 사망한 공터인들의 무덤을 표시한 것이었다.

뉴트는 바닥에 무릎을 꿇고 앉아 지친 눈으로 멍하니 앞을 바라보았다. 점차 깊은 절망으로 빠져드는 얼굴이었다. 뉴트는 그런 자세로 한참을 앉아 있었다. 토머스는 뉴트가 무슨 생각을 하고 있는지 짐작할 수 있었다. 아마 죽은 공터인들에 대한 죄책감으로 심신이 좀먹어 들어가고 있을 것이다. 그들의 목숨을 구할 수 있지 않았을까 하는 생각. 전체적인 상황에 대한 비통함. 위험과 권태, 왜 이곳에서 살고 있는지 이유를 모르는 데서 오는 좌절감. 그리고 가슴속 깊은 곳에서 머리에서 지워진 여동생에 대한 기억을 떠올리고 있을지도 몰랐다.

뉴트는 일어서서 묘지를 뒤로하고 쉼터 밖으로 나갔다. 걸음이 빨라서 딱정벌레 날개깃이 서둘러 쫓아가느라 카메라 화면이 위아래로 들썩거렸다. 뉴트는 걸음을 늦추지 않고 그대로 숲을 빠져나가 곧장 서문으로 향했다. 공터인 몇 명이 그에게 손을 흔들거나 소리쳐 인사를 건넸지만 뉴트는 본 척도 않고 앞만 보며 걸었다. 단단히 결심한 얼굴이었다. 토머스는 허리를 세우고 화면을 주시했다. 어떤 결과가 빚어졌는지 이미 봐서 알지만, 그렇게 된 과정이 미치도록 궁금했다.

뉴트는 공터를 나가 미로 복도로 들어섰다. 주저하지도 않았다. 빠르게 꾸준히 걸어갔다. 왼쪽, 오른쪽, 왼쪽으로 방향을 틀었다. 몇 번 더 방향을 바꿔 걷다가 마침내 담쟁이덩굴이 양옆 벽을 뒤덮은 길쭉한 통로에 이르렀다. 바로 옆 왼쪽 벽을 마주 보고 서서 양손을 앞으로 뻗자 두 손 모두 무성한 초록색 잎사귀 속에 파묻혔다. 그대로 고개를 숙인 채 1분쯤 가만히 있다가 다시 고개를 들었다. 벽의 맨 꼭대기를 보고 싶은지 목을 뒤로 꺾었다.

그러고는 손을 뻗어 담쟁이덩굴을 잡고 벽을 오르기 시작했다.

뉴트의 팔은 근육질이라 수월하게 오르는 듯 보였다. 담쟁이덩굴 하나를 손으로 감아쥐고 몸을 훌쩍 끌어 올려 돌벽에 발 디딜 곳을 찾았다. 이어서 또 다른 덩굴로 손을 옮겨갔다. 두 손과 두 발을 이용해 온 힘을 다하는 모습이었다. 몇 분 만에 담쟁이덩굴을 붙잡고 돌벽을 올라가 미로 바닥과 가짜 하늘 사이의 중간 지점에 이르렀다. 뉴트가 그 지점에서 더 올라갈 생각을 못하게 되리라는 걸 토머스는 알고 있었다. 미로에 내장된 착시 장치, 그리고 뇌 내 삽입 장치에 프로그래밍된 행동 억제 프로그램으로 인해 뉴트는 결코 벽 꼭대기까지 오를 수 없을 터였다. 뉴트는 그 자리에서 몇 발 더 위로 옮기다가 그만두고 지친 얼굴로 하늘을 올려다보았다.

토머스는 그 모습을 바라보며 기다렸다.

담쟁이덩굴을 잡은 채 벽에 기댄 뉴트의 몸이 푸른 잎사귀 속에 거의 파묻혔다. 뉴트를 따라 벽을 기어 올라온 딱정벌레 날개깃이 그의 얼굴을 몇 센티미터 앞에 두고 움직임을 멈췄다. 문득 토머스는 이 작은 기계 곤충을 움직이게 만드는 소프트웨어에 대해 궁금증을 느꼈다. 일일이 지시해주는 이도 없는데 어떻게 제 할 일을 알고 수행하는 걸까?

뉴트는 딱정벌레 날개깃의 카메라를 똑바로 쳐다보았다. 그리고 토머스는 이 영상 속에서 처음으로 뉴트의 목소리를 들었다.

"당신들이 누군지는 모르지만 아주 기분 좋으시겠어. 우리가 고통받는 꼴을 보면서 즐기길 바랄게. 당신들은 죽어서 지옥에 떨어질 거야. 이거나 처먹어."

뉴트는 담쟁이덩굴을 손에서 놓으며 벽을 걷어찼다. 순식간에 저 아래로 곤두박질치며 카메라 화면에서 사라졌다. 딱정벌레 날개깃이 서둘러 아래로 이동하기 시작했고, 곧 멀리서 쿵 떨어지는 소리가 들렸다. 딱정벌레 날개깃의 카메라 방향이 지상으로 향하며 뉴트를 비추었다. 뉴트는 한쪽 다리를 두 팔로 감싸 안고 옆으로 쓰러져 있었다. 신음을 흘리며 몸을 앞뒤로 흔들었다. 신음은 이내 흐느낌으로 바뀌었다. 깊고 고통스런 울부짖음에 토머스는 가슴이 아렸다.

돌연 뉴트는 분노에 차 울부짖다가 악을 썼다.

"난 당신들을 증오해! 증오한다고!"

토머스는 영상을 껐다. 더는 볼 수가 없었다. 그는 이미 누군가 미로에서 뉴트를 구해 공터 안으로 데리고 들어갔다는 걸 알고 있었다. 하지만 단 1초도 더 화면을 볼 수가 없었다.

'뉴트, 뉴트, 뉴트.'

주변의 공기가 시커멓게 변하는 기분이었다.

'넌 면역이 없어. 넌 면역이 없다고.'

53장

231.9.22 | 11:17 a.m.

가벼운 노크 소리에 문을 열고 보니 테리사였다. 사악 단지는 감염자 말살이 실행된 곳치고는 빠르게 평소의 모습으로 되돌아갔다.

토머스는 잠에서 덜 깬 목소리로 말했다.

"안녕. 그냥 텔레파시로 말 걸어도 되는데. 잠깐 졸고 있었어."

테리사는 대답 대신 태블릿을 들어 보여주었다.

"이거 봤어?"

"응?"

토머스는 테리사가 무슨 얘길 하는지 알 수 없었다.

토머스가 방문을 닫는 동안 테리사는 그의 옆을 지나 방으로 들어와 책상 앞에 앉았다.

"와서 이것 좀 봐. 이 단체 메일, 네가 보낸 거니? 아니면 페이지 박사가 네 계정을 빌리겠다고 미리 허락을 구했어?"

"뭐? 그런 적 없는데."

"흠."

테리사는 빛나는 태블릿 화면을 손으로 가리켰다.

토머스는 허리를 굽히고 화면을 들여다보았다.

사악 메모, 날짜 231.5.22

수신: 후임자들에게

발신: 토머스 〔실험 대상자 가2〕

제목: 말살 계획 실행

지난 며칠 동안 우리가 한 일에 대해서는 제가 전적으로 책임을 지겠습니다.

다만 사악은 살아 있고 전보다 강해졌음을 명심해야 합니다. 완공된 미로는 이미 운영 중이고 연구는 한창 무르익고 있습니다. 안정적인 궤도에 오른 연구를 그르쳐서는 안 됩니다.

우리가 여기서 한 일은 사악 밖으로 새어 나가지 못하게 해야 하며 다시는 입에 올리지도 말아야 합니다. 이미 끝난 일이며 일종의 자비였습니다. 지금부터는 깨어 있는 동안의 모든 생각을 청사진 구축에 쏟아야 합니다.

에이바 페이지 박사가 사악의 총장으로 취임합니다.

토머스가 내용을 완전히 이해하기도 전에 테리사는 태블릿을 도로 가져가 손에 들더니 다른 무언가를 찾으며 말했다.

"그리고 이것도 좀 봐. 앤더슨 전임 총장이 사무실에 있는 워크스테이션으로 정신 나간 이메일을 작성하기 전날에 써서 보낸 거래. 하지만 그 사람이 이걸 썼을 리 없어. 봐봐."

토머스는 다시 태블릿을 들여다보았다.

사악 메모, 날짜 231.5.4
수신: 동료들에게
발신: 케빈 앤더슨 총장
제목: 모두 안녕히 계십시오.

한 명씩 직접 얼굴을 보면서 해야 할 말을 이렇게 비겁하게 이메일로 하는 저를 부디 용서하기 바랍니다. 하지만 선택의 여지가 없군요. 플레어 병 증세로 인해 행동이 올바르지 않으니 당황스럽고 속상합니다. 사악 단지 내에서 마약성 약물 '축복'을 허용치 않기로 이미 결정을 내린 터라 병증을 더는 숨길 수 없으니 제대로 작별 인사를 할 수도 없는 상황입니다.

이 단어들을 타이핑하는 것도 힘에 부칩니다. 아직 제정신인 부분이 약간은 남아 있어서 그나마 여유를 갖고 이 글을 쓰고 수정할 수 있었습니다.

제 몸에 이토록 빠르고 맹렬하게 플레어 병 증세가 발현된 이유는 저도 모릅니다. 초기 감염자 집단 전원과 비교해봐도 훨씬 빠르게 상태가 악화됐습니다. 하지만 걱정할 필요는 없습니다. 저는 이미 총장직에서 물러났고, 에이바 페이지 박사가 후임으로서 총장직을 맡아 수행할 것입니다. 그리고 최정예 후보들은 우리들, 그리고 앞으로 사악 단체를 운영할 후임자들 사이에서 연결 고리 역할을 하기 위한 훈련을 받고 있습니다. 에이바 페이지 신임 총장도 인정하는 바이지만, 그녀는 명목상의 지도자일 뿐이며 실질적으로 사악을 이끄는 이들은 최정예 후보들입니다.

우리는 지금도, 그리고 앞으로도 사악을 잘 관리해나가야 합니다. 우리가 10년 전에 세운 숭고한 대의는 언젠가 열매를 맺을 것입니다. 우리는 더 큰 선을 위해 최선의 노력을 다하고 목숨까지 바칠 각오를 해야 합니다. 그리고 반드시 치료제를 만들어야 합니다.

솔직히 말해 이것은 개인적인 메모에 가깝습니다. 앞으로 어려운 책무를 수행해야 할 여러분의 우정과 연민, 공감에 감사드립니다.

경고 한 말씀만 드리겠습니다. 이 병은 끝이 무척 좋지 않습니다. 그러니 퇴직 시점을 늦추려고 병증을 무시하지 말기 바랍니다. 저는 그랬다가 후회하고 있습니다. 증상이 나타나면 하던 일을 그만두고 고통을 끝내기 바랍니다.

저는 이미 너무 심해졌습니다.

고맙습니다.

안녕히 계십시오.

"이게 뭐야? 당시 일은 이렇게 흘러가지 않았잖아. 페이지 박사님은 뭘 하려는 거지? 본인이 총장이 된 경위를 보다 합법적으로 보이게 하려고 아예 역사를 새로 쓰려는 건가?"
토머스는 어이가 없었다.
테리사가 어깨를 으쓱하며 말했다.
"네가 읽어보고 싶어 할 것 같았어."
"나가자. 박사님하고 얘기를 해봐야겠어."

토머스는 페이지의 방문을 두드렸다. 페이지가 방문을 열었으나 토머스는 화가 치밀어 숨도 제대로 쉴 수 없었다.
페이지는 놀란 얼굴로 물었다.
"무슨 일이니?"

"왜 그러셨어요? 이제 남의 계정으로 이메일까지 써 보내세요?"

토머스는 침착하려고 안간힘을 쓰며 물었다. 속에서 배신감과 혼란, 분노가 들끓었다.

"사람들이 현 상황을 극복할 수 있게 도우려고 그런 거야, 토머스." 페이지는 어리둥절해하며 상황을 파악하려고 했다. "그래야 조직 내에서 질서를 더 잘 잡을 수 있으니까. 메일을 보면 너희가 사악 일에 깊이 관여하고 있고, 성숙한 사람으로 자랐다는 게 잘 나타나 있잖니." 페이지는 자랑스럽다는 듯이 토머스에게 미소 지었다. "모두의 마음속에 다리를 놓을 수 있는 간단하면서 상징적인 방법이라고 생각했어. 일종의 연결 고리지. 구세계와 신세계를 잇는 연결 고리."

토머스는 어떻게 대응하고 무어라 반박해야 좋을지 떠오르지 않았다. 왜 페이지는 이메일에서 그를 무척이나 중요한 인물인 것처럼 만들었을까? 왜 물어보지도 않고 그의 계정을 이용해 멋대로 이메일을 뿌렸을까? 한때 그들의 지도자였던 앤더슨의 이메일 계정은 왜 건드렸을까?

"한 사람을 구심점으로 삼아야 질서 잡기에 좋아. 그게 구세계와 신세계 모두에게 최선이야."

토머스는 여전히 아무 말도 할 수 없었다.

테리사가 대신 나섰다.

"토머스에게 미리 물어는 보셨어야죠."

페이지는 진심으로 후회하는 표정이었다.

"네 말이 맞아. 미안하다. 내가 너무 의욕이 앞섰나 봐."

"전혀 괜찮지 않아요."

토머스는 이렇게 내뱉고는 돌아서서 걸어갔다. 그 자리에 더 있다간 후회할 말을 쏟아낼 것 같아 두려웠다. 페이지 박사는 거짓말쟁이였다. 온통 거짓뿐이다.

토머스는 곧장 제 방으로 돌아갔다. 테리사에게는 몸이 안 좋다고 말하고 침대로 올라가 누웠다. 눈을 감고 생각을 차분히 가라앉히려 애썼다. 옆으로 누워 잠을 청해보았다. 모든 게 달라졌다. 그는 속생각을 테리사에게 털어놓을 수가 없었다. 그가 아는 사람들, 그가 아끼는 사람들은 거의 모두 미로에 들어가 있었다. 그리고 이번 이메일 사건은 생각할수록 이상했다. 페이지 박사가 그 정도로 의뭉스런 사람이었다면 그동안 또 무엇을 숨겼을까? 페이지 박사에게 더 자세히 물어볼 걸 후회가 됐다. 결국 그는 적당히 꽁무니를 빼고 만 것이었다.

그리고 지금 여기서 방 천장을 올려다보며 생각을 하고 있다.

계속 생각만 하고 있다.

최악이었다. 테리사, 척과 함께 여기서 도망쳐 새로운 삶을 살 수 있을까? 그러다 뉴트를 생각했다. 미로 벽에서 추락한 뉴트는 면역인이 아니다. 치료제가 필요했다. 치료제만 찾아내면 모두가 해방이었다. 알비와 민호, 뉴트, 척, 테리사, 에어리스와 레이철 모두가 자유로워진다. 어쩌면 모두 한마을에 모여 살면서 같이 늙어가고, 한가로이 둘러앉아 음식을 먹으면서 아이들에게 그들이 세상을 구했던 시절의 이야기를 들려줄 수 있지 않을까? 손주들 앞에서 러너로 살았던 시절을 몸짓으로 보여주는 민호의 모습을 떠올렸다. 어째서인지 상상 속에서 민호는 겨드랑이를 긁고 가슴을 주먹으로 치면서 덩치 큰 유인원 흉내를 내고 있었다.

그렇게 편안히 살 수 있다면. 미래의 손주들 앞에서 바보처럼 유인원 흉내를 내는 민호, 모든 것이 평안한 삶. 그리고 그 생각이 다시 떠올랐다. 지금이야말로 그 일을 해야 할 시기라는 생각이 들었다. 토머스는 미로로 들어가고 싶었다. 여기서 벗어나 친구들과 함께 살면서 다음 단계로 나아가고 싶었다. 플레어 병 치료제를 찾을 수 있다면 뭐든 하고 싶었다. 행복한 미래를 누리고 싶었다. 그런 미래가 있을 거라고 스스로에게 거짓말이라도 하고 싶었다. 그렇게 거짓으로 자신을 속였다.

미래. 광인들이 없는 세상. 친구들과 함께 누리는 천국 같은 삶.

그러나 전부 헛생각일 뿐이었다.

그는 깊게 숨을 내쉬고, 한낮임에도 불구하고 잠에 빠져들었다.

54장

231.10.31 | 4:48 p.m.

토머스는 안식처인 관찰실로 돌아왔다.

지난 몇 주 동안 죄책감과 분노가 한 방울씩 서서히 흐르더니 끝내 폭우가 되었다. 토머스는 그 안에서 익사할 지경이었다. 숨이라도 쉬려면 방법은 하나뿐이었다. 관찰실 모니터로 미로에 사는 옛 친구들을 바라보는 것.

요즘은 테리사와의 만남도 뜸했지만 토머스는 개의치 않았다. 테리사는 말살 계획 실행 이후 몸과 마음과 영혼을 오로지 일에 바치고 있었다. 심적 괴로움에 대처하는 그녀 나름의 방법일 터였다. 그들은 종종 텔레파시를 통해 서로의 근황을 챙겼다. 그 정도면 각자 자신에게 가장 잘 맞는 방법으로 버티고 있음을 알기에 충분했다.

토머스는 최대한 사람들 눈에 띄지 않게 지내는 쪽을 택했다. 이런저런 검사와 검진, 수업은 평소와 똑같이 받았지만 그 외에는 사람들 앞에 나서지 않았다. 척이나 테리사와 함께 있지 않을 땐 방에 틀어박혀 책을 읽거나 잠을 자거나 관찰실에서 미로의 친구들이 하는 행동을 하나하나 챙겨보며 대부분의 여유 시간을 보냈다. 친구들의 일상은 매일 반복되고 있었다. 공터인들은 인상적인 작은 공동체를 만들어냈고 법과 질서, 매일 해야 하는 일들, 안전을 챙겼다. 한동안은 아무도 죽거나 괴수에 쏘이지 않았다.

토머스는 공터인들이 하는 얘기를 듣는 게 좋아서 기회가 있을 때마다 귀를 기울였다. 알비와 민호, 뉴트가 앉아서 식사를 하며 나누는 얘기를 듣고 있으면 그들 중 하나가 되어 함께 앉아 있는 기분이 들곤 했다.

그는 오후 내내 관찰실 모니터 앞에 앉아 한 화면이 지루해지면 카메라뷰와 마이크를 이리저리 바꿔가면서 미로를 들여다보았다. 지금은 뉴트가 동문 옆에서 민호와 얘기 중이었다. 민호는 거대한 미로에 나가서 달리다가 이제 막 돌아온 참이었다.

뉴트는 빈정대는 투로 물었다.

"새로운 거라도 발견했냐? 망할 괴수가 나와서 진하게 키스하자고 안 해?"

민호는 돌벽에 기대어 숨을 고르며 받아쳤다.

"어떻게 알았냐? 다음 기회에 하자고 거절했어. 내 타입이 아니더라고."

그들은 매일 미로에 나가서 보는 단조로운 풍경을 조롱하면서, 이런 식의 대화를 조금씩 변주해가며 되풀이했다. 뉴트와 민호가

지도제작실 쪽으로 걸어가기 시작했을 때 토머스 등 뒤의 문에서 노크 소리가 들렸다. 토머스는 아쉬워하며 미로 세상에서 빠져나와 사악의 현실로 돌아왔다.

"누구야?"

문이 열리고 척의 곱슬머리가 안으로 빼꼼 들어왔다.

"안녕, 토머스 형. 캠벨 박사님이 형 메모하는 거 도와주라고 두 시간 여유를 주셨어. 그래서……."

"들어와, 인마. 매번 진지하게 설명하고 그럴 거 없어."

토머스와 척은 둘이 있을 때면 공터인들이 공터에서 만들어 쓰는 은어를 조금씩 사용했다. 척이 좋아하는 단어는 '똥'이었다. 페이지 박사 얘기로, 심리학자들은 기억상실이 공터인들에게 어떤 식으로 영향을 미치는가에 관심이 많다고 했다. 공터인들은 가끔 놀라울 정도로 완전히 새로운 단어를 만들어 쓰기도 했다. 그중 몇 개는 원래 미로에 들어가기 전부터 수다쟁이였던 민호가 만든 것이었다. 심리학자들은 기억 삭제로 인해 수다쟁이 특성이 더 심해진 것 같다며 흥미로워했다.

물론 심리학자들은 모든 것을 흥미로워했다.

관찰실로 들어온 척은 토머스 옆 의자에 털썩 앉으며 과장되게 만족스러운 한숨을 내쉬었다.

"오늘 프랭크를 미로로 들여보낸대. 그럼 내 차례까지 한 달밖에 안 남았어."

흥분과 두려움이 섞인 척의 눈빛에 토머스는 가슴이 아팠다. 그 두려움의 원인을 제공한 사람은 바로 토머스였다. 그는 이기적인 마음에 척을 관찰실로 자주 불렀고, 미로 안에서 벌어진 좋지 않은 일들까지 보게 만들었다. 하지만 척은 피만 안 섞였을 뿐 동생이나 다름없었다. 척이 없었으면 토머스는 오래전에 망가지고 말았을 것이다.

"너도 모르는 새에 그날이 코앞에 와 있을 거야."

"우리가 모르는 새에 일이 다 끝나 있을 수도 있다는 뜻이네."

"그래. 맞아."

"형은 오늘 뭐 했어? 내가 맞혀볼게. 의료 검사 받고, 수업 듣고, 비판적 사고 훈련을 하고, 미로를 관찰했겠구나."

"그래, 맞아." 토머스가 똑같은 말로 대답하자 척이 웃었다. "끝내주게 신나는 인생 아니냐?"

"내가 미로에 들어가는 날을 기대하셔. 미로를 완전 활기찬 곳으로 만들어줄 테니까."

척이 하도 신나게 말을 해서 토머스는 진심인가보다 했다. 척 같은 어린애들은 현상의 좋은 면만 기억하는 재주가 있다.

"그래, 맞아." 세 번째로 같은 말로 대꾸하며 토머스도 웃었다. 그는 일어서며 덧붙였다. "미안한데 회의가 있어서 가봐야 돼."

"아, 이러기야? 난 방금 왔어! 공터인들이 저녁 먹는 모습을 보려고 했다고. 오늘 밤 갤리랑 알비가 드디어 한판 붙을 것 같던데."

"미안, 친구. 나 없이 너 혼자 여기 있으면 안 되니까 생활관에 가 있어. 나중에 먹을 거 갖고 다시 여기 와서 공터를 같이 염탐하자. 심리학자들이 괴수를 공터로 들여보내 공터인들 앞에서 춤추게 만들지도 모르잖아."

그 말에 척은 안색이 약간 창백해졌지만 최대한 의젓하게 표정을 감췄다. 가끔 척은 공터에서 사는 삶을 기대하면서 미로의 괴물들에 대해서는 잊어버리곤 했다.

토머스는 척의 얼굴을 보며 자책했다.

"미안. 농담인데 썰렁했네."

작은 회의실에서 회의가 열렸다. 토머스는 무슨 회의인 줄도 모르고 참석했다. 탁자 상석에는 페이지가 앉았고 그녀의 왼쪽에는 심리학자임이 분명해 보이는 두 사람이 앉아 있었다. 한 명은 말살 계획 전부터 사악에서 근무하던 여자로 이름은 캠벨이었다. 다른 한 명은 시애틀인지 앵커리지인지에서 온 신참이었다. 토머스는 굳이 자세히 알고 싶지도 않았다. 딱히 이유는 알 수 없었다.

페이지의 오른쪽에는 검은 머리에 갈색 피부인 중년 남자가 딸뻘로 보이는 소녀와 나란히 앉아 있었다. 나이 차는 그랬지만 부녀 사이는 아닌 듯 보였다. 소녀는 피부가 희고 안쪽 머리카락은 거무스름한 금발이었다. 소녀와 잘 아는 사이인지 남자가 소녀에게 몸을 기울이고 무어라 속삭였다.

토머스는 한참을 그 자리에 서 있었다. 방 안의 모든 사람들이 서로를 이리저리 평가하고 있었다.

페이지가 일어서며 말했다.

"와줘서 고맙다, 토머스. 요즘 잘 안 보이던데, 다음 달에 미로로 들어가는 척을 위해 준비 작업을 해주고 있니?"

페이지는 토머스가 매일 일분일초를 어떻게 살고 있는지 모르는 척 능청스럽게 미소 지었다. 말살 계획 실행 이후 페이지에 대한 토머스의 감정은 예전 같지 않았다.

"거의 비슷해요."

토머스가 차분하게 말했다.

페이지는 탁자 맞은편 의자를 가리켰다.

"그래, 와서 앉으렴."

토머스는 자리에 앉아 물었다.

"무슨 일로 오라고 하셨어요?"

페이지는 살짝 언짢아하며 손가락 하나를 세웠다.

"잠깐 기다려. 테리사가 곧 올 거야."

마침 때맞춰 회의실 문이 다시 열렸다. 서둘러 들어온 테리사는 사람들에게 고개를 몇 번 숙여 인사를 하고는 토머스 옆에 와 앉았다. 요즘 테리사는 늘…… 바빠 보였다. 무언가에 정신이 팔린 사람처럼.

안녕.

테리사는 온기를 한껏 담아 그에게 인사를 건넸다.

얼굴 보니 좋네.

토머스가 대답했다. 그의 심정을 고스란히 담아낸 말이었다. 그는 테리사가 무척 그리웠다.

페이지가 본론으로 들어갔다.

"다음 프로젝트를 도와줄 새로운 친구 두 명을 소개할게."

페이지는 오른쪽에 앉은 두 신입을 돌아보았다. 중년 남자와 그 남자의 돌봄을 받는 듯한 소녀였다.

"이쪽은 호르헤, 그리고 브렌다. 호르헤는 실력이 뛰어난 버그 조종사야. 브렌다는 간호사로 훈련받았고 앞으로 심리학자가 되겠다는 포부를 갖고 있어. 그렇지, 브렌다?"

소녀는 수줍어하거나 어색해하지 않고 당당하게 고개를 끄덕이며 말했다.

"치료제를 찾을 수 있다면 뭐든 할 거예요."

뭔가 앞뒤가 안 맞는 이상한 대답 같았으나, 눈에서 심적 괴로움이 언뜻 엿보여 왜 그런 식으로 대답했는지 알 것도 같았다.

호르헤는 토머스와 테리사의 눈을 가만히 바라보며 인사했다.

"올라(안녕). 너희와 함께 일하게 돼서 기쁘구나."

테리사가 물었다.

"저희와 일한다고요? 무슨 일요?"

호르헤가 토머스의 관심을 끌었다. 토머스는 그에게 미친 듯이 호기심이 일었다.

페이지가 대신 대답했다.

"다음 원정 때 너희 둘의 도움을 받았으면 해. 몇 주일 후야. 호르헤와 브렌다를 비롯한 몇 명이 초열 지역이라는 곳으로 파견을 가게 됐어. 광인들이 득실거리는 이 근처 도시인데, 거기서 무엇을 발견할지 기대가 커. 앞으로의 연구에 중요한 소재가 될 거야."

"광인들이 득실거리는 도시라고요?"

토머스가 물었다. 하지만 물어봤자 여기서 진실을 전부 듣진 못할 것 같은 불길한 예감이 들었다.

"그래." 페이지는 역시나 별다른 설명 없이 하던 얘기를 계속했다. "너희를 거기 한 번 데려갈 필요가 있어서 그래. 너희의 뇌 내 삽입 장치가 원거리에서도 효과적으로 작동하는지, 특히 위험지역 패턴을 비롯한 여러 수치들을 원격으로 관찰할 수 있는지 시험

해봐야 하거든. 자, 그럼 계획을 설명할게……."

토머스는 맨 뒤의 말은 거르고 앞의 말을 곱씹어 생각했다. 왜 원거리 관찰이 가능한지 여부를 알아야 할까? 사악은 그들을 어디 다른 곳으로 보낼 계획인가? 사악이 그들에게 말하지 않은 무언가가 있었다. 그게 무엇이든 토머스는 느낌이 좋지 않았다. 한동안 속에 품어왔지만 지금까지 인정하지 않았던 느낌이었다. 속이 울렁거렸다.

사악은 멈추지 않을 것이다.

절대, 절대 멈추지 않을 것이다.

55장

231.11.30 | 8:32 p.m.

토머스는 척과 함께 긴 복도를 걸어갔다. 복도가 끝도 없이 늘어난 것 같았다. 오늘은 모든 게 그렇게 느껴졌다. 모든 게 길게 늘어지고 끝이 없는 듯했다. 우울하기 그지없었다. 마침내 그날이 오고야 말았다.

척이 미로에 투입되는 날.

토머스는 척과 함께 마지막 식사를 하고 이야기를 나눌 수 있게 시간을 달라고 요청했다. 둘만의 이별이었다. 그런 후에 척을 전문가들에게 맡기고 눈에 띄지 않는 곳에 가 있을 작정이었다. 척의 기억을 삭제하고 시체처럼 들것에 실어 쓰레기 던지듯 상자 안에 집어넣는 꼴을 보고 있을 자신이 없었다. 척을 보내고 다음 날 아침까지 방 안에 틀어박혀 있을 생각이었다.

아침 식사와 점심 식사 사이의 한가한 때라 식당 안은 조용했다. 아침 식사로 나가고 남은 음식을 접시에 담아 들고 토머스와 척은 알래스카 숲이 내다보이는 몇 안 되는 창문 옆에 가 앉았다. 토머스가 척을 방에서 데리고 나온 후 그들은 거의 말을 하지 않았다. 지금도 둘 다 가만히 앉아 포크로 음식을 찍어대기만 할 뿐 한 입도 먹지 않고 있었다.

마침내 토머스가 입을 열었다.

"멍청한 질문 하나 할게. 무섭니?"

척은 축 늘어진 베이컨 한 점을 포크로 찍어 들고 가만히 바라보며 대꾸했다.

"멍청한 질문 맞네."

"무섭다는 뜻이구나."

척은 베이컨을 입에 넣고 씹으며 약간 인상을 썼다.

"똥 같은 맛이다."

"당연하지. 튀긴 지 세 시간이나 지났는데. 그래도 네가 오늘의 소원을 늦잠이라고 말해서 사악이 너 늘어지게 자게 내버려뒀잖아. 바삭한 베이컨을 먹는 게 소원이라고 하지 그랬어. 아니면 덴버로 가는 편도 티켓을 달라고 하든가."

척은 점잖게 미소 지었다. 지금까지 척이 한 행동 중 제일 어른스러웠다.

"그러지 말고 시원하게 털어놔, 친구. 지금 무슨 생각 하는지. 어떤 기분인지. 조용히 있으니까 걱정돼."

척은 어깨를 으쓱했다.

"우리 정말 이런 식으로 계속 가식 떨면서 말해야 돼? 사악 직원들이 조금 있으면 나를 미로에 집어넣을 텐데 난 아무것도 할 수 있는 게 없어. 여기가 그립고 형과 누나도 보고 싶겠지. 하지만 징징대고 울어봤자 아무 소용 없잖아."

"당분간은 내 잘생긴 얼굴을 매일 못 보고 살아야 할 텐데. 차라리 징징대면서 우는 게 나을걸. 눈이 퉁퉁 붓도록 울어서 얼굴이 눈물에 흠뻑 젖고 콧물이 입으로 흘러내릴 때까지. 너 앞으로 3분 안에 안 울면 나 화낸다."

척은 토머스가 한 말을 전혀 못 들은 것처럼 딴소리를 했다.

"내가 미로에 들어간 후엔 어떻게 될까? 계속 이런 식으로 영원히 살 수는 없잖아. 안 그래?"

그 순간 식당 안의 공기가 모조리 빠져나간 듯 토머스는 숨이 막혔다.

"물론 영원히는 아니지. 내가 듣기로는 사악 측이 청사진을 거의 완성해가고 있댔어. 청사진만 확보되면 치료제는 다음 수순이야. 우리가 다시 만나기까지 얼마 안 걸릴 수도 있어."

토머스는 자신이 내뱉는 거짓말이 척에게 먹힐지 자신이 없었다. 하지만 아무래도 상관없었다. 어차피 척의 기억은 지워질 테니까. 지금 일말의 희망이나마 갖게 해도 크게 해롭진 않을 것이다.

척이 그를 뚫어져라 바라보았다.

"왜?"

척은 토머스에게 뭐 같은 소리를 하고 있다고 말했다. 그 뭐가 똥이라고는 굳이 말하지 않았다.

"그런 거 아니라니까. 그래, 네 생각도 맞아. 우리가 가식을 떨 필요는 없지. 그리고 지금 헤어진다고 해도 어차피 둘 다 이 거대한 사악 단지 안에서 사는 거야. 내가 계속 너를 지켜보면서 응원할게. 항상. 약속해."

"난 형을 기억 못할 거야. 그러니까 영원한 이별이야."

"아니야, 그렇지 않다니까." 토머스는 일어나 식탁을 빙 돌아서 척 옆으로 가 앉았다. "요즘 이 문제로 생각을 해봤어. 아마 가까운 미래에 치료제를 발견할 거고, 우린 한마을에서 살게 될 거야. 부유하고 뚱뚱하고 행복하게. 다들 기억을 돌려받고 달콤한 인생을 살아가게 되겠지. 그날을 기대하자."

"형이 그렇다면 그렇겠지."

"그래."

"알았어." 척은 미소를 지었으나 이내 눈물이 그렁그렁해져 시선을 돌렸다. "그렇게 되면 정말 좋겠다."

"저기. 우리가 굳이 작별 인사를 할 필요는 없다고 봐. 그런 건 너무 딱딱하잖아. 그냥 일어나서 별일 아닌 것처럼 식당 밖으로 나갈게. 그리고 관찰실에서 너를 볼 거야. 알았지? 거창한 작별 인사 따위는 필요 없어."

척은 고개를 끄덕였다. 하지만 토머스가 의자에서 일어서자 척은 곧장 팔을 뻗어 토머스를 끌어안고 두 팔로 꽉 죄었다.

척은 흐느끼며 말했다.

"보고 싶을 거야. 정말 많이 보고 싶을 거야."

그들은 계속 그렇게 서로를 꼭 안고 있었다. 하지만 페이지가 척을 데려오라며 직원을 보냈고, 그녀는 척을 다정한 손길로 안내해 데려갔다. 식당을 나서기 전 한 번 더 뒤돌아보는 척의 눈빛에 토머스의 심장이 갈가리 찢어졌다.

토머스는 미로에 있게 될 척의 모습을 그려보며 식탁 앞에 한참을 앉아 있었다. 괴수에게 공격받는 척. 허기와 갈증으로 죽어가는 척. 그의 상상 속에서 척은 수없이 죽음을 맞았고, 아무도 도움의 손길을 내밀지 않았다.

그는 뉴트와 알비, 민호를 생각했다.

테리사를 생각했다.

토머스의 가슴속 깊은 곳에서 단단한 무언가가 생겨났다. 당분간은 사악이 원하는 대로 따르겠지만 계속 이렇게 살 수는 없었다.

어떤 생각이 떠올랐다. 정말 터무니없는 생각이고 계획이었다. 언젠가는 우리도 자랄 거야, 라고 오래전에 테리사가 말했었다. 지금 그들은 충분히 자랐다. 토머스는 생각했다.

'만약 내가 그들을 구한다면?'

'만약 내가 친구들을 구한다면?'

56장

231.12.11 | 10:46 a.m.

토머스는 버그에 타는 게 이번이 두 번째였다. 첫 번째는 잘 기억나지 않았다.

처음에는 버그가 싫었다. 뱃속이 울렁거리고 입안에 쓴 침이 고이면서 멀미가 났다. 익숙해지니 괜찮았다가 다시 싫어졌다. 물론 이렇게 커다란 기계를 타고 하늘을 나는 것은 그 어떤 경험과도 비교할 수 없을 만큼 신나는 일이었다. 파괴된 세상에서 살다 보면, 중력조차 끌어내릴 수 없는 강력한 기계를 타고 하늘을 나는 것에 감사한 마음이 들 수밖에 없었다.

테리사는 뇌 내 삽입 장치의 원거리 작동 테스트에 참여하느라 같이 오지 않았다. 테리사와는 매일 조금씩 더 멀어져갔다. 테리사는 사악의 일과 사명에 푹 빠져 지냈고 토머스는 가끔 테리사에게 생각을 털어놓기가 망설여졌다. 그들에겐 대화가 필요했다. 그것도 오랜 대화가. 조만간 하기는 해야 할 터였다.

토머스는 버그 바닥의 조망창을 통해 세상을 내려다보았다. 수많은 풍경들이 완벽하게 경이로운 모습으로 스쳐 지나갔다. 이 행성은 초토화되었으나 하늘에서 내려다본 풍경은 여전히 아름다웠다. 숨 막히게 아름다웠다. 초록과 파랑과 오렌지가 수많은 옅은 갈색과 어우러졌다. 이 정도 높이에서는 세상이 단순해 보였다. 광인들과 굶주림, 빈곤, 공포 따위는 전혀 보이지 않았다.

태양 플레어 현상 전까지만 해도 모든 아이들의 꿈이 비행사였던 건 어쩌면 당연했다.

"안녕."

토머스는 고개를 들었다. 브렌다였다. 그동안 브렌다는 호르헤와 함께 광인 도시 원정을 위한 필수품을 준비하느라 여념이 없었다. 그들은 사악 직원들을 위해 초열 지역에 장비를 실어다주는 일도 하고 있었다. 사악이 왜 장비를 그곳으로 옮기는지 토머스에게 이유를 말해주는 이는 아무도 없었다.

"어, 안녕. 너희 일은 준비 다 됐어?"

브렌다가 옆으로 와 앉았다.

"최대한 준비했지. 호르헤 아저씨가 모든 걸 백 번씩 점검시켰어. 워낙 준비성이 철저한 사람이거든."

"언제쯤 도착할까?"

토머스는 아는 게 없었다. 저 아래 땅은 이미 사막으로 변하기 시작했다. 빨간색, 주황색, 노란색 음영이 지상의 팔레트를 물들였다. 생명의 흔적이라곤 없었다. 생명이 있었다는 흔적조차 보이지 않았다.

"30분쯤 후에 도착할 거야." 브렌다는 긴장한 얼굴로 두 손을 마주 대고 비볐다. "아, 좀 초조해진다. 10분 전까지만 해도 재미난 모험 같았는데."

"뭐가 무서운데? 정부도 없고 치안도 엉망인 데다 주변은 온통 사막이고 광인들이 득실거리는 종말 이후의 도시일 뿐인데. 겁쟁이처럼 굴지 말라고."

토머스는 농담이라는 걸 알게 하려고 말끝에 슬쩍 미소를 지었다.

브렌다가 눈동자를 위로 굴렸다.

토머스는 과장되게 활짝 웃으며 말했다.

"뭐…… 무서울 수도 있지."

그들은 한참 황무지를 내려다보았다. 버그의 윙윙대는 엔진 소음에 토머스는 긴장이 풀려 문득 이대로 누워 낮잠을 자고 싶어졌다. 조용히 있던 브렌다가 말했다.

"테리사한테 좀 잘해줘."

"무슨 뜻이야?"

"너에 대한 마음이 확고한 것 같던데, 넌 테리사한테 별로 잘해주는 것 같지 않아서. 내가 관여할 문제가 아니라면 미안."

토머스는 생각해보았다. 평소 머릿속에 담지 않으려고 애써온 화제였다.

"아니, 괜찮아. 테리사는 제일 친한 친구야. 우린 인생의 반 이상을 함께 살았어. 그리고 우린 남들은 불가능한 방법으로 서로 얘기를 나눌 수 있어……. 가끔은 말없이 감정만 나누기도 하고.

그래서 내가 다정하게 대하지 않는 것처럼 보일 수도 있지."

브렌다는 이해가 간다는 듯이 고개를 끄덕였다.

"그냥 친구라고? 그 오랜 시간 함께해왔는데? 하긴 너희 둘이 손을 잡거나 키스하는 모습은 본 적이 없네. 그러고 보면 넌 진도가 느린 편인가 봐."

브렌다가 소리 내어 웃었다.

"좀 복잡해." 토머스는 이런 대화를 나누는 것에 놀랐다. 이 대화로 인해 떠올리게 된 것들 때문이기도 했다. "테리사는 나한테 세상이나 마찬가지야. 그 사실은 절대 변하지 않아. 하지만 바깥세상은 다 죽어가고 있고 친구들은 실험 시설 속에 갇혀 지내는데, 이런 상황에서 로맨스를 찾기가 어디 쉽나."

브렌다는 실망한 표정이었다.

"그래, 그렇지만 사람들은 여전히 사랑하며 살아, 토머스. 최고의 시절에나 최악의 시절에나 사람들은 사랑을 해. 네 감정을 테리사가 알게 해줘. 내가 하고 싶은 말은 그뿐이야."

토머스는 알 수 없는 감정이 북받치는 것을 느꼈다. 어머니와 아버지, 친구들이 떠올랐다. 속에서 차오른 눈물이 기어이 눈에서 흘러내렸다. 그는 삶에서 무엇이 필요한지, 무엇을 이뤄내야 할지 알지 못했다. 하지만 친구들은 그가 가진 모든 것이고, 그에게 중요한 존재들이었다. 어떻게든 친구들을 구해야 했다.

그의 눈물을 본 브렌다의 표정이 부드럽고 상냥하게 바뀌었다. 토머스는 그 표정에 흔들렸다. 브렌다가 그를 끌어안자 토머스도 그녀를 마주 끌어안았다. 토머스는 머릿속에 떠오른 모든 사람들과 포옹하는 기분이었다. 그렇게 서로를 품에 안고 있는데 버그가 오른쪽으로 기울며 하강하기 시작했다.

초열 지역에 도착했다.

사악이 딸려 보낸 무장 경비원들이 먼저 버그의 경사로를 밟고 내려가, 흙먼지 풀풀 이는 뜨거운 땅에 발을 내디뎠다. 그들이 이상 없음을 알린 후에야 토머스와 브렌다, 호르헤가 경사로를 내려갔다. 눈부시게 쏟아지는 햇살에 세 사람 모두 눈을 가늘게 떴다.

브렌다가 말했다.

"굉장한 날씨네. 플레어 현상이 일어났을 당시 어땠을지 상상해봐."

호르헤가 토머스에게 물었다.

"정말 우리랑 같이 안 가볼 거냐, 에르마노(형제)? 한바탕 파티를 벌일 생각인데."

호르헤와 브렌다가 웃음을 터뜨렸지만 토머스는 뭐가 그리 재미있는지 공감할 수가 없었다. 여기는 정말이지 끔찍한 곳이었다.

버그는 광인 도시에서 이상할 정도로 먼 곳에 착륙했다. 토머스와 함께 작업하기로 한 기술자들은 광인 도시의 반대 방향으로 가려는 듯 장비를 그쪽으로 모아놓고 있었다. 그러나 그쪽은 온통 황무지라서 토머스는 조금씩 불안해졌다. 그 자신만 알래스카로 돌아가고 싶었다. 기술자들이 여기서 하려는 테스트가 무엇이든 오래 걸리지 않기를 바랐다.

토머스는 강렬한 햇살 때문에 손으로 눈 위를 가리며 광인 도시를 바라보았다. 여기서 그 도시까지는 수 킬로미터 거리인 듯했다. 흙먼지와 녹, 부서진 유리가 도시의 절반을 차지했다. 폐허가 된 고층 건물들은 하늘을 향해 부러진 손가락을 뻗어 올렸다. 아무리 광인들이라고 해도 어떻게 저런 데서 사는지 믿어지지가 않았다. 파괴된 도시 너머로 산맥이 솟아 있었다. 태양 플레어 현상으로 산은 푸르른 초목의 생명을 일부 잃었지만, 산의 바위와 흙은 "우리 아직 여기 있다. 어쩔 거냐?"라고 외치는 듯했다.

토머스는 시선을 돌려 브렌다를 보았다. 브렌다는 이제 곧 그녀의 새로운 집이 될 광인 도시를 바라보고 있었다.

토머스가 물었다.

"정말 결심했어? 진짜 저기 들어갈 생각이야?"

토머스는 농담처럼 가볍게 말하려 했으나 막상 입 밖으로 나온 말은 무겁게 가라앉았다.

"우리한테 치료제가 있었다면 내가 사랑한 사람들 중 상당수는 아직 살아 있겠지." 브렌다는 흔들림 없는 시선으로 도시를 바라보았다. "우리 엄마와 아빠, 남동생 같은 사람들."

토머스는 속삭였다.

"그래, 알아. 나도 알아. 정말이야."

"호르헤 아저씨랑 내가 이 일에 자원한 이유도 그래서야. 다른 작업이 아니라 바로 이 일이어야만 했어. 난 내 몫을 해낼 거야."

브렌다는 저 멀리 부서진 도시를 고갯짓으로 가리켰다.

"그래."

토머스가 좀 더 위안이 될 만한 말을 덧붙이기도 전에 호르헤가 이제 출발하자고, 해 넘어가기 전에 도시로 들어가고 싶다고 소리쳤다.

"조심해." 토머스는 브렌다에게 말했다. 그의 눈빛은 유감이라고, 이 병의 치료제를 찾기 위해 누구도 목숨을 버려선 안 된다고 말하고 있었다. "진심이야. 몸조심해."

"그럴게. 사악이 네 친구들을 다음에 여기로 보낸다는 게 믿어지지 않지? 불쌍한 녀석들. 그럼 나중에 봐, 악어 군."

브렌다는 토머스에게 살짝 손을 흔들고는 서둘러 호르헤 뒤를 따라갔다.

"잠깐, 지금 뭐라고 했어?"

토머스가 소리쳐 물었으나 브렌다는 대답 없이 저만치 뛰어갔다.

토머스는 브렌다의 발 아래서 끊임없이 뒤로 채는 모래를 바라보며 한참을 그 자리에 서 있었다. 그가 나지막하게 내뱉었다.

"도대체 무슨 뜻이냐고."

57장

231.12.11 | 4:40 p.m.

2단계 시련.

함께 작업하게 된 사악 기술자들한테서 얻어낸 정보는 그게 전부였다. 2단계 시련이라는 것. 브렌다가 한 말에 대해 사악 기술자들을 한 명씩 붙잡고 물어봤지만 아무도 그 이상은 말해주지 않았다. 기껏해야 "페이지 박사한테 가서 물어봐. 나는 그 얘길 할 수 있는 입장이 아니야. 그냥 내 일을 할 뿐이라고"라는 대답이 고작이었다.

그러나 굳이 더 듣지 않아도 사악이 무슨 일을 진행하고 있는지 감이 왔다. 브렌다가 그 말을 흘리기 훨씬 전에 알아챘어야 했다.

사악은 다음 단계 시련을 위해 공터인들을 이 끔찍한 곳으로 보낼 작정인 것이다. 그래서 이번에 토머스의 뇌 내 삽입 장치가 원거리에서도 작동되는지 테스트하려는 것이었다. 그래야 나중에 공터인들을 여기로 보냈을 때 그들 모두를 전부 원거리에서 효과적으로 관찰할 수 있을 테니까. 사악의 거짓말은 켜켜이 쌓여만 갔다. 상황은 토머스의 생각보다 심각했다. 훨씬 심각했다.

설마 했던 부분이 이제 확실해졌다. 토머스는 무슨 일이 있어도 친구들을 구하러 미로로 들어가야겠다고 결심했다.

초열 지역은 한 걸음 한 걸음 내딛기가 괴로웠다.

토머스는 머리에 두른 수건을 턱 밑에서 붙잡고 사악 기술자들과 함께 이 가혹한 죽음의 땅을 걸었다. 태양이 쏟아내는 강렬한 열기에서 머리를 보호하려면 수건을 두를 수밖에 없었다. 약하게 바람이 불기는 했지만 모래 섞인 바람이라 온몸에 모래가 달라붙었다. 그들은 지하 터널 쪽으로 가고 있었다. 그곳에서 테스트를 실시하고 장비를 설치할 예정이라고 했다. 토머스는 장비를 왜 거기 설치하는지 이유를 간파했다.

기술자들과 함께 힘겹게 황무지를 가로지르면서 토머스는 친구들을 구해낼 계획을 세우기 시작했다. 생각할 시간은 충분했다. 계획은 실현 가능했다. 정말이었다. 사악 측에 두 가지만 확답 받으면 된다. 미로로 들여보내달라는 것, 그리고 그의 기억을 삭제하지 말고 그냥 두라는 것. 어떤 계획이든 실행하려면 기억이 온전해야 했다. 그래야 친구들을 구해낼 수 있다.

세부적인 문제도 해결해야 했다. 언제 어디서 어떻게 무기를 손에 넣을 것인가. 어떻게 괴수들의 작동을 중지시킬 것인가. 친구들과 사악 단지에서 탈출한 뒤에는 어디로 갈 것인가. 생각할 시간은 충분했다.

실행 가능성도 있었다.

토머스는 긍정적으로 생각하려고 애쓰면서 사막을 묵묵히 걸어갔다.

한 발 또 한 발. 비 오듯 땀이 흘렀다.

그들은 계속해서 전진했다.

"여기다!"

선두에서 걷던 남자 기술자가 소리쳤다. 그 남자가 바닥에 무릎을 꿇고 손으로 모래를 더듬는 동안 나머지 사람들이 주변에 모여들었다. 얇게 쌓인 모래를 손으로 훑어내자 단순한 손잡이가 붙은 금속 해치문이 나타났다. 자물쇠는 없었다. 하긴 이 황폐한 사막을 지나가던 이가 이 터널 입구를 우연히 발견할 확률이 얼마나 될까?

여자 기술자가 다가와 남자와 함께 해치문 손잡이를 잡아당겨 문을 열었다. 토머스는 발꿈치를 들고 다른 기술자의 어깨 너머로 바닥을 내려다보았다. 문아래 어둠 속으로 기다란 계단이 이어지고 있었다.

여자는 바람 소리 때문에 목청을 높이며 토머스에게 설명했다.

"믿기 힘들겠지만, 예전에 이 근처에 감옥이 있었어. 이 터널은 범죄 조직이 만든 탈출로야. 우리는 목적에 맞게 이 통로를 개조했지. 아래로 내려가서 한 시간쯤 더 걸어가면 돼."

여자는 곧장 계단을 밟고 내려가기 시작했다. 나머지 기술자들도 차례로 계단을 내려갔다. 토머스는 맨 뒤에서 따라갔다.

사악이 징발한 깊숙한 계단과 지하 터널은 끝없이 길고 놀랍도록 서늘했으며, 예상대로 으스스했다. 대부분 입을 다물고 걸었지만, 누군가 조그맣게 말이라도 하면 그 소리가 유령의 목소리처럼 터널 안에 묘하게 울려 퍼졌다.

"거의 다 왔어."

데이비드라는 남자 기술자의 목소리에 토머스는 깜짝 놀랐다. 터널 안의 고요에 익숙해진 참이라 갑작스런 목소리가 생각의 흐름을 끊어놓았다.

"어디에요?"

토머스가 물었다. 입 밖으로 내뱉은 단어가 터널 벽에 부딪혀 되돌아왔다.

"지난번에 우리가 여기 와서 설치해놓은 평면 이동문이 저 앞에 있다. 드디어 작동시킬 준비가 됐어."

"평면 이동문요?"

사악은 평면 이동문을 이용해 공터인들을 초열 지역으로 이송할 계획인 걸까?

"그래. 잘 작동하길 바라야지. 우린 오늘 저녁에 평면 이동문을 통과해서 사악 단지로 돌아갈 거니까!"

토머스는 그 말을 듣는 순간 놀라서 발을 헛디딜 뻔했다.

데이비드가 계속 주절거렸다.

"얼마나 비싼 장비인지 넌 상상도 못할 거다. 플레어 현상 전까지만 해도 억만장자들이나 가질 수 있는 장치였어. 어떤 국가들은 돈이 없어서 평면 이동문 하나 못 가졌으니 말 다했지."

"사악이 그렇게 돈이 많아요?"

데이비드가 소리 내어 웃었다.

"사악은 돈 내고 구입할 필요가 없었지. 재산이고 뭐고 이미 죽었거나 종점을 넘어간 광인이 된 억만장자들한테서 훔쳤거든. 어쨌든 걱정 마라. 일단 설치하고 작동시키면 겁낼 필요 없어. 한 곳에서 다른 곳으로 이동하기에 평면 이동문만큼 멋진 장치도 없어."

"다 왔어."

앞장서서 걸어가던 여자 기술자가 뒤를 돌아보며 말했다. 여자는 어디로 이어지는지 모를 커다란 문처럼 생긴 직사각형 구조물에 손전등을 비추었다. 정확히 말하면 문짝 없이 문틀만 있는 장치였다. 그 장치의 오른쪽 측면에 전원이 꺼진 조정 장치가 붙어 있었다.

데이비드가 여자 옆으로 가서 말했다.

"테스트는 세밀하게 다 마쳤으니까 실제로 작동시켜보기만 하면 돼."

사악 기술자들이 장비를 꺼내 작업을 시작하자 토머스는 뒤로 물러났다. 그들과 친한 사이도 아니라서 완전히 외부인이 된 기분이었다. 터널 벽 쪽으로 걸어간 토머스는 조명이 닿지 않는 흙 묻은 돌벽에 기대 팔짱을 끼고 각자 맡은 일에 착수한 기술자들을 바라보았다.

웅웅거리는 기계 소음에 토머스의 뼈가 덜걱거릴 지경이었다. 이윽고 평면 이동문의 제어 패널에 초록색 불이 들어왔다. 웅웅대는 소리는 더 커졌다. 앞으로 1분 내에 공학 기술로 만들어진 저 마법의 벽을 지나 수천 킬로미터 떨어진 곳에 도착한다는 게 믿기지 않았다. 토머스는 신경이 곤두서고 걱정이 됐다. 자칫 잘못해 온몸이 원자와 분자로 분해되어 양자 우주 속에 아무렇게나 흩어져버리면 어쩌지.

요란한 위잉 소리에 토머스는 허리를 펴고 섰다. 희미하게 빛나는 고른 회색 벽이 직사각형의 평면 이동문 문틀 속에 나타났다. 회색 벽은 몇 번 일렁거리며 나타났다 사라지기를 반복하다가 안정적인 상태로 자리를 잡았다. 부드럽게 지속되는 에너지 파동에 팔의 피부가 얼얼해졌다. 토머스는 저 평면 이동문을 지나 에너지 벽을 넘어 걸어가야 했다.

"모든 수치가 안정적이야."

데이비드가 제어 패널의 화면을 들여다보며 선언하듯 말했다.

"테스트 물품을 보낼게."

그러고는 호숫가에 서서 물수제비를 뜨는 아이처럼 손전등을 평면 이동문 너머로 던졌다. 몇 초 후 손전등이 평면 이동문을 통해 나오자 데이비드가 그 손전등을 손에 받아 쥐고 웃으면서 말했다.

"잘되는 것 같군."

그러자 여자 기술자가 장난기 어린 미소를 지으며 물었다.

"누가 먼저 통과하지? 토머스, 네가 해볼래?"

"예, 그럴게요."

토머스는 어떻게 될지 전혀 알 수 없는 상황이지만 망설임이나 두려움을 내보이지 않으려 애쓰면서 어깨를 펴고 평면 이동문을 향해 똑바로 걸어갔다.

만약 우려할 만한 점이 있다면 토머스가 걸음을 옮기는 몇 초

동안 기술자들이 그를 막을 것이었다. 하지만 다들 별말이 없었다. 두 명은 환호성을 내질렀고 한 명은 박수를 쳤다.

토머스는 어른어른 빛나는 회색 벽을 향해 발을 내디뎠다.

58장

231.12.11 | 9:32 p.m.

마치 차가운 물웅덩이 속으로 들어간 것처럼 서늘한 평면이 그의 몸을 통과했다. 여느 문을 통과하는 것만큼이나 짧은 시간이었다. 문 건너편은 토머스가 한 번도 본 적 없는 방이었다. 사람들이 모여 그를 기다리고 있었다. 페이지 박사와 테리사, 그리고 토머스가 이름을 모르는 몇몇 사람들이었다.

테리사가 제일 먼저 다가와 포옹했다. 지금까지 이렇게 세게 그를 끌어안은 적은 없었다.

"정말 다행이야."

테리사가 그의 귀에 대고 속삭였다. 그녀는 텔레파시로 같은 말을 한 번 더 했다.

토머스도 테리사를 품에 안으며 그녀의 온기에 어찌나 마음이 놓이는지 몸이 떨릴 지경이었다. 그는 그녀에게 미로에 대한 계획을 말해주고 싶었다. 그녀가 끌어안고 있는 동안 곧 말을 해야겠다는 생각이 확고해졌다. 계획대로 해내려면 테리사의 도움이 필요했다.

"괜찮아."

토머스는 테리사에게 말했다. 페이지는 자랑스러운 자식을 보는 부모처럼 뿌듯한 표정으로 그들을 바라보았다. 토머스가 덧붙여 말했다.

"나쁜 일은 없었어. 우린 안전했어."

"그래, 알아."

테리사는 포옹을 풀지 않았다.

토머스는 최대한 부드럽게 물었다.

"저기, 무슨 일 있었어?"

그제야 테리사는 뒤로 물러섰다.

"아니. 그냥…… 네가 멀리 가 있으니까, 불안해서."

"나도 너 보고 싶었어."

변변찮은 대답이었지만, 토머스는 테리사가 그의 눈빛에서 진심을 읽어주길 바랐다. 그는 재빨리 텔레파시로 말했다.

조만간 얘기 좀 해.

토머스가 더 자세히 말하려는데 페이지가 나섰다.

"원거리 관찰 결과를 보니 양호하더구나." 페이지는 애써 미소를 지으며 앞으로 다가왔다. "수치들이 전반적으로 아주 괜찮았어. 우리는 매일 앞으로 나아가고 있는 거야."

토머스는 고개를 끄덕이면서 속으로는 '과연 그럴까요?'라고 생각했다. 주변이 낯설었다. 거대한 기숙사 같기는 한데 사악 단지 내에 있는 생활관과는 달랐다. 여기는 벽돌과 회반죽, 나무문으로 지어져 있었다.

"여기는 어디죠?"

토머스의 물음에 페이지가 대답했다.

"사악 주요 단지 바깥에 새로 지은 시설이야. 추가 연구를 진행하기 위해 지원자들을 데려오고 있어서 그들을 수용할 시설이 필요했어."

토머스는 한 마디도 믿지 않았다. 여기가 연구에 필요한 지원자들을 수용하는 곳이라면 굳이 이곳과 초열 지역을 평면 이동문으로 연결할 이유 따위는 없지 않나? 공터인들을 2단계 시련에 투입하기 위한 시설인가? 어느 쪽이든 사악의 계획대로 이뤄지지 못하게 막아야 했다.

"주요 단지로 돌아가는 셔틀버스가 준비돼 있어. 가서 할 일이 많아."

페이지의 이 말은 왠지 테리사를 향한 듯했다.

토머스가 물었다.

"여기서 단지까지는 거리가 얼마나 되죠?"

"도로로 가면 좀 더 걸리고, 숲을 통과해서 가면 3킬로미터가 채 안 돼."

토머스는 안도의 한숨을 내쉬었다.

"잘됐네요. 폐가 구워질 정도로 뜨거운 초열 지역에 다녀왔더니 시원한 공기를 마시면서 좀 걷고 싶어요. 버스로 먼저 가세요. 저는 걸어서 갈게요."

토머스는 종일 걸어 다리가 아팠지만 혼자 있고 싶었다. 나중에 테리사에게 할 말을 차분히 정리할 시간이 필요했다.

"음…… 요즘 광인들이 근처에 잘 안 보이긴 하지만." 페이지는 잠시 생각하다가 덧붙였다. "그래도 날이 어두워서……. 이렇게 하자. 전기총을 줄 테니까 가지고 가. 경비원도 한 명, 아니 두 명 붙여줄게."

토머스는 필요 없다고 하려다가 페이지의 얼굴을 보고는 입을 닫았다. 따로 가게 해준 것만으로도 페이지는 크게 인심 썼다는 듯한 표정이었다.

몇 분 후에 토머스는 이름 모를 경비원 두 명과 함께 건물을 나섰다.

"어서 가자."

경비원 중 한 명이 재촉했다. 경비원들은 혼자 있고 싶어 하는 토머스의 뜻을 존중해주는 듯했지만, 토머스의 안전을 책임지고 있으니 마냥 여유를 부릴 수는 없을 터였다.

"이러다 늦겠다."

"요즘 근처에 광인이 별로 안 나온다는 게 정말이에요?"

토머스는 조금 전에 나선 새 건물을 뒤돌아보고는 다시 전방의 어두운 숲을 바라보았다.

"맞아. 이 근처 광인들은 죄다 죽었든지 광인 굴로 들어갔든지 한 모양이야. 그래도 날이 어둡고 추우니까 서두르자."

토머스는 이 경비원이 괜히 딱딱하게 굴지 않아서 마음에 들었다. 적어도 아직까지는 그랬다. 또 다른 경비원은 벙어리처럼 말이 없었다.

“알았어요. 그럴게요. 두 분이 앞서 가시겠어요, 아니면 제가 앞에서 갈까요?”

“내가 네 바로 뒤에서 갈게.”

말 많은 경비원은 전기총을 받쳐 들고 사악 단지 쪽 깊은 숲을 겨냥했다. 토머스가 어깨에 멘 전기총의 끈이 목을 짓눌렀다. 경비원이 계속해서 말했다.

“이렇게 하면 너를 앞에 두고 숲을 동시에 감시할 수 있지. 그자비에가 앞서가면서 정찰할 거야. 괜찮은 계획이지?”

경비원은 마치 토머스에게 선택권이 있기라도 한 듯이 물었다.

“그러네요. 그럼 가죠.”

그자비에라는 경비원은 말없이 덤불 사이를 성큼성큼 지나 숲으로 들어갔다. 별안간 밀려온 한기에 토머스는 몸을 떨며 그자비에의 뒤를 따라갔고, 말 많은 경비원이 바로 뒤에서 걸었다.

30분쯤 지났다. 숲은 적막하고 어두웠다. 나뭇가지들이 그들을 불길하게 내려다보았다. 무수한 우듬지의 팔과 손가락이, 별 없는 컴컴한 밤에 보일 듯 말 듯 어른거렸다. 낙엽을 밟는 세 사람의 버스럭버스럭 발소리 외에 숲에는 무거운 고요가 감돌았다. 토머스는 손전등 불빛으로 앞을 비추다가 한 번씩 위쪽과 주변을 훑었다. 동화책에서 읽은 초자연적인 존재가 보일까 봐 겁이 났다. 노란 눈알과 송곳니를 가진 흐릿한 유령 같은 것. 기분이 오싹해지면서 아까 테리사를 비롯한 다른 사람들과 함께 셔틀버스를 타고 갈 걸 그랬나 싶었다.

올빼미가 별안간 우후후 울자 토머스는 깜짝 놀라 펄쩍 뛰었다. 그러고 나니 웃음이 났다. 뒤따라오던 경비원도 웃었다.

"방금 올빼미죠? 아, 진짜. 공포 영화 속에 들어와 있는 기분이에요."

"여기가 좀 오싹하지. 광인이 있든 없든 좀 그래. 플레어 병이 창궐하기 전에도 애들이 악몽을 꿀 만한 건 많았어."

"그러게요."

토머스는 올빼미를 찾아 머리 위 나뭇가지 사이를 훑어보았다. 가끔 그는 플레어 병이라는 질병에 대해서는 알지도 신경 쓰지도 않는 동물의 왕국이 있다는 걸 잊곤 했다. 올빼미는 어디에도 보이지 않았다. 토머스는 계속해서 걸었다.

걷는 게 운동이 되어서인지 몸이 따뜻해졌고, 뻣뻣했던 다리도 꽤 풀렸다. 오늘 하루가 그리 나쁘지 않았다는 생각이 들면서 긴장이 풀리려는 순간, 앞서 가던 그자비에의 모습이 보이지 않았다. 그자비에는 커다란 소나무를 끼고 옆으로 돌아갔는데, 토머스가 그 나무를 돌아가서 보니 온데간데없었다.

"그자비에 씨?"

토머스가 불렀지만 대답이 없었다. 어디에서도 그자비에의 흔적이 보이지 않았다.

돌연 뒤에서 덤불 사이로 천둥처럼 달려오는 발소리가 뒤에서 들렸다. 토머스가 뒤돌아본 순간 무언가 공기를 가르며 휙 날아왔다. 쩌억, 으드득 소리가 뒤따랐다.

그리고 토머스는 보았다.

뒤에서 오던 말 많은 경비원이 우뚝 선 채로 전기총을 떨어뜨렸다. 입에서 피가 흘러내렸다. 기다란 나뭇가지가 경비원의 목을 관통해 피에 물든 끄트머리가 반대편으로 튀어나와 있었다. 경비원이 무릎을 꿇으며 쓰러지자 토머스는 그런 짓을 했는지 볼 수 있었다. 나무로 만든 창 끄트머리를 두 손에 쥔 그자는 숨을 못 쉬어 컥컥대는 먹이를 향해 이를 드러내며 웃고 있었다.

그자가 고개를 들어 토머스를 똑바로 쳐다보았다.

랜들이었다.

59장

231.12.11 | 10:47 p.m.

랜들의 상태는 좋아 보이지 않았다.

전보다 더 수척해진 그는 다 찢어진 옷을 겹겹이 입고 멍투성이에 너저분한 모습으로 서 있었다. 얼굴에는 때가 덕지덕지 꼈고 눈빛은 사나웠으며 머리카락은 마구 잡아 뜯겨 악몽에나 나올 법한 모습이었다. 그러나 이것은 현실이지 이야기책이 아니었다.

"랜들 씨."

토머스는 한때 랜들이라 불렸던 사람이 제정신을 차리기를 바라듯 나직하게 이름을 불렀다. 그러나 눈앞에 서 있는 저자는 더 이상 사람이 아니었다. 종점을 한참이나 지난 광인일 뿐이었다.

랜들은 알아들을 수 없는 말을 무어라 중얼거리더니 경비원의 목에서 나무 창을 비틀어 뽑았다. 경비원은 생명이 모조리 빠져나간 채 털썩 쓰러졌다. 시신 아래로 피가 흘러나와 솔잎 깔린 바닥에 피 웅덩이를 이루었다.

"그자비에 씨!"

토머스는 또 다른 경비원을 소리쳐 불렀으나 대답이 없었다.

갑작스런 움직임으로 자극을 주지 않으려고 조심하면서 토머스는 어깨에 멘 전기총 쪽으로 천천히 손을 뻗어 두 손으로 잡고 방아쇠에 손가락을 걸었다. 랜들은 창에 묻은 선혈을 바라보고 있었다. 그 선혈을 혀로 깨끗이 핥고 싶어 하는 눈빛이었다. 그러다 눈을 들어 토머스를 바라보았다.

"옛날옛날에 나는 괜찮은 먹이였지. 맛이 아주 끝내줬어."

발음이 불분명하긴 했지만 이번에는 알아들을 수 있었다.

랜들은 불쑥 나무 사이로 달려가 어둠 속으로 사라졌다. 토머스가 무엇을 어찌해볼 겨를도 없었다. 그는 랜들이 사라진 방향을 향해 전기총을 겨누고 방아쇠를 당겼다. 충전 소리와 함께 전기탄이 발사되었다. 그러나 전기탄은 나무에 맞아 전기를 폭발시키다 잦아들었다. 다시 완벽한 정적이 숲을 감쌌다. 광인의 모습도 소리도 감지할 수 없었다.

토머스는 손가락이 아프도록 전기총을 단단히 붙잡았다. 총구를 앞으로 향한 채 천천히 한 바퀴 돌면서 나무 사이의 어둠을 주시했다. 아까 떨어뜨렸던 손전등을 집어 들고 불을 껐다. 손전등 불빛 때문에 광인의 표적이 되고 싶지는 않았다. 눈이 주변의 어둠에 익숙해지는 편이 나았다. 어둠에 눈이 익기를 초조하게 기다리며 천천히 제자리를 맴돌았다. 다시 방아쇠를 당기고 싶어 손가락이 근질거렸다.

랜들이 아직까지 살아 있다는 사실이 믿기지 않았다. 어떻게 이 숲에서 살아남았을까? 플레어 병에 감염되고도 이렇게 오래 살아 있다는 건 불가능에 가까웠다. 플레어 병에 걸리면 정신이 나가 발광을 하다가 결국 뇌 기능이 전부 정지하는 게 일반적이다.

함께 온 경비원들이 생각났다. 비통함과 죄책감이 밀려들었다. 자신이 남들처럼 셔틀버스를 타지 않고 혼자 걸어가겠다고 한 바람에 애꿎은 경비원들만 목숨을 잃었다. 특권 의식에 물든 버르장머리 없는 어린애 같은 짓이었다. 앞으로 그의 결정에 더 많은 이들의 목숨이 달리게 될 것이다. 그 수가 얼마나 될까?

토머스의 발이 나뭇가지를 밟아 부러뜨리면서 따닥 하는 소리가 밤의 어둠 속으로 퍼져나갔다. 토머스는 그 자리에 얼어붙었다. 시야가 어둠에 익숙해져서인지 나무들이 은은한 빛을 내는 듯 보였고 수많은 나뭇가지들이 하늘을 배경으로 시커먼 윤곽을 드러냈다. 별다른 것이 눈에 띄진 않았지만 랜들이 그리 멀리 가지 않았음을 직감했다. 만약 랜들이 더 멀리 갔다면 발소리가 더 많이 들렸을 것이다. 랜들은 가까이에서 그의 뒤를 쫓아오고 있는 듯했다.

토머스는 문득 테리사를 떠올렸다.

테리사! 테리사! 랜들이 우릴 공격했어. 그가 경비원들을 죽였어. 어떻게 해야 할지 모르겠어. 랜들이 도대체 어떻게…….

톰! 어디야? 페이지 박사님이 사람을 보내시겠대. 전기총 아직 갖고 있지?

응.

그 자리에 있어. 무리해서 돌아오려고 하지 마. 여기서 보낸 사람이 곧 거기 도착할 거야.

토머스는 왼쪽에서 소리가 들린 것 같아 그리로 총구를 돌렸다. 아무것도 보이지 않았다.

톰?

어, 난 괜찮아. 지금 토할 정도로 제자리에서 빙글빙글 돌고 있어. 서두르라고 해.

나한테 계속 말 걸어.

아니야. 집중해야 돼. 랜들이 가까이에 있어.

알았어. 또 무슨 일 생기면 나 불러.

그럴게.

시커먼 숲이 허공에 둥둥 떠서 다가오고, 뿌리째 뽑힌 나무들이 위로 쭉쭉 늘어났다. 토머스의 감각이 멋대로 농간을 부리고 있었다. 시야 밖에서 계속 무언가가 보이는 것 같고, 본인의 호흡이 아닌 다른 사람의 호흡이 느껴지는 것 같았다. 견디다 못해 그가 소리쳤다.

"랜들 씨! 그들이 오고 있어요! 우리가 여기 있는 걸 그들이 다 알아요!"

대답이 없었다. 토머스는 왜 소리쳤는지 알 수 없었다. 랜들에게는 주변의 나무들과 마찬가지로 이성적으로 사고할 능력이 없었다. 눈빛만 봐도 지금까지 보아온 어떤 광인들보다 더 심하게 종점을 지났음을 알 수 있었다.

"맛있는 음식이 그리워."

토머스는 놀라 숨을 훅 들이마셨다. 랜들은 나지막하게 말했으나 단어들이 허공에 왕왕 울리는 듯했다. 토머스는 왼쪽, 오른쪽으로 방향을 돌렸다가 전기총을 앞으로 겨눈 채 한 바퀴를 돌았다.

"랜들 씨!"

그때 무언가에 맞아 토머스의 폐에서 공기가 쭉 빠져나갔다. 위에서부터 내려온 그것은 토머스의 머리와 목을 괴상한 방향으로 짓눌렀다. 힘줄과 근육을 손톱으로 긁어내리는 듯한 통증이 느껴졌다. 토머스는 몸을 보호하기 위해 본능적으로 바닥에 쓰러졌고, 그 바람에 전기총을 놓쳤다. 전기총의 끈이 목을 파고드는 걸 느끼며 공격자를 향해 손을 뻗었다. 그의 손가락이 축축한 피부와 기름에 전 머리카락에 닿았다.

"맛있겠다."

랜들이 토머스의 귀에 대고 속삭였다.

토머스는 비명을 지르며 괴물에게서 벗어나려 몸을 비틀었다. 랜들의 팔이 그의 얼굴을 가로질러 팔꿈치 안쪽으로 입을 틀어막았다. 땀에 전 썩은 내에 구역질이 치밀었다. 랜들은 팔을 조이며 토머스의 숨통을 막았다. 토머스는 간신히 입을 벌려 온 힘을 다해 랜들의 팔을 물었다. 매캐하고 시큼한 맛이 입안에 가득 찼다.

랜들은 인간이 내는 소리라고 할 수 없는 끔찍한 소리를 내질렀다. 랜들의 팔이 약간 풀리자 토머스는 팔꿈치를 마구 휘둘러 결박에서 빠져나왔다. 팔꿈치가 랜들의 몸에 두 번 맞는 느낌이 들었다. 랜들이 휘청휘청 물러서는 동안 토머스는 비틀거리며 일어섰다. 공포로 인해 몸에서 아드레날린이 솟구쳤다. 토머스는 등 뒤로 돌아가 있는 전기총을 앞으로 돌려 쥐고 위치를 잡으려 했다.

하지만 거대한 거미처럼 낙엽 깔린 숲 바닥을 후다닥 달려온 랜들이 마지막 순간에 토머스의 가슴을 향해 훌쩍 뛰었다. 랜들의 몸뚱이가 전기총을 치면서 전기총의 날카로운 모서리가 토머스의 흉골을 찍었다. 토머스의 폐에서 다시 한 번 공기가 훅 빠져나갔다. 바닥에 나동그라진 토머스의 몸 위에 랜들이 올라탔다. 랜들은 난동 부리는 고릴라처럼 두 주먹으로 토머스를 내리치면서 매번 주먹질을 할 때마다 악을 썼다.

토머스는 사나운 짐승에게 두들겨 맞느라 반격할 틈도 노리지 못했다. 척과 테리사, 알비, 민호, 뉴트가 생각났다. 여기서 죽으면 친구들을 구할 기회는 사라지고 만다.

토머스는 긴장을 풀고 집중하려 애썼다. 눈을 감고 힘을 모았다. 토머스가 가만히 있자 주먹질도 느려졌다. 빈틈을 포착한 토머스는 오른손을 뻗어 랜들의 귀를 쥐고 비틀면서 옆으로 세게 잡아당겼다. 랜들이 균형을 잃자 토머스는 그의 가슴을 밀치고 발로 걷어찼다. 토머스는 그대로 벌떡 일어나 전기총을 더듬어 손에 쥐고 방아쇠를 찾아 눌렀다.

전기총이 충전되는 소리가 숲을 가득 채웠다. 랜들은 또다시 토머스에게 달려들었으나 가슴에 전기탄을 맞고 나가떨어졌다. 하얗게 달궈진 전기 줄기가 가닥가닥 랜들의 몸을 감쌌다. 랜들은 고통스런 비명을 내지르며 땅바닥에서 경련을 일으켰다.

토머스는 전기총을 곤봉처럼 쥐고 달려가, 한때 랜들이었던 광인의 얼굴을 전기총으로 내리찍었다. 소름 끼치는 으드득 소리와 함께 짐승 같은 광인의 고함 소리가 뚝 그쳤다. 광인의 몸뚱이는 몸 안의 소통 체계가 누전을 일으킨 듯 괴상하게 뒤틀리며 씰룩거렸다.

토머스는 숨을 크게 몰아쉬며 전기총을 위로 들어 올렸다가 온 힘을 다해 한 번 더 아래로 내리찍었다.

이번에는 광인의 움직임마저 완전히 멎었다.

테리사가 도착했을 때 토머스는 꼼짝 않고 무릎을 꿇은 채 바로 옆 시체를 내려다보고 있었다. 한때 알고 지냈던 남자, 하지만 한 번도 호감을 가져본 적 없는 남자의 시신이었다. 토머스는 이 남자를 전혀 좋아하지 않았다. 하지만 이런 식으로 죽어 마땅한 사람은 없었다. 어느 누구도 그래서는 안 되었다.

테리사가 토머스를 부축해 수송 차량으로 데려갔다. 토머스는 몸도 마음도 멍한 상태였다. 심신이 완전히 고갈됐다. 이대로 일 주일쯤 깨지 않고 잠을 잘 수도 있겠다 싶었다.

사악 단지로 돌아가는 길에 토머스가 텔레파시로 말했다.

테리사.

응?

토머스는 한참 뜸을 들이다 마침내 말했다.

그들은 치료제를 찾지 못할 거야.

60장

231.12.13 | 6:11 a.m.

토머스는 알람이 울리기도 전에 잠에서 깼다. 테리사가 충분히 수면을 취하기 전에는 깨우고 싶지 않아 참고 기다리기로 했다. 붕대 감은 부위를 조심스럽게 만지며 통증에 인상을 쓰면서 몸 상태를 살폈다. 시간이 달팽이처럼 느리게 흘러갔다.

그는 하루 푹 쉬면서 몸을 회복하고 생각을 정리하며 테리사를 설득하기 위한 계획을 꼼꼼하게 세웠다. 시간이 지날수록 결심은 확고해졌다.

어제 의무실에서 주워들은 얘기 때문에 마음이 더 급해졌다. '둥그런 짐승'에 관한 얘기였다. 자세히는 듣지 못했지만 전에 연구개발실에서 뉴트와 함께 보았던 커다란 통과 관계가 있는 듯했다. 핏줄이 두드러진 팔다리와 종양 같은 덩어리가 담겨 있고 괴상한 빛을 내던 커다란 통. 지독하게 섬뜩했다.

사악이 결코 멈추지 않으리라는 걸 이미 알고 있었지만, 그 얘기를 들으니 더 확실해졌다.

마침내 인내심이 바닥난 토머스는 테리사를 불렀다.

일어났어?

3, 4초쯤 지났다.

응.

잠을 깨웠다고 뭐라고 하지 않으니 시작은 괜찮은 편이었다.

식당 문이 열리자마자 아침 먹으면서 나 좀 봐. 바로 옆에 앉아서 귓속말로 얘기하자.

토머스는 사악이 그들의 텔레파시를 어디까지 엿듣는지 알 수 없었다. 식당에서 얘기할 때만이라도 사악이 못 듣게 하고 싶었다.

알았어.

오늘 아침 테리사가 별로 말이 없어 다행이었다.

그래. 이따 보자.

토머스는 침대에서 일어나 절뚝거리며 샤워를 하러 갔다.

식당으로 들어간 토머스는 사악 직원들과 실험 대상자들이 식사 중인 곳을 피해 조용한 곳에 자리를 잡았다. 음식을 앞에 놓고 포크로 이리저리 찍으며 테리사를 기다렸다. 물만 세 잔째 들이켜다가 쟁반을 옆으로 치우고 팔짱을 꼈다 풀었다 하며 초조하게 자세를 고쳐 앉았다. 마침내 식당에 나타난 테리사는 음식을 받으러 줄을 서지 않고 곧장 토머스 옆으로 와 앉았다.

무슨 일이야?

"아니, 말로 하자."

토머스가 조용히 속삭였다.

그들은 어깨를 나란히 하고 앉았다. 앞에 놓인 토머스의 접시에는 달걀과 베이컨이 있었다. 토머스는 그동안 간직해온 계획을 풀어놓아야 했다. 그는 테리사 쪽으로 몸을 기울이며 나지막하게 말했다.

"열린 마음으로 들어줘. 중간에 반박하지 말고 일단 끝까지 들어봐."

테리사는 토머스가 무슨 말을 하려는지 추측하는 눈빛으로 그를 쳐다보았다. 그녀는 고개를 끄덕이며 토머스의 음식을 내려다보았다.

"미안, 정말 중요한 일이라서 그래. 그래서…… 말인데, 더는 못 참겠어, 테리사. 인내심의 한계야. 말살, 거짓말, 미로 안에서 벌어지는 잔인한 짓거리들. 게다가 지난 며칠 동안 들은 얘기로는 사악이 완전히 새로운 시련을 계획하고 있대. 초열 지역에서 말이야. 어떻게 해야 할지 모르겠어. 너 혹시 들은 얘기 있어?"

테리사는 진심으로 겁먹은 표정으로 고개를 저었다.

"뭔가 의심스럽단 생각을 하긴 했어. 초열 지역으로 원정을 나간 것도 그렇고, 새로 지은 숙소랑 평면 이동문도. 그런데 사악 직원들은 나한테 말해주질 않아." 테리사는 고개를 저으며 잠시 뜸을 들이다가 물었다. "네가 들은 얘기 확실해?"

"확실해."

"가끔 사악 직원들은 정말 믿음이 안 가게 굴지 않니?"

테리사의 반응에 토머스는 첫 번째 장애물을 넘은 기분이었다.

"맞아. 초열 지역에 가서 보니까 끔찍하더라. 그리고 사악이 연구개발실에서 만든 둥그런 괴물들 말이야. 내가 직접 봤어. 악몽에 나올 것처럼 끔찍하게 생겼어. 저들을 막아야 돼, 테리사. 이 모든 일을 중단시켜야 돼."

테리사는 대답하지 않았다. 토머스는 그녀의 감정 상태를 읽어낼 수 없었다. 잠시 후 테리사가 입을 열어 떨리는 목소리로 말했다.

"우리가 뭘 할 수 있겠어, 톰? 사악은 거대한 조직이야. 그리고 그들이 무슨 일을 하든 정당한 이유가 있지 않을까 싶어."

"치료제를 찾는다는 이유?" 토머스는 콧방귀를 뀌었다. "치료제는 못 찾아. 이제 난 믿지도 않아. 사악은 오랜 기간 노력을 기울였지만 아직 플레어 병에 대한 예비 치료법이라든지 시험 약제 하나 만들어내지 못했어. 그들은 늘 허무맹랑한 청사진 타령을 하면서 온갖 변수를 적용해 공터인들에게 잔인한 짓을 할 뿐이야."

"사악이 정말 공터인들을 초열 지역으로 보낼 거라고 생각해?"

"응. 네 생각은 어때?"

테리사는 한숨을 쉬었다.

"내 생각에도 그래."

"공터인들은 우리 친구야, 테리사. 우리가 함께했던 즐거운 시간을 떠올려봐. 별로 떠오르는 게 없으면, 사악이 척을 초열 지역에 던져놓는 모습이라도 상상해봐. 광인 도시의 늑대 같은 광인들에게 척을 던져주는 것과 뭐가 다르겠어?"

그 말에 실감이 나는지 테리사의 눈가가 촉촉해졌다.

"네 말이 맞다고 해도 우리가 대체 뭘 할 수 있겠어? 우리 둘이

서 경비원과 무기를 갖춘 강력한 사악 제국에 맞서자고?"

이제 계획을 설명해야 할 때가 왔다. 토머스는 용기를 내 말을 꺼냈다.

"지금부터 내가 하는 얘기 끝까지 잘 들어줘. 우선 페이지 박사님을 설득해서 우리를 미로에 들여보내게 해야 돼. 계획을 약간 변경할 필요가 있다는 말로 설득하면 될 거야. 다만 우리 기억을 삭제하지 않은 채로 들어가야 해. 그게 핵심이야. 미로 안에서 상황을 제대로 분석해서 나중에 보고하겠다고 해야겠지. 심리학자들은 좋아서 크리스마스가 다시 왔나 보다 할 거야. 그들 입장에서는 우리를 통해서 적용해볼 수 있는 변수들이 많을 테니까. 우리는 열정을 보여주면서, 진심으로 미로 투입을 원한다고 설득해야 돼. 한 달 동안 미로에 들어갔다가 나오겠다고 제안할 수도 있을 것 같아. 어떤 말이든 해서 미로에 일단 들어가고 보자."

"그다음엔?"

테리사는 단번에 토머스의 아이디어를 거부하지는 않았다.

"미로에 들어가기 전에 필요한 준비를 해둬야지. 무기 창고 열쇠를 확보하든지, 미로 출입구 근처에 무기를 숨겨둬야 해. 괴수들에 대해 미리 연구해서 적시에 동작을 정지시킬 방법도 찾아야 하고. 모두를 미로에서 데리고 나온 후에 피신할 제일 가까운 마을의 위치도 확보해야 돼. 그리고 미로에 들어가면 며칠이 걸리더라도 공터인들을 설득해서 앞으로 무슨 일이 일어날지 알려주고 계획을 짠 다음에 탈출을 감행하는 거야."

"참 쉽게도 말한다. 사악이 우리가 하는 행동을 전부 보고 우리가 하는 말을 전부 듣고 있잖아."

"그러니까 작게 속삭여야지. 어두운 곳에서 최대한 딱정벌레 날개깃을 피해서 얘기하든가. 공터인들의 믿음을 사면 그다음엔 우리 뜻대로 실행 가능할 거야."

테리사는 더 가까이 다가와 그의 귀에 대고 말했다. 그녀의 따뜻한 숨결이 느껴졌다.

"우리가 미로에 들어가서 공터인들을 설득해 다 같이 탈출하는 게 정말 가능하다고 생각해? 사람들을 잔뜩 죽이게 되지 않을까? 우리가 죽거나?"

토머스는 숨을 내쉬었다.

"터무니없는 소리처럼 들리는 거 알아. 그래도 넋 놓고 앉아서 저들이 이런 짓을 계속하게 내버려두는 것보다는 낫지 않을까?"

테리사는 한숨만 내쉬고 더는 말을 하지 않았다.

"테리사, 나 지금 진심을 다해서 말하고 있는 거야. 내가 더 이상 참을 수 없게 된 건 척 때문일지도 몰라. 난 그 녀석을 정말 아끼고 사랑해. 사악이…… 척에게 상처를 주게 더 이상 내버려둘 수 없어. 다른 친구들한테도 마찬가지고. 도저히 못 견디겠어. 제발 이 일을 함께하겠다고 말해줘."

토머스는 테리사에게 이렇게 애원한 적이 없었다. 그만큼 그는 속내를 다 털어놓았다.

테리사는 지친 눈빛으로 그를 바라보았다.

"진심이구나?"

"당연히 진심이지. 이렇게 입 밖에 내고 보니까 더 꼭 해야겠다는 생각이 들어."

테리사는 한참을 입을 다물고 말이 없었다.

그러다 마침내 일어서며 말했다.

"24시간만 생각할 시간을 줘. 응?"

그러고는 초조해하는 친구를 남겨두고 식당 밖으로 나갔다.

테리사는 14시간 만에 답을 주었다.

그날 토머스는 여유 시간을 최대한 활용했다. 검사와 검진을 받고 관찰실에서 미로를 들여다보면서 틈틈이 태블릿에서 비밀번호가 걸려 있지 않은 파일들을 뒤져 괴수에 대한 정보를 찾았다. 괴수들의 작동을 중단시키는 것이 미로 탈출의 관건이었다. 볼 수 있는 자료는 많지 않았지만, 수년 전에 저장된 여러 가지 정보들 사이에서 괴수의 생화학 구조 도식 사본을 찾아냈다.

침대에 누워 도식을 들여다보며 괴수의 약점을 찾고 있는데 테리사가 텔레파시로 말을 걸어왔다.

좋아. 나도 같이 할게.

토머스는 흥분해서 침대에서 펄쩍 뛰어내릴 뻔했다.

정말? 같이 할 거야?

널 위해서. 척을 위해서. 우리 친구들을 위해서. 나도 힘을 보탤게.

잘됐다. 정말 잘됐어. 이제 페이지 박사를 설득해야 해.

그건 걱정 마. 우리를 가 그룹 미로에 투입하고 에어리스와 레이철을 나 그룹 미로에 투입시키는 아이디어라면 당연히 환영하실 거야. 내가 얘기할게.

정말?

그래, 정말. 내일 아침에 일어나자마자 가서 뵙고 말씀드릴게.

토머스는 관찰실에 서서 뉴트가 나오는 화면을 자세히 들여다보았다. 뉴트는 공터의 높고 굵은 깃대 옆에서 저녁을 먹고 있었다. 어째서인지 혼자였다. 혼자 있을 시간이 필요한 모양이었다. 어쩌면 척이 온종일 옆에서 수다를 떨어서 혼자 있고 싶은 것일 수도 있다. 아마 그럴 것이다. 뉴트는 음식을 뜯고 씹고 삼키면서 깊은 생각에 잠긴 표정으로 허공을 응시했다.

토머스는 뉴트의 여동생 리지를 떠올렸다. 리지는 아마 나 그룹의 미로 어딘가에 있을 것이다. 둘 다 구해야 하지 않을까?

"내가 갈게, 뉴트. 너희들 전부 데리러 갈게."

토머스는 아무도 듣지 못하게 조용히 내뱉었다.

다음 날 공식적인 답변이 왔다.

페이지 박사가 최정예 후보들의 미로 투입을 승인했다.

61장

231.12.19 | 10:37 a.m.

페이지 박사가 탁자 상석에 섰다. 토머스와 테리사는 탁자 한쪽 측면에, 에어리스와 레이철은 그 맞은편에 앉았다. 탁자 아래쪽에는 심리학자와 기술자 몇몇이 앉아 있었는데 대체로 말이 없었다. 가끔 페이지는 말을 하면서 확인을 받으려는 듯이 심리학자와 기술자 들 쪽으로 시선을 주곤 했다.

최정예 후보들을 미로에 투입하는 계획을 세운 뒤 사악 측은 최종 세부 사항을 검토 중이었다. 토머스는 인내심을 가지려고, 사악이 그들을 위해 세워놓은 계획에 심장과 영혼까지 바칠 태세인 척하려고 애썼다. 하지만 사악의 계획대로 절대 이뤄지지 않게 만드는 게 토머스의 의도이자 진정한 바람이었다.

"여기를 봐주렴." 페이지가 등 뒤의 벽에 걸린 모니터를 가리켰다. 온갖 정보가 잔뜩 들어간 기다란 표가 화면에 나와 있었다.
"이번 투입을 놓고 심리학자들이 개발한 특별한 신규 변수들이란다. 네 단순한 제안을 우리가 좀 더 발전시켰어, 테리사. 이건 황금 같은 기회야. 지금까지 우리가 측정하지 못했던 수많은 위험지역 패턴을 자극할 계기이기도 하고."

토머스는 눈을 가늘게 뜨고 화면을 보면서 표에 적힌 항목들을 읽어보려고 했지만 글씨가 너무 작아 잘 보이지 않았다. 그러다 페이지가 손짓하자 표가 사라지고 화면이 텅 비었다.

"최정예 후보 투입 후 24시간에서 48시간 동안 공터 안에서는 기존에 없던 일들이 일어나게 돼. 그 일들로 인해 매일 반복되던 일상이 흔들리면서 수많은 새로운 감정과 생각 들이 생겨나겠지. 실험 대상자들이 이틀 연속으로 상자를 통해 들어가는 것도 기존에 없던 일이고, 다른 성별이 공터에 도착하는 것도 처음 있는 일이니까. 우린 공터에 어떤 변화가 생길지를 놓고 무척 고무돼 있단다. 이런 아이디어를 낸 테리사에게 정말 고맙다는 말을 하고 싶구나."

페이지가 토머스의 친구 테리사에게 환한 미소를 지어 보였다.

이번 제안이 테리사 혼자만의 공적으로 취급되든 말든 토머스는 개의치 않았다. 어차피 토머스가 나서서 제안했다면 이런 반응을 이끌어내지도 못했을 것이다. 그러니 아무래도 상관없었다. 예전에는 에이바 페이지 박사에게 깊은 정이 있었지만, 지금은 최대한 빨리 그녀를 안 보고 살고 싶었다. 사악과 관련된 것은 사람이든 물건이든 보고 싶지 않았다.

토머스는 에어리스와 레이철을 차례로 돌아보았다. 둘 다 별로 기분 좋아 보이는 얼굴은 아니었다. 요즘 그들과 얘기를 많이 나누지 못했다. 토머스와 테리사는 에어리스와 레이철을 미로 탈출 계획에 동참시킬지 말지 아직 결정하지 못했다. 상황이 너무 복잡하고 위험 요소도 한두 가지가 아니었다. 하지만 아예 말을 안 할 수는 없을 것 같았다. 가 그룹 친구들뿐 아니라 나 그룹도 미로에서 구해내야 했다.

"토머스?"

이름을 부르는 소리에 토머스는 퍼뜩 정신이 들었다. 페이지뿐 아니라 모두의 시선이 그에게 쏠려 있었다.

토머스가 자세를 고쳐 앉으며 말했다.

"죄송합니다. 잠깐 딴생각을 했네요. 뭐라고 하셨어요?"

페이지는 엄격한 시선으로 그를 바라보았다.

"기억 삭제에 관한 네 생각을 물었어."

토머스는 진땀이 나고 몸에 불편한 열기가 도는 것을 느꼈다.

"무슨 뜻이죠?"

"이번 투입이 주저되는 이유 중 하나가 그거야. 너희들 이전의 실험 대상자들은 모두 기억을 삭제하고 미로에 들여보냈는데, 너희의 기억을 삭제하지 않는 게 실험의 일관성을 깨는 건 아닌지 걱정돼. 네 생각은 어떤지 알고 싶구나."

토머스는 정신을 가다듬고 마음을 차분히 가라앉혔다. 그의 인생에서 가장 중요한 순간이었다.

"이해는 하지만, 테리사와 저는 이번 일에 대해 얘기를 많이 나눴어요." 그는 주장에 힘을 싣기 위해 일부러 테리사를 언급했다. "저희 기억을 그대로 둔 채 투입하셔야 박사님이 말씀하시는 새로운 기회들을 이번 실험에 추가할 수 있다고 생각해요. 미로 내부에서 공터인들과 함께 생활하면서 바로 근거리에서 보고 들은 내용을 사악 측에 보고하려면 기억이 온전해야죠. 지금까지 미로의 상황을 그렇게 가까이에서 관찰한 적이 없잖아요. 저는 지난 2년 동안 관찰실에서 미로를 수차례 지켜봐왔지만, 직접 들어가서 본다면 한 단계 더 진전된 관찰이 될 겁니다."

"좋은 지적이야. 그런데 관찰실에서 보는 것과 정말 차이가 있을까?"

토머스는 침착을 유지하려 안간힘을 썼다.

"그런 관점에서만 볼 문제가 아닌 것 같아요. 저와 테리사, 에어리스, 레이철이 미로에 투입되면 저희에 대해서도 분석하실 수가 있잖아요. 저희도 실험 대상자라는 사실을 잊지 마세요. 저희의 기억을 지우지 않은 채로 투입하셔야 공터와 미로에서 지금까지 해본 적 없는 새로운 분석을 하실 수 있을 겁니다."

그가 말하는 동안 페이지는 고개를 끄덕였지만 동의한다는 의미는 아닌 듯했다.

"이번 투입이 여러 가지로 가치가 있겠지만 새로운 분석이 가능하다는 점이 제일 중요하다고 봅니다." 토머스는 장황하게 말하지 않고 거기서 끝을 맺었다. 굳이 길게 설명하지 않아도 페이지가 다른 가치들이 많다는 쪽으로 생각하기를 바랐다.

"잘 들었어, 토머스. 이 방에 있는 우리들 대부분이 네 의견에 동의하니까 마음 놓아도 돼."

페이지는 방금 전의 질문이 일종의 테스트였다는 듯이 싱긋 미소 지었다.

잘했어.

테리사가 텔레파시로 말했다.

고마워. 긴장돼서 겨드랑이에 식은땀이 났어.

회의는 그 후 한 시간 가까이 이어졌고, 더할 나위 없이 좋게 풀렸다. 투입 계획이 확정되고 승인이 떨어졌다.

토머스가 먼저 미로에 들어가고, 테리사는 바로 다음 날 따라 들어가기로 했다. 둘 다 기억이 온전한 채로 투입된다. 레이철과 에어리스 역시 같은 방식으로 나 그룹 미로에 들어가기로 했다. 토머스는 원하던 바를 전부 얻어냈다.

이제 계획대로 해내는 일만 남았다.

62장

231.12.31 | 11:24 p.m.

마침내 때가 되었다.

토머스는 그동안 진 빠지게 준비를 해왔다.

약점이나 전력원 같은, 괴수에 관한 지식을 최대한 많이 머릿속에 집어넣었다. 이 지식과 미로 건설을 도우면서 알게 된 점들, 괴수가 드나드는 해치문의 작동 방식에 관한 정보를 합하면 미로에서 괴수를 제압하고 살아서 탈출할 수 있으리라는 생각이 들었다. 테리사의 도움으로 미로 입구에서 가까운 무기 창고의 출입 암호도 알아두었다. 공터인들과 함께 그 미로 입구로 나가면 될 것이다. 미로에서 탈출한 후 피신할 장소로, 사악 단지에서 불과 48킬로미터 떨어진 곳에 있는 알래스카의 마을을 미리 파악해두었다. 에어리스와 레이철에게 탈출 계획을 알렸는데 그들은 토머스와 테리사가 자기네 미로로 구해주러 올 때까지 가만히 있을 거라고 했다. 모든 것이 계획대로 준비되었다. 이제는 기다리기만 하면 된다. 미로에 들어가 옛 친구들 사이에서 조력자들을 확보해야 계획의 다음 단계로 넘어갈 수 있었다.

마침내 때가 되었다.

토머스는 침대 머리판에 등을 기대고 앉아 있었다. 테리사가 책상 앞 의자를 침대 옆에 끌어다 놓고 앉아서 토머스 쪽으로 몸을 기울였다. 그녀의 얼굴이 겨우 60센티미터 떨어진 곳에 있었다. 그들은 저녁을 먹고 방으로 돌아와 그렇게 앉아서 몇 시간 동안 얘기를 나눴다. 말살 계획 실행 이후로 그렇게 오래 대화를 나누기는 처음이었다.

"겁먹고 꽁무니 빼지 않겠다고 약속할 거지? 기억 삭제에 대해 사악 측이 생각을 바꾸지 않게 할 수 있겠어?"

토머스가 물었다.

"너 방금 맹세를 깼어, 바보야."

그들은 적어도 하룻밤만이라도 탈출 계획을 입에 올리지 않기로 맹세했다. 지금까지는 약속을 잘 지켰다. 그들은 함께 어린 시절을 떠올렸고, 뉴트를 비롯한 친구들과 보냈던 시간들을 이야기하며 웃었고, 세상의 미래에 관해 철학적인 담론을 나눴다. 심지어 우주와 과학, 역사에 대한 얘기까지 나왔다. 유명한 음모론 같은 괴상한 얘기, 대규모 전쟁 얘기, 예전의 세상이 어땠는지에 대한 얘기도 주고받았다. 얘기를 하고 또 했다.

토머스가 미로 탈출을 입에 올려 생각이 현실로 돌아올 때까지는 그랬다.

“그래, 알아. 내가 할 애기가 다 떨어졌나 봐.”

“사랑했던 모든 사람들의 목숨을 걸고 맹세할게. 나는 계획대로 공터로 들어가 너랑 함께할 거야. 네가 먼저 투입되고 24시간 후에. 기억이 온전한 채로. 됐지? 약속할게.”

“새끼손가락 걸고 약속?”

테리사는 뒤로 등을 기대며 말했다.

“잠깐만. 그럼 정말 진지한 약속을 하자는 건데.”

토머스가 새끼손가락을 내밀자 테리사는 새끼손가락을 마주 걸고 흔들었다.

토머스가 말했다.

“휴우. 이제 기분이 좀 좋아졌어.”

테리사는 그의 손가락을 놓지 않았다. 그들은 그렇게 새끼손가락을 걸고 침대 매트리스에 손을 내려놓았다. 테리사가 말했다.

“가끔 네가 이렇게 귀여운 바보라는 걸 잊곤 해. 이런 모습을 좀 더 보여주면 좋겠는데.”

“귀여운 바보 같은 면? 나한테 그런 면이 있는 줄 몰랐어. 칭찬이지?”

“그래, 칭찬으로 들어.” 테리사는 새끼손가락을 풀고 의자를 당겨 토머스 바로 옆에 앉았다. “내가 몇 달 동안 일만 하면서 살벌하게 살았잖아.”

“뭐, 살벌하기까지야.”

하지만 토머스의 대답은 그리 설득력 있게 들리지 않았다.

테리사가 소리 내어 웃었다.

“그냥…… 아직도 내 마음속에는 치료제를 만드는 게 가능할 거라는 생각도 일부 있어. 넌 그렇게 생각 안 해? 조금이라도?"

"그래, 그런 생각이 없진 않아." 테리사의 말이 책망처럼 들려 토머스는 약간 부끄러움을 느꼈다. "하지만 다른 방법을 찾는 게 맞다고 생각해. 내 친구들을 고문해서 치료제를 얻으려는 건 옳지 않아."

"앞으로 더 심하게 고문할 것 같기는 해."

의기양양해진 토머스는 허리를 세우고 두 다리를 침대 옆으로 뻗어 발을 바닥에 내렸다. 테리사와 다리를 맞닿은 채 그녀를 똑바로 바라보았다.

"이상하게 들릴지 모르겠지만 흥분돼. 안심하는 걸 수도 있고. 이대로 계속 기다리자니 지긋지긋했거든. 이제 드디어 때가 됐어. 물러설 수도 없어. 이제부터 나는…… 공터로 들어가서 상황을 바꾸면 되는 거야. 정신 나간 소리 같지?"

"아니. 나도 같은 기분이야." 의자에서 일어난 테리사는 침대에 엉덩이를 대고 토머스 옆에 나란히 걸터앉았다. 그를 껴안으며 그의 어깨에 머리를 기댔다. "넌 나에게 세상과 마찬가지야."

토머스의 마음속에 돌연 온갖 감정이 북받쳤다. 울컥하면서 가슴속을 채운 감정이 천 개의 불꽃처럼 타올랐다. 여기서 보낸 수년의 세월, 온갖 기억, 고생, 좋았던 일들까지 한꺼번에 밀려왔다. 감정이 터져 나온 토머스는 몸을 떨며 흐느끼기 시작했다. 테리사도 함께 울며 그를 더 꼭 안아주었다. 그들은 그렇게 앉아 몇 분 동안 실컷 울었다. 슬픔이 가득했지만 한편으로는 마음이 편안해졌다. 후련한 기분마저 느껴졌다. 한 번도 느껴본 적 없는 기쁨과 비슷한 감정이 토머스의 가슴속에서 활활 타올랐다.

토머스가 겨우 입을 떼고 말했다.

"우리가 살아남을 수 있을 거라고 말해줘. 우리가 미로에 들어가서 친구들을 모두 구해낼 수 있을 거라고 말이야."

"우린 살아남을 거야." 테리사는 두 손으로 그의 얼굴을 잡고 눈을 똑바로 들여다보았다. "꼭 그렇게 되도록 약속할게."

토머스는 고개를 끄덕였다. 더 무슨 말을 해야 할지 떠오르지 않았다. 그들은 서로를 부둥켜안고 침대로 올라가 나란히 누웠다. 아침이 밝아 미로로 불려가기 전까지 그렇게 누워 밤을 보냈다.

63장

232.1.1 | 9:03 a.m.

“몸 상태 괜찮니? 양호해? 기운은 있고?”

페이지가 물었다.

토머스는 의무실 의자에 앉아 이제 막 의료 검사를 마친 상태였다. 마지막으로 그를 보러 들어온 페이지의 손에는 김이 모락모락 나는 컵이 들려 있었다. 뜨거운 커피나 차가 담긴 듯했다.

“예, 괜찮아요.” 사실 토머스는 무척 조바심이 났다. 이제 몇 시간 후면 공터인들과 함께 있게 될 텐데, 믿기지가 않았다. “솔직히 약간 초조하긴 해요.”

“그럴 줄 알고 이걸 가져왔어.”

페이지가 그에게 컵을 내밀었다.

토머스는 컵을 받아들고 냄새를 맡아보았다.

딸기 향이 났다.

"이게 뭐예요?"

"내가 너를 위해 특별히 끓인 차야. 신경을 안정시켜줄 거야."

"고맙습니다." 토머스는 조심스럽게 천천히 한 모금 마셔보았다. "우와, 맛있네요." 토머스는 페이지에게 속내를 들키지 않기 위해 일부러 태연히 한 모금 더 마셨다. "박사님 일은 어떻게 되어가요? 계획대로 잘되고 있어요?"

"너도 이제 실험의 일부가 되었잖아, 토머스. 그래서 더 이상은 너와 많은 정보를 공유할 수가 없어. 실험을 제대로 진행하려면 약간의 분리가 필요해."

"어차피 제가 나중에 박사님에게 보고를 드려야 하잖아요."

"그건 그렇지. 하지만 전에 네가 얘기했다시피, 너도 이제 이 실험의 일부라는 걸 명심할 필요가 있어. 네게 너무 많은 정보를 주면 실험 결과가 오염될 수 있으니까."

토머스는 이미 차를 절반쯤 마셨다. 입안이 델 것 같았지만 뜨끈한 기운이 온몸에 퍼져나가니 기분이 좋았다. 뭔가 얼얼하고 둥둥 뜨는 느낌이 들기도 했다.

"힌트 하나만 주시면 안 돼요? 약간만요. 미로 시련 끝에 대단한 마무리가 준비되어 있어요?"

토머스는 사악의 실험을 망칠 속내를 드러내지 않으려고, 순수한 열정으로 물어보는 척했다.

"네가 알아야 할 세부 사항은 이미 다 알고 있잖니."

페이지는 다소 무뚝뚝하게 대답했다.

"저를 보고 싶어 하실 건가요?"

토머스는 이 말에 페이지가 미소 지을 줄 알았으나 그녀의 얼굴에 웃음기는 보이지 않았다.

"저항하지 마, 토머스. 결국 다 잘될 거야."

"무슨 뜻이에요?"

토머스의 머릿속이 빙글빙글 돌았다.

"넌 늘 사람을 잘 믿어서 감동을 주곤 했지." 페이지는 슬픈 표정으로 그의 눈을 들여다보았다. 페이지의 얼굴이 흐릿해지기 시작했다. "너의 그런 점을 내가 몇 번이나 이용했던 건 미안하게 생각해. 내 입장에선 꼭 해야 할 일이라 어쩔 수 없었어." 페이지는 허리를 펴고 일어섰다. 토머스의 눈에 페이지가 세 명, 네 명으로 보였다. 그녀의 모습이 휘었다가 확장됐다가 다시 오그라졌다.

"그게 무슨……."

토머스는 말을 하려고 했지만 입이 뜻대로 움직이지 않았다.

"내가 한 짓이었어, 토머스. 넌 어차피 기억 못하겠지만 그래도 이 얘길 하고 싶었어. 내 나름의 해명이야. 앤더슨 총장과 그를 따르는 고위급 직원들을 플레어 바이러스에 감염시킨 게 바로 나야. 그들이 미로 실험 이후에 모든 계획을 폐지하려고 했거든. 포기하려고 한 거야. 난 용납할 수가 없었어. 우리는 너무나 중요한 일을 해내야 하니까."

"무슨……."

토머스는 다시 한 번 입을 열었으나 소용없었다. 몸이 축 늘어져 의자에 똑바로 앉아 있기도 힘들었다. 두 손에 쥐고 있던 컵이 바닥에 떨어져 박살났다. 솜사탕이 귓속을 틀어막은 기분이었다.

"난 늘 너를 아꼈어." 페이지는 다른 누군가에게 시선을 돌리며 덧붙였다. “이제 준비시켜.”

배신이었다.

토머스는 수술용 침상에 반듯이 누워 있었다. 의식이 점점 흐릿해지고 움직일 수조차 없었다. 머리 위에는 정신 나간 로봇 생물이 쓸 법한 괴상한 마스크가 걸려 있었다. 아마 기억 삭제 시술에 사용되는 장치일 것이다. 토머스의 의식이 흐려졌고, 이러다 곧 완전히 의식을 잃을 듯했다. 그러면 사악이 저 마스크를 아래로 내리고 시술을 시작하겠지. 토머스가 기억하는 그의 인생은 이제 몇 분, 어쩌면 몇 초밖에 남지 않았다. 번개 폭풍처럼 밀려온 공포감이 온몸과 마음을 불꽃처럼 휩쓸었다.

손가락 하나 까딱할 수 없었다.

곧 그의 가슴을 아프게 하고 그를 슬프게 만들었던 기억들이 모두 사라질 것이다.

그는 그 기억을 잃고 싶지 않았다. 사악이 그를 속였다. 어쩌면 당연한 일이었다. 항상 그렇게 속임수를 써온 걸 알고 있지 않았나? 그래서 사악에 저항하려고 했던 게 아닌가? 사악은 늘 사람을 속이고 조종하는 괴물들이니까. 페이지 박사만 봐도 분명히 알 수 있는 사실이었다.

테리사를 한 번만 더 보고 싶었다. 토머스가 테리사에게 마지막으로 했던 말은 “내일 보자”였다. 그 말이 가슴에 사무쳤다. 물론 사실이기는 했다. 그들은 내일 다시 만날 것이다. 기억이 삭제된 채로. 토머스는 테리사를 알아보지도 못할 것이다.

사악은 끝까지 그들을 갖고 놀았다.

참을 수 없는 비통함이 밀려왔다.

나른하게 잠이 쏟아지며 그는 의식을 잃었다.

눈을 떴으나 꿈속이었다. 토머스는 이 세상 같지 않은 눈부시게 밝은 초록색 들판에 누워 있었다. 부드러운 바람을 따라 풀잎이 하늘거렸다. 찬란하게 푸른 하늘에 간간이 떠 있는 보송보송한 구름은 무척 가까워서 손을 뻗으면 만져질 듯했다. 기억 삭제 시술을 받은 사람은 누구나 이런 꿈을 꾸는 듯했다. 토머스는 아직까지 기억이 온전한 채로 아름다운 풍경에 흠뻑 취해 있었다.

또다시 속에서 공포감이 폭발했다.

그러나 움직일 수가 없었다. 비명도 지를 수 없었다. 테리사를 부르려 했지만 테리사는 여기 존재하지 않는다.

오른쪽으로 1미터쯤 떨어진 곳에 떠 있던 커다란 거품이 그의 시야에 들어왔다. 반질반질 윤기가 흐르는 거품이 살랑살랑 흔들리며 희미한 빛을 냈다. 거품은 점점 가까이 떠오다 그의 눈앞에서 멈췄고 거품 뒤 세상이 둥글게 휘었다. 거품 속에서 어떤 이미지가 나타나 움직이기 시작했다. 복잡한 3차원 이미지였다. 그 이미지가 거품 속에 존재한다는 것을 인식했지만 어째서인지 거품은 그를 집어삼켜 주변을 에워쌌다. 아편 제제가 혈관에 들어온 것처럼 맥이 풀리고 느긋해졌다.

거품 속에서 토머스는 어린 소년이었다. 토머스는 아버지와 나란히 소파에 앉았고 그들 무릎에는 책 한 권이 펼쳐져 있었다. 아버지는 입술을 움직이고 눈을 빛내며 실감나게 이야기책을 읽어주고 있었다. 어린 토머스는 이야기 속으로 황홀하게 빠져들었다. 가슴속에서 작은 기쁨이 반짝거렸다. 이 장면을 끝내고 싶지 않았다.

'안 돼. 제발 빼앗아가지 마. 뭐든 할게. 제발 나한테 이러지 마.'

거품이 펑 터졌다.

자잘한 물방울들이 밖으로 튀며 마법처럼 허공을 맴돌았다. 물방울에 깜박깜박 비치는 빛이 눈부셔 토머스는 눈을 가늘게 떴다. 혼란스러워 눈을 감았다 떴다. 방금 뭘 봤지? 아버지에 관한 장면이었는데. 책이 보인 것도 같았는데. 기억이 아직 희미하게 남아 있었다. 기억을 되살리려고 안간힘을 쓰던 토머스는 또 다른 거품이 나타나자 그리로 시선을 빼앗겼다.

형형색색으로 표면이 희미하게 반짝이는 거품이 둥실둥실 떠왔다. 거품 뒤의 구름들이 일그러졌다. 거품은 또다시 토머스의 눈앞에서 멈췄다. 거품 속에서 일렁이는 이미지가 나타났다. 거품 속 작은 이미지가 그의 세상을 가득 채웠다.

토머스는 고사리 같은 손으로 어머니의 손을 잡고 거리를 걸었다. 낙엽이 바람에 휘날렸다. 토머스는 마치 그 자리에 실제로 있는 듯했다. 태양 플레어 현상으로 황폐해진 세상이지만 짧은 외출은 어느 정도 허용되었다. 날씨가 좋지 않은 데다 부모님의 태도에서 슬픔과 두려움을 느꼈지만, 그래도 토머스는 늘 외출을 기대했다. 단 몇 분의 외출만으로도 방사능에 노출될 위험이 있었지만 가끔 이렇게 밖으로 나오면 더없이 기분이 좋았다…….

거품이 터졌다. 더 많은 물방울들이 허공을 맴돌다 서로 이리저리 뭉쳤다. 물방울 수십 개가 햇빛을 받아 반짝거렸다. 토머스는 점점 더 혼란스러웠다. 그는 기억 삭제 과정이 진행 중이며 기억을 빼앗기고 있음을 알았다. 하지만 기억은 약해질 뿐 사라지지는 않는 것 같았다. 축복이 달콤하게 혈관으로 밀려들었으나 토머스는 머릿속으로 격하게 저항했다. 그의 정신이 소리 없는 비명을 내질렀다.

더 많은 거품들이 밀려왔다.

더 많은 거품들이 펑펑 터졌다.

술래잡기 놀이. 수영. 목욕. 아침 식사. 저녁 식사. 좋았던 시절. 안 좋았던 시절. 얼굴들. 감정들. 페이지 박사가 했던 말들. 토머스는 아버지가 플레어 병으로 미쳐가는 모습을 보면서 소리치고 싶었다.

거품이 펑 터졌다.

또 다른 거품들이 떠왔다. 이제 하나씩이 아니라 여러 개가 줄줄이 몰려왔다. 감각기관에 부하가 걸려 머릿속이 소용돌이쳤다. 음악. 영화. 춤. 야구. 음식. 그가 사랑한 것들(피자, 햄버거, 당근), 그가 싫어한 것들(쇠고기 스트로가노프, 스쿼시 음료, 완두콩). 기억 속의 얼굴들이 흐릿해지고 목소리들의 발음이 뭉그러졌다. 거품들이 너무 빨리 밀려왔다가 터져버리는 바람에 토머스는 미처 그 흐름을 따라잡지 못했다. 터진 거품의 잔여물인 수백만 개의 물방울들이 온 하늘을 뒤덮었다.

토머스는 무엇 때문에 속이 상했는지 잊었다.

강력한 바람이 불어왔다. 인정사정없이 몰아치는 바람이었다. 바람은 거대한 원을 그리며 물방울들을 휩쓸었다. 머리 위에서 이슬방울들이 사이클론 폭풍이 되어 휘몰아쳤다. 거품들은 토머스

앞에 당도하기도 전에 터져버렸고, 그전에 터진 거품의 잔여물은 토머스가 그 안에 담긴 기억을 다시금 들여다보기도 전에 갈가리 찢기고 지워졌다. 물방울들은 머리 위에서 점점 빠르게 빙글빙글 돌았다. 곧 모든 것이 흐릿해지고 색깔이라곤 없는 회색 안개가 거친 토네이도를 이루었다.

토머스는 햇빛을 못 받아 시들어가는 꽃이 된 기분이었다. 이토록 지독한 혼란과 극심한…… 공허감은 처음이었다. 세상이 머리 위에서 빙빙 돌았다. 그의 머릿속은 점점 비어가고, 그의 기억을 훔치는 높은 회오리바람 속에서 정신이 쭉쭉 빨려나갔다. 바람은 토머스라는 인간을 이루던 기억을 훔쳐가고 있었다.

마침내 사라졌다.

모든 기억이 사라졌다.

토머스는 눈을 감았다. 눈물 없는 울음이 쏟아졌다. 깊은 암흑이 그의 심신을 장악했다. 시간은 수평선이 보이지 않는 끝없는 바다처럼 길게 늘어났다. 그는 모든 것을 뒤에 남긴 채 무의 공간으로 나아갔다.

몇 시간 후 토머스는 눈을 떴다.

이윽고 정신이 들었다.

바닥을 딛고 일어섰다.

차갑고 어둡고 퀴퀴하고 먼지 낀 공기가 그를 맞이했다.

에필로그

사악 메모, 날짜 232.1.1, 시간 3:12

수신: 경영 위원회

발신: 에이바 페이지 총장

제목: 이유

사악의 모든 직원들에게 짧게나마 감사를 드립니다. 10년 만에 사전 실험이 끝났습니다. 여러분은 최정예 실험 대상자들을 정말 잘 가르쳤습니다. 이제 늘 가장 중요하게 생각했던 미로 시련의 마지막 나날을 시작할 준비가 되었습니다.

토머스와 레이철은 미로에 투입될 준비를 마쳤습니다. 지금까지 여러분 한 명 한 명이 쏟은 노고가 없었다면 그들의 미로 투입은 성사되지 못했을 것입니다. 오랜 시간 세심한 계획과 신중한 관리가 있었기에 가능한 일이었죠. 지난 10년 동안 부단히 애써주고 특히 지난 2년 동안 각별히 신경 써준 여러분께 감사드립니다.

누가 최종 후보가 될지 알지 못했는데 오늘 드디어 결정이 났습니다. 우리 사악의 목적을 끝까지 충실하게 이행한 테리사와 에어리스에게 축하의 말을 전합니다. 2단계 시련이 임박했습니다. 우리의 미래는 과거보다 밝을 것입니다.

다시 한 번 감사드립니다.

사악 메모, 날짜 232.1.1, 시간 2:01

수신: 모든 직원들

발신: 테리사 아그네스

제목: 마지막 인사

조금 전 토머스에게 작별 인사를 했습니다. 지금 토머스는 무사히 공터에 도착했습니다. 내일은 제 차례가 되겠죠. 페이지 박사님이 모든 직원 분들께 마지막 이메일을 보내 제 생각을 공유하라고 하셨습니다. 저는 더없이 기쁜 마음으로 지금 이 메일을 보냅니다.

저와 에어리스의 기억을 삭제하지 않고 두기로 한 계획이 마음에 듭니다. 시련이 진행되는 동안 각 그룹에서 누군가는 기억이 온전한 채로 사악 직원들과 소통하면서 함께 계획을 진행해야 하니까요. 에어리스와 저는 시련이 진행되는 내내 중간에서 조정하는 역할을 수행할 것입니다.

제 역할은 비밀에 부칠 것을 약속드립니다. 저는 최선을 다해 공터인의 한 명으로 행동할 것이며, 사악의 별도 지시가 없는 한 공터인들이 내리는 결정에 어떤 개입도 하지 않을 것입니다.

제가 사악과 함께한 지 10년이 넘었네요. 제 인생의 대부분을 사악과 함께 보냈죠. 그전의 시간에 대한 기억은 거의 없습니다. 세상 사람들은 이렇게 편안하게 살고 있는 저를 행운아라 여길 것입니다. 깨끗한 옷과 따뜻하고 안전한 거처, 음식을 누리고 있으니까요. 사악이 제공해준 모든 것에 감사드립니다. 세상에서 제일 좋은 친구들을 사귀게 해준 것에 대해서도 감사드립니다. 언젠가 친구들이 제 입장을 이해하고 저에게 고마워하리라는 생각이 없었다면, 저는 결코 이 일을 하지 못했을 것입니다. 그동안 제가 배운 것들, 제가 이룬 성장, 저라는 인간을 형성한 수많은 경험에 감사드립니다. 이렇게 살아 있음에 감사합니다.

저는 사악이 하는 일의 정당성을 믿습니다.

상자에 들어가기 전에 제 팔에 한 글귀를 적을 계획입니다. 간단한 메시지지만 그것을 본 공터인들의 마음에 씨앗이 되어 자랄 것입니다. 잠재의식 속에서 우리가 무엇을 위해 싸우고 있는지를 공터인들에게 일깨울 수 있으리라 믿습니다. 오래전 춥고 어두운 밤에 광인들로 들끓는 광인 굴을 등 뒤에 두고 보았던 글귀입니다. 두려움 가득한 순간이었음에도 불구하고 그 글을 온 마음으로 새겼습니다.

어떤 글귀인지는 잘 아시겠지요.

감사의 말

저는 늘 같은 말을 되풀이하는 편인데, 그럴 만한 이유가 있습니다. 아래 거명한 분들이 제 인생을 지금처럼 만들어주었습니다. 단순히 고맙다는 인사만으로는 은혜를 갚을 수도 없고 충분치도 않음을 압니다. 그럼에도 불구하고 몇 명의 이름을 굳이 여기 언급하는 것은 그들이 저와 제 경력에 얼마나 큰 힘이 되었는지를 말하고 싶어서이니 부디 기분 나빠하지 않으시길 바랍니다.

우선 편집자인 크리스타 마리노에게 감사를 드립니다. 이 책을 작업하기가 녹록지 않아 우리는 다투기도 했습니다. 하지만 의좋은 남매처럼 싸우고 나면 서로에 대한 애정이 더 깊어지곤 했죠. 여담이지만, 크리스타 마리노의 의견이 언제나 옳았습니다.

에이전트인 마이클 부렛에게도 고맙다는 말을 하고 싶습니다. 절친과 다름없는 에이전트와 일하고 있으니 얼마나 좋은지 모릅니다. 상투적인 표현일지 모르지만 그는 격렬하고 사나운 폭풍 한

가운데 떠 있는 섬 같은 사람입니다.

국제 에이전트인 로렌 아브라모에게도 감사를 전합니다. 여러분이 영어가 아닌 언어로 이 책을 읽고 있다면 그것은 로렌 덕분입니다. 로렌의 부단한 노력이 있어 이 책은 40여 개 언어로 출간될 수 있었습니다. 로렌은 축구를 좋아하는데, 이 스포츠가 자신을 완벽한 인간으로 만들어준다고 합니다.

홍보담당자인 캐시 던에게도 감사드립니다. 아시겠지만 최근에 제 인생이 다소 견뎌내기 힘들게 흘러갔습니다. 캐시는 제가 미치거나 삶에 압도당하지 않게 도와주었죠. 작가의 성공보다 인간으로서의 삶에 더 신경 써주는 홍보 담당자를 만나기란 어려운 일입니다.

마지막으로 제 가족 리넷, 웨슬리, 브라이슨, 케일라, 댈린에게 진심으로 고맙다는 말을 전합니다. 지난 몇 년 동안 저는 가족의 소중함을 전보다 더욱 크게 깨달았습니다. 무어라 표현할 수 없을 만큼 가족들을 사랑합니다. 여러분이 사랑한다는 표현에 대한 수많은 동의어들을 저한테 알려주셔도 이 사랑을 표현하기에는 부족할 겁니다.

그리고 무엇보다 독자 여러분들께 깊은 감사를 드리며, 이 책을 여러분께 바칩니다. 진심입니다. 고맙습니다.

옮긴이 공보경

고려대 영어영문학과를 졸업하고 현재 소설, 에세이, 인문 번역가로 활동하고 있다. 옮긴 책으로 파울로 코엘료의 《아크라 문서》, 애거서 크리스티의 《커튼》, 칼렙 카의 《셜록 홈즈 이탈리아인 비서관》, 나오미 노빅의 〈테메레르〉 시리즈, F. 스콧 피츠제럴드의 《벤자민 버튼의 시간은 거꾸로 간다》 찰리 어셔의 《찰리와 리즈의 서울 지하철 여행기》, 레이 얼의 《마이 매드 팻 다이어리》, 크리스토퍼 무어의 《우울한 코브 마을의 모두 괜찮은 결말》, 아이라 레빈의 《로즈메리의 아기》, 켄 그림우드의 《다시 한 번 리플레이》, 앤 캐서린 에머리히의 《패션 오브 크라이스트》, 데이브 배리와 리들리 피어슨의 〈피터팬〉 시리즈, J. G. 밸러드의 《하이-라이즈》, 《물에 잠긴 세계》 등이 있다.

피버 코드

초판 1쇄 발행 2017년 12월 27일
초판 14쇄 발행 2023년 1월 27일

지은이 | 제임스 대시너
옮긴이 | 공보경
발행인 | 강봉자, 김은경

펴낸곳 | (주)문학수첩
주소 | 경기도 파주시 회동길 503-1(문발동 633-4) 출판문화단지
전화 | 031-955-9088(마케팅부), 9530(편집부)
팩스 | 031-955-9066
등록 | 1991년 11월 27일 제16-482호

홈페이지 | www.moonhak.co.kr
블로그 | blog.naver.com/moonhak91
이메일 | moonhak@moonhak.co.kr

ISBN 978-89-8392-687-6 03840